Sara Rider

Going for the Goal

Die Autorin
Als sie jünger war, träumte Sara Rider davon Profi-Fußballerin zu werden. Als dieser Traum durch ihre Abneigung fürs Laufen ein jähes Ende fand, entschloss sie sich stattdessen lieber über Profi-Sportler zu schreiben. Tagsüber arbeitet sie im Bereich ethischer Forschung und träumt von Plotlinien und Figurenentwicklung. Sie verbringt viel zu viel Zeit in der Bücherei und verlässt das Haus niemals ohne Taschenbuch oder ihren E-Reader.

Das Buch
Ein sexy Eishockeyspieler, eine toughe Sportagentin und eine heißkalte Lovestory

Sportagentin Jillian Nichols arbeitet nach drei Grundsätzen:

Erstens: Arbeite niemals mit arroganten Mistkerlen. Zweitens: Arbeite niemals mit jemandem, dem du nicht vertraust. Und drittens: Arbeite niemals mit jemandem, den du dir schon mal nackt vorgestellt hast.

Seitdem sie Nick »The Punisher« Salinger vor fast zehn Jahren zufällig kennengelernt hat, hat Jillian ihn sich häufiger nackt vorgestellt, als sie zugeben möchte. Damals war sie Praktikantin und er ein vielversprechender Rookie in der NHL. Jetzt sitzt der Eishockeystar in ihrer kleinen Agentur und will, dass sie seinen Ruf und seine Karriere rettet. Denn Nick Salinger ist ein Bad Boy, bekannt für seine Hitzigkeit auf und neben dem Eis. Grund genug, um sich nicht auf ihn einzulassen, weder privat noch beruflich. Aber die Luft zwischen den beiden knistert auch nach all der Zeit immer noch gewaltig …

Sara Rider

Going for the Goal

Roman

Aus dem Amerikanischen
von Peter Groth

FOREVER

MIX
Papier aus verantwortungsvollen Quellen
FSC® C083411
FSC
www.fsc.org

Originalausgabe bei Forever
Forever ist ein Digitalverlag
der Ullstein Buchverlage GmbH, Berlin Mai 2018

This edition published by arrangement with
the original Publisher, Pocket Books,
a division of Simon & Schuster, Inc., New York
Umschlaggestaltung: zero-media.net, München
Titelabbildung: © FinePic®
Satz: Pinkuin Satz und Datentechnik, Berlin
Druck- und Bindearbeiten: CPI books GmbH, Leck
ISBN 978-3-95818-963-8

1

Neun Jahre zuvor

Jillian Nichols hatte schon mit vielen Widrigkeiten zu kämpfen gehabt, seit sie professionelle Sportagentin werden wollte, doch es war das erste Mal, dass ihr eigener BH sie aktiv sabotierte. Sie war gerade mitten in einer leidenschaftlichen Rede gewesen, bei der sie versucht hatte, einen betrunkenen College-Basketballspieler dazu zu überreden, einen Vertrag mit dem Pantheon Sports Management zu unterschreiben, als der Bügel ihres BHs herausgepoppt war und ihre empfindliche Haut aufgespießt hatte. Sie hatte sich durch die Massen der Partygänger geschoben, die sich in der kleinen Wohnung drängten, um den nächsten Ausgang zu finden, und war schließlich in einem kalten, dunklen Treppenhaus gelandet. Frei von neugierigen Blicken wartete sie nicht länger und schob ihre Hand vorne in ihr schwarzes Etuikleid, um den rebellischen Draht gerade zu biegen.

Der Betonboden unter ihren Strumpfhosenfüßen war eiskalt. Sie hätte die Stiefel mitnehmen sollen, bevor sie herausgekommen war, doch sie hatte es zu eilig gehabt, sich von dem tödlichen Push-up zu befreien, um noch vernünftig zu denken. In der Sekunde, als ihr linker Fuß in eine nasse Pfütze tauchte, bedauerte sie ihre hastige Entscheidung. Lieber Gott, bitte lass das Wasser sein!

Sie fauchte verärgert, als sich der dünne Metallstreifen erneut aus dem Stoff drückte und sie wieder in die Brust stach.

Und gerade als sie annahm, dass es nicht noch schlimmer werden könnte, erklang der »Imperiale Marsch« aus Star Wars in ihrer Handtasche – der Klingelton für ihren Boss. Sie kramte unbeholfen nach dem Handy und antwortete: »Hi, Mr Parsons!«

Sie zuckte zusammen, als seine laute Stimme aus dem Handy dröhnte und er wissen wollte, wie denn die »Networking Session«, wie er es euphemistisch nannte, liefe. Für Jillian sah das Ganze eher so aus: »Liefern wir dem widerlichen, hormongesteuerten Jungathleten die junge Praktikantin und bekommen dafür seine Aufmerksamkeit«. Das war Teil des Plans, um Matt Turner aggressiv zu umwerben, ein Basketballspieler der University of Minnesota, der zwar noch ein weiteres Jahr auf dem College hatte, an dem aber bereits mehr als eine NBA-Mannschaft interessiert war, um ihn frühzeitig für sich zu rekrutieren. Er hatte wohl Gefallen an ihr gefunden, als sie sich vor ein paar Monaten im Büro begegnet waren, und Parsons hatte keine Sekunde gezögert, ihre Jugend und ihr Geschlecht zu nutzen und die NCAA-Regeln bezüglich Rekrutierungsmethoden ein wenig zu beugen.

Ein Praktikum bei einer angesehenen Agentur war die einzige Möglichkeit, um in diesem mörderischen Business vorwärtszukommen, und Pantheon war die größte Agentur im Land. Doch das hier war nicht unbedingt die Art von Arbeit, für die sie sich beworben hatte. Es war schlimm genug, dass sie für die vergangenen paar Monate in die Wildnis von Minnesota geschickt worden war, anstatt wie erwartet in den Büros in New York oder L. A. zu arbeiten. Und selbst wenn es ihr gelingen sollte, irgendwelche jungen Spitzensportler davon zu überzeugen, dass Pantheon die beste Agentur war, bekäme sie dafür niemals die verdiente Anerkennung von Parsons. Nach vier Monaten hatte sie die Nase voll.

Eines Tages würde sie ihre eigene Agentur eröffnen und die Dinge auf ihre Weise machen. Keine betrügerischen Rekrutierungstaktiken, keine Missachtung der Vorschriften – sie würde sich ihren Erfolg durch harte Arbeit und Ehrlichkeit verdienen.

Doch das würde niemals geschehen, wenn sie kein überzeugendes Empfehlungsschreiben von Parsons und eine ausreichende Note für dieses Praktikum bekommen würde.

»Es läuft gut. Großartig. Ich glaube, Turner ist interessiert«, sagte sie. Es war nicht nötig, ihm zu sagen, dass sein Interesse mehr darauf abzielte, sie ins Bett zu bekommen, als bei Pantheon zu unterschreiben.

Sie klemmte sich das Telefon zwischen Ohr und Schulter, um schnell ihre feuchte Strumpfhose auszuziehen und den störrischen Bügel zu bearbeiten, während Parsons weiterplapperte und sich seiner eigenen Ignoranz nicht im Geringsten bewusst war. Während des Vorstellungsgesprächs hatte er behauptet, von ihren Noten beeindruckt zu sein – sie war Jahrgangsbeste –, doch sie war sich ziemlich sicher, dass er sie auch eingestellt hätte, wenn sie ihm anstelle ihrer Zeugniskopie den Playboy vorgelegt hätte. Er interessierte sich nicht für ihren Verstand oder ihr Talent, sondern nur dafür, dass sie jung und attraktiv genug war, um die Aufmerksamkeit männlicher Sportler auf sich zu ziehen.

»Gute Arbeit, Nichols! Jetzt gehen Sie wieder rein und verzaubern ihn noch ein bisschen. Wir haben wenig Zeit. Ich will, dass Sie Turner um jeden Preis an Land ziehen. Verstehen Sie, was ich meine?«

»Ich bin mir nicht sicher, ob ich das tue«, sagte sie langsam.

»Ich habe Sie aus einem einzigen Grund angestellt, Nichols. Typen wie Turner denken mit ihrem Schwanz, nicht mit ihrem Gehirn. Jeder kann ihm versprechen, Millionen Dollar zu machen, doch Sie haben Vorzüge, die keiner meiner männlichen Praktikanten hat. Vorzüge, die Turner leicht beeinflussen können. Nutzen Sie sie, wenn es nötig ist.«

Sie spürte die Übelkeit in sich aufsteigen. Parsons hatte bereits während der letzten paar Monate einige anzügliche Bemerkungen fallen gelassen, doch das war das erste Mal, dass er unumwunden vorschlug, sie solle sich den Weg zum Erfolg erschlafen. Vor Wut bebte sie am ganzen Körper. »Ehrlich gesagt, Mr Parsons, möchte ich kü…«

Das Telefon rutschte weg. Sie konnte es gerade noch auffangen, bevor es auf den Betonboden fiel, und hielt es wieder an ihr Ohr.

»Was haben Sie gesagt, Nichols?«

Sie neigte den Kopf zurück und seufzte, während sie sich fühlte, als hätte man ihr alle Luft aus den Lungen gezogen. Das Praktikum bei Pantheon war die erniedrigendste Erfahrung ihres Lebens, doch jetzt zu kündigen würde bedeuten, ihren Traum völlig aufzugeben. Ein Uhr morgens war nicht der richtige Zeitpunkt, um überstürzte Lebensentscheidungen zu treffen. »Ja, Sir.«

Sie legte auf und lehnte sich an die kalte graue Wand, um Luft zu holen. Was würde sie nicht alles darum geben, um diese letzten paar Stunden zurückzudrehen.

Sie sah sich schnell um, ob es irgendwelche Kameras im Flur gab, dann nutzte sie die Abgeschiedenheit, um den Reißverschluss ihres Kleides zu öffnen, die Vorderseite bis zur Taille herunterzuziehen und schließlich den verdammten Bügel aus dem BH zu reißen.

»Brauchst du vielleicht Hilfe?«

Sie schrie auf und sprang zurück, stolperte und ließ ihr Telefon wieder fallen, während ein Typ mit einem Sechserpack Bier in der linken Hand die Treppe heraufkam. Er blieb auf halbem Weg stehen und fing das Telefon auf, das ihm entgegengeflogen kam.

»Nein, danke«, sagte sie mit vor Verlegenheit trockener Kehle, während sie schnell ihr Kleid wieder nach oben zog, um ihre spitzenbedeckten Brüste zu verbergen.

Sie verschränkte die Arme, während sie ihn die restlichen Stufen heraufkommen sah. Wie konnte sich jemand von dieser

Größe so leise bewegen? Er war ein gutes Stück über eins achtzig groß und hatte so breite Schultern, dass er fast die ganze Treppe ausfüllte. Wegen seines Körpers nahm sie an, dass er ein Sportler war, doch mit seinen Bartstoppeln, der verwaschenen Jeans und der zweckmäßigen braunen Jacke wirkte er eher wie ein sexy Holzfäller.

Da lag etwas seltsam Vertrautes in seinem kantigen Gesicht. Er hatte mitternachtsblaue Augen, ein markantes Kinn und eine leicht schiefe Nase, die aber nur zu seiner Attraktivität beitrug. Ein Gesicht, das sie am liebsten mit beiden Händen halten und zu ihrem heranziehen wollte, bis jede Erinnerung an diesen schrecklichen Abend aus ihrem Gehirn gebrannt wäre – wenn sie sich nicht so geschämt hätte.

»Mein Telefon?« Zum Glück hatte ihre Stimme den Ton ihrer üblichen Beherrschung zurückgewonnen. Sie hielt den einen Arm fest über dem Oberkörper, um die Tatsache zu verbergen, dass ihre Brüste jetzt schief hingen, und streckte ihm die andere erwartungsvoll entgegen.

Anstatt es ihr zurückzugeben, tat er so, als würde er das Telefon untersuchen. »Es sieht so aus, als hätte ich es erwischt, bevor das Display zerbrochen ist.«

»Erwartest du jetzt eine Belohnung, oder was?«, fuhr sie ihn an und ließ sich von ihrem Frust mitreißen. Sie wollte einfach zurück in ihre winzige Mietwohnung, sich das sorgfältig aufgetragene Make-up abwischen und so lange schlafen, bis die ganze Nacht nur noch eine ferne Erinnerung wäre.

Er warf ihr ein freches Lächeln zu, bei dem ihr die Knie weich wurden. »Ich denke, ich habe bereits eine bekommen.«

Sie musste schlucken. Alles an diesem Kerl, angefangen von seinem großspurigen Benehmen bis hin zu seiner enormen Größe, schrie »Bad Boy«. Was war nur mit ihr los, dass sie seine große, dunkle Holzfällerart so attraktiv fand? Vielleicht war er so erfrischend für ihre Sinne, weil er wie ein echter Mann aussah und nicht wie all die verwöhnten, unreifen Bubis auf der Party. Oder vielleicht lag es daran, dass dieser Typ so heiß war, dass er eine Frau in der Antarktis zum Schmelzen bringen würde.

Doch all das spielte keine Rolle. Sie war hier, um Matt Turner zur Unterschrift zu bringen, und nicht, um von irgendeinem zufällig vorbeikommenden Typen abgelenkt zu werden, der gerade jedes ihrer »Ja, bitte«-Kästchen abgehakt hatte.

Er schmunzelte und streckte ihr das Telefon entgegen. Sie riss es ihm sofort aus der Hand, dann machte sie auf dem Absatz kehrt, um die Tür zum Hausflur aufzudrücken.

Die schwere Metalltür rührte sich nicht.

»Man braucht eine Schlüsselkarte«, sagte der Typ und zeigte auf das schwarze Kästchen an der Wand.

»Ich nehme an, du hast keine, oder?« Sie hatte die Security im Gebäude vergessen. Jemand war von der Party heruntergekommen, um sie nach oben zu geleiten, denn auch der Fahrstuhl funktionierte nur mit der Schlüsselkarte. Sie hätte sich denken können, dass auch das Treppenhaus verschlossen war.

»Nö, aber ich werde meinen Kumpel anrufen, um uns reinzulassen.« Er zog sein Handy heraus und wählte. Nach ein paar Sekunden legte er auf und zuckte mit den Schultern. »Keine Antwort.«

»Das macht nichts. Wir können runtergehen und uns mit jemandem in den Fahrstuhl schleichen, der hier wohnt.« Obwohl sie barfuß war, würden ihr die sieben Etagen zur Lobby im Grunde nichts ausmachen, doch da es mitten im Winter war, wollte sie ihre Boots und ihren geliebten marineblauen Peacoat nicht im Apartment zurücklassen.

»Der Fahrstuhl ist defekt. Darum habe ich die Treppe genommen.«

Sie blickte ihn mit so weit aufgerissenen Augen an, dass es sich anfühlte, als würden sie ihr aus dem Kopf fallen. Sie suchte nach einem Hinweis darauf, dass er einen Scherz machte, doch es gab keinen. Diese nächste Niederlage schlug ihr auf den Magen, ließ die letzten Reste Adrenalin verebben, und sie spürte, wie müde sie eigentlich war. Sie ließ den Kopf hängen und stöhnte.

»Hey, mach dir keine Sorgen. Mein Kumpel weiß, dass ich komme. Er wird irgendwann nach mir sehen.« Er zog seine Jacke aus und legte sie auf den Boden. »Hier, wir machen unsere eigene Party, bis er kommt.«

»Dreh dich zuerst um«, befahl sie mit so viel Autorität in der Stimme wie möglich.

»Warum?«, fragte er unschuldig, doch sein Blick richtete sich auf ihre verschränkten Arme.

»Mach es einfach!«

»Na gut, aber versprich mir, dass du nicht vorhast, mich die Treppe hinunterzuwerfen.«

Der Gedanke, dass sie diesen Riesen von einem Mann dazu bringen könnte, sich auch nur einen Millimeter zu rühren, war so absurd, dass sie unwillkürlich lachen musste. Er drehte sich ohne weitere Einwände um, und gab ihr so Gelegenheit, den Bügel an der anderen Seite ihres BHs ebenfalls herauszuziehen.

»Fertig«, sagte sie mit einem erleichterten Seufzer. Ihre Brüste sahen jetzt vielleicht nicht mehr so keck und rund aus, doch wenigstens waren sie gleichmäßig. Sie ließ sich auf den Boden herunter und sah zu, wie er zwei Bier aus dem Sechserpack nahm, den er bei sich trug.

Er rutschte an der Wand herunter und setzte sich ein Stück von ihr entfernt auf den Boden. Der schwache Duft seines Eau de Cologne drang durch den feuchten Mief des Treppenhauses und gab ihr das Gefühl, endlich wieder atmen zu können. Sie wollte die würzigen, maskulinen Duftnoten einatmen, bis sie alle ihre Sinne erfüllten.

»Bier?«, fragte er.

Als er ihr die dunkelbraune Flasche reichte, zögerte sie. Auch wenn sie wie eine Brauerei stank, seit ein Typ aus Versehen sein Bier über sie gegossen hatte, hatte sie die ganze Nacht noch keinen Drink gehabt. Sie nahm ihre Arbeit ernst, was bedeutete, dass sie niemals trank, wenn sie im Dienst war. Doch sie hatte es satt, immerzu das brave Mädchen zu sein. Sie war einundzwanzig Jahre alt, eine Studentin mit sehr guten Noten und die am schwersten arbeitende Praktikantin, die Pantheon jemals gesehen hatte. Ausnahmsweise einmal wollte sie sich entspannen. »Nach dem Tag, den ich hatte, warum nicht?«

Er drehte den Flaschendeckel mit der Hand ab und warf ihn in die Ecke des Treppenabsatzes, dann nahm er einen großen Schluck.

Sie ahmte seine Bewegung nach, legte die Hand um die Oberseite der Flasche und drehte. »Autsch!« Die metallischen Kanten des Kronkorkens gruben sich in ihre Handfläche und hinterließen einen starken roten Abdruck.

»Lass mich mal.« Er beugte sich vor, bedeckte ihre Hand, mit der sie die Flasche hielt, mit seiner, und öffnete den Kronkorken, als wäre es nichts.

»Danke«, murmelte sie, ihre Wangen wurden heiß, während seine Hand auf ihrer verweilte. Die gegensätzlichen Gefühle durch das kalte Glas und seine warme Haut brachten ihren ganzen Körper zum Kribbeln.

Mit einem verschmitzten Lächeln nahm er die Hand weg, wobei er sich offenbar der Wirkung vollkommen bewusst war, die er auf sie hatte. »Wenn du dich dabei besser fühlst, ich bin total klaustrophobisch.«

»Wirklich? Oder ist das nur ein schwacher Versuch, um mit mir zu kuscheln?«

Er zwinkerte, und sie verdrehte die Augen. »Was denn? Ich bin ein Mann, der gern eine gute Gelegenheit nutzt. Und so, wie du dir die ganze Zeit auf die Lippe beißt, merke ich, dass du auch daran denkst.«

Sie schlug die Hand vor den Mund.

Er knuffte ihr leicht gegen die Schulter, als wäre sie einer seiner Sportkumpel. »Ich scherze doch bloß mit dir. Bist du nun in einer schlechten Stimmung, weil die Party so mies ist, oder liegst es an meiner Gesellschaft?«

»Ich kann nicht sagen, dass ich glücklich darüber bin, mit dem Kerl festzustecken, der gesehen hat, wie ich meinen BH richte, doch dafür kann ich dir wirklich keine Schuld geben. Schlechtes Timing.«

»Nur fürs Protokoll, da muss ich widersprechen. Es war wunderbares Timing.«

Zum Glück war die Beleuchtung schwach, denn sie konnte spüren, wie ihr die Röte den Hals hinaufkroch. »Wie dem auch sei. Ich bin mir sicher, dass die Party super ist, wenn man tatsächlich zum Feiern hier bist.«

»Welchen anderen Grund gibt es wohl sonst, um auf einer Party zu sein?«

Sie nahm einen Schluck Bier. Sie hasste IPA-Bier, doch der hopfige, malzige Geschmack war weniger bitter auf der Zunge, als alles andere, mit dem sie sich heute Abend herumschlagen musste. »Arbeit.«

Er hob schockiert die Brauen. »Ähm, ich will dich nicht beleidigen, aber du wirkst nicht offenherzig genug, um eine Prostituierte zu sein.«

Es gelang ihr nicht, das schrille Lachen zurückzuhalten, das ihr aus der Kehle drang. »Ich bin keine Prostituierte. Ich bin Sportagentin. Oder zumindest werde ich das sein. Momentan bin ich nur eine Praktikantin.«

Sein Grinsen kehrte zurück. »Das ergibt mehr Sinn. Aber ich hätte dich nicht als Agentin eingeordnet.«

»Warum das?«

»Du bist eine Frau.«

»Wirklich, habe ich noch gar nicht bemerkt«, sagte sie sarkastisch.

»Nun, du könntest ja noch einmal dein Kleid aufmachen, wenn wir weitere Beweise brauchen«, erwiderte er mit gespielter Ernsthaftigkeit.

Die halbe Flasche, die sie getrunken hatte, musste ihr bereits zu Kopf gestiegen sein, denn sie fand dieses unablässige Flirten und sein dreistes Verhalten eher charmant als nervig. Dabei hatte auch die Anspannung in ihren Schultern nachgelassen, und die Millionen dröhnender Gedanken in ihrem Kopf waren zu einem dumpfen Flüstern geworden. »Da passe ich.«

»Ich bin übrigens Nick.« Sein Lächeln war aufrichtig, und ließ ihn nur noch besser aussehen.

»Jillian Nichols, gegenwärtig bei Pantheon Sports Management«, erwiderte sie trocken.

»Also Jillian, warum willst du ein blutsaugender Egel werden, wenn du groß bist?«

Sie ahmte ihn nach und schlug ihm ebenfalls gegen die Schulter.

»Autsch, du hast ja Muskeln, Nichols.«

»Nein, habe ich nicht. Siehst du?« Sie spannte ihren jämmerlich dünnen Bizeps an. »Ich habe dich buchstäblich so fest geschlagen, wie ich konnte. Es spielt keine Rolle, wie viele Gewichte ich hebe oder ob ich eine Kiste voller Steroide esse. Ich setze nicht ein Gramm Muskeln an, wie sehr ich es auch versuche. Ich kann auch keinen Ball irgendeiner Form oder Größe werfen, ohne dass ich über meine eigenen Füße stolpere, und ich wurde aus jeder Mannschaft rausgeworfen, bei der ich es versucht habe. Oh, und ich bin total verletzungsanfällig. Ich schwöre bei Gott, dass ich mir einmal das Schlüsselbein gebrochen habe, nur weil ich einen Baseballschläger angeguckt habe.«

Er lachte. »Auf eine so seltsame Weise habe ich noch nie eine Frau prahlen hören.«

»Ich prahle überhaupt nicht. Ich erkläre nur, warum ich eine Agentin sein will. Ich bin schlecht im Sport, aber ich liebe ihn und möchte daran teilhaben. Ich bin auch clever und weiß, wie ich bekomme, was ich will. Ablenkungen können für einen Elitesportler tödlich sein. Wie kann sich jemand zu hundertzehn Prozent auf sein Training konzentrieren, wenn er wegen einer Vertragsstreitigkeit besorgt ist oder sich fragt, ob er im nächsten Jahr transferiert wird? Sportler brauchen jemanden, der sich um sie kümmert, der sicherstellt, dass sie nicht von den echten Blutsaugern da draußen ausgenommen werden. Agentin zu sein bedeutet, dass ich teilhabe an den Sportarten, die ich liebe, und für solche Athleten da sein kann, die jemanden an ihrer Seite brauchen.«

Sie trank schnell das restliche Bier, um ihre Verlegenheit zu überspielen. Sie hatte herumgefaselt wie die Kandidatin bei einer Misswahl. Wo war das überhaupt hergekommen? Sie war eigentlich kein Mensch, der seine Lebensgeschichte mit Fremden teilte.

»Du willst also Leuten helfen. Das ist cool«, sagte er mit anscheinend aufrichtiger Ehrlichkeit. Im Allgemeinen hatte sie ein gutes Gespür für Bullshit, doch sie kannte Nick noch keine zehn Minuten. Sie konnte nicht anders, als misstrauisch zu sein bei einem Kerl, der sich so schnell vom Idioten zum Prince Charming verwandelt hatte.

Sie zuckte mit den Schultern.

»In Ordnung, dann erzähl mir, wie du Dean Sanderson helfen würdest.«

»Dem Rechtsaußen von Toronto? Der hat sein Potential noch überhaupt nicht ausgeschöpft.« Jede Faser ihres Körpers schien von seiner Frage elektrisiert. Er hatte sie herausgefordert, doch sie war dafür mehr als bereit.

»Na ja, aber er hat noch ein paar Saisons vor sich.«

»Und deshalb würde ich versuchen, ihn an das in der Tabelle am niedrigsten stehenden Team zu vermitteln, das ihn nehmen wird. Er braucht einen Neuanfang. Irgendwo, wo er wirklich spürt, dass er seinen Beitrag leistet und nicht nur einen Platz auf der Bank besetzt.«

Er drehte sich, um sie anzusehen, und kniff die Augen zusammen. »Interessante Strategie. Und was ist mit Joe Symonds?«

»Einundvierzig und will sich nicht zur Ruhe setzen? Er wird

sicher zum Jahresende in eine untere Liga geschickt werden, weshalb ich auf einen Transfer mit Dallas drängen würde. Wie ich ihn einschätze, interessiert es ihn nur, aufs Eis zu kommen. Es spielt keine Rolle, für wen er spielt oder in welcher Liga. Das Farmteam von Dallas ist in der Nähe, so dass er in einer großen Stadt bleiben könnte, was seine Frau und seine Töchter glücklich macht, während er weiterspielen kann, bis sein Körper auseinanderfällt.«

»Beeindruckend. Du kennst dich mit Eishockey aus.« Er warf ihr weitere Fragen zu und diskutierte freundschaftlich über manche ihrer Behauptungen, bis sie jedes Gefühl für Zeit verloren hatte.

Schließlich gähnte sie zu sehr, um noch zusammenhängend zu antworten.

»Langweile ich dich?« Er warf ihr ein übermütiges Lächeln zu, das den Eindruck vermittelte, dass er sich nicht allzu große Sorgen über die Möglichkeit machte, dass sie seine Gesellschaft nicht genoss.

»Nein, nur müde.« Sie lächelte und merkte, dass sie alles andere als gelangweilt war. Ehrlich gesagt, war es ihr sogar gelungen, etwas Spaß zu haben, trotz der späten Stunde und dem kalten Beton unter ihrem Hintern. Nick war ein besserer Gesprächspartner, als sie erwartet hatte. Und süßer auch. Sie hatte schon seit Langem nicht mehr eine solche Verbindung zu jemandem gespürt. Doch sie war zum Arbeiten hier und nicht zum Vergnügen. Wenn sie nicht wollte, dass Parsons sie morgen feuerte, sollte sie sich besser wieder daran machen.

Er rutschte näher, lehnte sein Knie gegen ihres. »Möchtest du noch ein Bier?«

Sie schüttelte den Kopf und versuchte, die Hitzewelle zu ignorieren, die brennend von der Stelle ausströmte, wo sich ihre Körper berührten. »Wir sollten es versuchen und noch einmal anklopfen. Vielleicht hört uns jemand.« Sie stand auf und schlug gegen die Tür.

In weniger als einer Sekunde stand er hinter ihr. Sie hatte gar nicht gehört, wie er aufgestanden war, doch sie konnte die Hitze, die sein Körper ausstrahlte, hinter sich spüren, als wären ihre Nerven dafür programmiert, ihn zu finden.

»Dein Reißverschluss«, sagte er mit rauer Stimme. Er legte ihr eine Hand um die Hüfte, so dass sie die Luft anhielt, während er mit der anderen langsam den Metallschlitten des Reißverschlusses zu ihrem Nacken hochzog.

»Danke«, hauchte sie.

Anstatt sie loszulassen, verstärkte er den Griff an ihrer Seite. Es war besitzergreifend. Aufregend. »Du hast überall auf den Schultern Sommersprossen.« Mit dem Finger der anderen Hand fuhr er über ihre Haut, als würde er eine Verbindungslinie zwischen den kleinen braunen Punkten ziehen.

»Meine Mom sagt, das sind Teufelsküsse. Einer für jede meiner Sünden.«

»Da liegt sie falsch. Ich finde sie schön.« Seine geflüsterten Worte streichelten die empfindliche Haut in ihrem Nacken wie ein Kuss.

Sie erschauerte und stützte sich mit den Händen an der Metalltür ab. Wie würde es sich wohl anfühlen, nur einmal ihre Verpflichtungen abzustreifen und sich wie eine normale Einundzwanzigjährige zu benehmen? Eine, die sich daran erinnerte, dass Partys Spaß machen sollten und keine Geschäftsmeetings mit hohen Einsätzen waren. Eine, die gefährlich stark von dem Mann angezogen wurde, der gerade ihre Haut in Brand setzte.

Seine Hand glitt nach vorn zu ihrem Bauch und zog sie näher zu sich heran, so dass sich ihr Innerstes wie ein Vulkan vor der Explosion anfühlte.

Ihre Entschlossenheit zerbrach unter dem Gewicht ihres Verlangens. Sie drehte sich zu ihm um und fuhr mit ihren Händen über seine Brust, ermutigt von dem hungrigen Ausdruck in seinen Augen. Er senkte den Kopf, und ihr Herz machte einen

Satz. Sie wollte ihn küssen. Sich in ihm verlieren. Sie stellte sich auf die Zehenspitzen, um den Abstand zu überwinden, und die Erwartung wuchs in ihrem Bauch mit jedem Millimeter, den sie näher kam.

Die Tür hinter ihnen schwang auf und schlug ihr direkt gegen den Hintern.

»Salinger! Du hast es geschafft!«

Sie sprang aus Nicks Armen und rieb sich die wunde Pobacke, während er eine Art geheimen Handschlag mit dem Typen machte. Im Licht ihrer wachsenden Verlegenheit fühlte sich das Treppenhaus immer kleiner an, als würden sich die Wände auf sie zu bewegen. Sie wollte sich zwischen den zwei kräftigen Jungen durchschlängeln, ihre Sachen holen und verschwinden. Doch damit würde sie Nick an ihre Anwesenheit erinnern. Gerade jetzt fand sie es ganz praktisch, dass ihr Fast-Knutschpartner ihre Existenz offenbar bereits vergessen hatte.

Doch ihre Erschöpfung gewann gegenüber der Peinlichkeit die Oberhand. »Entschuldigt mich«, murmelte sie, glitt zwischen der Tür und dem Arm des anderen Typen hindurch und ging direkt ins Zentrum des pulsierenden Basses, um Turner zu finden.

Er lag ohnmächtig auf dem Boden und hatte eine leere Wodkaflasche in der Hand. Ein Gefühl der Enttäuschung mischte sich mit Erleichterung. Parsons würde verärgert sein, doch sie konnte jetzt nichts daran ändern. Es war an der Zeit, nach Hause zu gehen.

Sie entdeckte ihren Mantel unter dem Hintern eines anderen Mädchens auf dem Sofa. Für die Stiefel, die unter einem Riesenhaufen Schuhe neben der Vordertür begraben waren, brauchte sie ein wenig länger. Nick kam ins Apartment geschneit, als sie gerade den linken gefunden hatte.

»Der Punisher ist da!«, rief eine Stimme.

Oh mein Gott. Der Mann, über den sie im Treppenhaus fast hergefallen wäre, war nicht einfach nur irgendein Collegesportler. Er war Nick »The Punisher« Salinger – Star-Verteidiger der Minneapolis Warriors und der größte Rowdy der NHL. Sie hatte gerade den Großteil einer Stunde eingesperrt mit einem der Toprookies verbracht und anstatt sich wie ein Profi zu benehmen, hatte sie sich in ein Eishockey-Häschen verwandelt. Ihr dringendes Verlangen zu gehen wurde hundertfach verstärkt. Sie musste dringend hier weg.

»Hey Jillian, warte doch! Ich habe deine Telefonnummer gar nicht bekommen.«

Sie erstarrte. »Ich glaube auch nicht, dass das eine gute Idee ist.«

Ein anderer Typ stellte sich vor sie und blockierte den Ausgang. »Vielleicht solltest du lieber mir deine Nummer geben«, lallte er. Sie versuchte, sich an ihm vorbeizudrängen, doch der Typ bewegte sich nicht. Er ergriff ihren Oberarm und drückte so fest, dass sie aufschrie.

»Lass sie los!«, knurrte Nick.

»Vielleicht will ich das nicht.«

Sie sah nur noch, wie Nicks Faust in das Gesicht des Typen flog, dann brach die Hölle los.

2

Gegenwart

»Es tut mir leid, Mr Salinger, aber ich arbeite nicht mit Verlierern.«

Jillian Nichols hielt ihr Gesicht und ihren Körper so reglos wie eine Eisprinzessin im Winter, und gab keinen Hinweis darauf, dass sie den Großteil der vergangenen zehn Minuten damit verbracht hatte, sich zu fragen, ob er sich an sie erinnerte und an die Stunde, die sie zusammen eingesperrt in einem dunklen Treppenhaus verbracht hatten. Fraglich. Das Einzige, woran er sich wahrscheinlich aus jener Nacht erinnerte, war die riesige Schlägerei, die landesweit Schlagzeilen gemacht und ihn fast die Karriere gekostet hatte. Außerdem hatte er wahrscheinlich über die Jahre Millionen Begegnungen zu jungen weiblichen Eishockeyfans gehabt, wogegen sich ihr die Erinnerung seit fast einem Jahrzehnt ins Gehirn gebrannt hatte.

Nick Salinger wirkte nicht wütend. Auch schien er nicht überrascht darüber, dass es jemand gewagt hatte, seine Großartigkeit zu beleidigen. Stattdessen reagierte er wie jeder normale Mann, der zu viele Schläge auf den Kopf bekommen hatte.

Mit einem arroganten Feixen.

»Ich habe viermal den James Norris-Pokal gewonnen. Ich habe zwei olympische Goldmedaillen, eine in Bronze, und als ich siebzehn war, wurde ich im Jahrbuch meiner Highschool zu dem Absolventen gewählt, bei dem es am unwahrscheinlichsten wäre, dass er Karriere machen würde. Und am wahrscheinlichsten, dass man ihn verhaften würde.«

»Das ist eine interessante Reihe von Auszeichnungen.« Sie hielt ihre Stimme ruhig.

»Ich bin nicht nur der erfolgreichste Einwohner von Blades, Minnesota, ich bin auch einer der erfolgreichsten Sportler des Landes. Und ich bin niemals verhaftet worden.« Er beugte sich vor und zeigte ihr ein teuflisches Grinsen. »Zumindest nicht für etwas, das in mein Führungszeugnis gekommen ist.«

Nichts davon änderte etwas an der Tatsache, dass er nur Ärger machte. Sie hatte seine Karriere intensiver verfolgt, als sie je zugeben würde, und war zu dem Ergebnis gekommen, dass die süße Seite, die sie in jener Nacht von ihm gesehen hatte, nichts als eine Fassade gewesen war. Obwohl er einer der meistfotografierten Spieler der NHL war, war er auf – und neben – dem Eis ein Grobian. Jener berüchtigte Kampf war der letzte Tropfen gewesen, bevor Minneapolis ihn wegen seines schlechten Verhaltens fallen gelassen hatte. Die New York Vipers hatten ihn kurz danach angenommen, und obwohl er seit fast einem Jahrzehnt für sie spielte, war sein Verhalten kein bisschen weniger explosiv geworden. »Soll ich etwa beeindruckt sein?«

»Der Punkt ist doch der, Süße: Sie können mich alles Mögliche nennen, doch ›Verlierer‹ gehört nicht dazu.« Salinger lehnte sich auf seinem Lederstuhl zurück und legte einen schweren braunen Stiefel auf die Kante ihres Schreibtischs, danach den anderen. Der billige Furnierschreibtisch von Ikea ächzte unheilvoll und neigte sich leicht nach rechts.

Er hob eine Augenbraue, als wäre der miserable Zustand ihres Büros eine Art heimlicher Scherz zwischen ihnen beiden. Sie erledigte den Großteil ihrer Arbeit per Telefon oder bei einem Latte und Grünkohlsalat in feinen Bistros. Doch da diese Arbeit sie noch nicht zur Millionärin gemacht hatte, sparte sie Geld, indem sie ein auseinanderfallendes Einzimmerbüro in einem denkmalgeschützten Gebäude in New Yorks Lower East

Side gemietet, und ihr geringes Einkommen stattdessen in eine Garderobe schicker, doch seriöser Businesskostüme und Leg-dich-nicht-mit-mir-an-Stilettos investiert hatte. Es war nicht sehr glamourös, doch Nichols Sports Management gehörte ihr allein. Ihre Vision, ihre Methoden, ihre Träume. Nur nicht ihre Inneneinrichtung.

Was aber in Ordnung war, denn es kam eigentlich nie jemand in ihr Büro. Zumindest nicht bis vor zehn Minuten, als Nick Salinger hereingestürmt war und verlangt hatte, von ihr als Klient angenommen zu werden.

Und jetzt grinste er, als gäbe es für ihn keinen Zweifel daran, dass sie Ja sagen würde.

»Sie vertreten ein paar gute Eishockeyspieler in den unteren Ligen, aber niemanden in der NHL. Begreifen Sie es doch, Sie brauchen mich.«

Jillians Blutdruck schoss so hoch, dass sie ihren Puls in den Adern pochen fühlen konnte. Sie griff nach ihrem Lieblings-Eiffelturm-Briefbeschwerer aus Kristall und rammte ihm die Spitze in die linke Wade.

»Au!«

Sie ließ ihre Mundwinkel für ein kurzes Lächeln nach oben zucken, während seine Füße mit einem Rumsen zurück auf den Boden fielen. »Ich arbeite auch nicht mit Arschlöchern.« Sie hob den Vertrag auf, an dem sie zuletzt hektisch gearbeitet hatte und legte ihn auf ihren Schreibtisch, verwandelte dann das Durcheinander der Papiere in einen geordneten Haufen.

»Temperamentvoll«, sagte er und rieb sich die Stelle am Bein.

»Nein. Ich habe nur keine sehr hohe Toleranz für Überheblichkeit und Unfreundlichkeit.«

Er beugte sich vor, legte die Arme auf seinen Beinen ab, so dass sich sein graues Henley-Shirt eng um seine breiten Schultern straffte. »Sind Sie sicher, dass Sie im richtigen Geschäft sind?«

»Sie wären nicht hier, wenn Sie das nicht glauben würden«, antwortete sie kühl.

Er zuckte mit den Schultern. »Da haben Sie recht.«

Sie nickte und kümmerte sich nicht darum, ob er überhaupt gemerkt hatte, dass er ihr gerade ein Kompliment gemacht hatte. Tatsache war, dass weibliche Sportagenten nicht sehr viel Komplimente oder Anerkennung bekamen. Sie nahm sich jedes Lob, was sie bekommen konnte, ob beabsichtigt oder nicht. Selbst wenn es von einem Alpha-Arschloch von Eishockeystar kam.

»Ich gebe ja zu, dass ich ein Blödmann bin, doch Sie müssen mich ja nicht mögen. Sie arbeiten mit Underdogs, Außenseitern und den Sportlern, für die anderen Agenten die Eier fehlen. Ihr Geschäft floriert durch Chaos. Ich bin Ihr perfekter Kunde.« Er warf ihr ein Lächeln zu, das seinen gemeißelten Kiefer perfekt zur Geltung brachte.

Guter Gott, er war ein gutaussehender Mann, der mit den Jahren nur noch attraktiver geworden war. Sie lehnte sich auf ihrem Stuhl zurück und nahm seinen Anblick ganz in sich auf. Nick Salinger hatte die Art von rauer Sexyness, bei der ihr heiß zwischen den Beinen wurde und die sie daran erinnerte, dass ihr Sexmotor durchaus noch auf Touren gebracht werden konnte. Im Unterschied zu ihrem jüngeren Selbst schämte sie sich nicht, ihn ausgiebig zu beäugen. Sie war zu dem Ergebnis gekommen, dass es Teil ihrer Fähigkeiten als Agentin war. In Gedanken listete sie bereits eine Reihe von Designern auf, die für eine Modekampagne an seinem Look interessiert sein könnten. Sie bemerkte auch, dass er trotz des Cuts an seiner linken Wange und der leicht schiefen Nase Gesichtszüge hatte, die ihn zu einem großartigen Kandidaten für einen Werbevertrag mit einer Sonnenbrillenmarke machten. Natürlich würde er sich den Bart abrasieren müssen.

Das wäre schade, flüsterte ihre Libido wie ein Teufelchen auf ihrer Schulter.

Das Wichtigste war, dass sie wusste, wie sie die Instinkte unterdrücken konnte, die in ihr danach schrien, ihn endlich zum

Schweigen zu bringen, auf seinen Schoß zu kriechen, ihm das Shirt runterzureißen und ihn wie einen Preishengst zu reiten. Wie bei allem anderen in ihrem Leben ließ sie sich von ihrem Verstand leiten. Salinger war ein Raufbold auf dem Eis und abseits davon, und es war unmöglich, sich auf jemanden wie ihn einzulassen – persönlich oder beruflich.

Sie räusperte sich und beugte sich vor. »Ich kann nicht mit Sportlern arbeiten, die ich nicht mag.«

»Sie könnten mich mögen lernen.«

Sie wurde höhnisch. »Sie sind ein zweiunddreißigjähriger brutaler Verteidiger im letzten Jahr seines Vertrags, und trotz all Ihrer Auszeichnungen haben Sie noch nie den Stanley Cup gewonnen. Vor fünf Tagen haben Sie Ihren Werbevertrag mit Bauer verloren, und Ihr Agent hat sie fallen gelassen, weil Sie während des Trainings einen Faustkampf mit einem Teamkollegen hatten. Aber nicht einfach mit irgendeinem Teamkollegen – mit Sebastian Liakos, der zufällig ein hochtalentierter Rookie ist und sich kürzlich mit Alexa Whittaker verlobt hat, der Tochter des Besitzers der Vipers. Liakos hat außerdem die Presse und die Fans um den Finger gewickelt. Oder hatte es, bis Sie ihm diesen Finger gebrochen haben, indem Sie mit Ihrem Schläger auf ihn eingeschlagen haben in einem der billigsten Spielzüge, den man je auf Video gebannt hat. Und selbst wenn das Team Sie nicht suspendiert hat, so weiß doch jeder, dass Sie derjenige waren, der den ersten Schlag getan hat.«

»Er hat es verdient.«

»Wirklich? Die Medienberichte über Ihren Streit mit Alexa am nächsten Morgen lassen es für mich ziemlich deutlich wie einen Fall von Eifersucht aussehen.«

»Gott, ich habe nur versucht, sie vor Liakos zu warnen. Alexa ist noch ein Kind.«

Zumindest hatte er den Anstand, bei dieser Anklage entsetzt zu wirken. »Genau wie Sebastian Liakos. Und die Öffentlichkeit glaubt, dass Sie einen Einundzwanzigjährigen aus keinem anderen Grund verprügelt haben, als weil Ihr Ego mal wieder außer Kontrolle geraten ist.«

Er rutschte auf seinem Sitz herum, und sein hübsches Gesicht verzog sich zu einem düsteren Ausdruck. »Und deshalb bin ich hier.«

»Es steht außer Frage, dass Sie ein großartiger Spieler sind. Wahrscheinlich einer der besten. Doch Sie sind wie ein Auto im letzten Jahr seiner Garantielaufzeit, und wenn es dann darum geht, über Transferdeals zu reden, wird Ihr armseliger Hintern an irgendein neues Team verschickt werden. Eines, das Sie vielleicht sogar großzügig bezahlt, doch keine Hoffnung darauf hat, jemals den Cup zu gewinnen. Jeder beliebige Agent kann für Sie einen Transferdeal aushandeln. Sie brauchen mich nicht.«

»Sie kennen sich aus mit Ihrem Stoff, das muss ich zugeben. Aber da ist eine Sache, bei der Sie falschliegen.«

»Nämlich?«

»Mein Agent hat mich nicht fallen gelassen. Ich habe ihn gefeuert, weil er genau dasselbe gesagt hat, wie Sie gerade eben. Ich weiß, dass ich nur noch ein, vielleicht zwei Jahre übrig habe, um den Cup zu gewinnen. Doch das wird nicht passieren, wenn ich in irgendeine drittklassige Mannschaft komme, die nicht einmal Fans begeistern kann, geschweige denn Tore schießen. Ich brauche einen Agenten, der versteht, dass es mir nicht nur ums Geld geht. Es interessiert mich nicht, selbst wenn man mir keinen einzigen Cent mehr bezahlt. Es geht um meine Liebe zum Spiel. Ich dachte, dafür wären Sie die Richtige, doch ich weiß jetzt, dass ich mich vertan habe. Ich nehme an, dass Sie doch nicht mehr dasselbe Mädchen wie das in dem Treppenhaus sind.« Er erhob sich und stützte die Hände auf ihren knarrenden Schreibtisch, dann blickte er sie mit durchdringenden dunkelblauen Augen an, als würde er erwarten, dass sie zurückweicht.

Doch das tat sie nicht. Zumindest nicht körperlich. Ihr Innerstes fühlte sich an, als hätte sie einen Schlag in die Magengrube erhalten. Sie hatte nicht erwartet, dass er sich daran erinnerte.

Doch die Tatsache, dass er noch immer mit einem einzigen Blick jeden Nerv in ihrem Körper elektrisieren konnte, war nicht der einzige Grund, der sie innerlich schwanken ließ. Es war der erste Moment, in dem er mit Leidenschaft gesprochen oder ihr einen Grund dafür gegeben hatte, anzunehmen, dass sie für ihn etwas anderes war als ein allerletzter Versuch, um seine Karriere zu retten. Und obwohl sie geschworen hatte, sich in ihren Entscheidungen niemals von Geld beeinflussen zu lassen, konnte sie nicht leugnen, dass ein bekannter Eishockeyspieler wie Salinger zehnmal mehr in einem Jahr brachte, als alle ihre gegenwärtigen Kunden zusammen.

Vor ihrem inneren Auge eröffnete sich ein Panorama der Möglichkeiten, die ihr ein Klient wie er bieten könnte. Wenn es ihr gelingen würde, seine Karriere herumzureißen, hätte Nichols Sports Management gewaltig an Glaubwürdigkeit gewonnen. Die großen Jungs in der Liga würden gezwungen sein, endlich ihr Geschlecht zu ignorieren und sie ernst zu nehmen. Am wichtigsten war, dass ihr ein Klient wie Salinger die Art von Bestätigung geben würde, die sie brauchte, um bei der kommenden Wahl einen Sitz im Vorstand der New York Association of Professional Sport Agents zu gewinnen.

Doch ihr bestehender Erfolg basierte auf drei Grundsätzen. Erstens: Arbeite niemals mit arroganten Arschlöchern. Zweitens: Arbeite niemals mit jemandem, dem du nicht vertraust. Und drittens: Arbeite niemals mit jemandem, den du dir nackt vorstellst.

Angesichts ihres andauernden Singlestatus und ihrer ungesunden Wertschätzung von Bad Boys, hatte sie ihn sich während des vergangenen Jahrzehnts sehr oft sehr nackt vorgestellt.

Trotz ihrer zugeschnürten Kehle zwang sie sich dazu, ihm

eine weitere Frage zu stellen. »Warum haben Sie Liakos verprügelt?«

Er sah sie lange Zeit an, während ein leichtes Zucken an seinem Kiefer seine einzige Bewegung war.

»Das ist keine schwierige Frage. Vertrauen ist lebensnotwendig in diesem Geschäft. Wenn wir zusammenarbeiten – und ich sage nicht, dass ich meine Meinung geändert habe –, dann muss ich wissen, warum Sie es getan haben.«

»Nein.«

Und aus. »Dann ist damit unser Gespräch am Ende.« Sie musste ihn nicht bitten, zu gehen. Er hatte bereits die Tür hinter sich zugeschlagen, bevor sie den Satz beendet hatte.

3

Nick Salinger öffnete die Tür seiner Wohnung und wäre am liebsten gleich wieder rausgegangen. Sein Kopf dröhnte, und der schmetternde Sound der Gesangsshow im Fernsehen, der ihm entgegenschlug, war keine große Hilfe. Er überwand sich und ging hinein. Er hatte einen Sechserpack in der einen Hand und eine doppelte Portion Pad-Thai in der anderen, und es wäre schade, eins davon wegzuschmeißen.

Er ging direkt ins Wohnzimmer zu seinem Bruder, der dort auf der Couch lag, doch anstatt sich hinzusetzen und ihm die Fernbedienung wegzunehmen, warf er einen Blick auf Bens Gesicht und ging in die Küche, um eine Tüte Erbsen aus der Tiefkühltruhe zu holen.

»Hier«, sagte er und reichte ihm die Erbsen, bevor er sich auf der Couch niederließ. Zum Glück hatte Ben den Sender bereits zum Eishockeyspiel umgestellt und die Lautstärke ein paar Dezibel gedrosselt.

»Mir geht es gut«, sagte Ben mit einer Grimasse, doch er nahm den Beutel und hielt ihn gegen die hässliche violette Prellung, die sein linkes Auge seit ein paar Tagen umgab.

»Du musst auf dich aufpassen.« Nick wusste, dass es ziemlich sinnlos war, ein blaues Auge so lange nach der Verletzung mit Eis zu behandeln, doch Nick fiel nichts anderes ein, was er tun konnte, um sich nicht hilflos zu fühlen. Selbst jetzt war noch immer viel Zorn in ihm, der sich wie ein drohender Wirbelsturm auftürmte. Er hatte zu viel Zeit in seinem Leben damit verbracht, sich hilflos zu fühlen, unfähig, seinen kleinen

Bruder vor den Kleinstadtrowdys zu beschützen, während er in den Juniorenligen unterwegs war. Doch angeblich hatte sich die Welt verändert, seit sie Erwachsene waren. Eigentlich sollte so ein Mist nicht mehr geschehen.

Das Schlimmste daran war, dass er genau wusste, dass es bei dem, was da vor sechs Tagen in McAdam's Pub vorgefallen war, eigentlich gar nicht um Ben gegangen war. Liakos hatte geschmollt, nachdem ein NBC-Sportreporter bemerkt hatte, dass Nick an dem Tag der Star des Spiels gewesen war. Ben war einfach ein leichtes Opfer für seinen Neid gewesen.

Nick drehte von zwei Flaschen die Kronkorken ab und reichte eine Ben. Sie saßen schweigend bis zum Ende der Spielphase da und arbeiteten sich durch die Hälfte des Pad-Thai und das restliche Bier. Der Beutel Erbsen lag in einer Pfütze auf dem Glastisch.

»Bist du heute im MoMA gewesen, wie du es vorhattest?«, fragte Nick schließlich, als die Stille während einer Werbepause unangenehm wurde.

Ben zuckte mit den Schultern. »Heute nicht. Vielleicht morgen.«

Nick kippte den Rest seines Biers hinunter und stellte die Flasche etwas zu fest hin, so dass das laute Geräusch von Glas auf Glas durch den großen Raum hallte. »Es ist nicht gesund für dich, wenn du dich hier den ganzen Tag versteckst. Du kannst gern so lange bleiben, wie du willst, aber du musst ein bisschen Tageslicht sehen, oder du wirst depressiv.«

Ben stellte sein Bier mit wesentlich größerem Feingefühl hin und drehte sich, um Nick anzusehen, wobei er ihm eine Hand auf die Schulter legte. »Mir geht es gut. Das schwöre ich. Noch ein Tag, und die Schwellung wird so weit weg sein, dass ich die Prellung mit Bühnenschminke verdecken kann, und dann gehe ich raus und erobere New York City, wie ich es immer tue. Ich werde nicht zulassen, dass mir Sebastian Liakos Weihnachten ruiniert.«

Nick atmete aus. Er war erleichtert über die Zuversicht in der Stimme seines Bruders. Es war nicht die körperliche Verletzung, die ihn beunruhigt hatte. Ben war hart im Nehmen. Es waren die inneren Wunden, die Nick Sorgen machten. Die meiste Zeit war sein Bruder ein wahres Energiebündel, das die Menschen immer zum Lachen brachte. So still wie zuletzt war Ben nicht mehr gewesen, seit Nick herausgefunden hatte, dass sein Lehrer ihn in der siebten Klasse nach Hause geschickt hatte, weil er ein rosa T-Shirt trug.

»Da wir bereits in einem unangenehmen Gespräch sind, sagst du mir vielleicht auch, wie es mit dieser Agentin gelaufen ist, von der du so geschwärmt hast?«

»Nicht so gut.«

Ben fluchte leise. »Was ist passiert?«

»Sie hat mich nicht gemocht.«

Diesmal kicherte sein Bruder. »Hast du wenigstens etwas versucht, damit sie dich mag?«

Nick zuckte mit den Schultern. Es war ein allerletzter Versuch gewesen, und so weit es ihn betraf, konnte er sich von jetzt an auch selbst um seine Deals kümmern.

»Nun, heute sind drei Agenten vorbeigekommen und haben nach dir gesucht, und weitere fünfzehn haben angerufen.«

»Und alle sehen nur dasselbe: Dollarzeichen. Bevor ich Vince rausgeschmissen habe, hat er hinter meinem Rücken Transferpläne mit Utah gemacht. Offensichtlich wollten sie vor der Transfer-Deadline ein riesiges Angebot für mich abgeben.«

»Das ist besser, als ohne Mannschaft zu sein.«

»Nein, ist es nicht.« Vor neun Jahren hatten ihn die Vipers davor gerettet, in die unteren Ligen zurückgestuft zu werden, nachdem die Warriors zu dem Ergebnis gekommen waren, dass er mehr Ärger bedeutete, als er wert war. Im Gegenzug hatte er ihnen seine volle Loyalität gewidmet. Er würde sich nicht einmal mehr selbst erkennen, wenn er etwas anderes als die schwarz-grünen Farben der Vipers tragen würde.

Er war länger als jeder andere Spieler bei der Mannschaft geblieben und hatte sie in unglaubliche Höhen gebracht. Das Einzige, was die Vipers bisher nicht erreicht hatten, war der Gewinn des Stanley Cups, und er wollte verflucht sein, wenn er sie verlassen würde, bevor das nicht geschehen war. In der letzten Saison waren sie so kurz davor gewesen, dass die Erinnerung daran noch immer wie Säure in seinem Magen brannte. Im fünften Spiel hatten sie gegen Detroit verloren. Die Mannschaft war aber wieder zu Kräften gekommen, hatte in der Saisonpause ein paar gute Transfers gemacht und behielt ihren Schwung während der ersten Monate der neuen Saison. Bis Liakos sie mit seinem letzten divenhaften Wutanfall zu einem kreischenden Halt gebracht hatte.

Nick brauchte einen Agenten, der verstand, dass es für ihn wichtiger war, mit der Mannschaft zu gewinnen, der er sich mit Leib und Seele verschrieben hatte, als einen Vertrag über sieben Millionen im Jahr auszuhandeln.

»Es tut mir leid. Ich weiß, ich hätte ihn anzeigen sollen, doch …«

»Nein«, sagte Nick entschieden. »Ich weiß, warum du es nicht getan hast, und ich stehe hinter jeder deiner Entscheidungen, solange du sie nicht aus Schuldgefühlen heraus triffst. Nach ein paar Wochen wird die Öffentlichkeit den Kampf vergessen, und ich finde einen neuen Agenten.«

»Du hast gesagt, Jillian Nichols sei die einzige Agentin, der du vertraust.«

Er hatte ohnehin schon eine Weile darüber nachgedacht, seinen Agenten zu feuern. Vince war von Anbeginn seiner Karriere bei ihm gewesen, als er noch ein Junioragent war und ganz am Anfang stand. Seitdem hatte der Mann ein wahres Imperium auf Nicks Rücken errichtet und ihn dazu genutzt, seine Mannschaftskameraden zu treffen und unter Vertrag zu nehmen. Irgendwann im Laufe der Zeit hatte Vince dann aufgehört, sich um Nicks Bedürfnisse zu kümmern. Hatte aufgehört, ihn bei kleineren Entscheidungen überhaupt noch nach seiner Meinung zu fragen. Er ging davon aus, dass die Antwort immer lautete, den Weg zu gehen, der die größte Geldsumme einbrachte. Genauso wie jeder andere Agent, der versuchte, Nicks Aufmerksamkeit zu erlangen.

Als er dann vor einem Monat Jillian Nichols' Namen in einem Bericht über prominente weibliche Sportagentinnen im Sport Fitness Magazine entdeckt hatte, hatte er sich sofort an sie erinnert. Das Mädchen aus dem Treppenhaus, das ihn mit ihren komplizierten Strategien und goldenen Sommersprossen verzaubert hatte. Fast ein Jahrzehnt später brach ihre Überzeugung und Leidenschaft wie ein kleines Feuerwerk aus den gedruckten Seiten. Auch wenn man die Liste ihrer Klienten am besten als bunt gewürfelten Haufen schrulliger Sportler ohne große Namen aus einer der oberen Ligen bezeichnen konnte, hatte sie ein paar beeindruckende Kunststücke vollbracht. Er war immer seinem Bauchgefühl gefolgt und hatte den ungewöhnlichen Weg gewählt, und dieser Weg hatte ihn an diesem Nachmittag direkt zu ihrer Bürotür geführt. Das und vielleicht ein wenig Neugierde darüber, was aus Jillian Nichols geworden war. Wenngleich er diesen Teil Ben gegenüber niemals zugegeben hätte.

Er rieb sich mit der Hand über das Gesicht. »Das ist sie. Leider war dieses Vertrauen nicht beiderseitig. Ich denke, dass ich meine Anziehungskraft vielleicht überschätzt habe.«

»Hast du versucht, nett zu sein?«

Nick warf ihm von der Seite einen Blick zu. »Ich bin immer nett.«

Ben lachte erneut. Es hörte sich gut an, auch wenn es auf Nicks Kosten ging. »Du bist ein Mann von eins neunzig, hundertzehn Kilo und mit einer düster grübelnden Art. Das bedeutet, dass du dich zehnmal mehr anstrengen musst, um als nett durchzugehen. Es ist nicht fair, aber so ist es nun einmal. Du kannst deine Millionen von Dollarscheinen benutzen, um deine männlichen Tränen zu trocknen.«

Nick stieß seinen Bruder spielerisch an. Er war so sehr an bedeutende Agenten gewöhnt, die sich lautstark darum rissen, seine Aufmerksamkeit zu erlangen, dass ihm nicht mal in den Sinn gekommen war, Jillian würde womöglich nicht sofort aufspringen, wenn sie die Gelegenheit hätte, ihn unter Vertrag zu nehmen. Er hatte sich wie ein Idiot benommen, der seinen aufgestauten Frust an ihr ausließ. Der Coach hatte ihm die ganze Woche beim Training den Arsch aufgerissen und in ihrem letzten Spiel gegen New Jersey seine Spielzeit auf dem Eis verkürzt. Für Liakos hatte seine Beteiligung an dem Ganzen keine Konsequenzen nach sich gezogen.

Der Zustand von Jillians' Büro hatte ihn ebenfalls aus der Bahn geworfen. Es war eine Müllhalde. Er wusste, dass sie noch keine hochrangige Agentin war, doch er hatte nicht damit gerechnet, dass sie als Ein-Frau-Unternehmen in einem Gebäude arbeiten würde, das nur noch ein einziges undichtes Rohr davon entfernt war, um als abbruchreif zu gelten. Zumindest war es ihm gelungen, sich kein noch tieferes Loch zu graben, indem er sie angebaggert hatte. Er hatte ihr professionelles Interesse vielleicht nicht richtig eingeschätzt, doch er war sich verdammt sicher, dass da noch etwas zwischen ihnen war. Etwas, das jedes Mal Funken schlug, wenn sie einander anblickten.

»Wie schlimm war es denn?«

»Sie hat mir mit dem Briefbeschwerer ins Bein gestochen.«

»Wow«, sagte Ben und schaffte es, noch vergnügter zu klingen. »Hat dein Abschlussball nicht genauso geendet?«

»Das war eine Nagelfeile.«

»Nun, ich sehe, wir haben einen harten Kampf vor uns.«

»Ich glaube nicht, dass Jillian Nichols die Frau ist, die ihre Meinung ändert.«

»Du darfst nicht aufgeben. Was glaubst du, wie ich mich fühle, wenn deine Karriere wegen mir ruiniert ist?«

»Ich werde dir zum Trost ein paar von meinen Millionen geben.«

Ben schlug ihm auf die Schulter. »Ich meine es ernst.«

»Ich auch.« Die dritte Spielphase begann, und Nick stellte den Fernseher lauter. Sie wussten beide, dass seine Karriere bereits über den Höhepunkt hinaus war und er jetzt nach einer geeigneten Abwärtsflugbahn suchte. Jillian hatte damit recht, dass sein Eishockeystil in der NHL eine gefährdete Spezies war. Liakos ins Gesicht zu schlagen hatte seinen Untergang nur beschleunigt.

Ben riss ihm die Fernbedienung aus der Hand und stellte den Ton stumm. »Wenn du nicht bald einen neuen Agenten bekommst, dann wirst du zu einem beschissenen Expansion-Team irgendwo im Nirgendwo transferiert, wo du keine Chance haben wirst, jemals den Cup zu gewinnen. Du hast viel zu schwer gearbeitet, um das geschehen zu lassen, und ich habe kein Bedürfnis danach, in den nächsten paar Jahren meine kostbaren Ferien damit zu verbringen, dich in irgendeinem kulturlosen Kaff zu besuchen.«

»Hör zu, ich werde mir etwas überlegen. Kannst du jetzt wieder lauter stellen? Ich möchte hören, was die Kommentatoren über Detroits neuen Coach sagen.«

»Ich fände es gut, wenn du noch einmal über diesen Agenten nachdenken würdest, der dir als Anreiz die lebenslängliche Bereitstellung von Musicaltickets für den Broadway angeboten hat, wenn du bei ihm unterschreibst. Doch trotzdem wäre ich glücklicher, wenn du dir etwas überlegen könntest, damit Jillian Nichols dich mag.«

»Und wie soll ich das schaffen?« Wahrscheinlich war es ein schlechtes Zeichen, doch es interessierte ihn mehr, dass Jillian ihn als Mann mochte denn als möglichen Klienten. Es war schwer, nicht an das süße Mädchen mit dem scharfen Verstand zu denken, das er vor fast einem Jahrzehnt kennengelernt hatte. Das bei der geringsten Berührung seiner Fingerspitzen auf ihrer Haut erschauert war. Zu schade, dass sie deutlich gezeigt hatte, nicht daran interessiert zu sein, dort weiterzumachen, wo sie aufgehört hatten – persönlich oder beruflich.

»Nun, entschuldige dich zuerst dafür, ein Idiot gewesen zu sein.«

»Es ist nicht so, dass ich etwas gesagt hätte, was nicht gestimmt hat.«

»Es geht nicht darum, was du sagst. Es geht darum, wie du es sagst. Jetzt glaubt sie wahrscheinlich, dass du ein großer, brutaler Oger bist. Was du ja auch bist.«

Nick hob eine Braue. Er wusste nie, worauf der übermäßig kreative Verstand seines Bruders abzielte.

»Du wirst sie nie davon überzeugen können, dass du der Märchenprinz bist. Stattdessen musst du sie davon überzeugen, dass du Shrek bist.«

»Du willst, dass ich mir das Gesicht grün anmale?«

Ben ignorierte seinen Kommentar. »Ich möchte, dass du etwas Nettes tust, um ihr zu zeigen, dass du wirklich kein Idiot bist.«

Nick seufzte. »Wie mache ich das?«

»Dir fällt nichts Nettes ein? Wirklich nicht?«

»Jetzt spielt es keine Rolle mehr.«

Ben verzog den Mund, was immer seine Verzagtheit zum Ausdruck brachte. Es war verblüffend, wie sehr sie sich äußerlich ähnelten, da beide ihr dunkles Aussehen und die blauen Augen von ihrer Mutter geerbt hatten. Doch wo Bens Gesichtszüge jede Gefühlsregung lebhaft zum Ausdruck brachten, hatte man Nick mehr als einmal gesagt, dass bei ihm niemand den Unterschied zwischen einem mürrischen Ausdruck und seinem Lächeln erkennen konnte. »Was meinst du?«

Er nutzte es aus, dass sein Bruder gerade abgelenkt war, um die Fernbedienung zu nehmen und lauter zu stellen. »Ich werde mich um die Dinge kümmern, wie ich es immer tue. Wenn Jillian Nichols mich nicht vertreten will, dann werde ich mich eben selbst vertreten.«

***

Es hatte Jillian völlig aus der Bahn geworfen, Nick Salinger nach all der Zeit wiederzusehen. Sie hatte fünf Schreibfehler in dem Vertrag gefunden, an dem sie heute Abend gearbeitet hatte. Wenn sie an die dachte, die sie womöglich gar nicht gesehen hatte, kribbelte es ihr unter der Haut. Er war nur fünfzehn Minuten in ihrem Büro gewesen, doch irgendwie hatte er es geschafft, sich in ihren Kopf zu graben und sie noch stundenlang danach zu beschäftigen. Allein wegen der in ihrer Karriere entwickelten äußersten Arbeitsmoral und Disziplin hatte sie es geschafft, alle Punkte auf ihrer dringenden Aufgabenliste abzuarbeiten, bevor ihre Augen glasig geworden waren.

Sie musste ihn aus dem Kopf bekommen.

Sie brauchte außerdem einen Praktikanten, um nicht an jedem Abend bis weit nach Mitternacht arbeiten zu müssen. Leider hatte sie in diesem Jahr keine einzige Bewerbung erhalten. Wieder einmal. Niemand wollte umsonst in einem kleinen Laden mit einem einzigen Büro arbeiten, das keine Starathleten hatte. Auch wenn sie einem Praktikanten viel mehr direkte Erfahrungen bieten konnte als eine Firma mit großem Namen, wo sie nichts anderes machten als fotokopieren und zu Starbucks laufen, ließen sich Möchtegern-Sportagenten von dem Glanz solcher Firmen wie Pantheon anziehen.

Mit der Vertragsunterzeichnung von Brody Shakeman würde sich das alles ändern.

Heute Abend wollte sie die Tatsache feiern, dass sie gerade die letzten Klauseln seines Vertretungsvertrags optimiert und ihm diesen für die abschließende Unterschrift zugeschickt hatte. Shakeman war ein gutaussehender junger Snowboarder mit Dutzenden von Markennamen, die sich darum rissen, mit ihm einen Werbevertrag zu unterschreiben. Sie war mit ihm den ganzen langen Weg gegangen, hatte sein Talent bereits vor Jahren entdeckt – bevor die meisten anderen Agenten Extremsport ernst genommen hatten –, hatte ihn geduldig unterstützt und darauf gewartet, bis er wirklich dafür bereit war, Profi zu werden, bevor sie ihn unter Vertrag nahm. Dieser Vertrag war mehr als nur Prestige. Danach würde sie niemand mehr als Schmalspuragentin einschätzen.

Zu viele Leute weigerten sich noch immer, Frauen in dieser Branche ernst zu nehmen, vor allem Lou Parsons, ihr ehemaliger Boss. Er hatte in den vergangenen neun Jahren jede hinterhältige Gelegenheit genutzt, um sie zu diskreditieren und schlecht über sie zu sprechen, nachdem sie mit einem etwas zu lauten Tusch aufgehört hatte, für Pantheon zu arbeiten. Eine E-Mail von Parsons, in der er sie gegenüber den anderen Vizepräsidenten als »scharfe Schnitte« bezeichnet hatte, zusammen mit ihrem Kündigungsbrief weiterzuleiten, war vielleicht nicht gerade einer ihrer klügsten Schritte gewesen, doch wenigstens war sie mit ihrem Gewissen im Reinen.

Ironischerweise hatte das Parsons nicht davon abgehalten, sie dazu überreden zu wollen, ihre Firma an das Pantheon-Imperium zu verkaufen, als sie einen Funken Erfolg hatte.

Das würde niemals geschehen. Nachdem sie mit ihrem Praktikum gescheitert war, musste sie ihre Karriere von klein auf neu erfinden, indem sie einen Abschluss in Jura machte und mit den Sportlern arbeitete, die sonst niemand angerührt hätte, bis sie sich aufgestellt hatte. Nichols Sports Management florierte vielleicht nicht in der Weise, wie sie es an diesem Punkt in ihrer Karriere erhofft hatte, doch sie war stolz auf das, was sie bisher erreicht hatte.

Sosehr sie auch auf ihre Erfolge anstoßen wollte, so war sie doch viel zu erschöpft. Ihre beste Freundin Genevieve verbrachte die Ferien in London, um neue Anregungen für ihr Modebusiness zu bekommen. Hoffentlich hatten beide einen Grund für festliche Getränke, wenn Genevieve wieder in der Stadt war, doch heute Abend würde Jillian sich entspannen.

Sie versuchte, die Gedanken an Salinger aus ihrem Kopf zu vertreiben, doch es stellte sich heraus, dass das in ihr Gehirn eingebrannte Bild von ihm genauso störrisch war wie der

Mann selbst. Es war nicht nur sein Aussehen, obwohl sie zugeben musste, dass seine große, dunkle und raue Art genau nach ihrem Geschmack war. Sie konnte seine Leidenschaft lodern spüren, als er darüber sprach, den Cup zu gewinnen. Es war faszinierend gewesen. Vielleicht sollte sie ihm doch eine Chance geben …

Nein. Heute Nacht war nicht der Zeitpunkt für Selbstzweifel oder Bedauern. Sie hatte ihre Karriere vollständig allein entwickeln müssen, mit nichts anderem, als ihrem Bauchgefühl, um sie anzuleiten. Und heute Nacht sagte ihr Bauch, dass sie eine Flasche Prosecco köpfen und die Tatsache feiern sollte, dass sie gerade einen Burschen unter Vertrag genommen hatte, der an der Schwelle zum Superstar stand. Er hatte zwar noch nicht unterschrieben, doch der Deal war so gut wie fertig. Der schwierige Teil war geschafft. Ab morgen würde ihr niemand mehr die Glaubwürdigkeit als professionelle Sportagentin absprechen können.

Als sie nach Hause kam, ließ sie sich als Erstes ein Bad ein. Ihre Einzimmerwohnung war winzig, doch sie hatte ein großes Wohnzimmerfenster und eine schöne frei stehende Badewanne, für die sie fast nie die Zeit fand, um sie zu nutzen.

Sie stellte das Wasser heiß, ließ den Korken knallen und füllte die einzige Champagnerflöte, die sie hinten in ihrem Schrank finden konnte. Der erste Schluck war spritzig, durchdringend und köstlich, doch es würde noch besser schmecken, wenn sie von dem nach Lavendel duftenden Schaum umgeben war. Sie stellte ihr Glas auf den Fußboden neben das Telefon und streifte ihr graues Etuikleid und die schwarzen Strümpfe ab, dann stieg sie für ein dekadentes Bad in die Wanne. Und kreischte laut auf, als ihr Fuß im Wasser versank.

Es war eiskalt.

»Der Heißwassertank ist schon wieder defekt«, ertönte Craigs geisterhafte Stimme von der anderen Seite der papierdünnen Wand. »Hast du die Hinweise nicht gelesen?«

»Muss ich übersehen haben«, erwiderte sie ihrem Nachbarn, einem alten Junggesellen mit einer Vorliebe für klassische Musik um vier Uhr morgens, und kletterte aus der Wanne.

»Es wird noch mindestens eine Woche dauern, bis sie es repariert haben.«

»Danke, Craig.«

»Kein Problem.«

»Einfach nur großartig«, murmelte sie für sich, als das Geräusch von Craigs Toilettenspülung den Raum erfüllte.

Sie ließ ihr Glas stehen und trank lieber bei einer Zeitschrift auf dem Sofa direkt aus der verdammten Flasche. Sie weigerte sich, es für ein Zeichen des Schicksals zu halten, dass sie den Deal noch nicht feiern sollte. Wenn Shakemans Werbeeinnahmen fließen würden, dann würde sie genug verdienen, um darüber nachzudenken, in eine andere Wohnung mit funktionierenden Sanitäreinrichtungen zu ziehen.

Sie schaffte es nicht einmal durch den ersten Artikel in der Zeitschrift, bevor ihr Telefon wegen einer SMS summte. Für eine halbe Sekunde überlegte sie, es zu ignorieren, doch es war nutzlos. Sie würde niemals in der Lage sein, sich zu entspannen. Allein das Wissen, dass in ihrem Posteingang eine unbeantwortete Nachricht war, brachte ihr Herz zum Rasen und ihre Haut zum Jucken.

Sie kam von Jaime Chen, einer ihrer ersten und liebsten Klientinnen. Jaime war professionelle Fußballspielerin bei den Seattle Falcons und hatte gerade eine Wahnsinnssaison gehabt, hatte das Einstiegsjahr der amerikanischen Frauenfußballliga gewonnen und war auf dem Cover der begehrten *Bodies-of-Sport*-Ausgabe des Sport Fitness Magazine.

Hast du ein Ticket für die Sport Fitness Awards?

Jillian atmete langsam ein und dachte über die bestmögliche Antwort nach. Ihr die Wahrheit zu sagen – dass sie bereits eine ekelerregende Anzahl an Gefälligkeiten hatte erweisen müssen, um Jaime als Präsentatorin in die vom Fernsehen ausgestrahlte Veranstaltung zu bekommen –, kam nicht in Frage. Sie wählte eine zwanglose kryptische Antwort:

Tut mir leid, werde es nicht schaffen.

Fast unmittelbar nachdem sie auf Senden gedrückt hatte, klingelte ihr Telefon.

»Warum antwortest du um ein Uhr nachts auf eine SMS?«

Jillian lachte. »Du hast mir zuerst geschrieben.«

»Ich habe dir geschrieben, weil es keine dringende Frage war, so eine, die man bis zum nächsten Morgen ignorieren kann. Und außerdem ist es erst zehn Uhr abends an der Westküste. Du solltest draußen sein und ein glamouröses New Yorker Leben führen, oder schlafen oder – noch besser – mit jemandem schlafen. Aber nicht arbeiten.«

»Ich arbeite immer.«

»Nun, dann hör damit auf! Amüsiere dich mal zur Abwechslung. Nein, warte, winke zuerst mit deinem Zauberstab und besorg dir eine Eintrittskarte für die Award-Show. Dann können wir wirklich etwas Spaß haben.«

Jillian spürte, wie sich ihr die Kehle zuschnürte. Die Sport Fitness Awards waren eine ihrer Lieblingsveranstaltungen, abgesehen davon, dass es eine großartige Gelegenheit war, um mit Führungskräften der Branche zu plaudern. Sie musste ihrem Geschäft etwas zusätzliche Publicity verschaffen und wollte nichts mehr, als zu sehen, dass ihre Klientin wie der Superstar, der sie zu sein verdiente, auf diese Bühne ging, doch Jaime brauchte ihr zusätzliches Ticket für ihren Freund. Ein weiteres Ticket zu bekommen, würde bedeuten, zu viele unangenehme Gefallen zu erweisen – was Jillian nur für ihre Klienten tat, nicht für sich selbst. »Ich werde sehen, was ich machen kann.«

»Gut! Es wäre tragisch, wenn du verpassen würdest, wie ich den Biggest Balls Award übergebe.«

»Jaime«, sagte Jillian knapp, um nicht zu zeigen, wie sehr sie sich bemühte, nicht zu lachen. »So wird der Preis aber nicht genannt.«

»Ich weiß, ich weiß. Der Preis für die beste Abwehr in einer Profisportliga. Aber ich wäre nicht ich, wenn ich den Dingen nicht meinen eigenen Dreh verpassen würde.«

»Das ist eine live übertragene Veranstaltung, die von Millionen Menschen gesehen wird, inklusive Vertreter aller größeren Medien. Wenn du dich nicht an das Skript hältst, das sie dir geben, dann werde ich dich mit Klebeband an einen Stuhl fesseln und dich dazu zwingen, meiner Interpretation der kanadischen Nationalhymne auf einer Schiedsrichterpfeife zuzuhören. Verstanden?«

»Okay, okay. Ich werde mich an das Skript halten … wenn es nicht zu beschissen ist.«

»Jaime …«

»Na gut! Ich verspreche es. Solange du mir versprichst, mit mir einkaufen zu gehen. Ich werde Anfang März für ein paar Tage vorbeikommen, um das perfekte Kleid für die Veranstaltung zu finden.«

»Das kann ich machen.«

»Cool. Und versuche bitte, eine Karte zu bekommen. Du bist der einzige Grund, weshalb ich das machen kann. Ich will nicht, dass du es verpasst. Außerdem verdienst du es, dich zu amüsieren.«

»Ich werde tun, was ich kann«, sagte sie seufzend und fügte es ihrer endlosen Aufgabenliste hinzu.

»Gut. Geh jetzt schlafen.«

Sie hatte bereits eine neue Nachricht von einem anderen Klienten bekommen, als sie auflegte. Es war kein dringendes Problem, doch sie kümmerte sich auch darum und beantwortete ein halbes Dutzend Mails aus ihrem Posteingang. Danach fühlte sie sich endlich müde genug, um ins Bett zu gehen. Sie glitt unter ihre warme, daunengefüllte Steppdecke und versuchte, all die eigensinnigen Gedanken aus ihrem Kopf zu bannen, damit der Schlaf schnell kommen würde.

Wie gewöhnlich tat er es nicht.

Sie versuchte erneut, die Zeitschrift zu lesen, doch es ging nicht. Es gab nur einen todsicheren Weg, um all die Dinge sausen zu lassen, die ihr durch den Kopf jagten, und endlich einzuschlafen. Sie ließ ihre Hand über die Mitte ihrer Brust wandern, kitzelte langsam ihren Bauch und stellte sich vor, dass es eine riesige, raue Männerhand anstatt ihrer eigenen wäre. Sie neckte sich, bis sie es nicht länger erwarten konnte, dann tauchte sie schließlich tiefer, wo sie es am meisten benötigte. Sie schloss die Augen und stöhnte durch ihre fest zusammengepressten Lippen. Ein Gefühl der Vorahnung baute sich in ihr auf, bis all die fest verspannten Bänder ihres Körpers zum Zerspringen bereit waren, doch die Erleichterung kam nicht. Sie würde nicht kommen, bis sie dem nachgab, was sie wirklich brauchte. Schließlich ließ sie alle Hemmungen fallen und dachte an den einen Mann, der sie garantiert über den Abgrund schicken würde.

Sie biss sich auf die Lippen und unterdrückte einen Schrei, als der Orgasmus durch ihren Körper fuhr und sie so weich wie Wackelpudding zurückließ. Sie drehte sich um, schob sich das Kissen unter den Kopf und sank tief in die Matratze.

»Oh verdammt, Nick Salinger«, murmelte sie, bevor der Schlaf sie übermannte.

4

»Gibt es ein Problem mit dem Vertrag? Wir können die Bedingungen immer noch neu verhandeln, wenn du das willst.« Jillian steckte sich den Zeigefinger ins Ohr, um den Lärm im Foyer zu unterdrücken, während sie zum nächsten Ausgang eilte.

»Es ist nicht der Vertrag. Du bist mehr als fair gewesen, wirklich«, erwiderte Brody durch das rauschende Telefon.

Jillian rutschte das Herz in die Hose. Sie fand die Tür eines Hinterausgangs neben den Toiletten, die auf eine dunkle, ruhige Gasse hinausführte. »Aber da ist jemand anders.« *Sag nicht Lou Parsons! Sag nicht Lou Parsons!*

»Na ja.« Brody klang reumütig. »Ähm, Lou Parsons kam gestern Abend bei mir vorbei.«

Verdammt! »Brody, du musst nicht bei mir unterschreiben, aber hör dir wenigstens meinen Rat an: Lou Parsons ist nicht der richtige Agent für dich.« Sie lehnte sich an die kühle Hausfassade und krallte ihre Finger in den rauen Ziegel, um das Bedürfnis zu unterdrücken, etwas zu sagen, was sie bedauern würde. Dies war der zweite potentielle Klient, den Parsons ihr in den letzten paar Monaten abgeworben hatte. Der Mann war ein Dieb und ein Lügner und er würde einen netten, naiven Jungen wie Brody mit Haut und Haaren fressen. Wenn sie das laut aussprechen würde, würde sich das natürlich auf die eine oder andere Art herumsprechen und sie würde als neidische Giftnudel dastehen.

»Er hat angeboten, mir in meinem ersten Jahr eine Viertelmillion Dollar zu leihen, um meine Bekleidungsfirma zum Laufen zu bekommen für den Fall, dass die Werbeeinnahmen nicht so schnell kommen, wie wir hoffen.«

»Er macht das deshalb, weil er dich an einen langfristigen Vertrag bindet, der seinen Anteil an deinen Verdiensten verdoppelt, um es wieder hereinzubekommen. Dazu eine unverschämte Summe von Zinsen, wenn du es ihm nicht innerhalb von drei Jahren zurückzahlst. Ich habe das schon öfter gesehen. Du wirst ihm für den Rest deiner Karriere doppelt so viel bezahlen, wie ihm zusteht.« Sie kippte den Kopf ein wenig zu fest nach hinten und schlug gegen die gnadenlose Ziegelmauer. »Du wirst mit Werbeeinnahmen keine Probleme haben. Es gibt bereits ein halbes Dutzend Firmen mit großen Namen, die Angebote für dich vorbereiten. Hör zu, du musst Folgendes machen: Sag Lou, dass du den Abschnitt über …«

»Ähm, ich habe den Vertrag schon unterschrieben.« Gott, er klang so jung. »Es tut mir leid. Ich weiß wirklich zu schätzen, was du alles für mich getan hast. Ich konnte einfach nicht ablehnen, was Lou mir angeboten hat.«

Sie atmete laut aus und rieb sich die schmerzende Stelle am Hinterkopf. »Das ist schon okay. Ich wünsche dir viel Glück.«

Sie legte auf und fluchte, als sie merkte, dass sie nicht darauf geachtet hatte, die Hintertür offen zu lassen, so dass sie jetzt mit ihrem cremefarbenen Bleistiftrock und einem zartrosafarbenen Seidenoberteil hinter dem Klub stand. Eine Gänsehaut kribbelte auf ihren Armen und Beinen, als sie langsam und vorsichtig zur Vorderseite des Gebäudes ging. New York hatte in der letzten Woche eine ungewöhnliche Wärmeperiode gehabt, doch an diesem Morgen war der Winter mit Gewalt zurückgekehrt und hatte die Bürgersteige und Straßen vereist. Sie hatte gerade den wichtigsten Klienten ihres Lebens an einen lebenden Sack voll biologisch verseuchtem Abfall verloren. Das Letzte, was sie jetzt noch brauchte, war es, auf ihren himmelhohen, wetterungeeigneten, goldenen Jimmy-Choo-Pumps auszurutschen und mit dem Gesicht voran in einen richtigen Müllhaufen zu fallen.

Zum Glück ließ der Türsteher sie ohne Probleme wieder herein, nachdem sie ihm ihre Notlage erklärt hatte, und erlaubte ihr, sich wieder den drei Agenten anzuschließen, mit denen sie sich früher am Abend getroffen hatte.

Sie bestellte sich an der Bar einen weiteren Martini, bevor sie an den Tisch zurückging, da sie nicht darauf baute, dass ihr Drink noch da sein würde.

Sie zwang sich ein Lächeln ins Gesicht und rutschte auf den Barhocker mit ihrer Blazerjacke über der Rückenlehne. Wenig überraschend musste ein Kellner vorbeigekommen sein und ihren Fünfzehn-Dollar-Drink mitgenommen haben, von dem sie nur einen Schluck gekostet hatte, bevor sie für den Anruf nach draußen gelaufen war. »Also, meine Herren, was habe ich verpasst?«

»Ich glaube, wir haben dir von unserem beachtlichen 401(k)-Paket erzählt«, sagte Jim Langston, der CEO von All Star Sports.

Sie nahm einen Schluck von ihrem Drink, um ihren Ärger zu überdecken. Sie hatte bereits deutlich gemacht, dass sie nicht dazu bereit war, mit All Star zu fusionieren. Ihre unorthodoxen Methoden und ihre Bereitschaft, über den Tellerrand zu blicken, machten sie auffällig, und es schien, als wollte jeder ein Stückchen von dem, was sie anzubieten hatte. Doch keiner dieser Leute, die sich um ihre Fähigkeiten rissen, glaubte wirklich, dass sie es weiterhin schaffen würde, ohne eine große Agentur hinter sich zu haben.

Ihre Unabhängigkeit bedeutete ihr alles, und sie würde sie für nichts auf der Welt aufs Spiel setzen. Sie führte diese Gespräche nur aus dem Grund, weil es eine gute Möglichkeit war, Stimmen für die kommende Wahl des Vorstands der NYAPSA zu bekommen. Mit Brody Shakeman in der Hand hatte sie die Entscheidung getroffen, in diesem Jahr ihre Kandidatur zu erklären. Die Association sollte Sportler vor skrupellosen Agenten schützen, indem sie intern die Branche regulierte, doch da Lou Parsons in den vergangenen sieben Jahren ihr Präsident gewesen war, war sie zu nichts weiter als einem Klub alter Jungs verkommen. Der Verlust von Shakemans Vertrag bedeutete, dass Jillian wahrscheinlich nicht die allerkleinste Chance hatte, doch sie würde nicht aufgeben. Nachdem sie mit ansehen hatte müssen, wie ihr Dad alles verloren hatte, für das er jemals gearbeitet hatte, wusste sie aus erster Hand, wie sehr korrupte Sportagenten Leben zerstören konnten. Sie war es ihrem Vater und sich selbst schuldig, es zu versuchen.

Da sie ihren Standpunkt bereits begründet und das Versprechen erhalten hatte, dass sie für sie anstatt für Parsons Marionettenkandidaten stimmen würden, hatte Jillian keine andere Wahl, als sich Jims Verkaufspräsentation zum fünfzehnten Mal anzuhören, während sie innerlich brodelte, weil sie einen erstklassigen Klienten an ihren größten Feind verloren hatte. Alles nur deshalb, weil sie Shakeman den Vertrag zehn Minuten zu spät gebracht hatte.

»Ist alles in Ordnung? Du siehst ja aus, als hättest du gerade einen großen Klienten oder so verloren«, sagte Owen Jones, Langstons Stellvertreter, der sich auf Einwanderungsprobleme bei ausländischen Sportler spezialisiert hatte.

Sie riss ihren Kopf so schnell herum, um ihn anzublicken, dass sie ihren Hals knacken hörte. »Wie hast du das erraten?«

»Weil ich gesehen habe, wie du diesem Martiniglas das Leben abgewürgt hast. So ein Pech.«

»Es wird andere Klienten geben.« Sie stellte ihren Drink zurück auf den Tisch und nahm sich eine Olive von dem kleinen Plastikschwert am Glasrand. Klienten zu verlieren war ein gewöhnlicher Teil des Ganzen, doch sie war jetzt seit fünf Jahren in dem Geschäft und wenn sie nicht bald einen echten Star an Land zog, würde man langsam an ihrer Fähigkeit zweifeln, es zu schaffen.

»Hast du gehört, dass Nick Salinger noch immer bei niemandem unterschrieben hat?«, warf Adam Nelson, ein jüngerer Agent der Firma, ein.

»Ähm, geht es dir gut, Jillian?«, fragte Owen und tippte ihr leicht auf den Rücken.

»Ja, danke«, sagte sie heiser. Wenn Nick Salinger nicht gestern Nachmittag wie ein Wirbelwind auf Steroiden in ihr Büro gestürmt wäre, dann würden die anderen Agenten am Tisch sie jetzt ehrfürchtig ansehen, weil sie Shakeman unter Vertrag genommen hatte, und nicht voll Mitleid, weil sie sich an ihrer Olive verschluckt hatte. Heute Nacht wollte sie ganz bestimmt nicht an diesen Mann oder sein blöderweise umwerfendes Gesicht denken. Doch andererseits hätte es keine Überraschung sein müssen, dass Salinger in aller Munde war, wenn man bedachte, wie selten es geschah, dass einer der größten Stars in der NHL nach einem neuen Agenten suchte, während er kurz davor war, einen neuen Vertrag zu unterschreiben.

»Es geht das Gerücht um, dass der Punisher über ein Dutzend Agenten abgelehnt hat, die sich an ihn herangemacht haben. Ich frage mich, worauf er wartet? Er kann es bestimmt nicht brauchen, ohne Vertretung in Transferverhandlungen zu gehen«, sagte Owen.

»Nach diesem Schlag gegen Liakos ist der Transfer nach Utah praktisch eine abgemachte Sache. Ich wette, er ist einer dieser widerlichen Egoisten, die jeden Agenten ablehnen, der nicht verspricht, ihm einen Fünfzehn-Millionen-Dollar-Bonus für die Unterschrift zu sichern. Mit dieser Einstellung kann er froh sein, wenn Utah ihn immer noch will.« Jim schwenkte seine Cola mit Rum, bevor er die Hälfte in einem Schluck hinunterkippte. »Manche Sportler bedeuten mehr Ärger, als sie wert sind.«

»Oder vielleicht harrt er nur aus, weil er die Vipers nicht verlassen will«, platzte es aus Jillian heraus. Die drei Männer sahen sie an, als wäre ihr ein Horn auf der Stirn gewachsen. Warum fühlte sie sich auf einmal genötigt, den Mann zu verteidigen, der soeben den einzigen größten Durchbruch ihrer Karriere zerstört hatte? Vielleicht hatte sie sich den Kopf doch stärker an der Ziegelmauer gestoßen, als sie gedacht hatte.

»Weißt du etwas, was wir nicht wissen, Nichols?«, fragte Owen.

Sie nahm beiläufig einen Schluck von ihrem Martini und wich Owens misstrauischem Blick aus. »Nö. Nur eine Vermutung.«

»Du hast vielleicht recht, doch das wäre ein dummer Schritt. Die Vipers sind eine gute Mannschaft, doch die Situation innerhalb der Mannschaft ist derzeit das reinste Chaos. Sie werden es niemals bis zum Cup schaffen, wenn sie nicht ein paar ihrer Oldtimer loswerden. Sie könnten Salinger nur mit einer massiven Gehaltskürzung behalten. Er wäre ein Idiot, wenn er das annehmen würde und statt dem, was ihm Utah wahrscheinlich anbieten wird, vor allem seit …« Mitten im Satz klappte Adam der Kiefer herunter, und er riss die Augen auf, als er etwas hinter ihrer Schulter erblickte. »Heilige Scheiße, Salinger ist hier!«

Eiskalte Furcht lief ihr den Rücken hinunter und sammelte sich in ihrem Magen. Sie weigerte sich, selbst nachzusehen, und betete, dass es nur ein blöder Scherz war.

»Holt eure Portemonnaies heraus, meine Dame und meine Herren«, sagte Owen und warf eine Fünfziger-Note auf den Tisch. »Das ist die Gelegenheit, um zu beweisen, wer es von uns draufhat, einen Klienten wie Salinger zu gewinnen.«

»Ich dachte, du hättest gesagt, er sei es nicht wert«, krächzte Jillian.

»Machst du Scherze? Bei dem Geld, das Salinger verdient, würde ich ihm für einen dreiprozentigen Anteil erlauben, seine Kufen an meinen Arschbacken zu säubern.«

»Das ist nicht fair«, unterbrach Adam. »Jim hat bereits Klienten von der NHL. Er sollte das Doppelte einzahlen. Und Jillian sollte nur die Hälfte zahlen müssen.«

Sie hielt sich an der Stuhlkante fest, um sich zurückzuhalten.

Lass es gut sein, Nichols! Nicht anbeißen! Sie hatte zehnmal mehr Erfahrung als Adam, doch er konnte es aus dem schlichten Grund nicht erkennen, weil sie einen Seidenslip unter ihrem Rock trug und keine Boxershorts.

Diese Art albernes Machogetue war unter ihrer Würde. Außerdem wollte sie sowieso keinen Klienten wie Salinger. Selbst wenn er ein Gehalt von mehreren Millionen verdiente. Sie hatte Prinzipien, was bedeutete, dass es überhaupt keine Rolle spielte, wenn er genau die Art von professioneller Herausforderung bringen würde, nach der sie sich seit Ewigkeiten verzehrte.

Und wen kümmerte es, dass einen Megastar wie ihn unter Vertrag zu nehmen beweisen würde, dass ihr Erfolg mit Jaime Chen nicht nur ein Zufall gewesen war – etwas, was sie nach der Demütigung, Shakeman an Lou Parsons verloren zu haben, verzweifelt brauchte? Sie stand da drüber. Auch wenn es sich wirklich gut anfühlen würde, diesen Jungs zu zeigen, dass sie in jeder Hinsicht genauso fähig war wie sie.

Sie drehte sich einen Bruchteil nach links, um einen flüchtigen Blick auf Salinger zu werfen, und hätte fast losgeschnaubt. Er war umgeben von einem halben Dutzend Frauen, die kicherten und ihn betatschten. Schockierend.

Vielleicht sah er ja gut aus, doch die Tatsache, dass er es wusste, bedeutete, dass man mit ihm nichts als Ärger hatte. Und sie brauchte ganz bestimmt keinen Klienten, der sie mitten in der Nacht anrief und von ihr verlangte, hundert Flaschen Cristal innerhalb von einer Stunde auf sein Hotelzimmer zu bringen, oder der um Hilfe flehte, weil er nicht überprüft hatte, ob alle Frauen bei seiner Orgie volljährig waren.

Auch wenn er ihr wirklich etwas schuldig war, weil sie wegen ihm Shakeman verloren hatte. Verdammt noch mal!

Bevor sie wusste, was sie tat, griff sie in ihre Brieftasche und zog einen Fünfziger heraus. »Ich bin dabei.«

***

Nach seinem Treffen mit Allan Tyson an diesem Nachmittag hatte Nick einen Drink gebraucht. Der Geschäftsführer der Vipers hatte ihm geradewegs erzählt, dass Liakos sich weigerte, mit ihm zusammen im selben Lineup zu spielen, wenn er sich nicht dafür entschuldigte, ihm seinen kostbaren kleinen Finger gebrochen zu haben. Es gab eine Menge Bullshit, die Nick zu schlucken bereit war, doch sich bei einem Arschloch wie Liakos zu entschuldigen kam nicht in Frage. Das Management wollte außerdem eine Überarbeitung seines Images. Das Wort »sonst« war nicht ausgesprochen worden, doch sie hätten es genauso gut auf Tysons Stirn tätowieren können. Nick verließ das Treffen mit dem Versprechen, den persönlichen Kram auf die eine oder andere Art vom Eis zu bekommen, bevor Liakos dazu bereit war, wieder seine Schlittschuhe zu schnüren.

Er wollte einfach nur Eishockey spielen mit der Mannschaft, der er in den vergangenen neun Jahre sein Leben gewidmet hatte. Wann war das so schwierig geworden?

Und wann hatte er angefangen, in Bars zu gehen, die eine zentimeterdicke Cocktailkarte hatten, aber nur Bud Light vom Fass? Wenigstens Ben fühlte sich gut und das allein war wichtig. Er lächelte zum ersten Mal, seit Liakos ihm den unerwarteten Schlag aufs Auge verpasst hatte.

Als Ben zugestimmt hatte, hierherzukommen, nachdem sein Bruder eine Bombenkritik in der New York Times gelesen hatte, war er davon ausgegangen, dass in diesem Lokal kaum ein Eishockeyfan sein würde. Leider lag er damit falsch. An einem anderen Abend hätte er die Aufmerksamkeit der hübschen Frauen genossen, die um den Tisch schwebten wie Kolibris in einem Blumengarten. Womöglich hätte er sogar eine mit nach Hause genommen. Heute Abend schrieb er Autogramme und wehrte sie höflich ab. Nicht, dass es sie davon abgehalten hätte zurückzukehren. Doch solange Ben glücklich war, würde er sich darüber keine Gedanken machen.

»Ich dachte, die meisten Eishockeyfans sind Typen«, sagte

Ben und stieß Nick mit dem Ellbogen an. »Die Demographie ist hier ein bisschen verzerrt, findest du nicht?«

»Ehrlich gesagt, gibt es da draußen viele weibliche Fans, doch ich bin mir recht sicher, dass die meisten dieser Frauen nicht wegen meiner Eishockeyfähigkeiten nach einem Autogramm fragen.«

»Witzig. Die Medien haben ja ein ziemlich lebendiges Bild von deinen geheimen Fähigkeiten gezeichnet, die nichts mit Eishockey zu tun haben. Und trotzdem habe ich bisher beim Frühstückskaffee in deiner Küche noch kein peinliches Gespräch mit einer Frau in Cocktailkleid und Absätzen von der Nacht zuvor geführt.«

Nick warf ihm einen Blick von der Seite zu. Er wollte gerade seinen Bruder daran erinnern, dass er nicht so ein Mistkerl war, der eine Frau während Bens Besuchen nach Hause brachte, da erblickte er die eine Frau, deren Aufmerksamkeit er tatsächlich wollte, und die an einem Tisch auf der anderen Seite des Raums saß. »Völlig unmöglich.«

»Was?« Ben stellte seinen Drink hin und betupfte mit einer kleinen Papierserviette einen Flecken an seinem Shirt.

»Sie ist es.«

»Hast du schon deine Meinung geändert? Wer ist die glückliche Dame, die zum Objekt deiner Zuneigung für diesen Abend wird?«

»Nein, ich meine, es ist sie: Jillian Nichols. Sie ist hier. Und sie kommt gerade rüber.«

Das schwache Licht strahlte wie ein goldener Heiligenschein von ihrem glatten kinnlangen blonden Haar, während sie zu seinem Tisch kam. Mit ihren feinen Gesichtszügen und der zierlichen Gestalt wäre sie als typisches Mädchen von nebenan durchgegangen, doch sie hatte einen selbstbewussten Gang, der ihn an ein Raubtier auf der Pirsch erinnerte. Es war seiner Aufmerksamkeit nicht entgangen, dass sie während der vergangenen neun Jahre noch schöner geworden war, doch sie hatte noch immer diesen beherzten Ausdruck, der jeden dazu herauszufordern schien, etwas über ihr Aussehen zu sagen. Als würde sie nur darauf warten, ihre Krallen gegen den Narren auszufahren, der sie zu unterschätzen wagte. Das war der Teil, der ihn am stärksten anzog.

Doch die Erwartung, die in seinem Bauch kribbelte, hatte nichts mit ihrer Schönheit zu tun, sondern mit der schwachen Hoffnung, dass sie vielleicht noch einmal über seine Anfrage ihn zu vertreten nachgedacht hatte.

Er stand auf, um sie zu begrüßen, als sie seinen Tisch erreicht hatte. »Jillian. Was für ein Zufall.«

»Schön, Sie wiederzusehen, Mr Salinger. Ich bin hier mit meinen Kollegen Jim Langston, Owen Jones und Adam Nelson von All Star Sports.« Sie zeigte mit einem kurzen Kopfnicken zu den Männern. »Da Sie für einen neuen Agenten auf dem freien Markt sind, dachte ich, dass ich Sie mal vorstelle.«

Er war so davon fasziniert gewesen, wie sich die seidigen Rüschen an der Vorderseite ihres rosafarbenen Oberteils beim Gehen bewegt hatten, dass er die Männergruppe an ihrer Seite gar nicht bemerkt hatte. »Sehr aufmerksam.« Er schüttelte den Männern die Hände, wandte den Blick aber nicht von ihr ab.

»So bin ich. Immer denke ich an andere.« Belustigung klang in ihrer Stimme mit.

Na ja, sie hatte eindeutig etwas vor. Er umfasste mit beiden Händen ihre Taille und zog sie fest an seinen Körper. »Aber Sie wissen doch auch ganz genau, dass Sie die einzige Agentin sind, bei der zu unterschreiben ich interessiert bin.«

Sie riss ihre nussbraunen Augen so weit auf, bis sie unmöglich rund waren. »Was tun Sie da?«

Er nahm sich eine Sekunde, um ihren feinen floralen Duft einzuatmen, und strich mit den Händen über die Linie ihrer Hüften. Ihr Körper war winzig verglichen mit seinem, doch er fühlte sich irgendwie genau richtig an. »Ich überprüfe Sie auf

Waffen. Bei unserer letzten Begegnung haben Sie mir einen Briefbeschwerer ins Bein gestochen.«

Die Männer hinter ihr lachten unbeholfen, als würden sie annehmen, er mache einen Scherz. Zu dumm, dass er sich einen Scheiß für sie interessierte oder für das, was in ihnen vorging.

Sie warf ihm einen bösen Blick zu, und er ließ sie los. Widerwillig. »Ihr Glück, dass ich im Moment unbewaffnet bin.«

»Ich wäre sogar noch glücklicher, wenn Sie es sich noch einmal überlegen könnten, mich zu vertreten.«

»Mr Salinger«, sagte der am ältesten aussehende Agent, dessen Namen er bereits vergessen hatte, »vielleicht möchten Sie hören, was ich für Sie tun kann. Ich vertrete –«

»Tut mir leid. Ich denke zurzeit über keine anderen Angebote nach. Ich warte noch immer auf Mrs Nichols.«

Jillian trat einen Schritt zurück und wandte sich an die sprachlosen Agenten, die ihren Wortwechsel beobachtet hatten. »Und da habt ihr es, meine Herren. Zahltag.«

Der Mann mit dem Babyface in der Gruppe blickte sie mürrisch an und reichte ihr ein Geldbündel, das sie beiläufig in ihr kleines Portemonnaie steckte. Sie winkte Nick kurz zu und ging zum Vorderausgang.

Nick rieb sich mit einer Hand über das Kinn und fragte sich, was zum Teufel gerade geschehen war.

»Also, so fühlt es sich wohl an, wenn man vom anderen Geschlecht benutzt wird«, sagte Ben mit einem leisen Kichern.

»Jetzt hast du gesehen, warum sie die einzige Agentin ist, die ich an meiner Seite will.«

»Das habe ich. Sie ist nicht die erste Frau, die dich zusammengestaucht hat, doch es ist das erste Mal, dass du sitzen geblieben bist und es wie ein Trottel mitgemacht hast.«

»Scheiße. Du hast recht.« Er zog etwas Geld heraus, um die Rechnung zu bezahlen, dann nahm er seine Jacke und folgte Jillian.

Er erwischte sie am Ellbogen, als sie gerade auf den rutschigen Bürgersteig trat, dann drehte er sie herum, damit sie ihn ansah. »Ich bin also gut genug für ein kleines Egostreicheln vor den Kollegen, aber nicht gut genug, dass Sie darüber nachdenken, mich unter Vertrag zu nehmen?«

Sie rang nach Luft, wobei sich ihre vollen Lippen auf die sinnlichste Weise öffneten. »Ich habe Sie gerade drei der ehrlicheren, kompetenteren Agenten in der Branche vorgestellt.«

»Aber sie sind nicht so gut wie Sie.«

»Nein. Aber ich vertraue Ihnen nicht. Und ich arbeite nicht mit Menschen, denen ich nicht vertraue.«

Er beugte sich nah genug vor, um ihren Atem an seiner Wange zu spüren. »Vielleicht bin nicht ich das Problem. Vielleicht vertrauen Sie sich selbst in meiner Nähe nicht.«

Trotz der kühlen Luft knisterte Hitze zwischen ihnen, als wären sie in ihren eigenen abgelegenen Kokon des Verlangens eingewickelt. Er hatte es nur gesagt, um sie zu reizen, doch angesichts ihres Zögerns fragte er sich, ob er nicht ins Schwarze getroffen hatte.

»Nein, Salinger. Ich vertraue Ihnen nicht, weil Sie ihre eigene Karriere und alles, was ich für Sie tun würde, aufs Spiel setzen könnten, indem Sie einem Mannschaftskollegen den ersten Schlag versetzen.« Sie blickte auf seine Finger an ihrem Arm, und er ließ sie los.

»Dafür gab es einen guten Grund.« Der Frust war ihm in die Muskeln geschossen, so dass er die Schultern anspannte und sich sein Kiefer verkrampfte.

»Einen, den Sie mir nicht erzählen werden?«

»Weil ich es geregelt habe.«

»Dann brauchen Sie mich ja nicht mehr, oder?« Sie ging zur Bordsteinkante und hob den Arm für ein Taxi.

Fast unmittelbar darauf tauchten leuchtende Scheinwerfer auf, die schnell auf sie zurasten. Zu schnell.

Der Taxifahrer musste gebremst haben, doch anstatt langsamer zu werden, schleuderte das Fahrzeug über die eisige Straße und schlingerte unkontrolliert auf Jillian zu.

Es gab keine Zeit, um nachzudenken. Das Taxi hüpfte nur wenige Zentimeter neben ihr über die Bordsteinkante. Er sprang zu ihr und hoffte bei Gott, dass er nicht zu spät kam.

5

»Mir geht es gut«, murmelte Jillian, während sie ihren Sicherheitsgurt löste, und versuchte allein aus dem Auto zu kommen. Der pochende Schmerz an ihrer Kopfseite wurde von der leichten Bewegung stärker.

»Dir geht es gar nicht gut. Du wärst fast überfahren worden«, schimpfte Nick.

»Hast du es niemals satt, so rechthaberisch zu sein?«

»Ich habe es niemals satt, recht zu haben.«

Es gefiel ihr zwar nicht, doch es war eine kluge Entscheidung, Nick und seinem Bruder zu erlauben, ihr aus dem Taxi zu helfen, denn sobald sie aufgestanden war, schlug eine Welle der Benommenheit über ihr zusammen und trieb ihr das Blut aus dem Kopf. Zwei kräftige Arme stützten sie. Dankbarerweise war es Ben, der sie hielt, und nicht Nick. Sie ähnelten sich auf bemerkenswerte Weise, mit ihren tiefblauen Augen und dem dunklen Haar, doch Ben war mindestens zwanzig Kilo leichter, glattrasiert, und er konnte lächeln, ohne wie ein Arschloch auszusehen.

Sie biss sich auf die Zunge, anstatt zu diskutieren, als Ben ihren Ellbogen hielt und sie zum Eingang der Notaufnahme führte. Sie hatte über die Jahre hinweg ausreichend oft Sportler dafür getadelt, Gehirnerschütterungen nicht ernst zu nehmen, und sie wollte kein Pharisäer sein, selbst wenn das bedeutete, sich von Nick helfen zu lassen.

Doch wenn er ihr nicht bereits geholfen hätte, dann wäre sie wahrscheinlich auf einer Bahre zum Krankenhaus gekommen und nicht auf ihren eigenen Beinen. Sie war sich nicht einmal sicher, was überhaupt geschehen war. Sie hatte nur noch unklare Erinnerungen an blendende Scheinwerfer und quietschende Bremsen, dann ein hartes Aufschlagen auf dem Boden. Alles andere lag im Nebel.

Zum Glück musste sie nicht lange warten, bis sie zur Untersuchung gerufen wurde. Sie hätte protestieren können, dass die beiden sie begleiten, doch Krankenhäuser waren kein Ort, um allein zu sein. Es war irgendwie nett, etwas Gesellschaft zu haben. Bens gelegentliche Scherze und Anekdoten über ihre Kindheit in Minnesota waren überraschend unterhaltsam.

Der Arzt, der sie behandelte – Dr. Trevor Morgan –, sah aus, als käme er direkt von den Dreharbeiten zu *Grey's Anatomy* mit seinem gewellten braunen Haar und dem entwaffnenden Lächeln. Er überprüfte ihre Vitalwerte, stellte ein paar Fragen und sah sich die wunde Stelle an der Seite ihres Schädels an.

Dann bemerkte er den kräftigen Eishockeyspieler, der in der Ecke schmollte. »Sie sind Nick Salinger«, sagte Dr. Morgan, wobei er weniger wie ein nüchterner Mediziner, sondern mehr wie ein begeisterter Fan klang.

»Ich habe sie nicht geschlagen«, murmelte Nick.

Lieber Gott, dieser Mann brauchte einen ernsthaften Crashkurs in Öffentlichkeitsarbeit.

»Das will ich auch nicht hoffen. Jillian hat erzählt, Sie hätten sie davor gerettet, von einem Taxi erfasst zu werden.«

Wenigstens war es das, woran sie sich erinnerte. Der unbeeindruckte Blick, den Nick ihr zuwarf, ließ sie selbst für einen Moment daran zweifeln.

»Wie auch immer, ich bin riesiger Fan der Vipers«, fuhr Dr. Morgan mit einem gewinnenden Lächeln fort, als hätte er nicht die geradezu feindseligen Schwingungen verspürt, die wie Giftgas aus Nicks Ecke des Raums strömten. »Und ich weiß, dass das auch eine Menge Kinder auf unserer Kinderstation sind …«

Mit einem Seufzen zog Nick eine zerknitterte Quittung aus

seiner Tasche, schrieb seine Nummer auf die Rückseite und reichte sie dem Arzt. »Rufen Sie mich an, und wir können etwas vereinbaren. Ich kann vielleicht einen Besuch an Weihnachten einrichten, doch ich muss wissen, wie viele Kinder da sein werden, damit ich genug unterschriebene Trikots dabeihabe.«

»Phantastisch, vielen Dank!«

»Also, wie ist die Prognose bei unserer Freundin?«, unterbrach Ben.

»Machst du das oft?«, flüsterte Jillian Nick zu, während Ben und Dr. Morgan über den gegenwärtigen Zustand ihres Gehirns diskutierten.

Nick zuckte mit den Schultern. »Hin und wieder.«

Sie schwang ihre Beine an der Seite der Pritsche herunter, um ihn anzusehen, doch es fühlte sich so an, als hätte sie einen direkten Schlag von einer Abrissbirne erhalten. Sie drückte eine Hand an die Stirn und atmete tief ein, bevor sie fortfuhr. »Ich habe noch nie irgendwelche Medienberichte über solche Aktivitäten gesehen. Keinen einzigen.«

»Das liegt daran, dass nur Arschlöcher solche Sachen für die PR machen.«

Sie biss sich von innen auf die Wange, um nicht frustriert aufzuschreien. »Das ist genau die Art von PR, die du im Moment brauchst.«

»Das sind kranke Kinder, keine ausgestopften Puppen. Und was kümmert dich das überhaupt? Du bist gar nicht meine Agentin, vergessen?«

»Richtig.« Sie drehte sich wieder zurück, diesmal langsamer und vorsichtiger, und verschränkte die Arme. »Also, Doktor. Darf ich gehen?«

Dr. Morgan lächelte. »Ja, solange Sie versprechen, es die nächsten paar Tage langsam angehen zu lassen. Und für heute Abend brauchen Sie jemanden, der Sie alle paar Stunden aufweckt und nach Ihnen sieht. Wohnen Sie alleine?«

Ihr Singlestatus war ihr niemals zuvor peinlich gewesen,

und trotzdem brannten ihr jetzt die Wangen. »Ja, aber ich habe jemanden, den ich anrufen kann.« Ihre Facebook-Kontakte zählten doch auch, oder etwa nicht?

»Dann können Sie gehen.«

Nick und Ben halfen ihr von der Pritsche. Sie hasste es, sich hilflos zu fühlen, doch indem sie ihren Stolz für ein paar weitere Minuten hinunterschluckte, musste sie nicht mit quälender Benommenheit kämpfen. Sie geleiteten sie zum Eingangsschalter, wo ihr eine Krankenschwester einen unmenschlichen Stapel von Entlassungsformularen zum Ausfüllen reichte.

Während sie ihren Namen auf jede Seite schrieb, konnte sie Nick und Ben mit unterdrückter Stimme hinter sich diskutieren hören. Es kam ihr seltsam vor, da die beiden recht gut miteinander auszukommen schienen. Leider hatte sie nicht die Fähigkeit, sich auf die Papiere zu konzentrieren und gleichzeitig mitzubekommen, was der Kern ihres Streites war. Zusätzlich machten es ihr die drei Jahre, die sie auf der Rechtsfakultät verbracht hatte, unmöglich, selbst auf den banalsten Standarddokumenten nicht auch das Kleingedruckte zu lesen.

Schließlich hörte sie, wie Ben »In Ordnung« in einem Ton sagte, der genau wie das Gegenteil davon klang, dann ging er hinaus.

Sie reichte der Krankenschwester die Papiere zurück und drehte sich zu Nick. »Was war das Problem?«

»Nichts.« Er nahm sie am Ellbogen. »Komm, das Taxi wird jede Minute hier sein.«

Sie stiegen in ein Taxi, mit Jillian und Ben auf dem Rücksitz und Nick vorne, genauso wie vorhin. Nick nannte dem Fahrer eine Adresse auf der Upper East Side.

Jillian griff nach der Rückseite seines Sitzes und beugte sich vor.

»Es wäre schneller, mich zuerst rauszulassen.«

»Du gehst nicht nach Hause.«

»Entschuldigung?«

»Der Doktor hat gesagt, jemand muss alle paar Stunden nach dir sehen, was bedeutet, dass du zu mir kommst.«

Sie spürte, wie ihr die Wut in den Körper fuhr, und wäre am liebsten explodiert. »Ich habe doch gesagt, dass ich jemanden habe, den ich anrufen kann.«

»Und wenn das stimmen würde, dann hättest du diese Person längst angerufen. Aber das hast du nicht, deshalb bringe ich dich jetzt zu mir. Es gibt ein drittes Schlafzimmer mit einem eigenen Bad. Saubere Laken und heißes Wasser. Was brauchst du noch?«

Sie zog die Luft ein und bereitete sich darauf vor, eine Tirade gegen seine Vermessenheit loszulassen, doch die Worte »heißes Wasser« lösten die Erinnerung an die dreißig Sekunden unter der eiskalten Dusche aus, die sie heute Morgen genommen hatte. Das Versprechen eines ununterbrochenen Stroms dampfend heißen Wassers war die eine Sache, die ihre Empörung besänftigen konnte.

Ben streckte den Arm um den Ledersitz herum und tätschelte ihr die Hand. »Die Badezimmer sind mit Ersatzzahnbürsten ausgestattet und allen möglichen Sorten von L'Occitane-Haar- und Hautprodukten, die du dir nur vorstellen kannst. Das ist natürlich mein Einfluss. Wenn es nach Nick ginge, dann wäre das Einzige darin ein Stück Seife und eine Rolle Klopapier.«

»Ich mag Seife.«

»Ignorier ihn einfach«, sagte Ben und verdrehte die Augen. »Außerdem verspreche ich dir, am Morgen mein berühmtes French Toast mit Vanillerum, Pfirsich und Schlagsahne zu machen.«

Ihr knurrte der Magen. »Sprühsahne oder die echte Sorte?«

»Echte Sahne, handgeschlagen«, sagte Ben ehrfürchtig.

»In Ordnung. Eine Nacht.« Ihr Dad hatte ihr einmal erzählt, dass jeder für den richtigen Preis käuflich war. Wie sich herausstellte, waren nach Mandeln duftende Badeöle und ein süßes Frühstück ihr Preis.

Das Taxi hielt an einem großen Haus aus Kalkstein, das nach Luxus schrie. Wieder zahlte Nick den Fahrpreis, bevor sie auch nur die Chance hatte, ihr Portemonnaie herauszuziehen. Deshalb merkte sie sich den Preis auf dem Taxameter, damit sie ihm ihren Anteil zurückzahlen konnte.

Sein Apartment war im siebzehnten Stock. Fast hätte sie eine sarkastische Bemerkung darüber gemacht, dass es natürlich das Penthouse war, doch als sie durch die Eingangstür trat und den unglaublichen Ausblick durch die bodentiefen Fenster sah, hielt sie sich zurück. Die Stadt lag ausgebreitet in einem überwältigenden Lichterglanz unter dem pechschwarzen Himmel. Sie wollte sich gar nicht vorstellen, wie der Sonnenaufgang beim Morgenkaffee aussehen würde.

Nick machte das Licht an, das eine saubere, moderne Ästhetik enthüllte, die gerade genug warme Holzakzente enthielt, damit es aussah, als würde hier ein echter Mensch leben. An einer der Wohnzimmerwände befand sich ein schwebender Treppenaufgang. Nick warf die Schlüssel in eine Schale auf einem kleinen Tisch neben der Tür und machte ihr ein Zeichen, ihm hineinzufolgen. »Dein Zimmer ist hier lang. Du kannst die Schuhe anlassen.« Er führte sie durch die große offene Küche rechts vom Eingang und öffnete eine Tür in der Hälfte des kurzen Korridors.

Du lieber Gott, das Zimmer war fast so groß wie ihre ganze Wohnung. Der Eindruck wurde noch durch den Mangel an Möbeln verstärkt. Ein Doppelbett und ein Nachttischschränkchen waren die einzigen Gegenstände im Raum, abgesehen von der gerahmten Reproduktion eines Gemäldes von van Gogh, die an einer der im zarten Beige gehaltenen Wände hing – was wahrscheinlich die Allgegenwart von Sternennacht-Drucken stärker reflektierte als Nicks persönlichen Kunstgeschmack.

Nick musste aus dem Zimmer geschlüpft sein, während sie ihre Fassung wiedergewann, denn als sie über ihre Schulter blickte, war er nirgendwo zu sehen. Sie warf ihre Handtasche und die Jacke aufs Bett und erkundete das angeschlossene

Badezimmer. Auf dem Boden elegante Schieferfliesen, ein Whirlpool und eine riesige verglaste Duschkabine. Ben hatte auch nicht bei den Luxusprodukten gelogen. Auf der Ablage standen mehrere stoffumwickelte Weidenkörbe, die mit allen möglichen Sorten eleganter Cremes, Öle, Gels und Sprays ausgestattet waren, die man sich nur vorstellen konnte.

Sie war sich nicht sicher, was sie vom Apartment eines rauen Sportlers wie Nick erwartet hatte, doch es war sicherlich kein Pariser Spa gewesen. Auf einmal schoss ihr das Bild von Nicks wasserglänzendem Körper unter der Dusche in den Sinn, seifiger Schaum, der über die harten Flächen seiner breiten Schultern und seines muskulösen Rückens lief.

Das war nicht gerade die Art von Gedanken, die sie haben sollte, um sich in der Nacht in seinem Apartment zu erholen. *Ich weiß, dass du im Moment einen Schaden hast, Gehirn, aber könntest du dich auf etwas anderes konzentrieren als Nick Salingers nackten Oberkörper?*

Ihr Gehirn gehorchte, indem es ihr ein Bild seines nackten Hinterns präsentierte.

Sie stöhnte auf und drehte am Wasserhahn, um sich Wasser ins Gesicht zu spritzen. Ihr Anblick war nicht schön. Die Beule an der linken Seite ihres Kopfes ließ ihr normalerweise folgsam glattes Haar wie eine Schmalzlocke abstehen. Die Farbe war schon lange aus ihrem Gesicht verschwunden. Sie sah eher wie eine Collegeschülerin nach fünf Tagen Sommerferienbesäufnis aus als wie eine gebildete dreißigjähriger Berufstätige.

Fast hätte sie sich zu Tode erschreckt, als sie aus dem Badezimmer trat und Nick mit einem T-Shirt der New York Vipers am Fußende des Bettes stand.

Er warf es ihr zu. »Ich habe gedacht, du würdest etwas zum Schlafen brauchen.«

»Danke«, sagte sie und hoffte, dass sie keinen Ausdruck im Gesicht hatte, der sagte: »Ich habe mir dich gerade nackt vorgestellt.«

Ihr Handy, das auf die Decke gefallen war, als sie zuvor ihre Handtasche dorthin geworfen hatte, summte laut und unterbrach die unangenehme Stille zwischen ihnen. Sie machte einen Schritt vorwärts, doch Nick war schneller.

Sie sah entsetzt zu, wie er das Telefon nahm und antwortete. »Was?«

»Gib mir das zurück«, flüsterte sie und zog ihn am Arm.

Er winkte ab. »Jillian erholt sich gerade von einer Kopfverletzung und kann im Moment nicht helfen. Ein Economy Class-Ticket ist kein Notfall. Sei ein großer Junge und sprich selbst mit dem netten Mann am Schalter, wenn du so dringend ein Upgrade benötigst, anstatt sie anzurufen, um es für dich zu regeln.« Er beendete den Anruf und warf das Telefon zurück aufs Bett.

»Ich kann einfach nicht glauben, was du da gerade getan hast«, zischte sie ihn an, während sie durch die Anrufliste scrollte. »Aaron ist ein erstklassiger, zwei Meter großer Volleyballspieler auf dem Weg zum Trainingscamp der vorolympischen Nationalmannschaft! Er benötigt auf diesem Flug Beinfreiheit!«

»Es interessiert mich nicht, wer das ist, er sollte dich nicht um zwei Uhr morgens anrufen.«

»Das ist mein Job!« Sie wählte Aarons Nummer und fluchte, als er nicht antwortete.

»Lass für eine Nacht mal jemand anders sich darum kümmern. Ein Praktikant kann genauso gut einen Anruf bei der Fluggesellschaft machen.«

»Ich habe keine Praktikanten.« Sie ließ sich auf die Bettkante sinken und presste eine Hand an die Stirn, während sie mit der anderen wild eine SMS tippte.

»Ernsthaft?«

»Ja, was bedeutet, dass ich nicht einfach mit der Arbeit aufhören kann wegen einer Verletzung. Nicht, dass es dich irgendwas angehen würde.«

»Verdammt, natürlich tut es das«, sagte er und klang so beleidigt, dass sie die Hand mit dem Telefon sinken ließ. Seine blauen Augen schimmerten von etwas, was wie Zorn wirkte. »Wegen mir wärst du fast überfahren worden.«

»Das war nicht deine Schuld«, sagte sie resolut, die Kehle vom Schreck ganz trocken. »Wenn mein Gehirn nicht angeschlagener ist, als ich denke, dann hast du mich gerettet.«

Er hielt sie noch ein paar Momente länger mit seinem Blick fest, wobei sein Mund zu einer schmalen Linie zusammengezogen war. »Hab eine gute Nacht. Ich werde in ein paar Stunden wieder nach dir sehen.«

Jillian sah zu, wie er aus dem Zimmer stürmte, und bemerkte auf einmal etwas Seltsames. Womöglich hatte Nick Salinger wirklich eine Seele.

6

In Nicks Leben war zum Zögern kein Platz. Er verbrachte den Großteil seiner Zeit damit, einen Sport zu spielen, der von ihm verlangte, mit halsbrecherischer Geschwindigkeit auf zwei Kufen über das Eis zu fliegen. Er nahm sich, was er wollte, ohne ein zweites Mal darüber nachzudenken. Zögern bedeutete aufzugeben. Zu verlieren. Doch in dem Moment, als er in sein Gästeschlafzimmer getreten war und Jillian schlafend in seinem T-Shirt gesehen hatte, war er wie ein Trottel erstarrt.

Es war unmöglich, nicht zu bemerken, wie hübsch sie war, wenn sie sich nicht mit ihm stritt oder ihn anblickte, als wollte sie ihn umbringen. Die schwachen Lichter der Stadt schnitten durch die Dunkelheit und beleuchteten ihre blasse Haut. Sie lag ausgestreckt auf der Matratze und benötigte eine unmögliche Menge Platz für jemanden, der so klein war. Sein Widerwille, sie aufzuwecken, lag nicht nur daran, wie friedlich sie aussah – er wusste besser als die meisten, wie wichtig es war, sich richtig um eine Kopfverletzung zu kümmern. Das Problem war, dass es ihm etwas zu sehr gefiel, wie sie in seinem Bett und seiner Kleidung aussah.

Es war die Art von Anblick, an die er sich gewöhnen könnte.

Er verdrängte diesen Gedanken aus seinem Kopf, trottete an die Bettkante und schüttelte vorsichtig ihre Schulter. Sie drehte sich auf die Seite und gab ein sanftes, leises Seufzen von sich. Guter Gott, er sollte das nicht sexy finden.

Er schüttelte sie erneut, diesmal mit etwas mehr Kraft. »Wach auf, Jillian.«

Mit einem Keuchen öffnete sie die Augen. »Wo …?«

»Bei mir. Du hast eine Gehirnerschütterung, erinnerst du dich?«

Die Erkenntnis schlug sich in ihren Gesichtszügen nieder und vertrieb den Hauch Panik in ihren Augen. »Richtig, danke. Ich lebe noch.«

Die Erleichterung schnürte ihm die Kehle zu. Er nickte und traute sich nicht zu, etwas zu sagen, und ging zurück zur Tür.

»Nick?«, rief sie aus, als er gerade die Türschwelle erreichte. »Würde es dich stören, mir ein Glas Wasser zu holen? Bitte.«

»Na klar.« Er füllte ein großes Glas in der Küche und kehrte zurück, um es neben sie auf den Nachttisch zu stellen.

Sie stützte sich mit sichtbarer Mühe auf ihre Ellenbogen und zuckte zusammen. »Verdammt! Könntest du … mir helfen?«

Er wusste, dass es ein Fehler sein würde, sie zu berühren, wenn sein Gehirn zu vernebelt war, um sein Verlangen zu kontrollieren, doch die Frustration in ihrer Stimme brach seinen Widerstand. Sie war nicht die Art von Frau, der es gefiel, ihre Verletzbarkeit zu zeigen. Er setzte sich neben sie, wobei er sich bemühte den größtmöglichen Abstand zwischen ihnen zu bewahren, und schob seinen Arm in ihren Nacken, um sie in eine Sitzposition zu bringen. Sie neigte sich zu ihm, stützte sich mit einer Hand an seinem Bizeps ab, während sie mit der anderen gegen seine nackte Brust drückte.

Scheiße. Warum hatte er nicht daran gedacht, ein Shirt anzuziehen? Ihre Berührung fühlte sich wie eine Fackel auf seiner Haut an.

Er musste hier raus, bevor er etwas Dummes tat.

Er ließ sie los und wollte zurück in sein Schlafzimmer flitzen, doch sie drehte den Hals auf die Seite und zuckte wieder zusammen.

»Verspannt?«, fragte er.

»Sehr.«

Sie so in Schmerzen zu sehen und zu wissen, dass er teilweise daran schuld war, brachte seine Entschlossenheit ins Wanken. Er beugte sich zu ihren Schultern und massierte die verspannten Muskeln in ihrem Nacken. Sie schmolz ihm entgegen, mit dem Rücken lehnte sie sich an seine Brust und schickte jedes einzelne Blutmolekül seines Körpers direkt in seinen Schwanz. Der Abstand zwischen ihnen wurde sogar noch geringer, bis der süße Duft ihres Parfüms seine Sinne überwältigte.

»Jillian.« Sein schroffes Flüstern sollte sie warnen, doch es klang so, als würde er um Erlaubnis bitten. Vielleicht tat er das auch.

Sie drehte sich halb und ihr Blick fuhr seinen Körper hinab, als würde sie ihn zum ersten Mal sehen. Die Jogginghose, die er sich übergeworfen hatte, vermochte kaum seine wachsende Erektion zu verbergen. Sie atmete laut ein und zeigte ihm, dass er nicht der Einzige war, der die zwischen ihnen knisternde Elektrizität verspürte.

Es vergingen Sekunden schwerer Stille, bis Jillian endlich die Spannung mit einem betrübten Lachen unterbrach. »Schöne Methode, um eine Frau in dein Bett zu bekommen, findest du nicht?«

»Hab überhaupt nicht versucht, dich ins Bett zu kriegen«, sagte er völlig ehrlich, obwohl er sich nicht dazu überwinden konnte, die Hände von ihr zu nehmen. Stattdessen ließ er seine Daumen über ihr zartes Schlüsselbein streichen. »Zumindest diesmal nicht.«

»Diesmal?«

»Ich hatte in jener ersten Nacht, als wir uns in Minneapolis begegnet sind, gehofft, du würdest in meinem Bett landen.« Er wusste nicht, warum er das Bedürfnis verspürte, ihr das zu gestehen. Vielleicht, weil er niemals wirklich über die Nacht gesprochen hatte, in der er wegen seines Temperaments fast seine Karriere zerstört hätte. Nach dem Kampf war er von den Medien als Schlägertyp abgestempelt worden, doch sie hatte eine andere Seite von ihm gesehen. Er hatte sie zum Lachen gebracht. Er war ihr unter die Haut gegangen, so wie sie ihm unter seine gegangen war, und hatte den Großteil eines Jahrzehnts damit verbracht, zu bedauern, dass er sie nie geküsst hatte. Er fragte sich, ob sie dasselbe empfand. »Ein paar Wochen nachdem sich alles gelegt hatte, hatte ich versucht, dich zu finden, doch Pantheon sagte mir, dass du nicht länger bei ihnen angestellt seist.«

Sie lachte und schob seine Hand von ihren Schultern, womit sie die körperliche Verbindung zwischen ihnen unterbrach. »Mich hatte ihr ganzer Mist krank gemacht und ich hatte mein Praktikum kurz nach unserer Begegnung gekündigt. Ich nehme an, dass wir beide damals ein bisschen jung und dumm waren.«

»Wahrscheinlich«, sagte er, auch wenn sein Gehirn der einzige Teil war, der ihm zustimmte. Sein Körper war noch immer schmerzhaft dumm, wenn es um Jillian Nichols ging.

Er strich ihr das Haar von der Schläfe, wo sich eine hässliche Beule gebildet hatte. Es war so leicht, ihren schneller werdenden Atem in dem stillen Raum zu hören. Zu leicht um zu bemerken, wie ihre Hände den Weg zurück an seine Brust fanden und seine Selbstkontrolle an den Rand einer Katastrophe brachte. Die geringste Neigung seines Kopfes würde den Abstand zwischen ihnen auslöschen und er könnte ihre Lippen kosten wie er es schon vor all den Jahren gewollt hatte.

Doch das war nicht der richtige Zeitpunkt, um auf die Vergangenheit zurückzukommen. Und auch wenn es sich anfühlte, als würden seine Eier jeden Augenblick explodieren, war ihr Bedürfnis nach Ruhe wichtiger. Er stand auf und reichte ihr das Wasserglas. »Du solltest etwas schlafen.«

Er trat aus dem Zimmer, bevor sie noch etwas tun konnte, damit er seine Meinung änderte.

Es würde eine verdammt lange Nacht werden.

***

»Wie konntest du das tun?«, jaulte Ben dramatisch. »Das ist ja abscheulich.«

Nick ignorierte seinen Bruder und tauchte sein Messer erneut in das Glas naturreiner Crunchy-Erdnussbutter. »Das French Toast ist heute gut.«

»Manchmal frage ich mich, ob wir überhaupt miteinander verwandt sind.«

»Soll ich dir einen Spiegel holen?«

Ben kletterte auf den Barhocker neben Nick und begoss sein Frühstück mit Ahornsirup. »Nein, du musst mir nur zeigen, dass du ein echtes menschliches Herz unter deinen gigantischen Brustmuskeln hast, und beweisen, dass du kein Android bist.«

»Menschen brauchen Protein.« Er schob sich einen riesigen Bissen in den Mund.

»Menschen essen Zucker. Wir sind von der Evolution dazu geschaffen, uns danach zu verzehren.«

Nick nahm einen Apfel aus der Obstschale auf dem Frühstückstresen aus dunklem Granit, hob ihn hoch und lächelte.

Sein Bruder antwortete, indem er die Augen verdrehte. »Ein Granny Smith zählt nicht.«

»Worüber streitet ihr beiden?«

Nick fuhr herum und sah Jillian mitten in seiner Küche stehen, die Haare feucht von der Dusche. Sie hatte sein altes T-Shirt aus- und ihre eigenen Kleider wieder angezogen, was ihn seltsam enttäuschte, auch wenn er eigentlich nicht erwartet hatte, dass sie wie ein One-Night-Stand in seine Küche wandern und vor ihrer ersten Kaffeetasse auf eine weitere Runde hoffen würde. Er suchte in ihrem Gesicht nach einem Anzeichen, dass er nicht der Einzige war, der nach letzter Nacht eine wiedererwachte Verbindung zwischen ihnen spürte.

Er fand es nicht. Sie sah ihn mit verschränkten Armen und finsterem Blick an.

»Bruderzeug«, sagte er. »Wie geht es deinem Kopf?«

»Gut.« Sie kniff die braunen Augen zusammen und sah die beiden an, als wäre sie eine Lehrerin, die den Saal mit den Nachsitzern überwachte. »Oh mein Gott! Was zum Teufel, Nick? Hast du etwa deinen eigenen Bruder gehauen?«

»Ähm, bist du dir sicher, dass dein Kopf in Ordnung ist?«

Sie ignorierte die Frage, ging hinüber zu Ben und betrachtete prüfend sein Gesicht. »Woher hast du dieses blaue Auge bekommen?«

Nick und Ben mussten gleichzeitig lachen, was sie nur noch weiter aufzubringen schien.

»Kann mir bitte jemand erklären, was hier los ist? Du hattest diese Prellung gestern noch nicht.«

»Doch, das hatte ich.« Ben stand auf und zog einen Stuhl für sie heran und zwang sie dazu, sich hinzusetzen. »Ich hatte nur ein wenig Bühnenschminke aufgelegt. Mit dem Zeug kann man alles verdecken. Und jetzt, möchtest du Kaffee oder Tee zum Frühstück?«

»Was war das mit eurem Streit heute Morgen? Und gestern im Krankenhaus?«

Ben stellte einen mit French Toast angehäuften Teller vor sie hin, bevor er sich wieder setzte. »Heute Morgen haben wir über die Tatsache gestritten, dass mein Neandertaler-Bruder Erdnussbutter auf French Toast tut, was ekelhaft ist. Und gestern haben wir über Dr. Morgan gestritten.«

Sie runzelte die Stirn, was dazu führte, dass sich eine Falte zwischen ihren Augen bildete. »Warum habt ihr über ihn gestritten?«

»Weil ich recht hatte«, sagte Nick. »Wie gewöhnlich.«

Ben grinste. »Ja, das hattest du. Dr. Morgan und ich haben morgen eine Verabredung, um das neue äthiopische Restaurant in Midtown auszuprobieren.«

»Das erklärt aber nicht, warum du ein blaues Auge hast.«

»Das geht dich nichts an«, sagte Nick, bevor er einen weiteren Bissen von seinem Apfel aß.

Sie warf ihm einen unbeeindruckten Blick zu, dann nahm sie sich eine Riesenportion Schlagsahne aus der Schüssel, die Ben vor sie gestellt hatte, und tränkte ihren ganzen Teller mit Sirup. »Nach der Nacht, die wir miteinander erlebt haben, würde ich sagen, dass ich es verdiene, in den inneren Kreis aufgenommen zu werden, oder etwa nicht?«

Ben legte eine Hand auf Nicks Schulter. »Sie hat recht.«

Es gefiel ihm nicht, doch wenn sich sein Bruder einmal entschieden hatte, konnte man es nicht mehr ändern. Um sich abzulenken, füllte er seine Kaffeetasse nach und ließ die dampfende, bittere Flüssigkeit seine Kehle hinunterrinnen.

»Sebastian Liakos ist meinem Gesicht passiert«, sagte Ben mit der Art flapsiger Beiläufigkeit, bei der Nick schlecht wurde.

»Was? Warum?«

»Weil er ein Geschwür am Arsch der Menschheit ist, das aufgeschnitten werden muss«, knurrte Nick.

Ben seufzte und ignorierte ihn. »Normalerweise nimmt mich Nick mit zur Umkleidekabine, wenn ich ihn besuche. Die meiste Zeit waren die Jungs damit einverstanden, doch Liakos offensichtlich nicht. Wir sind danach zu McAdam's Pub gegangen, und ich bin ihm zufällig auf der Toilette begegnet. Er hat mir auf seine eigene unmissverständliche Weise gezeigt, wie unbehaglich er sich in der Nähe von Männern wie mir fühlt.«

Nick füllte zwei weitere Tassen und stellte sie so heftig vor Jillian und Ben, dass Kaffee auf die Theke spritzte. Als Nächstes machte er sich ans Geschirr, das Ben in der Spüle gelassen hatte, und hoffte, dass er sich genug ablenken konnte, damit die Wut nicht wieder an die Oberfläche kam.

»Warte, ist das der Grund, warum Nick einen Kampf mit Liakos hatte? Weshalb habt ihr ihn nicht angezeigt? Warum sollte er seine Karriere wegen eines solchen Arschlochs riskieren?«

»Weil ich ein Highschool-Lehrer in einer Kleinstadt in Minnesota bin. Es braucht nur ein Elternteil die Geschichte von Liakos zu glauben, ich sei ein perverser Widerling, der in der Männergarderobe herumschleicht, und meine Karriere ist vorbei«, sagte Ben nüchtern.

Bleib ruhig und schrubbe weiter, warnte sich Nick selbst. Er hatte seine ganze Selbstkontrolle gebraucht, um in dieser Woche seine Wut über dieses Arschloch im Zaum zu halten. Als er jetzt hörte, wie Ben über die ganze Sache sprach, als wäre es nur ein weiteres Risiko im Leben eines schwulen Mannes, wollte er wieder explodieren. Er musste sich zügeln, wenn er die kommende Drei-Tages-Tour der Vipers überstehen wollte, ohne suspendiert zu werden.

»In Ordnung. Ich mache es«, sagte Jillian entschieden.

Nick legte den schaumbedeckten Teller hin, den er gerade gespült hatte, und drehte sich um. »Was machst du?«

»Ich werde dich vertreten. Aber ich habe eine Bedingung.«

Ach du heilige Scheiße. »Ich höre.«

»Gut, denn wenn ich dich vertreten werde, erwarte ich von dir, dass du auf alles hörst, was ich dir sage.«

Er wischte sich die Hände an einem Geschirrtuch ab. »Klar. Ich warte nur auf deinen Befehl.«

Sie stand so abrupt auf, dass der Stuhl laut über den Keramikfliesenboden kratzte. »Ich meine es so. Jedes. Einzelne. Wort.«

Er nickte, doch das schien ihr nicht zu reichen. Sie ging um die Theke zu ihm und stieß ihm den Finger gegen die Brust.

»Keine weiteren Kämpfe, egal ob auf oder neben dem Eis.«

Er hob die Hände hoch. »Oha! Ich weiß bereits, wie man Eishockey spielt. Dein Job ist es, mir den Vertrag zu sichern.«

»Das ist genau das, was ich tun werde.«

»Indem du mich in einen Waschlappen verwandelst?« Er verteidigte schließlich nicht nur das Tor, er verteidigte seine Mannschaftskollegen gegen all die anderen Scheißkerle auf dem Eis.

»Abräumer sind nicht länger die Könige auf der Spielfläche. Sie sind inzwischen ein ziemliches Relikt, und du bist nur deshalb schon so lange dabei, weil du einer der seltenen Verteidiger bist, die auch als Angreifer eine echte Bedrohung sein können. Das ist es, was dir deine Karriere retten wird, doch im Augenblick sieht dich die Welt als einen Typen, der noch immer kleinstädtisches Eishockey auf dem zugefrorenen Teich spielt, während alle anderen zu einem glatteren, saubereren Spiel übergegangen sind. Die Liga ist in letzter Zeit hart gegen aggressives Spiel vorgegangen. Du bist ein großartiger Spieler, doch alle anderen in der NHL beginnen sich zu fragen, ob Typen wie du noch immer ihren Wert haben. Es ist meine Aufgabe, zu beweisen, dass du ihn hast.«

Sein linkes Auge begann zu zucken. »Ich verstehe noch immer nicht, wie mir das dabei helfen soll, den Cup zu gewinnen.«

»Die meisten Menschen glauben, dass es in diesem Geschäft ein Nachteil ist, eine Frau zu sein. Und, na ja, vielleicht ist es das. Doch es gibt auch einen entscheidenden Vorteil, der damit einhergeht. Ich weiß genau, welche Rolle die Wahrnehmung spielt und wie sehr das die Erfolge von jemandem überschatten kann. Ich weiß auch, wie leicht es manipuliert werden kann.«

Er atmete laut aus. Das war absurd. Er hatte noch nie zuvor einen Agenten gehabt, der ihm sagte, wie er spielen solle. Doch andererseits hatte er auch noch nie einen Agenten gehabt, der verstand, dass es im Eishockey mehr gab als nur das Geld. Er betrachtete ihr Gesicht – die vollen rosa Lippen, die zu einer harten Linie zusammengezogen waren, ihre hohen Wangenknochen, die sie sowohl niedlich als auch königlich aussehen ließen, und der Funke in ihren goldgerahmten Augen. In der Morgensonne ohne irgendein Make-up wirkte sie jünger, doch ihr Ausdruck war der von absoluter Entschlossenheit.

Nichts davon ergab Sinn, doch tief in seinem Bauch sagte ihm etwas, dass sie wusste, was sie tat. »Okay.«

»Regelmäßige Aktivitäten von öffentlicher Reichweite. Mindestens alle zwei Monate. Öfter, wenn du es schaffen kannst.«

»Gut.«

»Keine Partys. Wenn du nach dem Spiel auf einen Drink rausgehst, dann hältst du dich an Wasser.«

Er nickte. Anders als sein Vater hatte er niemals ein Problem mit Trinken gehabt. »Noch etwas?«

»Keine Eishockey-Groupies, Flittchen oder irgendwen anders, der um fünf Uhr morgens aus deinem Hotelzimmer schleicht.«

Er fuhr sich mit der Hand übers Kinn und ignorierte Bens Lachen von der anderen Seite der Küche. »Du willst, dass ich auf Sex verzichte?«

»Gelegenheitssex. Nur bis zum Ende der Saison.«

»Also, jetzt verarschst du mich, Nichols.« Es war überhaupt nicht möglich, dass sie das ernst meinte. Das konnte gar nicht sein.

Sie richtete sich auf und stemmte die Hände in die Hüfte. »Es ist nicht meine Sache, die Zeit von Leuten zu verschwenden. Am wenigsten meine eigene.«

Er beugte sich vor, neigte den Kopf zu ihrem und flüsterte: »Was, wenn ich einsam bin?«

Ihre Mundwinkel zogen sich zu einem teuflischen Grinsen nach oben. »Ich bin mir ziemlich sicher, dass du die Lösung dafür herausgefunden hast, als du vierzehn warst, wie alle anderen Männer auf diesem Planeten.«

Ben johlte.

»Hör zu, ich weiß, dass es nicht einfach klingt, aber du musst mir vertrauen.«

»Meinst du das ernst?«

»Völlig.«

»Ein wenig Abstinenz könnte dir ganz guttun«, sagte Ben spöttisch.

Nick warf seinem Bruder einen Blick von der Seite zu.

»Es geht nicht darum, dich zu quälen. Es geht darum, deinen Ruf als Anführer neu zu definieren. Als jemand, der es auf dem Eis und außerhalb davon geregelt bekommt. Etwas, was du schon seit Jahren tust, aber noch keine Anerkennung dafür erhalten hast. Wenn wir die Mannschaftskollegen und die Öffentlichkeit hinter dich bekommen, wird das Management der Vipers deinen Wert für das Team neu überdenken, anstatt dich für einen Transfer in der Zwischensaison baumeln zu lassen. Das willst du doch, richtig?«

»Na klar, absolut.«

Sie lächelte siegreich. Er ergriff die Hand, die sie ihm bot und wäre fast von dem Stromstoß hochgesprungen, der sie beide durchfuhr. Angesichts der Tatsache, dass sich ihr Ausdruck für den Bruchteil einer Sekunde verändert hatte, musste sie es auch gespürt haben. Nicht, dass es irgendeine Rolle gespielt hätte. Als seine Agentin war sie für ihn tabu. Es war nicht schwer, eine Frau zu finden, die an seinem Körper oder seinem Geld interessiert war, doch eine zu finden, die ihm seine Karriere retten konnte, war unbezahlbar. So attraktiv er ihre Beharrlichkeit und Intelligenz auch fand, musste er sich doch auf die eine Sache konzentrieren, die wichtig war.

***

Was zum Teufel hatte sie sich nur dabei gedacht? Gefühle hatten keinen Platz im Geschäft, und Sympathie war das schlimmste Gefühl von allen. Es war die Grundlage jeder schlechten Entscheidung. Und es gab keinen Zweifel daran, dass ein Kerl wie Nick wie eine Dampfmaschine in ihr Leben rasen und sie von den Schienen werfen würde.

Und trotzdem hatte sie dieses Wissen nicht davon abgehalten, sich in seinem Büro niederzulassen, sich in ihren Arbeitscomputer einzuloggen und einen Vertrag zu entwerfen. Die Standardformulierungen würden nicht passen. Sie strich die typischen Floskeln über allgemeines Verhalten und Pflichten des Klienten und ersetzte es mit jeder einzelnen Bedingung, die sie ihm auferlegte. Ihre Finger flogen wie verrückt über die Tastatur, als würde ihr immer noch schmerzendes Gehirn jeden Moment mitbekommen können, was gerade geschah, und die ganze Sache aufhalten.

Leider richtete ihr Herz ebenfalls gerade eine ziemlich solide Verteidigung gegen ihren Verstand ein. Sie hatte Nicks Karriere über fast ein Jahrzehnt hinweg verfolgt, und es gab keinen Zweifel daran, dass er ein unkontrollierbarer, halsstarriger, aggressiver Egomane war. Die Sorte Sportler, mit denen sie niemals zu arbeiten geschworen hatte. Doch als sie ihn an diesem Morgen mit Ben gesehen hatte, hatte sie angefangen, an dieser Überzeugung zu zweifeln. Selbst sie hatte die Hände zu Fäusten geballt, als sie erfuhr, was für ein Arschloch Sebastian Liakos war.

Und dann war da noch die Art, wie er letzte Nacht die unzähligen Male auf Zehenspitzen in ihr Zimmer geschlichen war und die lodernde Anziehung aufs Neue entzündet hatte, die sie bereits in jener ersten Nacht für ihn empfunden hatte, als sie sich kennen gelernt hatten.

Ganz klar, sie musste auf jeden Fall noch eine zweite Meinung über den Zustand ihres Gehirns einholen.

Als der Vertrag fertig war, druckte sie ihn aus und eilte zurück in die Küche. Nick kniete vor seiner Eishockey-Tasche und legte jedes Teil seiner Ausrüstung in einer Reihe aus, während Ben ihn über eine riesige Vipers-Kaffeetasse hinweg beobachtete.

Sie legte die Unterlagen auf die Theke. »Ich tausche diesen Vertrag gegen einen Kaffee.«

Schweigend stand Nick auf und füllte eine weitere Tasse. Offensichtlich hatte er nur welche mit dem schwarz-grünen Logo der Vipers. Er stellte die Tasse vor sie hin, nahm einen Stift von der Theke und blätterte zur letzten Seite.

»Du kannst es nicht unterschreiben, ohne es vorher zu lesen«, sagte sie entsetzt.

Er sah sie durch seine dunklen Wimpern hindurch an. »Das solltest du für mich tun.« Mit einer schnellen Bewegung des Stiftes kam seine Unterschrift auf das Papier.

Ihr ganzer Körper verspannte sich. »Ich hätte schreiben können, dass du mir als Jahresendbonus meine Einkaufstour bei Tiffany's bezahlen musst oder dass du dich vor jedem Spiel als Pandabär anziehen und im Stadion herumtanzen musst.«

»Erstens, ich kaufe dir allen Schmuck, den du haben willst, wenn ich den Stanley Cup gewinne. Zweitens, ich sehe verdammt gut in einem Pandakostüm aus.«

Er schob ihr den Vertrag über die Theke zu. Sie schlug mit der Hand auf die Papiere, bevor sie über die Kante fallen konnten. »Darum geht es nicht.«

»Nein. Es geht darum, dass ich beschlossen habe, dir zu vertrauen. Und ich will nicht zu spät zum Spiel kommen. Außer das ist auch Teil deiner brillanten Strategie.« Er hob die Augenbrauen, halb im Scherz und halb, um sie zu provozieren.

Sie kniff die Lippen zusammen, um nicht schreien zu müssen, während er seine Aufmerksamkeit wieder auf seine Ausrüstung richtete und anfing, alles mit sorgfältiger Genauigkeit einzupacken. Was für ein Mensch interessierte sich mehr für die Anzahl von Klebebändern in seiner Eishockeytasche als für den Inhalt seines Vertrags? Hatte sie gerade wirklich das Schicksal ihrer gesamten Karriere für so einen wütend machenden Mann aufs Spiel gesetzt?

Da war etwas falsch an dem Anblick, der sich ihr bot, mehr als nur sein offensichtliches Desinteresse an der bedeutenden aktuellen Geschäftsentscheidung. »Trägst du das zum Spiel?«, fragte sie und erkannte schließlich das Problem.

Er richtete sich auf und sah an seinen in Jeans steckenden Beinen hinab. »Ja. Und?«

»Du solltest deinen Anzug tragen.« Nicht, dass die dunklen Jeans und das frische weiße Hemd seine breite Gestalt nicht sehr gut zur Geltung brachten. Doch die Regeln der Liga waren streng. Kompletter Anzug und Krawatte. Und er musste mindestens einen weiteren Knopf an diesem Hemd schließen.

Ben lachte. »Er hat keinen Anzug mehr getragen, seit er den Wagen seines Lehrers in der neunten Klasse geklaut hat und Dad ihn gezwungen hat, sich fein anzuziehen, um sich zu entschuldigen.«

»Das stimmt nicht. Und ich war nicht der Einzige, der an jenem Tag einen Anzug tragen musste.«

Ben lächelte und hob die Tasse. »Schuldig! Niemand hat je geglaubt, dass ich das böse Gehirn hinter all den Missgeschicken unserer Kindheit war.«

Sie nahm sich im Stillen vor, irgendwann Ben mit Martinis zu bearbeiten und ein paar dieser Geschichten zu erfahren, doch für den Moment konzentrierte sie sich auf ihren Klienten. »Nun, du hättest den Vertrag besser lesen sollen, wenn du ein Problem damit hast, einen Anzug zu tragen.«

»In den vergangenen zehn Jahren habe ich mich immer so angezogen. Niemand hat sich beschwert.«

»Bis jetzt.« Sie kippte ihren halben Kaffee herunter und machte sich daran, sein Zimmer zu finden, und folgerte korrekt, dass es sich im zweiten Stock befand.

Die schwebende Holztreppe führte hinauf zu einem riesigen offenen Schlafzimmer mit freiliegenden Balken und sauberen weißen Wänden – eine subtile Mischung aus Wärme und männlichem Minimalismus. Jenseits der Schiebeglastüren war eine kleine Terrasse mit einem Whirlpool und einer eingelassenen Feuerstelle.

Nicks stampfende Schritte hallten in den Raum, eine deutliche Warnung, da er sich normalerweise mit panthergleicher Anmut bewegte. Sie ignorierte den nervösen Schauer, der ihr den Rücken hinabfuhr, und eilte zu dem großen begehbaren Kleiderschrank, bevor er sie aufhalten konnte.

Ziemlich schnell entdeckte sie einen passenden Anzug. Er hatte einen ordentlichen Geschmack bei seiner Kleidung, was bedeutete, dass sein Widerstand gegenüber dem Dresscode der NHL mehr mit trotziger Haltung als einer Vorliebe für Bequemlichkeit zu tun hatte.

»Hast du gefunden, wonach du suchst?«

»So ungefähr.« Sie schob ihm den Anzug zu. »Umziehen!«

Er warf ihn aufs Bett, sah sie fest an und knöpfte seine Jeans auf.

Die Adern in ihrem Hals spannten sich schmerzhaft. »Was machst du da?«

»Ich befolge deine Anordnungen.« Er grinste sie an, als wüsste er genau, welchen Effekt er auf sie hatte.

Sie weigerte sich, ihre professionelle Beziehung mit Nick in diesem Sinne zu beginnen. Es spielte keine Rolle, welche Art von Chemie zwischen ihnen herrschte. Sie war eine erwachsene Frau, die sich selbst im Griff hatte. Sie warf ihm einen unbeeindruckten Blick zu, bevor sie sich wieder seinem Schrank zuwandte und nach einer Krawatte suchte.

Das stellte sich als größere Herausforderung heraus. Wie konnte ein Mann einen Hugo-Boss-Anzug besitzen und keine einzige modische Krawatte? Sie zog einen billig aussehenden braungrünen Polyesterschlips hervor, der weniger abscheulich war als der gelbrote daneben, um zu sehen, ob er im natürlichen Licht weniger schrecklich wirkte.

»Igitt.« Entschieden schlimmer. Sie riskierte einen Blick auf Nick, der zum Glück voll angekleidet war. Sie hatte immer angenommen, dass der Dresscode der Liga darauf abzielte, den Anstand eines Spieles zu bewahren, das auf einer feinen Linie zwischen Eleganz und Brutalität stattfand. »Ist das alles, was du hast?«

Nick verschränkte die Arme. »Ja.«

»Sie sind schrecklich.« Sie seufzte.

»Es ist auch nicht so, dass ich sie für Modezwecke verwende.«

Oh! Sie warf die Krawatte auf das Bett neben seine abgelegte

Jeans, als sie die Andeutung verstanden hatte. Das half ihr nicht gerade bei ihrem Problem, ihn sich die ganze Zeit nackt vorzustellen. Sie brauchte unbedingt eine Art Hypnosetherapie oder pawlowscher Konditionierung. Eine Möglichkeit, um ihren Verstand davon zu überzeugen, dass er nicht derselbe dunkle, umwerfende Bad Boy war, der während des letzten Jahrzehnts die Hauptrolle in ihren verborgensten Phantasien gespielt hatte. Nein, Nick Salinger war nichts als ein Bergtroll. Ein hässlicher Bergtroll, mit schiefen Zähnen, haarigen Warzen und faltiger grüner Haut.

»Mach dir keine Sorgen. Er meint damit, er trägt sie nur auf Beerdigungen, nicht um Fifty Shades of Grey nachzuspielen«, sagte Ben, der oben auf der Treppe aufgetaucht war. »Ähm, außer du nutzt sie für beides, in welchem Fall, igitt. Das ist ekelhaft, Bruder. Wie auch immer, ich werde wohl wieder einmal den Tag retten.«

Ben hielt eine geschmackvolle silberblaue Seidenkrawatte in einem schicken blauen Karton hoch. »Das sollte dein Weihnachtsgeschenk sein.«

»Ich hasse Krawatten«, protestierte Nick.

»Das liegt daran, weil dein Hals zu dick ist, Blödmann. Du musst mit dem Bankdrücken aufhören.«

Es war seltsam niedlich, zu beobachten, wie Nick wie ein kleines Kind dastand, während Ben ihm die Krawatte um den Hals legte und sie perfekt knotete. Er war bei seinem Bruder so anders als bei jedem anderen. Freundlicher. Bescheidener. Sanfter auf eine Weise, die er der Außenwelt niemals zeigte.

»Da ich jetzt dein Geschenk ruiniert habe, werde ich wohl wieder einkaufen gehen müssen. Ich erwarte ein beeindruckendes Geschenk im Gegenzug zu den zusätzlichen Bemühungen.«

»Du bekommst eine Sommerferienreise nach Maui, wie immer.«

Ben strahlte so sehr, dass ihr die Brust schmerzte. Jillian war ohne Geschwister aufgewachsen und wusste nicht, wie es war, mit jemandem diese Art von beiläufigem Vertrauen zu teilen. Sie hatte eine enge Beziehung zu ihrem Dad gehabt, doch es war dabei hauptsächlich um Sport gegangen, von dem Zeitpunkt an, als sie alt genug gewesen war, um ihrer Barbie die Haare abzuschneiden, um Wayne Gretzkys Vokuhila nachzubilden, damit sie die anderen Puppen in einem unglaublichen Stanley-Cup-Ausscheidungsspiel gegen ihre Teddybären anführen konnte.

Nick sah auf die Uhr, bevor er die Arme vor der Brust verschränkte. »Genehmigst du das, oder möchtest du eine Modenschau mit allem aus meinem Kleiderschrank?«

Sie war sich ziemlich sicher, dass jedes menschliche Wesen akzeptiert hätte, wie er diesen Anzug ausfüllte, doch vor allem wirkte er jetzt seriös. So, als wäre er dazu bereit, sich so lange an die Regeln zu halten, wie es nötig war, um seinen Vertrag zu sichern. »Das ist ein guter Anfang.«

Er zog an seinem Kragen. »Ich verstehe trotzdem noch nicht, wie mir das bei meiner Karriere helfen wird.«

»Du musst mir vertrauen. Ich werde dein Image verändern, so dass das Management der Vipers keine andere Wahl hat, als deinen Vertrag zu erneuern.« Sie hatte eine Vision – eine komplizierte, mit mehr verdrehten Fäden als eine Karte des New Yorker Verkehrssystems, doch eine, von der sie überzeugt war. »Du musst nichts weiter tun, als so zu spielen, wie du es bisher getan hast und sicherzustellen, dass dir Liakos nicht in den Kopf steigt.«

»Und was genau gehört zu dieser deiner Strategie?«

Ihr Grinsen schien einen eigenen Willen zu haben – so, wie es das immer hatte, wenn sie über Strategie sprach. »Dich in den heißesten Transfer-Kandidaten der NHL zu verwandeln.«

7

Nick hängte sich die Tasche mit seiner Ausrüstung über die Schulter, drückte die schwere Metalltür auf und ging zu seinem Platz in der Umkleidekabine, wobei er den Kopf gesenkt hielt. Er verstand nicht, was seine Kleidung damit zu tun hatte, ihn davor zu bewahren, vor Saisonende transferiert zu werden. Verdammt, er verstand überhaupt nichts von Jillians Strategie für seine Karriere. Er war noch nicht vollkommen davon überzeugt, dass die ganze Sache nicht nur eine Ausrede dafür war, um ihn zu verarschen.

Doch jetzt hatte er keine Zeit, darüber nachzudenken. Von dem Augenblick an, als er in die geheiligte Garderobe der Vipers mit der gewölbten Decke trat, war es seine Aufgabe, sich auf das Spiel zu konzentrieren.

»Hey, Punisher, willst du mit dieser Krawatte den Lippenstiftfleck an deinem Kragen verbergen?«

»Ja genau, von deiner Mom.« Er zeigte Mike Lambert, dem großspurigen Torhüter und Mannschaftskapitän der Vipers, den Mittelfinger.

»Oh Mann, weißt du, sie war immer scharf auf dich.« Mike warf seinen Tiefschutz in Nicks Richtung, verfehlte ihn jedoch. Er landete am Fuß von einem der Mannschaftsrookies, der ihn prompt wie eine verseuchte Kartoffel zurücktrat.

»Das ist, weil ich unwiderstehlich bin.« Nick zog sich die verdammte Krawatte aus, faltete sie sorgfältig zusammen und legte sie in die Ablage seines Spinds, wobei er das Gefühl hatte, endlich wieder richtig atmen zu können. Er hätte sie mit derselben Unachtsamkeit auf den Boden geworfen wie Mike seinen Tiefenschutz, wenn er sie nicht von Ben bekommen hätte.

Im Unterschied zu dem, was Jillian annahm, hatte er sich bisher nicht aus Mangel an Respekt gegenüber den Formalitäten der Liga so angezogen. Das Tragen von Anzug und Krawatte erinnerte ihn zu sehr an all die üblen Abschnitte seines Lebens, bevor er Eishockeystar geworden war. Die Beerdigung seiner Mom. Die vielen Male, als er vor dem Kreisgericht erscheinen musste, um sich um die häufigen Verhaftungen seines Vaters zu kümmern, bevor er schließlich aufgab und keine Kaution mehr für ihn zahlte. Es war verdammt noch mal einfacher, sich auf das Spiel zu konzentrieren, wenn ihn nicht ständig diese Erinnerungen bedrängten.

»Weil du dich wie ein idiotischer Charmeur aufgeführt hast, als du sie das letzte Mal getroffen hast.«

»Ich wollte ein paar dieser berühmten selbst gemachten Brownies, die sie immer für dich gebacken hat. Außerdem ist sie ganz schön heiß.«

Mike warf ihm einen bösen Blick zu. »Hör auf mit meiner Mom und erzähl mir lieber, warum du diesen verdammten Schlips trägst.«

»Ja, genau«, mischte sich Luke Anderson ein, der nichts anderes trug als die enge weiße Unterhose, von der er behauptete, dass sie ihm Glück bringe. »Es wäre schön, zu wissen, ob das ein Zeichen für die Apokalypse ist, damit ich in die nächste Modenschau von Victoria's Secret crashen kann, bevor es zu spät ist.«

»Du würdest doch kein Model aus seinem Slip bekommen, selbst wenn sie in Flammen stehen würde. Wie auch immer, ich vermute, dass die Seidenschlinge die Art des Trainers ist, den Punisher dafür zu bestrafen, dass er Liakos verprügelt hat.«

Auch wenn Mike und Luke gute Jungs waren, die wussten, dass Liakos ein verwöhntes kleines Blag war, brachte ihn die stichelnde Erinnerung an die Auseinandersetzung von letzter

Woche zur Weißglut. Trotz des unangefochtenen K.o.s war der Scheißkerl viel zu leicht davongekommen. Das Spiel gegen Winnipeg war in weniger als zwei Stunden und Nick wollte sich nicht weiter damit beschäftigen. »Mein Agent hat es vorgeschlagen.«

»Ich dachte, du hättest ihn gefeuert«, sagte Mike, während er seine Schienbeinschoner anlegte.

»Ich habe einen neuen.« Er zog sich den Rest seiner Kleidung langsamer und systematischer als gewöhnlich aus, und versuchte, sich trotz des ungewollten Gesprächs auf das kommende Spiel zu konzentrieren. Jillian würde entweder seine Rettung oder sein Untergang sein. Er hoffte nur, dass er seine Zukunft nicht in die Hände einer Frau gelegt hatte, die ihn zum Narren hielt.

»Das klingt ja, als hättest du eine Ehefrau, nicht einen Agenten«, sagte Mike kichernd.

»Sie weiß, was sie tut«, blaffte Nick und legte seine Schulterpolster an.

»Sie? Dein Agent ist eine Frau, die dir sagt, wie du dich anziehen sollst?«, lachte Luke. »Meine Güte, das ist ein verdammt komplizierter Weg, um flachgelegt zu werden.«

Nick riss so fest am Riemen seines Ellbogenschutzes, dass ihm das Plastik in die Haut schnitt. »Darum geht es nicht.«

Mike und Luke blickten ihn an, als hätte er ihnen gerade erzählt, dass er eine echte Granate in der Hand hielt. Er atmete laut aus und sah sich im Umkleideraum um. Zum Glück waren die andern zu sehr in ihre Gespräche und Rituale vor dem Spiel vertieft, um seinem Ausbruch irgendeine Aufmerksamkeit zu schenken.

»Hey, heb dir das fürs Eis auf. Wir wollen dich nur ein bisschen ärgern«, sagte Mike.

Nick knurrte etwas Unverbindliches. Selbst wenn die Jungs ihn nur aufzogen, nahm er ihnen die Anklage übel.

Ja, Jillian war umwerfend, und zwischen ihnen funkte es

unbestreitbar, doch er hatte bei ihr wegen ihrer Integrität und ihrer gewagten Strategien unterschrieben, weil es genau das war, was seine Karriere brauchte, wenn er es bis zum Ende der Saison im Trikot der Vipers schaffen wollte. Falls ihn ihre Methoden nicht vorher verrückt machen würden. Selbst jetzt konnte er noch Jillians rechthaberische Stimme in seinem Kopf hören, die ihm sagte, dass er den Mund halten und cool bleiben solle, anstatt seine Irritation aus sich herausbrechen zu lassen.

Keine Kämpfe. Bescheuerte Kleidung. Er mochte es nicht, doch er würde sich an ihren Plan halten. Für den Moment.

Die leise Hintergrundmusik in der Umkleidekabine wurde plötzlich zu einem ohrenbetäubenden Lärm, als der übliche Techno durch Death Metal ersetzt wurde. Jeder im Raum sprang in seinem jeweiligen Zustand des Umziehens auf.

Bevor Nick reagieren konnte, stürmte Mike zur Stereoanlage, um die Musik abzustellen.

»Was zum Teufel?«, gellte Liakos und stellte sich direkt vor Mike.

Dieser beschissene Liakos. Selbst mit einer Verletzung, die ihn vom Eis fernhielt, schaffte er es, Ärger zu machen.

»Du weißt genau, dass mich diese Art von Musik vom Spiel ablenkt«, knurrte Mike. Er war mindestens zehn Zentimeter größer als der kleine Mittelstürmer, und wenn Liakos wusste, was gut für ihn war, dann würde er nachgeben, bevor er erneut Prügel von einem Mannschaftskollegen beziehen würde.

»Na ja, deine Musik ist eben scheiße, und wir sind sie leid.« Ein paar jüngere Spieler in der Mannschaft waren dumm genug, um zustimmend zu nicken.

Gott. Jeder wusste, dass Torhüter zwanghaft bei jedem winzigen Aspekt ihrer Routine vor dem Spiel waren. Jenseits vom Eis war Mike einer der nettesten Kerle, die Nick je getroffen hatte, doch die kleinste Veränderung in der Umkleidekabine konnte dazu führen, dass er den Verstand verlor.

Liakos drückte mit einem herausfordernden Grinsen auf

den An-Knopf, womit er deutlich machte, dass er sich einen Dreck um den Erfolg der Mannschaft kümmerte und nur daran interessiert war, Ärger zu machen.

Verdammt. Der Instinkt, seinen Torhüter zu beschützen, war so mächtig wie sein Bedürfnis zu atmen. Nick machte ein paar kurze Schritte zu Mike und legte ihm einen Arm vor die Brust, um ihn davon abzuhalten, den ersten Schlag zu machen. Er stellte die Musik wieder aus und warf Liakos einen bösen Blick zu. »Du willst die Musik wechseln? Gut. Bring das beim nächsten Mannschaftstreffen an. Nicht am Abend des Spiels.«

Der kleine Dreckskerl kniff seine Schweinsaugen zusammen. »Aus dem Weg, Salinger!«

Nick hätte zur Seite gehen sollen, doch das Bedürfnis, dem Arschloch die Faust ins Gesicht zu rammen, nahm wie eine immer höher fahrende Achterbahn Fahrt in seinen Adern auf. Liakos war die schlimmste Art von Umkleidekabinenkrebs – die Art Mensch, die gern Probleme machte, weil sie sich für etwas Besseres als alle anderen hielt, unabhängig davon, wie sehr die Mannschaft darunter litt. »Setzt deinen Arsch hin, bevor ich dich dazu bringe!«

Ein kurzer Hauch von Angst blitzte über Liakos' Gesicht.

»Salinger!«, brüllte Coach Phillips. »Was zum Teufel geht hier vor?«

Liakos zeigte ein selbstgefälliges Grinsen und trat Nick aus dem Weg.

»Nichts, Coach. Wir diskutieren nur über einen Wechsel in der Musikauswahl heute Abend.«

Der Coach verschränkte seine fleischigen Arme mit einem skeptischen Blick. »Ich habe es deutlich gesagt, dass ich von keinen weiteren Kämpfen etwas sehen oder hören möchte. Die einzige Sache, die mich interessiert, ist das Gewinnen.«

»Hier kämpft niemand. Ich habe nur ein paar der Rookies darüber instruiert, dass sie das Musikthema auf die Agenda der nächsten Teamsitzung stellen sollen. Liakos und ich haben gelernt, unsere Meinungsverschiedenheiten wie Teamkollegen zu lösen.« Die Worte schmeckten trocken und bitter auf seiner Zunge, doch sie brachten ihm ein zufriedenes Nicken des Coachs ein.

»Gut.«

Nick setzte sich auf seine Bank und zog sich den Rest seiner Ausrüstung an, während der Coach den Spielplan mit ihnen durchging. Liakos hatte ihn absichtlich geködert, und er war wie ein Narr darauf hereingefallen.

Es war kein vollständiges Gemetzel, doch wenn man bedachte, dass Winnipeg eine der Mannschaften war, die in der Liga am weitesten unten stand, so fühlte es sich doch sehr danach an. Die Vipers verloren fünf zu drei, was sie zwei weitere Punkte von den Play-offs entfernte, während sie in die kurze Ferienpause gingen. Danach waren sie für eine Woche unterwegs. Sie hätten es heute Abend vielleicht besser gemacht, wenn Mikes Konzentration nicht im Eimer gewesen wäre oder wenn Luke nicht in der zweiten Spielphase so heftig gegen die Bande geschlagen worden wäre, dass die Vipers für den restlichen Abend ohne ihren besten Torjäger spielen mussten.

Hinzu kam, dass Liakos auch nicht auf dem Eis war, und ihre offensive Stärke fehlte.

Immerhin hatte Nick es geschafft, eine Vorlage zu geben und Coach Phillips und den Rest des Vipers-Management daran zu erinnern, dass er eines der besten Asse war, das sie hatten. Doch anders als Liakos interessierte er sich nicht für persönlichen Ruhm, wenn seine Mannschaft nicht weiterkam.

Wegen der düsteren Stimmung in der Umkleidekabine wollte er sie so schnell wie möglich verlassen, doch er wusste, dass die Medienvertreter noch immer vor den Türen warteten. Auch wenn sie von seiner Leistung beeindruckt waren, waren sie sicher mehr an seinem drohenden Transfer interessiert.

»Hey, Punisher?«

Nick blickte auf und sah Jake Newsome, einen der Assistenten der Assistenten von jemandem im oberen Management, der mit einer seltsam großen Pappschachtel in den Händen vor ihm stand. »Was ist los?«

»Ähm, ich habe hier ein paar Merchandise-Sachen für dich. Für irgendeine Wohltätigkeitssache an …« Jake las das Etikett an der Schachtelseite und hob die Augenbrauen. »… Weihnachten?«

»Das klingt korrekt«, sagte Nick durch zusammengebissene Zähne.

Das hatte Jillian veranlasst. Musste sie gewesen sein. Er hatte vorgehabt, nach dem Spiel zum Merchandise-Laden zu gehen und ein paar Trikots und andere Fanartikel zu kaufen, um sie zu verteilen, doch es sah so aus, als wäre sie ihm dabei zuvorgekommen, indem sie direkt zum Management gegangen war. Genau das, von dem er gesagt hatte, dass er es nicht wolle. Das Management würde diese Sache, die nichts weiter als eine gute Tat sein sollte, gleich in einen Medienzirkus verwandeln. Die Kinder hatten etwas Besseres verdient.

Wenigstens gab es ihm die dringend gewünschte Ausrede, noch etwas länger in dem verschwitzten Umkleideraum zu bleiben und die Unterschriften seiner Mannschaftskollegen zu bekommen, bis sich die Reporterschwärme ausgedünnt hätten.

»Was macht der Ellbogen?« Er reichte Luke einen Edding und ein extrakleines Trikot mit dem Namen Anderson auf dem Rücken.

»Nicht so schlimm, um mich mehr als eine Woche vom Eis fernzuhalten, doch genug, dass ich heute Nacht ein bisschen Extramitleid von den Ladies gebrauchen kann.« Luke warf ihm ein albernes Lächeln zu, bevor er das Trikot mit seiner guten Hand unterschrieb, während die andere in einer Schlaufe hing. Die Verspannung in Nicks Schultern löste sich ein wenig.

Mike kam zu ihnen, nahm sich einen anderen Edding und unterschrieb verschiedene Teile. »Du meinst, deine zwei räudigen Köter werden heute Nacht nicht deinen ganzen Fußboden vollscheißen?«

»Haha. Aber wahr.« Luke ließ seinen blonden Kopf übertrieben hängen. »Diese Mädchen machen mich verrückt. Wie schwer kann es denn sein, ein paar Welpen zu erziehen?«

»Ich werde nie verstehen, warum du zugestimmt hast, dich um die Hunde eines One-Night-Stands zu kümmern«, sagte Nick kopfschüttelnd. Luke hatte eins der besten Eishockey-Gehirne in der Branche, doch er war völlig ahnungslos, wenn es um das andere Geschlecht ging. »Ich dachte, sie würde zurückkommen!«

»Wofür ist das alles hier eigentlich?«, fragte Mike.

»Ich bringe demnächst ein paar Sachen zur Kinderabteilung von St. Xavier. Könnt ihr mir dabei helfen, heute Abend Unterschriften von allen zu bekommen?«

»Klar, kein Problem«, sagte Luke. »Willst du auch, dass wir mitkommen?«

»Das hängt davon ab. Habt ihr am fünfundzwanzigsten frei?«

Luke zog sich das Trikot über den Kopf. »Du weißt, dass dann Weihnachten ist, oder?«

Nick zuckte mit den Schultern. »Ich habe gedacht, es wäre eine gute Zeit, um dort vorbeizugucken.«

»Meine Großmutter würde mich umbringen, wenn ich das Weihnachtsessen verpassen würde, selbst für einen guten Zweck«, sagte Mike. »Aber ich werde tun, was ich kann. Ich kann vielleicht eine Stunde oder zwei verschwinden.«

»Ich auch«, fügte Luke hinzu.

Ja, das hatte er sich so gedacht. Seit ihr Dad vor ein paar Jahren beschlossen hatte, jedes Weihnachten in einer lokalen Bar zu verbringen, bis er in die Ausnüchterungszelle gebracht wurde, hatte Ben angefangen, ihre brüderliche Routine von *Stirb langsam*-Filmen und gekauftem Eierpunsch etwas zu depressiv zu finden. Ben hatte dann die Idee gehabt, an jedem

Weihnachten eine gute Tat zu tun, damit sie aufhören würden, an ihr eigenes Feiertagselend zu denken. Während der vergangenen paar Jahre hatten sie meistens bei Suppenküchen ausgeholfen. Letztes Jahr waren sie in einer Sucht-Einrichtung gelandet, nachdem Nick den Wunsch seines Bruders gestoppt hatte, Weihnachtslieder singen zu gehen. Für dieses Jahr hatten sie sich noch keine gute Tat überlegt, weshalb es ein Selbstläufer war, als Dr. Morgan den Hinweis mit der Kinderabteilung gegeben hatte. Außerdem wusste er, dass es Ben glücklich machen würde, wenn er einmal die Initiative übernahm.

»Du kommst nachher mit zu McAdam's?«, fragte Mike.

Nick schüttelte den Kopf. »Ich kann nicht. Hab meiner Agentin gesagt, dass ich mich nachher mit ihr zu einem Gespräch treffe. Außerdem habe ich versprochen, dass ich nichts mehr trinken würde, bis dieser Scheiß mit Liakos vorbei ist.«

Mike pfiff leise. »Scheiße, Mann. Ich hätte niemals gedacht, dass ich sehen würde, wie der Punisher heftiger unter den Pantoffel einer Frau kommt als Luke.«

»Ich habe dir bereits gesagt, dass es nicht so ist.« Er wollte dieses Gespräch nicht schon wieder führen und gab es den Jungs zu verstehen, indem er durch die Kiste mit den Artikeln wühlte, um zu sehen, wer noch unterschreiben musste. Er fluchte, als er bemerkte, dass es auch ein Trikot von Liakos gab. Natürlich würden die Kinder ein unterschriebenes Liakos-Trikot wollen. Auch wenn er im echten Leben ein Arschloch war, hatte ihn die PR-Abteilung der Vipers als den nächsten Sidney Crosby dargestellt.

Liakos hing noch immer im Umkleideraum herum, vielleicht nur deshalb, weil er wusste, dass seine Anwesenheit Nick irritierte, doch das gab diesem die Gelegenheit, alle Unterschriften zu bekommen. Er nahm das Trikot und einen Edding und ging über den schwarz-grünen Teppich. »Hey, Mann. Ich mache an Weihnachten eine Spende für eine Kinderabteilung. Kannst du dieses Trikot unterschreiben?«

Liakos drehte sich langsam um, als wäre Nicks Anwesenheit nichts weiter als eine unbedeutende Belästigung. »Zwingt dich das Management, für die Kameras nett zu sein?«

Jedes Wort aus dem Mund des Jungen kratzte über Nicks Haut. »Nicht alle von uns benehmen sich nur dann wie anständige Menschen, wenn die Kameras laufen.«

»Das stimmt, du ziehst es vor, dich wie ein Schläger vor der Kamera zu benehmen.« Die paar Spieler, die noch immer in der Umkleidekabine waren, verstummten. »Unterschreib einfach das verdammte Trikot!«

»Sicher. Nachdem du dich für dein Aggressionsproblem der letzten Woche entschuldigt hast.«

»Du willst, dass ich mich dafür entschuldige, dich so umgehauen zu haben, wie du es verdient hast?«

Liakos blähte die Brust auf und nickte. »Vor der Kamera.«

Nick krallte die Finger in das Viskosetrikot. »Na klar, kein Problem. Ich werde das gerne tun, nachdem du dich öffentlich dafür entschuldigt hast, ein tobender Homophober zu sein.«

»Wenn ich es mir recht überlege, dann bin ich spät dran für ein Treffen.«

»Das ist schon in Ordnung«, rief Nick hinter Liakos her, der wie ein Kind aus dem Raum stürmte. »Niemand will das Trikot von einem Anfänger mit mehr Pose als Fähigkeit.«

Er rieb sich mit einer Hand über das Kinn und fragte sich, wie er sich so von einem Jungen ärgern lassen konnte.

»Hey, Mann«, sagte Mike und kam zu ihm. »Ich glaube, du brauchst dann doch ein Bier.«

»Ja, ich bin dabei.« Jillian würde nicht glücklich sein, doch das kümmerte ihn nicht. Er hatte die verdammte Krawatte getragen und war so nett wie möglich zu Liakos gewesen, während sie mit den Fanartikeln gegen seinen Willen gehandelt hatte. Er hatte sich ein verdammtes Bier verdient.

8

Jillian vertrat Nick seit weniger als fünf Stunden und die Probleme hatten schon begonnen. Mehr als zwanzig Minuten hatte sie vor der Tür des Vipers-Geschäftsführers auf ihn gewartet und es schließlich aufgegeben. Es wäre um ein Vielfaches einfacher gewesen, Allan Tyson davon zu überzeugen, dass Nick sich zu einer Generalüberholung seines öffentlichen Images verpflichtet fühlte, wenn er sich dazu bequemt hätte, zu diesem Treffen aufzutauchen. Doch sie hatte es runtergeschluckt, und war wie ein Profi mit der Situation umgegangen.

Sie hatte nicht lange gebraucht, um Nick in dem Pub ausfindig zu machen, in den er mit seinen Mannschaftskollegen gegangen war – denselben, in dem Liakos letzte Woche Ben einen Schlag aufs Auge verpasst hatte. Sie hätte sich denken können, dass Nick den Ort als eigenes Territorium besetzen würde und nicht wollte, dass Liakos den Treffpunkt der Mannschaft für sich beanspruchen würde. Trotzdem wäre eine verdammte SMS nett gewesen.

Sie steuerte über den mit Erdnussschalen bedeckten Boden zu dem Tisch, an dem eine große Gruppe von Männern in Übergrößen mit noch ungefähr fünfundsiebzig Prozent intakten Vorderzähnen saß, Anzugjacken und Krawatten über die Stuhllehnen gelegt. Eine kleinere Gruppe Männer saß versteckt in einer Sitzgruppe auf der gegenüberliegenden Seite des Raums. Nick in einer Ecke, Liakos in der anderen. Zumindest hatte ihr Mann im Moment eine größere Unterstützerbasis.

Sie stellte sich zwischen zwei von Nicks Teamkollegen, ignorierte ihre Blicke und ihr Grinsen und griff über den langen Holztisch, um ihm das Bierglas aus der Hand zu schnappen, genau eine halbe Sekunde bevor er es an die Lippen brachte. Sie wusste, dass sie ihn mit der Tatsache überraschte, dass ihr diese Heldentat gelungen war, doch er ließ sich nichts anmerken. Er lehnte sich auf seinem Stuhl zurück und warf ihr jenes schmutzige Lächeln zu, das irgendwie eine Million Mal heißer auf seinem zweiunddreißig Jahre alten Gesicht aussah, als es das vor einem Jahrzehnt getan hatte. »Auf ein Wort, Nick?«

Langsam hob er seine Brauen. Hochmütig. »Klar.«

Sie verschränkte die Arme und streckte den Rücken durch. »Irgendwo, wo es ein bisschen abgeschiedener ist?«

Der Typ, der neben Nick saß, schob seinen Stuhl quietschend zurück und stand auf. An seinem blonden Haar, dem guten Aussehen eines Jungen von nebenan und der Schlaufe an seinem Arm erkannte sie ihn sofort als Luke Anderson, den erfolgreichen Linksaußen und absoluten Herzensbrecher. »Hey, ich würde dich gern an einen abgeschiedenen Ort bringen, wenn dieser Trottel hohl genug ist, um sich die Gelegenheit entgehen zu lassen«, sagte er grinsend.

Nick war sofort auf den Beinen und starrte Luke an. »Sie gehört mir.«

Sie räusperte sich, stellte das Glas ab und reichte Luke eine Visitenkarte aus ihrer Tasche. »Seine Agentin«, korrigierte sie ihn lässig. »Jillian Nichols. Freut mich.«

Nick kam um den Tisch, ergriff auf dem Weg sein Bier und geleitete sie zu einer ruhigeren Ecke des Pubs mit einer Hand an ihrem Rücken. Sie hasste es, wie sich die feinen Haare in ihrem Nacken allein durch das Gefühl seiner großen, besitzergreifenden Hand aufrichteten.

Er zog an einem leeren Tisch den Stuhl für sie heraus und setzte sich ihr gegenüber. »Gekommen, um mit mir zu schimpfen?« Trotzig schlürfte er von seinem Bier.

Sie beugte sich unerschrocken vor und legte die Unterarme

auf den Tisch. »Nein. Ich bin gekommen, um zu sehen, ob du alle Sachen für den Krankenhausbesuch hast. Und um dir zu sagen, dass ich bereits im Gespräch mit einer Firma über einen möglichen Werbevertrag bin – das heißt, wenn du es noch nicht versaut hast, wegen nicht eines, sondern zwei Streits mit Liakos heute in der Umkleidekabine. Oh, und um dir zu sagen, dass ich eine Nachricht von Ben bekommen habe, in der er berichtet, er habe so viel Spaß mit seiner Verabredung, dass sie beschlossen haben, nach dem Spiel tanzen zu gehen. Er hat mir geschrieben, weil du dein Handy ausgestellt hast und er nicht wollte, dass du dir Sorgen machst, wenn er heute Nacht nicht nach Hause kommt.«

Der Hauch eines Lächelns kräuselte seine Lippen. »Schön für Ben.«

Die in ihr glimmende Wut angesichts seiner Weigerung, irgendwas von dem, was sie sagte, ernst zu nehmen, kochte über. »Hör zu, du bist nicht der Einzige, der hierbei etwas verlieren kann. Ich muss wissen, dass unsere Zusammenarbeit kein Problem sein wird.«

»Du hast gewusst, dass es mir nicht gefallen würde, wenn du meinen Besuch in der Kinderabteilung in eine Publicity-Aktion verwandeln würdest.«

»Ich wusste auch, dass dies der einzige Hebel war, den ich hatte, um dich davor zu retten, heute suspendiert zu werden, nachdem das Management von deiner Rauferei in der Umkleidekabine vor dem Spiel erfahren hat. Du hast mir keine große Wahl gelassen. Doch nur für das Protokoll: Ich habe ausgehandelt, dass nur der Presseagent der Mannschaft in der Abteilung auftaucht und Bilder macht, die an die Lokalnachrichten verschickt werden können. Keine Reporter. Und ich werde dabei sein, um sicherzustellen, dass alles gut verläuft. Außerdem, wenn du dich wie versprochen nach dem Spiel mit mir getroffen hättest, hätten wir zuerst darüber sprechen können. Stattdessen habe ich dich hier suchen müssen.«

Er neigte sich vor und legte seine Arme neben ihre. »Wir haben gerade den Arsch voll bekommen. Die Stimmung in der Umkleidekabine war total beschissen. Nimm dann noch Liakos, der mit der Musik vor dem Spiel herummacht und fast mit unserem Torhüter aneinandergerät, und es war ziemlich klar, dass wir ein Mannschaftsbier brauchten. Es war einfach nicht möglich, nicht mitzugehen.«

Ihr fiel die Kinnlade runter. »Was für ein Arschloch macht mit der Musik des Torhüters herum? Das ist ein Sakrileg. Jeder weiß das!«

»Derselbe, der sein Trikot für die Kids nicht unterschreibt, bevor ich mich nicht öffentlich bei ihm entschuldigt habe.«

Empört ballte sie ihre Hände. Es spielte keine Rolle, wie sehr sie sich heute Abend über Nick geärgert hatte, Liakos war eine Million Mal schlimmer. »Wo sind die Fanartikel jetzt?«

Er warf ihr einen vorsichtigen Blick zu, womöglich wegen des plötzlichen Giftes in ihrer Stimme. »In meinem Kofferraum. Ich habe direkt draußen geparkt.«

Sie hob die geöffnete Hand. »Gib mir deinen Schlüssel. Ich kümmere mich darum.«

Er zögerte einen Moment mit gerunzelter Stirn, reichte sie ihr dann aber. Mit dem unverwechselbaren Tesla-Schlüsselanhänger musste sie nicht fragen, was er fuhr.

Zehn Minuten später war sie zurück im Pub, das kleine Liakos-Trikot über ihr Oberteil gezogen, so dass es sich an ihre dürftigen Kurven anschmiegte. »Entschuldigung, Sebastian Liakos?« Sie entdeckte ihn an der Bar und tippte ihm auf die Schulter.

Er drehte sich mit mürrischem Blick um, der auf fast komische Weise durch ein schlüpfriges Lächeln ersetzt wurde, als seine Augen zu ihrer Brust hinabwanderten, die von einem unnatürlichen Beugen des Rückens vorgedrückt wurde. »Ich bin ein riesiger Fan. Würdest du mir das Trikot unterschreiben?« Sie musste ihren Brechreiz zurückdrängen, während sie mit dieser flirtenden Frechheit sprach.

»Alles für ein hübsches Mädchen.«

Würg! Sie war zehn Jahre älter als er. Nicht zu erwähnen, dass er wie ein Teenager aussah. Nur jemand mit einer ungesunden Menge an Arroganz würde annehmen, dass sie wirklich an ihm interessiert wäre. »Großartig!« Sie drehte sich um, so dass er über seinem Namen auf der Rückseite unterschreiben konnte.

»Und, hast du schon Pläne für heute Abend, Süße? Du bist herzlich eingeladen, für eine private Party mit zu mir zu kommen.«

»Wird deine Verlobte auch dort sein? Ich würde Sie gerne kennenlernen. Sie hat wirklich die schönsten Haare überhaupt.«

Liakos sah sie finster an. Sie winkte ihm mit dem kleinen Finger und flitzte zurück zum Tisch, wo Nick wartete.

»Sehr clever«, sagte Nick mit leiser, harter Stimme, während sie sich auf ihren Stuhl setzte. »Jetzt zieh das aus!«

»Liebend gerne.« Sie zog sich das Trikot über den Kopf und warf es ihm zu, gefolgt von seinen Autoschlüsseln.

Er betrachtete die Unterschrift mit einem befriedigten Nicken. »Du würdest viel besser in einem Salinger-Trikot aussehen. Ich kenne da jemanden, der das organisieren kann.«

Er warf ihr ein schnelles Lächeln zu – sie merkte, dass es aufrichtig war und kein Feixen an der kleinen Falte um seine Augen. Nein, er sah überhaupt nicht gut aus. *Nur ein Bergtroll.*

»Ehrlich gesagt, sehe ich wesentlich besser in einem Designerkostüm für tausend Dollar aus. Vor allem, als ich in das Büro des Geschäftsführers hineingeplatzt bin und verlangt habe, dass sie mich in jedes zukünftige Transfergespräch hinter verschlossenen Türen einbeziehen sollen, bei dem es um dich geht.«

»Ich kann mir nicht vorstellen, dass es sehr gut verlaufen ist.«

»Ich bin ziemlich überzeugend, doch es ist wesentlich einfacher, einen Geschäftsführer davon zu überzeugen, einen

Spieler zu handeln, der gehen will, als einen zu behalten, den sie loswerden wollen. Dein Geschäftsführer ist zu sehr davon beeinflusst, was Leute über seine Entscheidungen denken. Er hat einen eurer besten Spieler und zwei Rekrutierungsplätze verkauft, um Liakos von Tampa Bay zu bekommen. Und da jetzt Whittakers Tochter mit ihm verlobt ist, kannst du drauf wetten, dass er auch von ihr Druck bekommt. Ich habe gehört, dass sie ein ziemliches Früchtchen ist.«

Nick schnaubte. »So übel ist sie gar nicht.«

Jillian hob eine Braue. Alexa Whittakers Ruf als quengeliges Partygirl war dank ihrer medienwirksamen Eskapaden stadtbekannt.

»Ich kenne sie, seit sie als zehnjähriger Wildfang am Stadion herumhing.«

»Trotzdem hat Tyson mit diesem Deal alle seine Eier in ein Körbchen gelegt und ist nicht dazu bereit, es fallen zu lassen, wie schlecht es auch wird. Ich habe den Eindruck, als wäre es vom ersten Tag an schlecht mit Liakos gelaufen.«

Nick kicherte. »Das ist untertrieben.«

Sie fuhr fort. »Was bedeutet, dass du der praktische Sündenbock geworden bist. Es ist für ihn einfacher, einem unwillkommenen Teamkollegen die Schuld zu geben, als einzugestehen, dass er einen schlechten Deal gemacht hat. Dich zu transferieren bringt eine Menge Dollars und zeigt, dass die Vipers sich von Grund auf neu aufstellen wollen. Doch für den Augenblick haben wir den Vorteil deiner Nichttransferklausel. Theoretisch kannst du nur dann transferiert werden, wenn du den Bedingungen zustimmst. Doch wenn die Saison vorbei ist, dann ist alles möglich.«

»›Theoretisch‹?«

»Es gibt eine Verhaltensklausel in deinem Vertrag. Vielleicht etwas, worüber dein vorheriger Agent nicht besonders nachgedacht hat, als er es verhandelt hat. Es ist noch nicht so lange her, dass die Eishockeystars mit fast allem davongekommen sind, was jenseits des Eises vorgefallen war. Doch die Öffentlichkeit nimmt das nicht mehr hin. Mannschaften haben das genutzt, um unerwünschte Spieler rauszuschmeißen, die Anzeigen wegen Trunkenheit am Steuer oder Körperverletzung bekommen haben.«

»Das wird mir nicht passieren.«

»Ich weiß.« Sie wollte nach seiner Hand greifen, um ihn zu beruhigen, doch sie traute sich selbst nicht, ihn zu berühren, ohne eine Grenze zu überschreiten. »Doch die Klausel ist so vage gehalten, dass sie sie für jede Art von vermeintlichem Vergehen nutzen könnten. Wenn die Mannschaft dich wirklich loswerden möchte, weil sie denken, es sei die einzige Möglichkeit, um ihre Probleme mit Liakos zu lösen, dann werden sie einen Weg finden, es zu tun. Ich habe so etwas schon erlebt. Sie werden dich so lange provozieren, bis du explodierst, und dann werden sie die Verhaltensklausel anwenden, um deinen Vertrag vorzeitig aufzulösen. Deshalb musst du dich fügen. Trag die Anzüge, tauch rechtzeitig auf und halte bei Liakos den Mund. Wenn er so übel ist, wie du es sagst, dann wird sich einer von euch selbst zerstören, bevor die Saison zu Ende ist. Sorg dafür, dass er es ist und nicht du. In der Zwischenzeit musst du weiter so spielen, wie du es heute Abend getan hast und mir den Rest überlassen. Ich muss diejenige sein, die dir den Rücken freihält, während du die Welt daran erinnerst, dass du mehr bist als nur ein Abräumer.«

Er strich in geraden Linien mit dem Daumen über das Kondenswasser an seinem Glas, so dass sie den Eindruck bekam, dass er langsam die Herausforderungen erkannte, mit denen sie es zu tun hatten. »Das ist für mich nicht so einfach.«

»Jemand anders die Dinge machen lassen?« Sie ahnte nur das, was er meinte, doch während der vergangenen paar Tage hatte sie eine Menge über ihn gelernt. Er mochte es nicht, um Hilfe zu bitten. In ihr Büro zu kommen, um genau das zu tun, war für ihn wahrscheinlich schwieriger gewesen, als sie gedacht hatte. Es war ein riesiger Schritt, doch es würde nicht ausreichen, wenn es ihm nicht gelingen würde, ihr vollständig zu vertrauen.

Er nickte.

»Weißt du, wer mein Vater war?«

Seine Augenwinkel legten sich bei dem neugierigen Blick, mit dem er sie ansah, in Falten. Sie warf es ihm nicht vor, dass er nicht antwortete. Es war nichts, was sie groß ausposaunte.

»Max Nichols.« Sie wappnete sich vor dem unvermeidlichen Moment der Erkenntnis. Er würde die Augen weit aufreißen, zuerst vor Überraschung, dann vor Mitleid. Ein dramatisches Zusammenzucken oder ein gnädiges Lächeln – je nachdem unter welchem Gesichtspunkt er das Gefühl hatte, sie zu beurteilen – würde folgen.

Doch Nick überraschte sie. Er trank sein Bier und zeigte nichts von seinen Gedanken. »Ich habe mich schon gewundert. Nichols ist ein ziemlich verbreiteter Name, doch das erklärt, warum ein Mädchen aus Boston von Eishockey besessen ist. Dein Vater war ein großartiger Torhüter in seinen Tagen.«

Sie atmete laut aus und löste etwas von der Verspannung in ihren Lungen. »Dann weißt du auch, dass er von seinem Agenten beschissen wurde.«

Er nickte erneut und bewahrte sie davor, die schäbige Geschichte erzählen zu müssen, wie ihre Familie wegen eines skrupellosen Agenten alles verloren hatte, weil er jeden Cent gestohlen hatte, den ihr Vater in seiner bescheidenen NHL-Karriere verdient hatte, bevor er wie vom Erdboden verschluckt verschwand. Wie ihr Dad zwei Wochen später an einem Herzinfarkt gestorben war und ihre Mutter gezwungen gewesen war, einen Mindestlohnjob zu finden, nachdem sie jahrzehntelang nicht gearbeitet hatte.

»Ich habe dich nicht als Klienten angenommen, um dich auszunutzen oder auf deine Kosten reich zu werden. Ich bin in diesem Geschäft, um dir zu helfen. Du hast bereits genug auf deinem Teller. Du musst weiter ein Führer auf und neben dem Eis sein. Überlass mir die stressigen Dinge. Das ist mein Job.«

»Das heißt, du wirst mir keinen Ärger machen, wenn ich gelegentlich mit den Jungs ausgehe?«

Sie verschränkte die Arme. »Ich muss zugeben, dass die Kein-Bier-Regel vielleicht ein wenig hart war. Wie wäre es mit einem Kompromiss? Geh raus, so viel du willst, aber es bleibt bei einem Bier.«

Er beugte sich vor und sagte mit leisem Flüstern: »Wie schwer ist es dir gefallen, es auch nur zuzugeben?«

Sie räusperte sich. »Ich bin in der Lage, zuzugeben, wenn ich danebenliege. Ich mach es nur nicht sehr oft. Oder genieße es.«

»Soll ich dir einen Drink ausgeben, um diesen Moment des persönlichen Wachstums zu feiern?«

Sie griff nach einem der Papp-Untersetzer vom Tisch und warf ihn wie eine Frisbeescheibe gegen seine Brust. Er flog weit an seinem linken Arm vorbei, womit sich zeigte, dass sie wirklich keine Ziegelmauer aus zwei Metern Entfernung treffen konnte. »Nein, danke. Ich darf nach meiner Gehirnerschütterung achtundvierzig Stunden nichts trinken. Anordnung des Arztes.«

Sein Ausdruck veränderte sich, und Besorgnis grub ein paar Falten in seine vollen Lippen. »Scheiße! Ich habe deinen Kopf vergessen.«

»Dem geht's gut. Ich werde nachher nach Hause gehen, an paar anderen Sachen arbeiten und vielleicht etwas schlafen.«

Sie stand auf, um zu gehen. Er kam hoch, ging um den Tisch und erwischte sie am Oberarm, bevor sie es schaffte, ihren Mantel anzuziehen. »Du solltest heute Nacht wieder bei mir bleiben. Du solltest nicht allein sein.«

Sie unterdrückte das Bedürfnis, ihre plötzlich verschwitzten Handflächen an den Oberschenkeln abzureiben. Nick triefte förmlich vor so viel purer männlicher Intensität, dass es ihm unmöglich war, nicht so zu klingen, als würde er nicht mit jeder Frau flirten, mit der er sprach. Es bedeutete nichts, und selbst wenn es das tat, war es keine Grenze, die sie zu übertreten bereit war. Dieses Engagement zwischen ihnen war rein professionell. »Ich komme schon zurecht.«

»Das weiß ich. Aber du wurdest ziemlich übel verletzt. Möchtest du nicht wenigstens dieses eine Mal, dass sich jemand um dich kümmert?«

Sein Griff an ihrem Arm wurde fester. Der Druck gegen ihre zarte Haut war kurz davor, schmerzhaft zu werden, doch sein Ausdruck war so sanft vor Mitleid, dass ihr die Kehle trocken wurde. »Ich kann auf mich selbst achtgeben, so wie ich auf alles andere achtgebe. Das ist es, was ich tue.« Sie schüttelte seine Hand ab und ging aus der Bar, bevor sie es sich noch einmal überlegen konnte.

9

Nick war mit keiner bestimmten Religion aufgewachsen – außer man zählte die tägliche Anbetung von Jack Daniel's durch seinen Vater dazu – doch selbst er wusste, dass es ein Sakrileg war, an Weihnachten zu arbeiten.

»Ich bin gleich zurück, okay?«, sagte er Charlie, einem zehnjährigen Jungen, der ihm gerade davon berichtet hatte, wie er für sein Eishockeyteam als Torhüter gespielt hatte, bevor er krank geworden war. Nick winkte Mike zu sich, da er wusste, dass er damit dem Kind eine Riesenfreude bereiten würde, dann ging er hinaus zum Flur, wo Jillian neben den Kartons mit den Artikeln der Vipers stand, das Telefon chirurgisch fest ans Ohr genäht. Selbst in Jeans und einem cremefarbenen Pullover mit weitem Halsausschnitt, der einen neckenden Hinweis auf ihre Schultern gab, wirkte sie eher elegant als zwanglos.

»Es interessiert mich nicht, wie klein sie ist. Jaime Chen schläft nicht in einem Einzelbett. Sie ist eine Fußballkönigin, was bedeutet, dass sie mindestens ein Bett für eine Königin bekommt. Am besten Kingsize. Wenn Sie ihr keine anständige Hotelsuite verschaffen können, dann können Sie sich jemand anders suchen, um Ihre Veranstaltung zu bewerben«, bellte sie ins Telefon, ohne seine Anwesenheit mitzubekommen. »Gut!«

Sie beendete den Anruf, dann lehnte sie den Kopf mit fest geschlossenen Augen gegen die Wand und gab ein frustriertes Knurren von sich.

»Hörst du eigentlich jemals mit der Arbeit auf?«

Sie öffnete die Augen und kreischte überrascht. »Du hast

mich vielleicht erschreckt«, sagte sie atemlos und legte die Hand auf ihre sich hebende Brust.

»Du hast nicht bemerkt, dass dir ein hundert Kilo schwerer Mann in einem Weihnachtsmannkostüm auf einem strahlend erleuchteten Flur entgegenkommt?«

Sie warf ihm einen Blick zu, der zeigte, dass sie keine Nerven für seine Scherze hatte, doch er bemerkte das subtile Verziehen ihrer rosafarben angemalten Lippen, das sie zu unterdrücken versuchte. »Ich kann manchmal ein wenig überfokussiert werden, wenn ich arbeite. Und für das Protokoll, dein Bart sollte weiß sein und dein Bauch ist nicht annähernd groß genug, um einen überzeugenden Weihnachtsmann abzugeben.«

Es gefiel ihm, sie lächeln zu sehen. Mehr als das, es ärgerte ihn, wenn sie es nicht tat, was für ihn eine seltsame Erkenntnis war. Was dazu führte, dass sich der falsche Fellkragen besonders heiß und kratzig an seinem Hals anfühlte. Von dem Moment an, da er als Zehnjähriger erste Andeutungen eines Talentes für Eishockey gezeigt hatte, war er sein ganzes Leben lang von Männern umgeben gewesen. Es hatte Frauen gegeben – viele Frauen –, doch keine, die lange genug geblieben war, dass er sich wirklich für sie interessiert hätte. Auch wenn Jillian seine Agentin war, war die Art und Weise, wie sie während der letzten paar Tage für ihn gekämpft hatte, vollkommen anders als die Vorgehensweise seines vorherigen Agenten. Sie hatte denselben entschlossenen Beschützerinstinkt, den er für ein paar ausgewählte Leute zeigte, die er als Familie und Freunde betrachtete.

»Findest du nicht, dass ich um die Mitte herum ein bisschen schwabbelig werde?« Er schlug sich mit der Hand gegen den mit rotem Samt bedeckten Bauch, womit er ihr ein weiteres Lächeln zu entlocken hoffte. Ihr Ausdruck blieb teilnahmslos, doch ein rosafarbenes Erröten huschte über ihre Wangen.

Interessant. Er hatte angenommen, dass die ständig zwischen ihnen knisternde Elektrizität von ihren zusammenprallenden

Persönlichkeiten aufgeladen wurde, nicht von körperlicher Anziehung. Vielleicht war die ehrliche Agentin doch nicht ganz so offen, wie sie immer behauptete.

Die Frage war, wie er sich dabei fühlte? Er war sich nicht sicher, doch er wusste genau, dass es ihm gefiel, wie die Sommersprossen auf ihren Schultern am Rand des Halsausschnittes hervorlugten.

»Solange es deine Spielfähigkeit nicht beeinträchtigt, interessiert es mich nicht, wie dein Körper aussieht.«

»Heute geht es nicht um Eishockey. Es geht darum, den Geist der Weihnacht zu finden. Santa, Rentiere, Geschenke. Freude für die Welt und all das. Du verpasst den ganzen Spaß.«

»Ich bin mir ziemlich sicher, dass ihr Jungs das ganz großartig ohne mich macht«, sagte sie, kurz bevor Luke den Flur entlanggelaufen kam und ein lachendes Kind auf dem Rücken trug. »Wer hätte gedacht, dass ein erwachsener Mann mit Geweih und Rudolfnase so gut aussieht?«

Die Eifersucht traf ihn wie eine Ohrfeige ins Gesicht. Vielleicht wusste er nicht genau, was er für Jillian empfand, doch er wusste verdammt genau, was er über sie mit einem anderen Typen empfand. Er bückte sich und wühlte durch die Kiste mit den Fanartikeln zu ihren Füßen und zog einen grünen Elfenhut heraus. »Das erinnert mich an etwas.«

Sie riss protestierend die Augen auf, als er ihr den Hut auf den Kopf setzte.

»So. Jetzt hast du auch etwas Weihnachtsstimmung.« Der grüne Filz hing lose auf ihrem goldblonden Haar, mindestens ein paar Nummern zu groß.

»Irgendetwas stimmt bei diesem Szenario nicht«, sagte sie trocken.

Er hob eine Braue.

Sie verschränkte die Arme und streckte ihr Kinn vor. »Ich bin keine Elfe. Ich bin der Boss. Ich sollte Santa sein.«

»Nö, Elfen sind diejenigen, die Weihnachten erst möglich

machen. Santa ist nur derjenige, der den ganzen Ruhm bekommt. Außerdem würdest du in diesem Anzug ertrinken.«

Ihr Lächeln kehrte zurück, aufrichtig und unbeherrscht, und brachte ihre braunen Augen zum Strahlen und ihre Wangenknochen wie ein Kunstwerk zur Geltung. Sie räusperte sich und er bemerkte, dass er sich ganz in ihrem Lächeln verloren hatte, ohne zu spüren, wie viele Sekunden verstrichen waren.

»Wie auch immer«, sagte er mit einer Unbeholfenheit, die er gar nicht an sich kannte, »ich sollte zu den Kindern zurückkehren.«

»Nick.« Sie nahm seine Hand, als er sich zum Gehen wandte. »Du machst heute einen richtig guten Job.«

»Danke.« Das Kompliment traf ihn unvorbereitet, doch es war die Art, wie ihre Hand an seiner verweilte, die ihm den Hals rau werden ließ.

»Ich weiß, dass du eine Menge Extrageschenke und Sachen gekauft hast. Ich hätte das auch vom PR-Team der Vipers für dich machen lassen können.«

»Ich weiß, aber darum geht es hier nicht.«

»Also, bist du dann doch ein guter Junge, Sankt Nick?«

Er beugte sich zu ihr und atmete leicht den süßen blumigen Duft ihres Parfüms ein. »Ich habe meine Momente, aber tief drinnen bin ich so böse, wie es nur geht.«

Ihr lautstarkes Atemholen war unmissverständlich. Sie ließ seine Hand los, als wäre sie glühend heiß. Ihre untypisch prüde Reaktion ließ seinen männlichen Stolz wachsen, doch er musste mit dem Necken aufhören, zumindest so lange, bis er überhaupt wusste, weshalb er es tat.

»Doch wenn du wirklich helfen willst, dann ist da ein Mädchen in Zimmer sieben, das völlig unbeeindruckt von den ganzen Eishockeysachen ist.«

Sie nahm ihr Telefon und begann zu tippen. »Willst du, dass ich ihr ein bestimmtes Geschenk kaufe?«

Er schob ihr Handgelenk nach unten und schüttelte den

Kopf. »Ihre Familie hat den Morgen mit ihr verbracht, ist aber ein bisschen gegangen, um mit ihren Geschwistern ein paar Stunden zu Hause zu feiern. Sie ist einsam und könnte jemanden brauchen, der sich mit ihr unterhält. Ihr einziges Interesse sind Klamotten und Justin Bieber. Da bin ich total überfordert.«

»Klar. Ja. Ich werde es versuchen«, sagte sie und klang nicht sehr überzeugt.

»Klasse.« Er kehrte für den Rest des Nachmittags zu den Kindern zurück und kümmerte sich darum, jedem Kind ein Spielzeug und ein paar Sachen von den Vipers zu geben. Zum Glück gab es für alle mehr als genug, was bedeutete, dass sie auch den schwer arbeitenden Angestellten etwas davon abgeben konnten.

Er wusste, Geschenke waren nicht das Wichtigste im Leben, doch er fühlte sich gut dabei, sie zu verteilen. Er erinnerte sich nur zu lebhaft daran, wie es war, am Weihnachtsmorgen aufzuwachen, ohne dass es irgendwelche glänzend verpackten Schachteln unter dem Baum gab. Nachdem ihre Mom gestorben war, als er sieben war und Ben vier, hatten sie überhaupt keinen Baum mehr. Ihr Dad verwandelte sich danach in einen typischen ehrgeizigen Eishockeyvater, der jeden letzten Cent, den sie hatten, für neue Eishockeyausrüstung für Nick ausgab, wann immer er einen Zentimeter gewachsen war. Was an Geld übrig blieb, nährte die wachsende Alkoholsucht seines Dads. Für Spaß blieb nichts mehr über. Überhaupt nichts blieb für Ben, der gebrauchte Sachen tragen musste, bis er alt genug war, um zu arbeiten.

Nick hatte sich immer vor dem ersten Schultag nach der Ferienpause gefürchtet, wenn die anderen Kinder über die Geschenke sprachen, die sie bekommen hatten. Eishockey hatte ihm einen Ausweg aus dem Elend seiner kleinstädtischen Highschool geboten, doch es hatte bedeutet, Ben zurückzulassen, der sich alleine durchschlagen musste. Zumindest heute konnte er sicherstellen, dass die Kinder sich an diesem Feiertag nicht allein gelassen fühlen mussten.

Am frühen Nachmittag mussten Mike und Luke zu ihren Familien nach Hause fahren. Ben kam den Flur entlanggeschlendert, zurück von seiner »Mittagspause« mit Dr. Morgan, und sah strahlender aus als in der ganzen Woche zuvor, während Nick gerade seine letzte Runde beendete, indem er Heimspielkarten an die Mitarbeiter im Schwesternzimmer verteilte.

»Wie ist es gelaufen?«, fragte Ben mit einem dümmlichen Grinsen. »Hast du irgendwelche Weihnachtswunder geschehen gemacht?«

»Wunder, nein. Lächeln, ja.«

»Für dich ist das ein Wunder.«

Nick warf seinem Bruder einen unbeeindruckten Blick zu, doch eigentlich störte ihn das Necken nicht. Es bedeutete nur, dass Ben wieder er selbst war. »Ein noch größeres Wunder wäre es, wenn dich Dr. Morgan dazu überreden könnte, endlich hierher zu ziehen und Minnesota endgültig zu verlassen.«

»Sein Name ist Trevor und wir genießen die Gesellschaft des anderen«, sagte Ben grinsend. »Doch wir sind noch nicht ganz an dem Punkt, dass ich durch das ganze Land umziehe, ohne wie ein verrückt gewordener Stalker zu wirken.«

»Du musst ja nicht für ihn herziehen«, sagte Nick. »Du solltest für dich selbst herziehen.« Ein Kerl wie Ben gehörte nicht in das kleinstädtische Minnesota, zumindest nicht in dieselbe Stadt, wo Menschen ihm jahrelang das Leben schwergemacht hatten. Ein Mann, der das Theater so sehr liebte wie Ben, gehörte an einen Ort, wo es Gelegenheiten gab, auch andere Produktionen zu sehen, als die, die er selbst Jahr für Jahr an der Highschool inszenierte. Wenn Nick nach Utah transferiert würde, würde sich natürlich seine Chance verringern, Ben zu einem Umzug zu überreden.

»Und vielleicht ein wenig für dich?«

Nick knurrte.

»Wo wir gerade von Wundern sprechen, wir sollten gehen, damit ich genug Zeit habe, um unsere jährlichen überbackenen Truthahn-Speck-Sandwiches mit Knoblauch-Rosmarin-Stampfkartoffeln zu machen. Ich versuche in diesem Jahr auch ein neues Rezept für Eierpunsch.«

»Klingt gut, ich muss mir nur dieses Kostüm ausziehen und mich von Jillian verabschieden.«

»Ist sie noch hier?«

»Ich habe sie nicht gehen sehen.«

Er zog sich das schwere Samtkostüm aus und machte sich daran, seine Agentin zu finden, die er im Laufe des Nachmittags aus den Augen verloren hatte. Nachdem er die Flure entlanggegangen war, fand er sie in Raum sieben bei demselben kleinen Mädchen, das er sie vor einer Stunde zu besuchen gebeten hatte. Die beiden steckten mit der Nase tief in einer Ausgabe der Vogue, mit einem Stapel Zeitschriften auf dem Nachttisch neben dem Bett.

Er beobachtete sie eine Weile, wie sie kicherten und auf die glänzenden Seiten zeigten, dann kam auch Ben zu ihm an die Tür. Seine Schritte mussten Jillians Aufmerksamkeit geweckt haben, denn sie blickte auf und winkte.

»Ich dachte, sie war nur hier, um sicherzustellen, dass der PR-Mann sich nicht zu sehr einmischt«, sagte Ben.

»Da gab es eine Aufgabe, die nach einer Frau verlangte.« Nick war nicht in der Lage, den Blick von ihr abzuwenden, während sie das Mädchen umarmte und zu ihnen in den Flur kam.

»Nun, ich würde sagen, das war ein ziemlich großer Erfolg«, sagte Jillian grinsend.

»Du gibst also zu, dass ich kein völliger Versager bin?«, fragte Nick.

»Zumindest für heute.«

»In diesem frohen Sinne«, warf Ben dazwischen, »was hast du eigentlich für den Rest von Weihnachten geplant?«

»Chinesisches Take-away und ein Date mit meinem Laptop.«

Ben legte die Hand an seine Brust und riss mit übertriebenem Entsetzen den Mund auf. »Kein Weihnachten?«

Nicks Haut begann zu jucken, wie sie es immer tat, wenn Ben etwas vorhatte. Er warf ihm einen energischen Blick zu, doch wie gewöhnlich ignorierte ihn sein Bruder.

»Nein. Meine Mom ist unten in Florida, und ich hatte zu viel Arbeit, um dieses Jahr die Reise zu machen.«

»Das ist ja tragisch«, sagte Ben.

»Nicht so sehr. Ich bin kein Fan davon, auf der Couch meiner Mom zu schlafen, und die einzige Alternative ist ein Motel 6, das über dreißig Kilometer entfernt ist. Außerdem ist sie sehr beschäftigt mit ihren Freundinnen. Sie backen für all die Bewohner im Seniorenheim Kekse, die keine Familien um sich haben, und organisieren eine Aufführung vom Weihnachtschor. Ich bin ihr eigentlich im Weg, wenn ich sie besuche.« Jillians Worte waren zu beiläufig gesprochen, um überzeugend zu klingen.

»Dann kommst du einfach mit uns! Ich schwöre, mein Truthahn ist sogar noch besser als mein French Toast. Frag Nick.«

Ihr Blick schoss zu ihm, und ihre Lippen öffneten sich, als sie laut die Luft einzog.

»Natürlich«, sagte er und kapitulierte bei Bens machiavellistischem Plan. Doch er war gar nicht wütend über Bens Einmischung. Er bemerkte überrascht, dass er sie sogar dabeihaben wollte. »Der Rosenkohlauflauf dieses Mannes ist so lecker, dass selbst ein Zweijähriger ihn wie Bonbons hinunterschlingen würde.«

»Ich kann mich nicht einfach so bei euch reindrängen. Außerdem habe ich wirklich Arbeit zu erledigen.«

Nick verschränkte die Arme. »Wenn du nicht kommst, wird Ben sehr einsam sein.«

Eine Andeutung von guter Laune zog auf ihr Gesicht. »Ihr beiden steckt wohl unter einer Decke.«

»Du wusstest, dass ich schmutzig spiele, als du zugestimmt hast, mich zu vertreten.«

Sie musste lachen. »Na gut.«

»Klasse!«, rief Ben aus. »Du wirst die Weihnachtstraditionen der Salingers lieben. Hey Nick, meinst du, wir müssen noch eine zusätzliche Rolle Klebeband kaufen für Zombies gegen Rentier?«

Nick lachte, als Jillian erbleichte. »Entspann dich, es ist alles nur Spaß.«

10

Jillian rieb sich den unangenehm vollen Bauch und streckte die Arme über den Kopf. Selbst ohne traditionellen Truthahnbraten hatte Ben genug für eine kleine Armee gekocht.

Wie lange lag es schon zurück, dass sie ein richtiges Weihnachtsessen gehabt hatte? Mehr Jahre, als sie zählen konnte. In der ersten Zeit, nachdem ihr Dad verstorben war, war sie nach Hause nach Boston gefahren, doch seit ihre Mom nach Florida gezogen war, hatte sie es erst einmal dorthin geschafft. Ohne weitere Familie um sich herum hatte sie sich nie sehr um die Feiertage gekümmert. Doch das hier war nicht nur ein Essen. Es war ein Festschmaus. Der Esstisch aus dunklem Holz war mit weihnachtlichem Geschirr gedeckt, komplett mit einem Mittelstück aus Pinienzapfen und Kerzen. Nick überraschte sie auch mit einem beeindruckenden Weinlager in seiner Speisekammer. Der Cabernet floss so ungehindert, dass sie es schaffte, ihr Telefon beiseitezulegen und sich wirklich zu amüsieren. Sie sprang sogar ein bei einer Runde Zombies gegen Rentier, was sich zum Glück als selbst gemachtes Brett- und Trinkspiel herausstellte und nicht als etwas, das zu körperbetont war – obwohl sie ein bisschen Kopfschmerzen bekam, als sie versuchte, den Sinn der komplizierten Regeln zu ergründen.

»Wer möchte Nachtisch?«, fragte Ben und legte sein Besteck mit einem befriedigten Klappern auf den Tisch.

»Ich kann nicht. Nicht, bevor ich einen Halbmarathon gelaufen bin«, sagte sie, während Nick nur stöhnte und sich auf seinem Stuhl zurücklehnte. »Das war köstlich.«

Sie stand auf und ging zum großen Fenster, um auf die Stadtlichter hinauszublicken, wobei sie hoffte, etwas von dem Druck in ihrem Bauch loswerden zu können, ohne ihre Jeans wie ein Vielfraß aufknüpfen zu müssen.

»Ich nehme an, du hast keinen besonderen Ausblick von deiner Wohnung.« Sie hatte gar nicht bemerkt, dass Nick neben sie getreten war, bis er etwas sagte.

Sie zuckte mit den Schultern. »Ich blicke auf die Rückseite von Guzman's Obst- und Gemüseladen. Das ist nicht gerade Central Park, aber es ist recht sauber, was rote Ziegelmauern und Hintergassen betrifft.«

»Es ist kitschig, doch eine Sicht auf den Park war das Einzige, was mich interessierte, als ich das hier gekauft habe. Ich wusste nicht viel über New York, bevor ich hierher transferiert wurde, und der Park war die eine Sache, über die sich Ben am meisten freute. Na ja, das und der Broadway natürlich.«

»Geht ihr manchmal am Wollman Rink eislaufen?« Wenn sie nicht darum besorgt gewesen wäre, überall ihre Fingerabdrücke zu hinterlassen, dann hätte sie die Hände an die Glasscheibe gedrückt, um sich für eine bessere Sicht vorzubeugen.

»Außerhalb des Trainings laufe ich nicht so viel. Wie steht es mit dir?«

»Nie.«

Er neigte sich zu ihr, lehnte die Schulter an die Scheibe und verschränkte die Arme. »Warte mal. Nie im Central Park eisgelaufen oder überhaupt noch nie?«

»Überhaupt noch nie. Verletzungsanfälliger Tollpatsch, vergessen?«

»Du erzählst mir, dass dein Dad dich niemals raus aufs Eis genommen hat?«

Sie schüttelte den Kopf. »Nicht mehr, nach dem Wutanfall, den ich hatte, als er mich das erste Mal mit sechs Jahren mitnehmen wollte. Ich bin so sehr ausgerastet, dass ich mir aus

Versehen selbst ein blaues Auge verpasst habe, und er hat es nie mehr versucht.«

»Das ist völlig unakzeptabel. Wie kann eine Person, die Eishockey so sehr liebt wie du, niemals ein paar Schlittschuhe geschnürt haben?«

»Weil ich es mag, wenn meine zerbrechlichen Knochen unversehrt bleiben.«

»Du würdest nicht fallen, wenn ich es dir beibringen würde.«

Vor Nervosität atmete sie tief ein. »Nein …«

»Ja.« Er ergriff ihre Hand und zog sie zurück zum Essbereich. »Ben, hole deinen Mantel. Wir gehen mit Jillian Schlittschuhlaufen.«

Der jüngere Salinger schwenkte den letzten Schluck Wein in seinem Glas und runzelte die Stirn. »Ich muss noch den Eierpunsch fertig machen. Und wer räumt das Geschirr auf, wenn ich mit euch komme?«

»Du hast gekocht, also machst du nicht das Geschirr. Ich mache es sauber, wenn wir zurückkommen«, sagte Nick mit einer Entschiedenheit, die eine Armee strammstehen lassen würde.

»Gut. Doch ich würde lieber diese Flasche Rotwein leeren, während ich mir im Fernsehen *Ist das Leben nicht schön?* ansehe, anstatt mir draußen den Arsch abzufrieren. Geht ihr zwei schon vor.«

Jillian zögerte, als Nick ihr den Mantel reichte. Es war überraschend einfach, mit ihm Zeit zu verbringen, wenn Ben dabei war, um die Anspannung mit seinem ansteckenden Sinn für Humor auszugleichen. Doch allein war Nick launisch und nervös. Und unglaublich attraktiv. Mein Gott, was war nur mit ihr los?

»Vielleicht sollten wir einfach hierbleiben.«

»Komm schon. Du hast doch keine Angst, oder?«

Sie verschränkte die Arme. »Nein, ich mag nur klassische Feiertagsfilme.« Außerdem hatte sie vielleicht doch ein bisschen Angst davor, zum ersten Mal Schlittschuh zu laufen. Und die Zeit allein mit Nick zu verbringen, aus Gründen, die nichts mit dem Geschäftlichen zu tun hatten.

»Ja klar. Großer Tiger von einer Agentin hat Angst davor, ihre Tatzen auf ein bisschen Eis zu stellen.«

Nicks Spott gewann – sie war unfähig, eine Herausforderung abzulehnen. »Na gut, los!«

Sie nahm ihren Mantel aus seinen Händen und stieg hinein, als wäre die grau melierte Wolle eine undurchdringliche Rüstung. Dreijährige konnten eislaufen lernen. Es gab keinen Grund, weshalb sie es nicht schaffen sollte. Außerdem würde sie niemals einen besseren Lehrer finden als einen NHL-Star.

Zwanzig Minuten später saß sie auf einer Bank neben der Eisbahn und sah beklommen zu, wie Nick die Schuhbänder an einem Paar Eishockey-Damenschuhen Größe neununddreißig lockerte. Die Kufe sah aus der Nähe so viel dünner und instabiler aus. Tödlicher. Wie schaffte es irgendwer, auf diesen Dingern aufrecht zu stehen?

Nick ging vor ihr auf ein Knie herunter und zog ihr den linken Stiefel aus. »Alles klar, rein mit dir.«

Da hatte wirklich nichts Romantisches an der Art sein sollen, wie er ihre Ferse in Socken festhielt und ihren Fuß in den starren schwarzen Schuh schob, den er zwischen seinen Schenkeln hielt, trotzdem jagte ihr das Gefühl seiner großen Hand an ihrem Körper eine Hitzewelle die Glieder hinauf. Er hatte genau solch starke Hände, die sie darüber phantasieren ließen, was sie mit jedem Teil ihres Körpers anstellen könnten. Sie krallte ihre Finger um die Kante der Bank, um sich selbst in der Wirklichkeit zu verankern, während er den Schuh schnürte. Der Schnee, die Lichter, und die Magie von Weihnachten in der großen Stadt verzauberten sie.

»Der nächste, Cinderella.« Sein Blick begegnete ihrem, als er ihren rechten Fuß in die Hände nahm, als würde er nach irgendeiner Reaktion in ihrem Gesicht suchen.

Mit dem Daumen presste er angenehm gegen ihre Fußsohle, so dass ihr ganzer Körper zusammenzuckte. Seine Oberschenkel drückten ihren anderen Fuß fest. »Was tust du da?«

»Offenbar riskiere ich meine Eier, während ich versuche, dir die Nerven zu beruhigen. Vorsicht mit den scharfen Kufen in der Nähe der Kostbarkeiten, okay?«

Sie presste die Hände vor den Mund. »Tut mir leid!«

»Mach das besser nicht noch mal.« Die Warnung war unterlegt von einem Hauch von Humor in seinen dunkelblauen Augen. »Versuch dich jetzt zu entspannen. Das wird Spaß machen.«

»Spaß. Na klar.«

Er rieb erneut mit seinem Daumen über ihre Fußsohle, wobei er genau die richtige Stelle fand, um bei ihr die Anspannung und Besorgnis zu lösen. Es fühlte sich so gut an, dass sie das Stöhnen unterdrücken musste, das in ihrer Kehle tanzte.

Bevor sie es bemerkte, hatte er ihren Schuh fertig geschnürt, dann ergriff er ihre in Handschuhen steckenden Hände, um ihr von der Bank zu helfen.

»Jetzt zum spaßigen Teil. Achte darauf, kleine Schritte zu machen, bis wir auf dem Eis sind.«

Sie nickte, ihr Körper fühlte sich von seiner Minifußmassage noch immer wie geschmolzene Butter an. Sie machte einen wackeligen Schritt, dann einen weiteren, und schaffte es irgendwie, sich aufrecht zu halten. Mit gewachsenem Selbstvertrauen bemerkte sie den Riss in den Gummifliesen nicht, als sie ihren dritten Schritt machte. Sie stürzte mit einem kleinen Kreischen vornüber, das sich wie das Blöken einer Ziege anhörte, und bereitete sich auf einen heftigen Aufprall vor.

Nick fing sie aber auf, bevor sie auf den Boden fiel, schlang seine langen Arme um ihre Taille und drückte ihre Brust an seine. Ihr Herz schlug wie ein Donnerhall, als sie aufblickte, um ihm zu danken, doch die Worte entglitten ihr, als sie merkte, wie nah sein Gesicht an ihrem war.

Bergtroll, Bergtroll, Bergtroll!

»Wie hast du mich gerade genannt?«

»Nichts!«, piepste sie und hoffte, dass die kalte Luft ihre Wangen bereits ausreichend gerötet hatte, um die jetzt auftretende brennende Röte zu verbergen.

»Es ist auf dem Eis leichter«, sagte er grinsend. »Das verspreche ich dir.«

Sie atmete langsam die Luft ein. »Wenn ich während der Rushhour auf zwölf Zentimeter hohen Absätzen über den überfüllten Bürgersteig gehen kann, dann schaff ich das hier auch.«

Er behielt einen Arm fest um ihre Taille und führte sie zum Eis. »Ganz genau. Ich werde dich nicht fallen lassen. Ich bin der Mann, der seine Teamkollegen davor bewahrt, auf dem Eis verletzt zu werden, vergessen?«

Mit dieser Beruhigung trat sie vorsichtig auf die rutschige weiße Oberfläche und hielt sich zur Unterstützung an seinen Händen fest. Er zog sie vorwärts. Trotz ihrer verspannten Knie schaffte sie es, in einer geraden Linie zu gleiten.

»Ich schaffe es!« Sie blickte mit einem breiten Lächeln auf, was sich als Fehler herausstellte – nicht nur, weil sich ihr labiler Gleichgewichtssinn aufgrund der leichten Bewegung fast in Luft auflöste, sondern auch, weil sie so die absolute Zufriedenheit in Nicks Gesicht bemerkte, während er sich auf seinen Schlittschuhen rückwärtsbewegte und sie mühelos durch die Menge gleiten ließ. Gab es irgendwas, das heißer war als ein Mann mit völliger Körperbeherrschung?

Für den Rest der Runde um die Eisbahn hielt sie den Kopf gesenkt, fest entschlossen, nicht zu bemerken, wie sich seine kräftigen Schenkel in der Jeans spannten und seine Hüften sich bei seinen Bewegungen drehten. Es gab Millionen Sportler in der Welt, von denen sie träumen konnte. Dieser eine war tabu.

In der zweiten Runde gelang es ihr, die Beine auf eine Art zu bewegen, die das Schlittschuhlaufen imitierte, anstatt wie ein Traktor-Anhänger herumgezogen zu werden. Auch wenn sie die Einzige über sechs war, die sich an einer menschlichen Stütze festhalten musste, hatte sie viel Spaß. Sie hatte zu viel Zeit ihres Lebens damit verbracht, anderen von der Seitenlinie aus zuzusehen. Dies war eines der ersten Male, dass sie aufhörte, sich Sorgen über ihr völliges Fehlen von Koordination zu machen, und sich erlaubte, den Augenblick zu genießen.

In der dritten Runde konnte sie seine Hände loslassen und für ein paar kurze Bewegungen alleine skaten. Doch trotz der neu entdeckten Sicherheit wich Nick keinmal von ihrer Seite, wie mühsam es für ihn auch sein musste, mit dem Bruchteil seiner normalen Geschwindigkeit zu skaten. Schließlich verlor sie jedes Gefühl für Zeit, zu begeistert von der Freiheit beim Schweben über die rutschige Oberfläche. Erst als sie es schaffte, eine ganze Runde zu fahren, ohne gegen einen der vielen anderen Skater zu stoßen, bemerkte sie, dass sich die Menge auf dem Eis drastisch verringert hatte.

»Es wird spät«, schnaubte sie, nachdem sie sich selbst ausgebremst hatte, indem sie unelegant gegen die Bande gefahren war.

Er hielt neben ihr an. »Wir sollten langsam zurückgehen, wenn du etwas von Bens Lavakuchen möchtest. Er ist nicht daran gewöhnt, sein Dessert mit irgendwem zu teilen.«

Obwohl sie nur ein paar Stunden zuvor so viel gegessen hatte, knurrte ihr Magen bei dem Gedanken daran. Sie gaben die geliehenen Schlittschuhe zurück und gingen den Weg entlang zu Nicks Apartment. Die Sonne war schon lange untergegangen, doch die Dunkelheit verstärkte die festtägliche Magie des Central Park und betonte die umwerfende Menge gelber Weihnachtslichter, die um die Bäume am Weg gewickelt waren.

Als sie sich dem Rand des Parks näherten, wurde ihr bewusst, dass sie sich bei ihm noch nicht für das Schlittschuhlaufen oder das Abendessen bedankt hatte. Genau genommen hatten sie überhaupt nicht viel gesprochen, seit sie auf das Eis gestiegen waren. Es war keine unangenehme Stille. Es war nett. Angenehm.

Der Gedanke ließ sie erschauern. Sie zog die Handschuhe aus und rieb die Hände zusammen.

»Kalt?«, fragte er.

Sie nickte, da sie nicht wusste, was sie sonst sagen sollte.

»Das wird helfen.« Er nahm ihre Hände zwischen seine und drückte sie an seine Brust. Obwohl seine schwarze Wolljacke halb geöffnet war, strahlte die Hitze von seinem Körper ab.

Ihr Hals wurde trocken. Die Luft um sie herum war plötzlich mit zu viel Elektrizität aufgeladen und brachte die Haut in ihrem Nacken zum Kribbeln. Sie musste damit aufhören, bevor es zu weit ging, doch ihr Körper protestierte, verlor sich in dem Gefühl seiner festen Brust unter dem weichen blauen Pullover.

»Hoppla«, sagte er mit einem durchtriebenen Lächeln.

»Was?«

»Jemand hat einen Mistelzweig in einen dieser Bäume gehängt.«

Er neigte den Kopf, bevor sie reagieren konnte, und strich mit neckender Sanftheit mit seinen Lippen gegen ihre. Hitze strömte durch ihren Körper und schürte ihr Verlangen. Sie stellte sich auf die Zehenspitzen und öffnete den Mund, lud ihn zu sich ein. Er fuhr mit den Fingern durch ihr Haar und verstärkte den Kuss, glitt mit seiner Zunge über ihre, bis ihre Knie weich wurden. Sein Bart kratzte mit köstlichem Reiben über ihre Haut, eine betörende Mischung aus süß und rau, die sie verrückt machte.

Die Welt um sie herum schmolz dahin, bis sie sich in dem Augenblick verlor. In ihm verlor. Sie strich mit den Händen über seine Brust, spürte jeden festen Zentimeter Muskel unter der weichen Wolle. Er folgte ihrem Beispiel und fuhr mit einer Hand ihren Rücken hinab, umfasste ihren Po und zog sie näher heran. Der Kuss war berauschend. Überwältigend. Falsch auf so viele Arten.

Panik durchfuhr sie wie ein Blitz. Sie wich zurück und rang nach Luft. Er liebkoste ihre Wange, wo sein Bart gegen ihre zarte Haut gekratzt hatte. »Wir hätten das schon vor neun Jahren tun sollen«, sagte er mit einem langsamen Lächeln.

Sie ergriff sein Handgelenk und zog seine Hand von ihrem Gesicht weg. »Nein. Wir hätten das überhaupt nicht tun sollen.«

Eine kleine Falte drängte sich zwischen seine Augenbrauen. »Warum nicht?«

»Weil ich deine Agentin bin.«

Er verschränkte die Arme. »Es ist nur ein Kuss. Wir haben keine Atombombe geworfen.«

Vielleicht kam es ihm nicht so vor, doch es fühlte sich deutlich so an, als hätte in ihr eine Explosion stattgefunden. »Das ist eine professionelle Beziehung. Nichts anderes.«

Er schreckte zurück, als hätten die Worte weh getan, doch sie wusste, dass das nicht der Fall sein konnte. Er hatte selbst gesagt, dass es nur ein Kuss war. »Gut. Gehen wir zurück und essen den Nachtisch und tun so, als wäre es nie geschehen.«

Sie schüttelte den Kopf. »Das kann ich nicht. Ich muss jetzt gehen.«

»Lass das nicht den schönen Abend ruinieren.« Er griff nach ihr, doch sie wich ein paar Schritte zurück, da sie etwas Distanz zu ihm brauchte.

»Ich stehe kurz vor dem Abschluss von ein paar Werbeverträgen. Ich werde dich anrufen, wenn es da Neuigkeiten gibt.« Sie machte auf dem Absatz kehrt und ging davon, bevor er noch etwas sagen konnte. Es spielte keine Rolle, wie viele Jahre sie von ihm geträumt hatte oder wie einfach er ihr Innerstes lustvoll entflammen konnte. Für sie beide stand bei dieser Partnerschaft zu viel auf dem Spiel, um ein wenig gegenseitige Anziehung alles ruinieren zu lassen.

11

»Ohne stärkere interne Regulierungen opfern wir die Zukunft unserer Branche und die Zukunft des professionellen Sports für den finanziellen Nutzen einiger weniger. Wir müssen strengere Richtlinien festlegen, um junge Sportler davor zu beschützen, ihren Amateurstatus wegen Sportagenten in Gefahr zu bringen, die die Regeln umgehen. Wir müssen ebenfalls die professionellen Elitesportler vor schlechten Verträgen und finanziellem Missmanagement schützen, die sie davon ablenken, ihren Sport auszuüben. Genau das werde ich tun, wenn Sie mich in den Vorstand der New York Association of Professional Sports Agents wählen.« Jillian streckte die Schultern durch, blickte sich in dem Raum voller feindseliger Gesichter um und erkannte, dass ihre Rede kein bisschen angekommen war.

Sie hörten ihr nicht zu. Vielleicht lag es daran, dass sie eine Frau war, oder vielleicht hassten ihre Kollegen jede Veränderung der gegenwärtigen Situation. Noch wahrscheinlicher war es, dass Lou Parson sie alle bereits tief in der Tasche stecken hatte, und nichts, was sie sagte, würde in dieser Wahl eine Rolle spielen.

Scheiß drauf! Sie steckte ihre letzte Stichwortkarte in die Handtasche und beschloss, dass sie genauso gut freisprechen konnte, da ihr ohnehin niemand zuhörte. »Ich weiß, dass Sie glauben, mein Standpunkt würde es für uns schwerer machen, unsere Arbeit zu leisten, und das könnte passieren. Allerdings nur für diejenigen von uns, die korrupte, selbstsüchtige Mistkerle sind, die sich nicht im Geringsten für professionellen Sport und die Athleten interessieren, die sie vertreten. Ich glaube daran, dass die meisten von uns diese Arbeit machen, weil wir lieben, was wir tun. Wenn wir zulassen, dass die wenigen Korrupten weiterhin den Ton angeben, dann wird es nicht genug Platz für die ehrlichen jungen Agenten da draußen geben, die in die großen Ligen wollen. Wir haben alle eine Stimme, und ich ermahne Sie, das Richtige zu tun.«

Adrenalin pulsierte durch ihren Körper, so dass sie sich leicht und benommen fühlte. Öffentliches Reden war nicht ihre Lieblingsbeschäftigung, doch sie wollte sichergehen, dass sie ihre Nachricht übermittelt hatte. Dass ihr jemand zuhörte. Sie war zu angespannt, um die Gesichtsausdrücke im Saal angemessen einschätzen zu können. Mit einer Ausnahme: Lou Parsons war eindeutig wütend.

Niemand hatte während der vergangenen sieben Jahre Parsons Koalition herausgefordert. Ihr Gegner machte sich nicht einmal besondere Mühe mit seiner Rede, sondern warf nur ein paar Plattitüden in Richtung seiner Kumpels. Es war offensichtlich, dass Parsons vom Sieg seines Kumpans überzeugt war, doch das bedeutete nicht, dass er sich nicht über ihre Kandidatur ärgerte. Vielleicht war es deshalb, weil Parsons als aktueller Präsident die ganze Arbeit leisten musste, um die offizielle Wahl durchzuführen. Und zusätzliche Arbeit gefiel ihm nicht, was daran ersichtlich war, dass er in den vergangenen sieben Wahlperioden nichts erreicht hatte.

»Buh! Bringt den Rock von der Bühne!«

Sie krallte die Finger um das Rednerpult, doch sie zeigte ihre Frustration nicht in ihrem Gesicht. »Nun, Mr Richards, ich hoffe, Sie verhandeln Ihre Verträge mit größerer Aufmerksamkeit bei den Details, als Sie bei den Wahlen haben, denn ich trage eindeutig eine Hose.«

Sie erhielt ein paar Lacher, als sie von der Bühne schritt, doch ihr Selbstvertrauen war angeknackst.

»Hätte nicht gedacht, dass du eine Nominierung zustande bringen würdest«, flüsterte Lou, als sie von der Bühne trat. »Du weißt, dass du eine Liste von mindestens zehn Klienten und mindestens eine Million jährlicher Bruttoeinkünfte von Klienten benötigst, um dich überhaupt für eine Mitgliedschaft zu qualifizieren.«

Aufkommendes Misstrauen verkrampfte ihr den Magen. Parsons hatte ihr zwei Klienten in genauso vielen Monaten weggeschnappt – seit sie öffentlich ihre Absicht erklärt hatte, für die Wahlen zu kandidieren. Sie hatte es dem Zufall zugeschrieben, da er gar nicht wissen konnte, mit wem sie in Verhandlungen stand, abseits der üblichen Tratschereien. Und dennoch … Nein. Es musste ein unglücklicher Zufall gewesen sein. »Nun, ich bin mir sicher, du weißt, dass ich kürzlich Nick Salinger unter Vertrag genommen habe, was mich ein ganzes Stück über die notwendige Schwelle bringt.«

Lou runzelte seine grauen Augenbrauen. »Davon habe ich gehört. Einen brutalen NHLer mit einem Verhaltensproblem unter Vertrag zu nehmen ist eine interessante Strategie für jemanden, der eine auf ›Ethik‹ gründende Kampagne fährt.« Er hatte die Frechheit, beim Sprechen mit den Fingern Anführungsstriche in die Luft zu setzen.

Jahrelang aufgestaute Wut sammelte sich in ihrer Brust und drängte danach, herauszuplatzen, doch sie biss sich auf die Lippe. »Du solltest inzwischen wissen, dass ich es mag, die Dinge spannend zu machen.«

Er griff nach ihrem Oberarm, als sie weitergehen wollte. »Ich weiß, dass du vor langer Zeit aufgehört hast, auf mich zu hören, aber nimm diesen letzten Rat umsonst. Wenn du dich benimmst, als wärst du allen anderen überlegen, dann braucht es nur einen kleinen Ausrutscher und die Meute wird dich lebendig auffressen. Rutsch nicht aus!«

Mit einem überheblichen Grinsen ließ er sie gehen. Sie marschierte zurück an ihren Platz und war sich völlig bewusst, dass sein Ratschlag nicht mehr als eine kaum verschleierte Drohung war. Sollte er nur kommen. Sie hatte nichts zu verbergen.

Nichts außer jenem Kuss mit Nick Salinger vor vier Wochen.

Doch Parsons wusste nichts davon, und da sie sich geschworen hatte, dass so etwas nie wieder geschehen würde, gab es nichts, worüber sie sich Sorgen machen musste. Überhaupt nichts.

***

»Erde an Jillian!«

»Was?« Jillian blickte von der Speisekarte auf und sah Genevieves Feixen.

»Schon bereit zum Bestellen? Du blickst jetzt seit fünfzehn Minuten auf die Speisekarte. Ich wundere mich schon, ob du vergessen hast, wie man blinzelt.«

Scheiße. Sie rieb sich die Schläfen und überflog schnell die Speisekarte, wobei sie hoffte, dass ihr Gehirn sich genügend konzentrieren würde, um den Sinn des Wortsalats vor ihren Augen zu entschlüsseln. Ein Gähnen drang ihr aus dem Mund.

»Zwei Bellinis für den Anfang. Ich nehme ein Pain au chocolat und dazu frische Früchte und Joghurt«, sagte Genevieve der Kellnerin, bevor sie ihre Aufmerksamkeit zurück auf Jillian richtete. »Ich nehme an, du wirst das Gleiche bestellen.«

»Ähm, sicher. Das hört sich gut an.« Sie reichte der Kellnerin die Speisekarte und bemerkte den neugierigen Blick ihrer Freundin.

»Wirst du mir erzählen, was in letzter Zeit mit dir los ist, oder muss ich es aus dir herausquetschen?«

Sie hätte wissen sollen, dass Genevieve ihren abwesenden Zustand bemerken würde. Sie waren enge Freundinnen, seit sie sich vor vier Jahren bei einer Veranstaltung für junge Unternehmerinnen kennengelernt hatten. Sie waren ins Gespräch gekommen, nachdem sie beide angewidert aus der Veranstaltung gegangen waren, als ein Sprecher sexuelle Tricks als Möglichkeit betonte, um in männerdominierten Branchen vorwärtszukommen. »Das Übliche. Bis spät gearbeitet.«

»Du brauchst einen Assistenten, der dir etwas von deiner Last abnimmt. Es ist nicht gesund, mit so wenig Schlaf zu funktionieren.«

Jillian zuckte mit den Schultern. »Ich weiß das, doch es ist nicht die Menge an Arbeit, die mich wachhält.« Ein Assistent wäre großartig, doch selbst ein zusätzliches Paar Hände im Büro könnten ihr nicht die Gedanken an Nick Salinger abnehmen, die sie während des gesamten letzten Monats jede Nacht bestürmten. Am leichtesten ging man mit lustbedingter Schlaflosigkeit um, indem man so lange arbeitete, bis man vor Erschöpfung umfiel.

»Einer deiner Klienten macht dir das Leben schwer?«

»Das könnte man so sagen.«

Genevieve beugte sich über den Tisch und kniff ihre dunkelbraunen Augen zusammen. »Welcher denn?«

»Ein neuer.« Sie seufzte, da sie genau wusste, dass ihre Freundin sie so lange bedrängen würde, bis sie jedes Detail verraten hätte. »Nick Salinger.«

Genevieve blieb der Mund offenstehen. »Der Punisher? Du arbeitest mit dem Mann, nach dem du deinen Vibrator benannt hast?«

Natürlich erschien die Kellnerin in genau diesem Moment und stellte grinsend ihre Getränke ab.

»Warum teile ich noch mal Details aus meinem Leben mit dir?«

»Weil ich die Einzige bin, deren Herz schwarz genug ist, um sie zu würdigen.«

Jillian hob das Glas zu einem gespielten Toast. »Darauf trinken wir. Doch diesmal ist es nicht der Klient, der mir das Leben schwermacht. Ich bin es, die es versaut.« Die Wahrheit war, dass sich Nick wie der perfekte Klient benahm. Sie erzählte ihr alles, was geschehen war, von dem Augenblick an, als Nick in ihr Büro kam, bis hin zu dem Kuss, den sie nicht mehr aus ihrem Kopf bekam, und wie sie ihm seitdem wie ein Feigling aus dem Weg gegangen war. Es fühlte sich gut an, endlich einmal alles bei der einen Person abladen zu können, bei der sie sicher sein konnte, dass sie die Geheimnisse für sich behielt.

»Wow! Nick Salinger an Weihnachten mitten im Central Park küssen. Das ist so romantisch, dass mir schon vom Zuhören der Zahn weh tut. Also, wo ist das Problem?«

Jillian nahm sich Zeit, ihre Serviette auseinanderzufalten und sie über ihrem Schoß auszubreiten, bevor sie antwortete. »Er ist ein Klient. Ihn zu küssen ist vollkommen unangemessen. Ich habe gerade jede einzelne meiner Regeln gebrochen.« *Arbeite niemals mit arroganten Arschlöchern, arbeite niemals mit jemandem, dem du nicht vertraust, und arbeite niemals, niemals mit jemandem, den du dir nackt vorstellst.* Sie hatte sich diese Worte in letzter Zeit so oft vorgesagt, dass sie sie sich genauso gut auf die Innenseite ihrer Augenlider tätowieren lassen konnte.

»Regeln sind dazu da, gebrochen zu werden. Manchmal muss man im Leben ein Risiko eingehen.«

»Ich kandidiere für den Vorstand der New York Association of Professional Sports Agents, was bedeutet, dass ich bereits genügend Kollegen habe, die sich mein Verhalten genau ansehen und darauf warten, dass ich es versaue. Dies ist nicht der richtige Zeitpunkt, um Risiken einzugehen.«

Genevieve warf ihr glattes schwarzes Haar über die Schulter und zuckte mit den Achseln. »Du könntest bei der Wahl aussteigen.«

Gott, manchmal wollte sie genau das tun. Es war anstrengend, die widerlichsten, sexistischsten Mistkerle ihrer Branche besiegen zu wollen, doch sie war es ihrem Dad schuldig, es zu Ende zu bringen. Sie wollte keine Rache für das, was ihm widerfahren war. Sie wollte Gerechtigkeit. Sie wollte für das Gute eintreten. Nur deshalb war sie Agentin geworden. Es hatte Jahre gedauert, um ihr Geschäft so weit aufzubauen, um schließlich dazu bereit zu sein, sich für den Vorstand zu bewerben, und sie würde ihre Chance nicht aufgeben. »Ich bin niemand, der aufgibt.«

»Du gierst seit Jahren nach diesem Kerl. Wenn du ihn als deinen Klienten loslässt, dann bist du frei, zu tun, was du willst.«

»Ich kann es mir nicht erlauben, ihn als Klienten zu verlieren. Außerdem ist er ein tickendes Pulverfass, und ich bin zu clever, um mit so jemandem erwischt zu werden. Ihn unter Vertrag zu nehmen war eine reine Geschäftsentscheidung.« Sie nahm schnell einen Schluck von ihrem Drink. Ihre Fähigkeit, zu bluffen, war unvergleichlich, doch selbst ihre eigenen Ohren waren nicht überzeugt. Alle ihre vorgefassten Ideen über Nick hatten sich langsam aufgelöst, als sie ihn näher kennengelernt hatte. Na ja, er war starrköpfig und schroff, mit dem Gemüt eines Grizzlybären, doch er hatte ihr auch eine andere Seite von sich gezeigt. Eine Seite, die sie mögen könnte. »Wo wir vom Geschäft reden, wie läuft es mit dem Design für Jaime Chens Kleid zu den Sport Fitness Awards?«

»Versuchst du etwa, mich davon abzulenken, weiter über Nick zu reden?«

»Ja. Funktioniert es?«

Genevieve lachte. »Ja. Und das Kleid wird phantastisch. Möchtest du ein Bild sehen oder willst du dich überraschen lassen?« Sie suchte ein Foto der Kleidung auf ihrem Telefon und reichte es hinüber, ohne auf Jillians Antwort zu warten.

»Wow! Es ist umwerfend.« Selbst auf dem kleinen Display konnte sie erkennen, dass der strahlend rosafarbene Stoff und die schlichten Linien an Jaime der Hammer sein würden. Dass sie Genevieve darauf angesprochen hatte, für die Veranstaltung ein Kleid zu entwerfen, war mehr als nur der Versuch, eine Freundin um einen Gefallen zu bitten. Dahinter steckte vielmehr eine schlaue Geschäftsentscheidung. Genevieve hatte Sportkleidung für eine große Marke entworfen, bevor sie ihre eigene Modelinie herausbrachte. Sie kannte die Körper von Sportlern und wusste, wie man Bequemlichkeit mit Glamour verband. Jaimes wachsende Popularität verbunden mit der globalen Plattform der Sport Fitness Awards waren für Genevieve eine großartige Gelegenheit, um ihr Talent einem größeren Publikum zu präsentieren. Solche wechselseitig vorteilhaften Arrangements waren unglaublich befriedigend – vor allem dann, wenn zwei ihrer liebsten Menschen davon profitierten.

»Mein Angebot, dir ein Kleid zu entwerfen, steht noch immer.«

Ihr Verlangen danach, dieses Angebot anzunehmen, zerrte geradezu an ihrem Magen, doch sie schüttelte den Kopf. »Ich werde nicht zu der Veranstaltung gehen. Keine Karte.«

»Das ist nicht fair. Du hast dir den Arsch abgearbeitet und verdienst eine Belohnung. Wir wissen beide, dass zu hartes Arbeiten ohne irgendwelchen Ausgleich der schnellste Weg zum Burn-out ist. Wenn du nur irgendwelche Vorteile aus deinem Job ziehen könntest, die all den Stress und die beschissene Entlohnung ausgleichen würden.« Genevieve ließ ihr Kinn mit einem nachdenklichen Blick in die Hand sinken und tippte sich mit den Fingern an die Wange. »Ja, richtig, du könntest deinen Spaß haben mit diesem stattlichen Stück purer Männlichkeit, das anscheinend seine Hände nicht von dir lassen kann.«

Jillian stöhnte. »Ich gebe zu, es ist verlockend – zu verlockend –, doch ich kann nicht. Das Image von Nick zu verändern und ihm eine Vertragserweiterung zu sichern ist die härteste Herausforderung meiner Karriere. Wenn ich das schaffe, dann wird Nichols Sports Management ein interessanter Kandidat für andere NHL-Sportler, die eine Vertretung brauchen. Das ist meine Chance, um endlich mein Geschäft zu erweitern. Verdammt, zumindest würde ich es endlich schaffen, einen stetigen Fluss an Praktikanten zu bekommen, die mir einen Teil der

Arbeit abnehmen. Ich darf das nicht versauen, nur weil sich meine Libido schlecht benimmt.«

»Das wirst du wohl auch nicht«, sagte Genevieve mit der Art absoluter Zuversicht, die sich Jillian ebenfalls wünschte. »Doch ich habe dich niemals so verwirrt wegen eines Kerls gesehen. Hast du schon einmal überlegt, ob das mehr sein könnte als nur Verlangen?«

Bei der Frage verkrampften sich ihre Kiefer. »Das spielt keine Rolle. Es steht so viel auf dem Spiel, und zum ersten Mal im Leben zweifle ich an meiner Fähigkeit, meinen Job erledigen zu können. Ich möchte ihn nicht enttäuschen. Ich möchte mich selbst nicht enttäuschen.«

Jede Spur von Humor war aus dem Gesicht ihrer Freundin gewichen. »Du bist die stärkste Person, die ich kenne. Du wirst einen Weg finden, um das wie die knallharte, erbarmungslose Agentin durchzuziehen, die du bist.«

Jillian atmete tief ein und ließ Genevieves Worte sacken. »Du hast recht.« Es spielte keine Rolle, was ihr Herz oder ihr Körper für Nick empfand. Sie konnte ihn nicht weiter ignorieren. Es war an der Zeit, die Feigheit beiseitezuschieben und ihm diese Vertragserweiterung zu beschaffen.

***

Vier Wochen waren vergangen, und seine Teamkollegen hatten immer noch nicht aufgehört, Nick wegen seiner Anzüge zu verspotten. Jedes Mal, wenn er in den Bus stieg oder den Umkleideraum betrat, wurde er mit bewundernden Pfiffen begrüßt. Heute Abend hatte Luke ihn »Sir« genannt, als er sich im Bus vom Hotel zum Stadion in Chicago neben ihn gesetzt hatte. Nick drohte damit, ihm in den Arsch zu treten, wenn das noch einmal passieren würde, doch Lukes Kichern zeigte, dass er keine Angst hatte. Nick verstand noch immer nicht, wie das halbe Dutzend neuer Anzüge, die Ben für ihn ausgesucht hatte, ihn davor bewahren sollte, nach Utah transferiert zu werden, doch er vertraute Jillian darin, dass sie wusste, was sie tat.

Er wäre wahrscheinlich längst zu Jeans und T-Shirts zurückgekehrt, wenn nicht das Tragen dieser verdammten Anzüge der einzige Weg gewesen wäre, der ihm einfiel, um nach jenem Kuss an Weihnachten mit ihr wieder ins Reine zu kommen. Seitdem sie vor ihm an der Schlittschuhbahn davongelaufen war, als wäre er eine pestverseuchte Ratte, bestand ihre einzige Kommunikation in kurzen, geschäftsbezogenen Textnachrichten.

Ihr Verschwinden hätte ihn nicht weiter stören sollen, doch er hatte sie in sein Zuhause gebracht. In seine Familie. Etwas, was er niemals zuvor getan hatte. Und dieser Kuss bewies, dass es zwischen ihnen mehr gab als nur eine leichte Anziehung, was offensichtlich der Grund war, weshalb sie sich zu Tode erschreckt hatte.

Doch heute Abend musste er alle Gedanken über ihre Motive beiseiteschieben. Heute Abend war das erste Spiel mit dem zurückgekehrten Liakos. Der Junge hatte während seiner Zeit außerhalb des Spielfeldes keine Anzeichen von Reife gezeigt, doch Nick hoffte weiterhin, dass ihm Eishockey wichtiger war, als ein Arschloch zu sein. Die Vipers hatten nur zwei ihrer letzten fünf Spiele gewonnen, und entweder würde Liakos' Anwesenheit der Mannschaft den benötigten Angriffsschwung geben, oder es würde in einer Katastrophe enden. Wenn man danach urteilte, wie der Junge bereits in der Umkleidekabine über Mike gelästert und dem Torhüter die Schuld an den vergangenen Niederlagen gegeben hatte, dann hielt sich Nicks Optimismus in Grenzen.

Es war nur noch eine halbe Stunde bis Spielbeginn und er hielt den Mund und schnürte sich die Schuhe, wobei er Jillians strikte Anordnung befolgte, in keine weiteren Kämpfe verwickelt zu werden, wie sehr Liakos das auch verdiente. Sie wollte, dass er sich völlig auf das Spiel konzentrierte. So weit war das ein Teil ihrer Strategie, den er begriff. Trotz allem hatte er bisher einen richtigen Höhenflug gehabt und eine Rekordmenge an Vorlagen gegeben, doch das bedeutete nichts, wenn die Mannschaft nicht gewann.

Nachdem Coach Phillips mit ihnen die heutige Strategie gegen Chicago durchgegangen war, kündigte er die Aufstellung an. Normalerweise war das der Punkt, an dem Nick aufhörte, genau hinzuhören, und sich sein Spiel vorzustellen begann, doch er war neugierig darauf, zu sehen, wie sich die Dinge entwickeln würden, da Liakos wieder mit im Spiel war.

Er ging davon aus, dass sein Name in der ersten Reihe bleiben würde.

»Mitchell und Vaccaro, dritte Reihe vorwärts«, sagte der Coach weiter. »Salinger, du spielst heute dritte Reihe mit Carter.«

Nicks Kopf fuhr hoch. »Was?«

»Ist das ein Problem?« Die Energie im Raum verdunkelte sich, als der Coach eine Augenbraue hob und auf eine Reaktion wartete.

Nicks Kiefer verspannte sich so hart, dass sich die Muskeln in seinem Nacken und an den Schultern bewegten. »Nein, Sir.«

Große beschissene Lüge. Er war einer der stärksten Verteidiger in der Liga, nicht irgendein Idiot, der auf das Eis trottete, wenn alle anderen eine Wasserpause brauchten. Es gab nur einen Grund, weshalb er in die dritte Reihe zurückgestuft wurde. Der Coach hatte beschlossen, es nicht darauf ankommen zu lassen, dass Liakos sich weigerte, ohne öffentliche Entschuldigung mit ihm zu spielen, und da die Geschäftsführung ihn nicht transferieren konnte, bis seine Nichttransferklausel zum Saisonende abgelaufen wäre, würden sie ihn einfach aus der Mannschaft löschen.

12

So, wie die Dinge heute auf dem Eis verkommen waren, rechnete Nick fest damit, dass Mike an seiner Hotelzimmertür auftauchen würde. Er hatte ebenfalls recht mit seiner Vermutung, dass der Torhüter über ihn verärgert war.

»Warum zum Teufel bist du nicht hinter Friesen her?«, wollte Mike wissen, sobald er die Tür hinter sich geschlossen hatte.

Das war eine verdammt gute Frage. Friesen hatte Mike in der dritten Spielphase einen unfairen Schlag verpasst, und die Verletzung zwang ihn direkt aus dem Spiel. Es war die Art von Schlag, die Nick normalerweise dazu gebracht hätte, seine Handschuhe fallen zu lassen und auf den Kerl loszugehen. Doch Jillians Regeln verboten ihm das Kämpfen. »Das ist nicht mehr mein Job.«

»Bullshit.«

Na ja, es war Bullshit, doch er zuckte nur mit den Schultern. Er hatte es runtergeschluckt und seine Aufgabe erledigt, das Powerplay des Gegners abzuwehren. Es bedeutete allerdings auch, dass er nicht in der ersten Reihe war, um die besten Angreifer von Chicago abzufangen oder Mike zu beschützen, was noch Stunden nach dem letzten Buzzer schmerzte. Doch Jillians Beharren darauf, dass er sich weniger auf das körperliche Spiel als mehr auf die Strategie konzentrieren sollte, hatte heute doch auf andere Art funktioniert. Er hatte zwei Vorlagen in seiner wenigen Spielzeit gegeben, was aber nichts brachte, da seine Teamkollegen dadurch angreifbar waren und die Ergebnistafel letztlich nicht zu ihren Gunsten stand.

Mike atmete aus, und die Wut legte sich, als er erkannte, dass er nicht den Streit bekommen würde, nachdem er suchte. »Ich weiß nicht, was zum Teufel der Coach sich dabei gedacht hat, als er dich in die dritte Reihe gestellt hat. Das hat uns weit offengelassen. Dieser Scheiß mit Liakos muss ein Ende finden.«

»Wir wissen beide, dass es nicht vorbei sein wird, bevor nicht einer von uns transferiert wird.«

»Jemals drüber nachgedacht, dich einfach zu entschuldigen?«

Die Frage brannte ihm auf der Haut. Nach der heutigen Niederlage war er bereits geladen wie eine Rohrbombe, die darauf wartete zu explodieren, doch Mike hatte daran keine Schuld. Er sagte nur das, was alle anderen bereits dachten. »In tausend Jahren nicht.«

Mike schüttelte den Kopf. »Na klar, das würde ich auch nicht. Scheiße, ich muss heute etwas Dampf ablassen. Luke sagte, da seien ein paar erwartungsvolle Fans in einem Pub in der Nähe. Kommst du mit?«

Sein Instinkt brachte ihm das Wort »Ja« auf die Zungenspitze, doch dann schoss ihm Jillians enttäuschtes Gesicht in den Sinn. »Ich kann nicht. Meine Agentin möchte mich für die nächste Zeit aus allem Ärger heraushalten.«

»Sie hält dich an der kurzen Leine?« Mike verschränkte die Arme, hob die Augenbrauen und zeigte ein erstes Anzeichen von Belustigung, seit er aufgetaucht war. »Du weißt, wo du uns finden kannst, falls du deine Meinung änderst.«

Anders als sein Kollege fand Nick daran überhaupt nichts witzig. Jillians Regeln waren geradezu erstickend. Sie hatte ihm jede kleine Form von Stressabfuhr genommen. Er hatte kaum die vier Wochen überstanden, in denen er bisher seine wachsenden Bedürfnisse unterdrückt hatte. Wie zum Teufel sollte er durch weitere drei Monate kommen?

Dann wiederum waren diese dummen Regeln das Einzige,

um Nicks Fäuste außer Reichweite von Liakos' Gesicht zu halten. Der schlimmste Teil war, dass Liakos heute ein ziemlich anständiges Spiel abgegeben hatte, was seine überhebliche Haltung jenseits des Eises nur noch verstärkte. Nick war nicht der Einzige, der ein Problem mit dem Jungen hatte – verdammt, er war sich ziemlich sicher, dass sich der Typ inzwischen mit jedem anderen Spieler des Teams angelegt hatte. Und jeder dieser Spieler blickte zum Punisher, dass er sich darum kümmerte. Doch Jillians Regeln hielten ihn davon ab, das zu tun.

Nachdem Mike gegangen war, stapelte er sich die weißen Kissen des Doppelbettes hinter den Rücken und knipste den Flatscreen-TV an, um die verbliebenen Minuten eines Spiels an der Westküste zu verfolgen. Ein paar Minuten später summte sein Handy mit einer SMS von Jillian.

Dritte Reihe ist Bullshit. Ich kümmere mich bereits darum.

Anstatt ihn zu bestärken, ärgerte ihn die SMS.

Es war nicht deshalb, weil er ihr nicht vertraute, genau zu wissen, was sie tat. Der unmittelbare Blutfluss in seinen Schwanz, nur weil er ihren Namen auf dem Display gesehen hatte, ließ ihn erkennen, was ihn wirklich störte: dass sie sich während der vergangenen Monate – seit dem dummen Kuss – kalt und distanziert gezeigt hatte.

Jetzt, wo er durch ihre harte äußere Schale gebrochen war, wollte er mehr von ihr als nur ihren tüchtigen Geschäftssinn. Er wollte ihre Freundschaft. Verdammt, wenn er ehrlich war, dann wollte er auch ihren Körper, doch sie hatte klargemacht, dass dies nicht geschehen würde. Trotzdem verdiente er mehr, als nur eine kurze SMS, die ihn ausbremsen sollte.

Anstatt dem Drang nachzugeben, sein Handy gegen die Wand zu werfen, tat er etwas genauso Zerstörerisches. Er wählte ihre Nummer.

»Was ist los? Ist noch etwas passiert?« Es war das erste Mal seit Weihnachten, dass er ihre Stimme wieder hörte. Der süße Klang milderte sofort die schwelende Wut in seiner Brust.

»Ich bin einsam.«

Es folgten Sekunden der Stille. »Ähm … was?«

»Es sind vierunddreißig Tage vergangen, seit du mir verboten hast, spezielle Gäste auf mein Zimmer zu holen, und ich bin nicht in der Stimmung, mit den Jungs herumzuhängen, ohne mein Quantum Bier zu trinken, um den Frust nach der heutigen Niederlage zu betäuben, und weil ich nicht dafür garantieren kann, Liakos nicht wieder zu schlagen. Deshalb stecke ich jetzt in einem Hotelzimmer fest, habe nichts zu tun und bin einsam.«

»Ist das der Moment, in dem ich dich fragen sollte, was du gerade trägst?«, antwortete sie mit scharfer Zunge.

Er lachte. »Nein, aber du kannst mir davon erzählen, wie es dir in den letzten paar Wochen ergangen ist. Wie es ein Freund tun würde.«

Ihr heftiges Ausatmen war durch das Telefon zu hören. »Wir haben bereits darüber gesprochen.«

»Eigentlich haben wir das nicht. Ich habe dich geküsst, und du bist weggelaufen. Es hat überhaupt kein Gespräch gegeben. Und da du über tausend Kilometer entfernt bist und kein Mistelzweig in Sicht ist, besteht auch keine Gefahr, dass ein Kuss stattfindet. Also, lass uns reden. Wie war dein Wochenende?«

»Es war … nett.«

»Nett wie: Du hast so heftig gefeiert, dass du dich jetzt mit der gesamten New Yorker Polizei duzt und dich zu sehr schämst, mir alle Einzelheiten zu erzählen? Oder nett wie: Du hast deinen eigenen Katzenharem in deiner Wohnung aufgemacht und dich selbst auf den Namen Queen Miau getauft?«

Sie zögerte erneut und für einen Moment dachte er schon, sie würde sich weigern und aufhängen. »Nett wie: Ich habe am Samstag offiziell meine Kandidatur als Vorstandsmitglied der New York Association of Professional Sports Agents eingereicht. Ich musste in einem Raum voller Männer eine Rede halten, die glauben, dass Frauen in diesem Geschäft gesehen und nicht gehört werden sollten.«

»Autsch. Lass mich raten, du hast sie ziemlich schnell davon überzeugt, ihre Meinung zu ändern?«

»Ein paar. Doch sie können über mich denken, was sie wollen, solange sie mich wählen.«

Erleichterung durchfuhr ihn wie eine kühle Welle. Es war wahrscheinlich egoistisch von ihm, darüber glücklich zu sein, dass sie das Wochenende mit Arbeit verbracht hatte, anstatt sich mit jemandem zu treffen, aber andererseits war sie schließlich diejenige, die darauf bestand, dass er bis zum Ende der Saison keine weiblichen Besucher auf dem Hotelzimmer haben sollte. »Jeder, der dich nicht wählt, ist ein Idiot. Doch warum möchtest du überhaupt Teil dieser Gruppe sexistischer Mistkerle sein?«

»Weil ich wirklich etwas bewirken will. Wusstest du, dass unser Berufsverband keine internen, vollstreckbaren Grundsätze hat? Verdammt, wir haben noch nicht einmal einen professionellen Verhaltenskodex! Jeder Idiot mit hundert Dollar kann sich als Sportagent registrieren lassen. Wir sind vollständig auf den Staat angewiesen, um die Vorschriften durchzusetzen, was fast niemals geschieht. Wenn ein Sportler eine Beschwerde hat, dann ist die einzige Möglichkeit zu prozessieren, was unerschwinglich teuer ist. Es gibt keinen Grund, warum wir es nicht besser machen können und die Agenten bestrafen, die die Regeln brechen und Sportler übers Ohr hauen.«

»Erzähl mir, wie du dich wirklich fühlst.«

Sie lachte leise, was ihm die Brust zuschnürte. Er stellte den Fernseher aus, da er viel mehr daran interessiert war, ihre Stimme zu hören, als das Spiel. »Ich nehme an, dass ich bei diesem Zeug ein wenig hitzig werde. Nach allem, was meinem Dad geschehen ist, ist es schwer, meine Gefühle herauszuhalten.«

»Ich mache mich nicht über dich lustig. Ich respektiere dich dafür unglaublich. Deshalb wollte ich dich als meine Agentin haben. Ich verstehe nur nicht, wann du die Zeit hast, um zu schlafen oder Spaß zu haben.«

»Das tue ich selbst nicht. Doch ich liebe das, was ich mache.«

Er wollte nicht, dass das Gespräch wieder zum Geschäftlichen driftete. Er wollte gerne mehr über ihre Seiten erfahren, die sie versteckt hielt. Er hatte das Gefühl, dass sie sie nicht leicht zeigte. »Wie war dein Silvester?«

»Es war nett. Ich habe für Jaime Chen einen Werbevertrag für Sonnencreme abgeschlossen.«

»Hat dir schon mal jemand gesagt, dass du zu viel arbeitest?«

»Die meisten Leute sind nicht dumm genug, um mich so zu verärgern. Außerdem habe ich beim Arbeiten einen Piccolo Champagner getrunken.«

Er grinste und zog ein Knie an seine Brust. »Wie pikant.«

»Was ist mit dir?«

»Ben und ich sind zum Chinesen gegangen und waren danach mit ein paar Jungs bei Luke.« Als er jetzt an seinen Bruder dachte, der inzwischen nach Minnesota zurückgekehrt war, fühlte er sich wirklich ein bisschen einsam.

»Das klingt nett.«

»Das war es auch. Du hättest dich uns anschließen können, wie du weißt.«

Er konnte geradezu durch das Telefon spüren, wie ihr Körper erstarrte. »Wie behandelt dich das Team? Noch etwas anderes, von dem ich wissen sollte?«

Er wusste, wenn er Nein sagte, würde sie das Gespräch beenden, deshalb sagte er ihr stattdessen die Wahrheit. »Es gab einen kleinen Fehler bei meinem Hotelzimmer, doch ich habe es geregelt.«

»Was meinst du damit?«

»Sie hatten anfangs kein Zimmer für mich, und das Hotel war voll besetzt. Der Teammanager meinte, dass es ein unglücklicher Fehler war und dass ich für die Nacht das Zimmer mit einem der Rookies teilen müsse.«

»Warum hör ich das erst jetzt? Du musst mich sofort anrufen, wann immer so etwas geschieht.«

»Weil ich es gelöst habe. Alles, was es brauchte, war ein Autogramm und ein Lächeln, damit es die Angestellte an der Rezeption für mich geregelt hat.«

»Es kümmert mich nicht, was dein Teammanager sagt. Das ist kein unschuldiger Fehler. Das Management versucht, dich so sehr zu verärgern, dass du schließlich gehen willst.« Die Rückkehr ihrer kalten, professionellen Geschäftsfrauenstimme brachte ihn wie bei einem üblen Schleudertrauma zum Schwanken. Er hätte es nicht so heftig provozieren sollen. Doch immerhin hatte er es geschafft, sie für ein paar Minuten aufzuwühlen. Irgendwann würde er einen Weg finden, sie noch weiter zu öffnen. Sie dazu bringen, ihm zu vertrauen. Ihn nicht nur wie einen Klienten zu behandeln.

»Ja, das habe ich mir schon gedacht. Doch ich wollte ihnen nicht die Genugtuung geben, dass es funktioniert hat. Außerdem warst du damit beschäftigt, deinen ganzen Berufsstand neu zu erfinden, schon vergessen?«

»Das wird nur noch weiter eskalieren. Wir brauchen eine andere Strategie. Eine kühnere. Ich habe eine Idee, aber du musst mir vertrauen.«

»In Ordnung.«

»Gut. Hast du schon Pläne für das Wochenende?«

»Nein. Wir spielen am Donnerstag in Utah, und der Coach gibt dem Team danach ein paar Tage zur Erholung. Wir sind erst wieder am Montagmorgen zum Training auf dem Eis.«

»Perfekt. Du wirst nicht viel länger einsam sein. Ich werde dich nach deinem Spiel in Salt Lake City treffen.«

»Warum?« Eine Million schmutziger Gedanken kamen ihm in den Sinn.

»Weil ich gerade einen Werbedeal für dich abgeschlossen habe und das Fotoshooting wird dieses Wochenende in L. A. stattfinden.«

»Wofür ist das? Reebok? Easton?«

»*Primal Man*-Parfüm.«

»Du verarschst mich.«

»Ich mache keine Scherze über Geschäfte. Sie haben Beeindruckendes für die anderen Prominenten erreicht, die ihre letzten Kampagnen angeführt haben. Du brauchst eine Image-Überarbeitung, und es ist nicht so, dass irgendeine andere Sportfirma vor Ungeduld platzt, um dich zu nehmen, nachdem Bauer dich wie Ballast fallengelassen hat.«

»Meine Güte, danke für das inspirierende Gespräch. Mein Selbstwertgefühl ist ohnehin gerade auf dem absoluten Höhepunkt.«

»Du brauchst kein Egogestreichel. Du brauchst mich, um dich am Freitag mit Joe Michalchuk zu treffen.«

Was hatte Utahs Geschäftsführer mit der Überarbeitung seines Images zu tun? »Warum?«

»Weil wir über einen Transferdeal sprechen werden. Das ist alles Teil meiner Strategie. Wir müssen uns in den nächsten Tagen um eine Menge Dinge kümmern.«

Nick lehnte sich gegen das Kopfteil des Bettes. Jillian dachte vielleicht, dass es bei ihrem Besuch nur ums Geschäft ging, doch er begann zu glauben, dass es an der Zeit war, mit einer eigenen Strategie herauszukommen, um das Wochenende gemeinsam zu verbringen.

»Ein ganzes Wochenende allein mit Jillian? Was ist das Problem?«

Nick lehnte sich gegen das Brett am Kopfende des Bettes und überlegte, wie er es seinem Bruder erklären konnte, damit Ben es verstand. Trotz der Schikanen, die er als Kind erlitten hatte, war Ben zu einem Menschen geworden, der mit jedem ein Gespräch führen konnte. Das war nur eines der vielen Dinge, in denen die Brüder sich voneinander unterschieden, trotz ihres ähnlichen Aussehens. »Ich weiß, dass sie meine Agentin ist, doch …«

»Doch du magst sie.«

Nick schnaubte. »Ich bin keine fünf Jahre alt.«

»Offenbar, denn Fünfjährige sind nicht von Angst beherrscht und schämen sich, es zuzugeben, wenn sie jemanden mögen.«

Nick presste die Augen zu und drückte den Finger gegen seine Schläfe, um seinen pochenden Kopfschmerz einzudämmen. Die einzige Art, wie dieses Gespräch noch schmerzhafter werden könnte, wäre eine gleichzeitig erfolgende Wurzelbehandlung. »Das ist dumm. Sie ist nur eine Frau, und ich habe keine Probleme mit Frauen.« Zumindest hatte er bisher niemals welche gehabt.

Ben lachte. »Sie ist nicht nur eine Frau. Sie eine tolle Frau und du fühlst dich aus anderen Gründen als ihrem Körper von ihr angezogen.«

»Hey, sie hat einen echt schönen Körper«, bellte Nick abwehrend, was Ben nur noch lauter lachen ließ.

»Ich weiß, ich habe auch Augen. Doch es ist klar, dass es dich wegen ihres Verstandes erwischt hat. Und weil sie dir deinen Scheiß nicht abkauft. Du respektierst sie und du magst sie.« Ben seufzte. »Hör zu, du bist nicht gerade jemand, der die Welt mit offenen Armen empfängt. Es gibt nicht viele Leute, die du in deinen Kreis des Vertrauens lässt, doch wenn du es tust, dann ist deine Loyalität geradezu erschreckend. Deshalb hast du deine ganze Karriere dafür riskiert, Liakos für mich zusammenzuschlagen. Deshalb kannst du dir auch nicht vorstellen, für eine andere Mannschaft zu spielen, selbst wenn dich die Vipers wie Scheiße behandeln. Du hast Jillian in diese Elitegruppe hineingelassen – oder vielleicht hat sie sich hineingedrängt. Ich weiß es nicht, doch so oder so ist sie dabei.«

Sein Puls stampfte in einem unheilvollen Beat, während sich Bens Worte setzten. »Also, was soll ich tun?«

»Du kannst damit anfangen, mir zu erzählen, wie du sie dazu gebracht hast, an Weihnachten davonzulaufen und mich mit einem ganzen Lavakuchen allein zu lassen.«

»Ich habe sie geküsst.«

»Hast du sie schlecht geküsst?«

»Nein! Verdammt, ich mache vielleicht vieles schlecht, aber nicht das. Ihr gefiel der Kuss, während er geschah. Es war der Teil danach, der nicht so gut lief.«

»Vielleicht, weil sie sich erschrocken hat. Du kannst ein wenig intensiv sein.«

»Könntest du für die nächsten zwei Stunden den Teil überspringen, wo du alles auflistest, was ich falsch mache, und mir einfach erzählen, wie ich dieses Wochenende überlebe, ohne meine Agentin zu verprellen und meine Karriere scheitern zu lassen?«

»Du bist ein großer Junge, sei einfach nur du selbst, doch ein bisschen weniger explosiv. Lass sie diesmal den ersten Schritt machen. Wenn sie es nicht drauf anlegt, dich weiter zu küssen, dann ist es ihr Pech.«

Großartig. Noch mehr verdammtes Zölibat. »Bei dir klingt es so einfach.«

»Das ist es«, sagte Ben verschmitzt. »Trevor wird mich für Springbreak in Maui treffen.«

»Das ist großartig. Aber du weißt, große Entfernungen machen es nicht leicht.«

Nick rechnete damit, dass sein Bruder über seinen kaum verdeckten Hinweis verärgert sein würde, doch Bens Antwort überraschte ihn. »Ich weiß. Ich denke so langsam, dass du vielleicht recht damit hast und ich nach New York ziehen sollte. Dad will noch immer nicht, dass ich ihn besuche, und das Schulbudget für das Kunstprogramm hier wird wahrscheinlich bald gekürzt. Ich weiß, ich könnte wieder einfach nur Geschichte und Physik unterrichten, doch das wäre nicht das Gleiche. Ich habe ein paar Bewerbungen für Stellen in deiner Gegend abgeschickt. Vielleicht ergibt sich ja was.«

Die wachsende Aufregung in Nicks Brust wurde von der Erkenntnis gedämpft, wie wichtig es war, dass er weiter in New

York blieb. Er war einen Schritt weiter damit, seinen Bruder permanent aus Blades wegzubekommen, doch das bedeutete, die Position bei den Vipers zu halten.

Mit anderen Worten, er hatte überhaupt keinen Druck.

13

»Geziert« war kein Begriff, den Nick mit Jillian in Verbindung gebracht hätte, und doch gab es kein anderes Wort, um die Art zu beschreiben, wie sie sich durchs Haar fuhr und kicherte, nachdem ihr Joe Michalchuk, Geschäftsführer der Utah Blizzards, gerade ein Kompliment gemacht hatte.

»Das ist ein richtig großes Stadion«, gurrte sie, als würde sie Michalchuks Ego ein persönliches Kompliment machen. Nick hatte sie die letzten zwanzig Minuten bei diesem bizarren Spiel beobachtet, und langsam riss ihm der Geduldsfaden.

Der mittelalte Mann lehnte sich auf seinem Stuhl zurück und faltete die Hände hinter dem Kopf. »Eine Kapazität von achtundzwanzigtausend Zuschauern, ein Fitnessstudio nach den neuesten Standards, und unsere Spieler-Lounge ist mit einer separaten Cafeteria verbunden, die für das Team Mittag- und Abendessen bereitstellt. Alle Gerichte werden von einem der besten Köche aus Salt Lake City kreiert und zubereitet. Ich könnte mit Ihnen beiden einen Rundgang machen.«

Mein Gott. Nick konnte nicht sagen, ob der Kerl mehr daran interessiert war, Jillian zu hofieren oder ihn. »Vielleicht nicht, wenn das Team noch trainiert. Ich möchte ihnen nicht die Niederlage von gestern Abend ins Gesicht reiben.« Es spielte keine Rolle, wie viele Nebenverdienste die Blizzards anbieten konnten. Nick konnte den Gedanken nicht ertragen, für eine Mannschaft zu spielen, die selbst gegen die Vipers bei ihrem schlechtesten Einsatz seit Langem keine Chance hatte. Das Stadion war so leer gewesen, dass sie froh waren, überhaupt Karten loszuwerden.

Jillian rammte ihm ihren spitzen Absatz in den großen Zeh. »Das wäre großartig, doch vielleicht sollten wir zunächst über die Bedingungen reden.«

Seine Schultern verspannten sich. Er mochte dieses Affentheater nicht. Es war eine Sache, einen Transfer zu akzeptieren, wenn es das war, was das Schicksal für ihn vorsah, doch bis dahin war es hinterhältig, Interesse zu heucheln.

»Nun«, sagte Michalchuk und räusperte sich, »hypothetisch gesprochen, denke ich, dass wir von einem zweijährigen Vertrag über vier Millionen Dollar sprechen. Das ist natürlich alles spekulativ.«

»Hypothetisch gesprochen«, entgegnete Jillian, die Stimme wieder auf ihrer normalen Höhe, »sind da schon ein paar Mannschaften, die an Mr Salinger und seiner defensiven Stärke interessiert sind.«

Michalchuk rutschte vor und ließ seine Hände mit leicht verwirrtem Ausdruck in den Schoß fallen. »Natürlich. Doch Sie verstehen, dass es da ein gewisses Risiko gibt, was unser Team eingehen würde, indem es Ihren Klienten unter Vertrag nimmt«, sagte er mit einem Hauch von Herablassung.

Nick presste die Daumen in die schmalen Armlehnen seines Stuhls und unterdrückte das Bedürfnis, aus dem Raum zu stürmen. Wie schwer war es, einfach zu sagen, was man meinte? Wer hatte Zeit für diese Art von Blödsinn?

Jillian runzelte die Stirn. Irgendwie schien diese subtile Geste spitzer und mächtiger als jedes Wort.

Michalchuk räusperte sich. »Der Kampf mit Liakos ist beunruhigend.«

»Die Tatsache, dass Liakos es abgelehnt hat, Anzeige zu erstatten und das Management der Vipers meinen Klienten auf keine Weise bestraft hat, sollte Ihnen ein Hinweis auf seine tatsächliche Schuld in der Begegnung geben. Doch abgesehen von jenem Zwischenfall bin ich mir sicher, dass Sie zustimmen werden, ein Spieler mit exzellenten Führungsfähigkeiten und einem der höchsten Punkterekorde für einen Verteidiger kann nach allen Standards kaum als Risiko bezeichnet werden. Es lohnt sich auch, darauf hinzuweisen, dass Mr Salinger während seiner zehn Jahre in der NHL das höchste Fitnesslevel ohne ernsthafte Verletzungen bewahrt hat.«

»Nun …«

»Im Gegenzug«, fuhr sie fort, jetzt im vollen Angriffsmodus, »haben Sie ein junges Team, dem es an Tiefgang fehlt, und geringe Ticketverkäufe. Sie brauchen jemanden mit Mr Salingers Aggressionslevel und Ruf, um Fans anzuziehen, doch Sie brauchen ebenfalls jemanden, der diese Versprechen einhalten kann. Derzeit ist mein Klient der einzige Spieler in der Liga, der das kann.«

»Das Gehaltsniveau wäre natürlich noch zu diskutieren.«

»Gut.« Sie lächelte raubtierhaft. »Doch Sie werden es vielleicht lieber eher diskutieren wollen, denn wenn mein Klient erst einmal zu einem uneingeschränkten freien Spieler wird, dann wird er wahrscheinlich von einem anderen Team an Land gezogen, das bereit ist, seinen Worten Taten folgen zu lassen. Wenn Sie eine Gelegenheit wollen, ihn zu bekommen, während seine Nicht-Transferklausel noch gültig ist, dann müssen Sie ihn davon überzeugen, dass es sich lohnt.«

Nick begriff noch immer nicht den Sinn dieses Treffens, über einen Transferdeal zu verhandeln, dem er nicht folgen wollte, doch er verspürte das plötzliche Bedürfnis, mit ihr dafür abzuklatschen, wie sie soeben das Gespräch aus Michalchuks gierigen Klauen gerissen hatte.

»Was haben Sie noch im Sinn?«

»Sie wissen genauso gut wie ich, wenn man einen körperbetonten Spieler wie Salinger in ein junges, flinkes Team bringt, dann wird es wahrscheinlich damit enden, dass er wie ein Abräumer spielt und die meiste Zeit im Strafraum verbringt. Um diesen Transfer lohnenswert zu machen, brauchen Sie einen weiteren ähnlich aggressiven Spieler, um etwas von der Hitze zu verteilen. Salinger würde sich überlegen, auf seine Nicht-Transferklausel zu verzichten, wenn Sie ebenfalls Rick Annikov aus Nashville beschaffen würden.«

Was. Zum. Teufel?

Annikov war sein größter Konkurrent, was die Verteidigung betraf. Gerade als er dachte, ihre Strategie zu verstehen, machte sie eine plötzliche Kehrtwende, dass ihm der Kopf schwirrte.

»Also war das alles ein ausgeklügelter Verkupplungsversuch, oder gibt es einen anderen Grund, weshalb du Michalchuk davon überzeugt hast, ich würde ohne einen Kumpel keinem frühen Transfer zustimmen?«, fragte Nick und stieg ins Taxi.

Sie nahm sich alle Zeit der Welt, um ihren Gurt anzulegen, bevor sie einen Seufzer von sich gab. »Vertraust du mir wirklich nicht?«

»Ich …« Er unterbrach sich selbst, als er bemerkte, dass er sich nicht ganz sicher war. Er lehnte sich zurück und rieb sich mit der Hand über den Bart. »Ich vertraue dir, doch du warst so überzeugend damit, Michalchuk glauben zu lassen, dass ich wirklich transferiert werden will.«

»Gut. Ich sollte auch überzeugend sein.« Mit ihrem gerade nach vorn gerichteten Blick verzogen sich ihre Lippen zu einem gerissenen, zufriedenen Lächeln.

»Wirst du mich darüber einweihen, worum es bei all dem geht?«

»Tyson ist nicht dumm genug, um dich wegzugeben, ohne einen weiteren Verteidiger hereinzuholen, der den Puck wie du bewegen und Punkte machen kann. Die Vipers haben bereits den Wert ihrer nächsten Zweijahresdrafts wegtransferiert, um Liakos zu bekommen, und Annikov ist einer der wenigen freien Spieler da draußen, die möglicherweise deinen Platz ausfüllen könnten.«

Nick öffnete den Mund, um zu protestieren, doch sie brachte ihn mit erhobener Hand zum Schweigen.

»Bleib ruhig. Ich weiß, dass er nicht so gut ist wie du. Doch er ist genau die Art von Spieler, die Tyson ins Auge fassen würde. Ein verlässlicher Typ mit niedrigerem Gehalt. Da draußen ist niemand mit einem auslaufenden Vertrag, der auch nur entfernt mit dir vergleichbar wäre.«

Die einzelnen Punkte verbanden sich schließlich in seinem Kopf. »Wenn Utah ihn also bei einem Midseason-Transfer aufnimmt, wäre er für die Vipers nach der Saison nicht verfügbar.«

»Genau.« Sie tätschelte ihm die Hand, als wäre er ein Schuljunge, der seine erste gute Note erhalten hat. »Das bedeutet, dich zu transferieren würde ein riesiges, nicht zu füllendes Loch in der Verteidigung der Vipers hinterlassen. Doch Utah wird das nicht machen, wenn ich sie nicht davon überzeuge, dass du auch wirklich transferiert werden willst.«

Nick schüttelte den Kopf. »Du bist ein Genie des Bösen.«

»Ich versuche mein Bestes.«

Für ein paar stille Momente beobachtete er, wie die schneebedeckten Berge an seinem Fenster vorbeizogen. Es war nicht der Ort oder das Team oder auch Michalchuk, was ihn so widerwillig dagegen machte, hier zu spielen. Wenn er ehrlich war, dann war es nicht das Kommen, was sein Problem war. Es war das Gehen, was ihm Bauchschmerzen bereitete. Er war seit fast einem Jahrzehnt bei den Vipers. Auch wenn das Team ihn nicht länger wollte, war seine eigene Loyalität schwerer zu brechen. »Da ist eine Sache, die ich nicht verstehe. Warum hast du so hart über das Gehalt gestritten? Wir hätten binnen weniger Minuten in das Meeting rein und wieder rausgehen können.«

»Weil du mehr als vier Millionen Dollar wert bist, und selbst bei einem hypothetischen Deal weigere ich mich, dich so von Michalchuk beleidigen zu lassen. Und weil ich gern gewinne.«

Eine brillante Idee kam ihm in den Sinn. »Dann sollten wir deinen Sieg feiern.«

Ihr Zögern machte ihn verrückt. Sie war seine Agentin, doch

sie war auch zu einer Freundin geworden. Oder zumindest so nah an eine Freundin, wie es ging.

»Hör auf, so schwer nachzudenken. Ich habe mich an jede drakonische Regel gehalten, die du für mich aufgestellt hast, und es hat sich gelohnt. Das ist ein Geschäft für dich, doch für mich geht es um mein Leben, und ich möchte feiern. Lass mich das nicht alleine machen.« Er konnte die Unentschlossenheit auf ihrem üblicherweise undurchdringlichen Gesicht sehen. »Wann fängst du endlich an, mir zu vertrauen?«

Ihr die eigenen Worte ins Gesicht zu werfen, schien zu wirken.

»Na gut. Versprich mir nur, dass es nicht zu verrückt wird.«

Er grinste und beugte sich vor, um die Aufmerksamkeit des Taxifahrers zu bekommen. Es war an der Zeit für einen kleinen Umweg.

***

Jillian hätte ahnen sollen, dass sie in Schwierigkeiten war, als Nick dem Taxifahrer auftrug, zum nächsten Outdoor-Sportgeschäft zu fahren. Er ließ sie draußen warten, um die Überraschung nicht zu zerstören, und war in weniger als zehn Minuten zurück, wobei er ein paar Plastiktüten voller seltsamer Gegenstände bei sich trug. Erst als das Taxi auf eine Landstraße bog, die sich an der Seite eines schneebedeckten Berges hinaufwand, geriet sie langsam in Panik.

Der Impuls, das Fahrzeug zu kapern und es zurück in die Sicherheit und Zivilisation der Stadt zu zwingen, kollidierte heftig mit dem überwältigenden Verlangen, Nick seine gute Laune nicht zu verderben. Er sah aus wie ein kleines Kind, das trunken vor Aufregung ist.

Sie hatte sich selbst davon überzeugt, dass sie nach diesen Wochen der Trennung den Kuss vergessen und zu einer rein geschäftsmäßigen Beziehung zurückkehren konnten, doch es war nicht nur der Kuss, an den sie sich aus jener Nacht erinnerte. Es war die unverfälschte Freude, die sie erlebt hatte, als sie über die Eisbahn geglitten war, während sie alle ihre Hemmungen abgelegt und erkannt hatte, dass die Welt nicht niederbrennen würde, wenn sie ihre Arbeit für ein paar Stunden vergaß. Es war ebenfalls die Gelegenheit, eine andere Seite von Nick zu sehen. Eine sanftere Seite.

Eine, die sie wiedersehen wollte, wenn sie ehrlich mit sich war.

»Auf dem Schild steht, dass dies ein Rodelhang ist«, sagte sie, als das Taxi endlich stehenblieb, und versuchte, beiläufig zu klingen, obwohl ihre Stimme mindestens eine Oktave höher war, als sie die vielen Leute sah, die mit halsbrecherischer Geschwindigkeit den blendend weißen Hang hinuntersausten.

»Deine Lesekenntnisse sind super«, antwortete Nick wie ein Esel.

»Da wir keinen Schlitten oder angemessene Kleidung haben, solltest du mich besser für ein Fünf-Sterne-Menü in eine schicke Lodge ausführen.«

»Ich weiß nichts über irgendwelche schicken Lodges«, unterbrach der Taxifahrer, »doch da draußen gibt es eine Hütte, wo man heiße Schokolade und Kartoffelchips kaufen kann.«

Sie starrte Nick an, der ihr als Antwort einen spielerischen Schlag gegen die Schulter gab, bevor er aus dem Fahrzeug stieg. Sie schwang ihre Tür auf und trat hinaus, wobei sie beabsichtigte, ihn einzufangen und zurück ins Taxi zu schleifen, doch die spitzen Absätze ihrer Lieblingsstiefeletten sanken in den festen Schnee ein und hielten sie fest. Und dann fuhr das Taxi davon. »Verdammt, Nick!«

Seine Mundwinkel zuckten, als würde er mit einem Feixen kämpfen. »Mach dir keine Sorgen, der Fahrer hat versprochen, in ein paar Stunden zurückzukehren. Probier die hier an!« Er zog ein paar flauschige violette Winterstiefel aus einer der Taschen und reichte sie ihr.

Sie biss sich mit einer Unentschlossenheit auf die Unterlippe, die sie von sich nicht kannte. Die Boots waren abscheulich, sahen aber warm aus und würden die frostige Kälte abhalten, die ihr in die Zehen gezogen war. »Na gut.«

Sie war bereits aus dem Gleichgewicht geraten und unbeholfen, während sie versuchte, ihre eiskalten Füße in die violetten Monstrositäten zu stecken, doch alles wurde hundertmal schlimmer, als Nick herbeikam und ihr die Arme um die Taille legte. Der enge Kontakt verursachte einen Kurzschluss in ihrem Gehirn und brachte Erinnerungen an seinen Kuss zurück, was die bereits schwache feinmotorische Verbindung zwischen ihrem Kopf und ihren Gliedmaßen unterbrach. Ihre Finger schienen nicht mehr richtig zu funktionieren, weshalb sie seinem betörenden Duft nur noch länger ausgesetzt war.

Sie kämpfte sich aus seinen Armen, sobald ihre Füße in den Boots steckten, wobei sie sich nicht die Mühe machte, sie auch noch zuzuschnüren oder sich zu fragen erlaubte, wie er ihre Größe so genau geraten hatte, und stemmte die Hände in die Hüften. »Spuck es jetzt aus. Sag mir genau, was du geplant hast, denn dort drüben ist ein kleines Schild, auf dem steht, dass sie keine Schlitten verleihen.« Gott sei Dank für das Kleingedruckte.

Er strich sich mit der Hand über die Stoppeln an seiner Wange, und die Belustigung tanzte noch immer in seinen Augen. »Das stimmt. Doch sie verleihen diese da.«

Ihr Herz rutschte zwei Etagen tiefer, als sie sich umdrehte, um zu sehen, worauf er zeigte. »Warum würde irgendwer auf einem verdammten Reifen einen Hügel hinunterrutschen wollen?«

Die Aufregung in seinem Gesicht ließ ihn jünger aussehen. »Weil es Spaß macht. Wir haben das die ganze Zeit gemacht, als ich in Minnesota aufgewachsen bin.«

»Sagt jemand, der sich keine Sorgen darüber machen muss, seine eigenen Krankenkassenprämien zu bezahlen.«

»Sagt jemand, der eine Menge Energie zu verbrennen hat, nachdem er während der vergangenen fünf Wochen deine Regeln befolgt hat. Willst du, dass ich dich daran erinnere, wie lange genau ich keinen Sex mehr hatte?«

Sie schluckte. *Wahrscheinlich nicht so lange wie ich.*

»Dies ist eine der wenigen Pausen, die der Coach uns während der gesamten Saison gegeben hat«, fuhr er fort. »Ich weiß, dass es viele Dinge gibt, um die man sich zu kümmern hat, doch ich würde gern einen Teil meiner Freizeit damit verbringen, wirklich Spaß zu haben, selbst wenn ich das auf eine völlig kinderkompatible Weise tue. Du kannst gerne die nächsten zwei Stunden dort stehen und mir zugucken, doch es würde viel mehr Spaß machen, wenn du dich mir anschließen würdest.«

»In Ordnung. Du hast gewonnen. Doch im Gegenzug möchte ich, dass du offener gegenüber der *Primal-Man*-Kampagne bist. Das ist eine phantastische Gelegenheit, die wir nicht versauen dürfen.«

»Einverstanden.«

Sie schüttelte den Kopf. »Noch nicht ganz. Du musst außerdem für jede Runde den Hang hinunter eine Frage meiner Wahl komplett aufrichtig beantworten.«

»Was immer du auch willst. Lass uns jetzt anfangen, bevor die Sonne ganz verschwunden ist.«

»Noch eine Sache«, quietschte sie und widerstand seinem Zerren an ihrem Ellbogen. »Wenn ich mir alle Knochen breche, dann bist du dafür verantwortlich, sicherzustellen, dass ich eine wöchentliche Pediküre in meinem Krankenhauszimmer bekomme.«

»Dir wird nichts passieren. Das werde ich nicht zulassen. Versprochen.«

Trotz ihrer Bedenken sah sie zehn Minuten später aus wie ein riesiger Marshmallow in der neu erworbenen Schneehose, dem Parka und den Fäustlingen, und stand oben an einem abschüssigen, vereisten Hang, der aus dieser Perspektive sogar noch steiler wirkte. Wie sollte sie sich von dort auf einem drehenden Schlauch hinunterstürzen, ohne sich zu übergeben?

Jemand zupfte an ihrem Jackenärmel. »Ähm, Entschuldigung. Wenn du nicht fährst, kann ich dann vor?«

Sie blickte nach unten und sah ein Kind von ungefähr sechs Jahren, das ungeduldig neben ihr stand. Sie warf Nick einen langen Blick zu, der sich nicht einmal bemühte, sein Lachen zu verbergen, das ihm in der Brust rumpelte. »Nur zu.«

Das Kind sprang mit dem Bauch zuerst auf den Reifen und schoss mit einem lauten Quietschen den Hügel hinunter.

Jillian drückte ihren Zeigefinger gegen Nicks Brust. »Kein. Einziges. Wort.«

Er tat so, als würde er den Reißverschluss an seinen Lippen verschließen, dann hob er sie ohne Vorwarnung in seine Arme und setzte sich mit ihr auf seinen Schneereifen. Alles ging so schnell, dass sie nichts anderes tun konnte, als aus vollem Hals zu schreien, während sie den Hügel hinabflogen und sich dabei so sehr drehten, dass sie sich die inneren Organe zu zerquetschen schienen.

Und dann hielten sie an.

»Du kannst jetzt die Augen öffnen.«

»Nein. Die Welt dreht sich noch immer.«

»Okay, wir können auch noch ein bisschen länger kuscheln, wenn du magst.«

Oh Mist. Ihre Sinne kehrten so weit zurück, dass sie bemerkte, wie sie zwischen seine kräftigen Schenkel gebettet war, das Gesicht in seine Brust vergraben und seine Hand schützend an ihrem Hinterkopf. Sie stützte sich mit den Händen an seinen Schultern ab und zog sich auf die zitternden Beine. Ein tiefer Atemzug frischer Bergluft half ihr, sich wieder zu beruhigen. Nicht nur ihre Knochen waren noch intakt, da war auch ein kleiner Schauer von Elektrizität, der in ihr schwirrte.

»Gib es zu! Das hat Spaß gemacht. Ich sehe es an dem Funkeln in deinen Augen.«

»Vielleicht ein bisschen. Oder vielleicht bin ich auch nur aufgeregt darüber, dass ich endlich die Chance auf ein paar ehrliche Antworten von dir habe.«

Er nahm den Reifen unter den Arm. »Dann frag mal los.«

»Wir müssen deine Wohltätigkeitsarbeit steigern«, sagte sie und folgte ihm den Weg hinauf zur Spitze des Hügels. »Du kannst großartig mit Kindern, doch ich weiß, dass du diese Arbeit nicht an die Öffentlichkeit bringen willst. Womit wärst du denn einverstanden?«

Er blieb abrupt stehen. »Versprichst du mir, dass du nicht lachst?«

»Natürlich.«

»Ich würde gern mehr Umweltsachen machen. Ben hat mir einmal davon erzählt, wie schlecht das Fliegen für den Klimawandel ist, weshalb ich ein bisschen nachgeforscht habe. Es gibt Organisationen, bei denen man spenden kann, damit sie Bäume pflanzen und so Sachen, um die Emissionen auszugleichen. Da wir so viel in der NHL herumfliegen, habe ich solche Spenden gemacht, doch vielleicht könnte ich noch aktiver sein, weißt du? Zum Beispiel gratis Werbung machen.«

Ihr fiel die Kinnlade herunter. Von all den tiefen finsteren Geheimnissen, die man über Nick »The Punisher« Salinger erfahren konnte, hatte sie nicht erwartet, zu entdecken, dass er ein heimlicher Umweltschützer war.

»Du lachst«, sagte er und verzog den Mund zu einem mürrischen Ausdruck.

»Ich schwöre dir, dass ich das nicht tue. Ich finde, das ist großartig. Wirklich großartig. Ich habe nur mit einer anderen Antwort von einem NHL-Star gerechnet, dass du zum Beispiel deinen Beitrag bei der Wohltätigkeitsveranstaltung ›Adoptiere ein einsames Unterwäschemodel‹ leisten willst, oder so ähnlich.«

Er zuckte mit den Schultern. »Es gibt eine Menge, was wir noch immer nicht voneinander wissen.«

»Ich glaube, da hast du recht.«

Sein ernster Ausdruck wurde zu einem verschlagenen Grinsen. »Dann lass uns die nächste Runde drehen, damit wir einander besser kennenlernen.«

14

Es war schon verdammt lange her, seit Nick die Gelegenheit gehabt hatte, sich mit einer schönen Frau in einem hochgradig körperlichen Stressabbau ergehen zu können, bei dem man sich nicht nackt auszog, der aber doch es funktionierte. Sein Verstand war so klar wie schon seit Ewigkeiten nicht mehr. Noch wichtiger, Jillian wirkte, als hätte sie es schließlich geschafft, sich zu entspannen. Sie hatte zwar ihr Telefon gecheckt, sobald sie für die Heimfahrt ins Taxi gestiegen waren, steckte es aber sofort wieder in ihre Tasche, ohne auf irgendwelche Anrufe oder Mails zu antworten.

»Du hast noch eine weitere Frage«, sagte er, als ihr Taxi auf eine große Durchgangsstraße fuhr.

»Ich weiß. Ich habe sie für den richtigen Moment aufgehoben.«

»Schieß los. Wir haben noch mindestens fünfzehn Minuten, bevor wir wieder am Hotel sind.«

Sie sah ihn nachdenklich an, was seine Neugierde weiter anstachelte. Die Fragen, die sie ihm bisher gestellt hatte, waren nicht zu persönlich oder tiefgehend gewesen, doch er hatte das Gefühl, dass sie ihn überraschen würde. »Warum kämpfst du so viel? Ich weiß, du bist ein großer Junge, doch du bist wegen deiner Leistungen zur NHL gekommen, nicht wegen deiner Muskeln. Wann hat sich das verändert?«

Ihm war diese Frage in verschiedenen Varianten schon Hunderte Male in seiner Karriere gestellt worden, doch niemals mit diesem aufrichtigen Interesse. Meistens war es irgendein unausstehlicher Reporter oder der Fan eines gegnerischen Teams, der ihn fragte, warum er so ein Rohling war und normalerweise war seine Antwort genauso oberflächlich wie die Frage. Zum ersten Mal wollte er wirklich eine ehrliche Antwort geben. »Nachdem meine Mom gestorben war, hatten viele Leute Mitleid mit uns. Doch dann verwandelte sich Dad in den stadtbekannten Säufer und das Mitgefühl versiegte schnell. Wir wurden zur Außenseiterfamilie. Die Schande des Ortes. Die meisten Leute ließen mich wegen meiner Größe in Ruhe, doch Ben hatte nicht so viel Glück. Das Problem bei Kleinstädten ist, dass du dich nicht immer auf die Lehrer und die Cops und all die anderen verlassen kannst, die die schutzlosen Kinder beschützen sollten. Alles wurde schlimmer, als ich in die Minor League eingezogen bin. Die einzige Möglichkeit, die ich hatte, um Ben zu helfen, war, all die Fieslinge aufzumischen, wann immer ich nach Hause kam.«

»Du beschützt diejenigen, die dir wichtig sind«, sagte sie sanft.

»Es ist nicht so, dass ich so ein Kerl sein will, doch es ist ein Instinkt, den ich nur schwer ablegen kann. Als ich zu den Vipers kam, hatten sie keine großen Spieler in der Rolle des Abräumers. Ich war so verdammt dankbar, dass sie mich davor bewahrten, zu den Minors zurückkehren zu müssen, dass ich dazu bereit war, alles dafür zu tun, um Teil des Teams zu sein. Über die Jahre haben die Jungs angefangen, sich auf mich als denjenigen zu verlassen, der die Scheißkerle auf dem Eis davon abhält, zu foulen oder unnötige Verletzungen zu verursachen. Es ist nicht das, was ich bin, sondern was ich zu werden gebeten wurde.«

»Du bist ein vielschichtiger Mann, Nick. Viel mehr, als du durchblicken lässt.«

»Ich bin auch ein hungriger Mann. Wie wär's heute Abend mit einer Flasche Wein und Zimmerservice?«

»Okay, das gibt uns die Gelegenheit, noch einmal die Einzelheiten für das Fotoshooting morgen durchzugehen. Du bezahlst aber.«

»Abgemacht.«

Die Speisekarte für den Zimmerservice im Hotel hatte nur eine einzige Sorte Wein: rot und billig. Die Speisekarte war genauso mager, beschränkte sich auf ein halbes Dutzend Artikel, die alle mit Pommes oder einem Gartensalat angeboten wurden, doch Jillian schien das nicht zu stören. Dass sie beim ersten Schluck Wein das Gesicht verzog, als hätte sie gerade eine Zitrone probiert, war der einzige Hinweis darauf, dass die Mahlzeit unter ihrem normalen Standard war.

Nick wusste nicht viel über Wein, da er das Zeug nur trank, wenn Ben zu Besuch kam, doch ihm schmeckte es gut. Oder vielleicht war es seine gute Laune, die die Geschmacksknospen überlistete. Jillian saß mit überkreuzten Beinen auf seinem Bett und ließ endlich ihre ernste Arbeitspersönlichkeit hinter sich, um sich zu entspannen. Ein runder weißer Teller mit einem Hamburger und Pommes ruhte in ihrem Schoß, und sie hatte einen Spritzer Ketchup an der Lippe.

Irgendwann würde er es ihr sagen.

Für den Moment plante er, sich zu entspannen und den Rest des Abends zu genießen. Bis zu jener ersten Rutschpartie an diesem Nachmittag den Berg hinunter hatte er gar nicht gemerkt, wie angespannt er gewesen war, weil er versucht hatte, ihren Regeln zu folgen und sich von allem Ärger fernzuhalten. Doch da sein Team jetzt zurück in New York war und er ein paar Tage weg von allem sein konnte, hatte er endlich das Gefühl, wieder frei zu atmen.

»Du hättest mir sagen sollen, dass du so hungrig bist. Wir hätten unterwegs irgendwo halten können«, sagte er, während sie einen weiteren Riesenbissen ihres Hamburgers runterschluckte.

»Ich verhungere ja nicht. Ich habe nur kaum die Gelegenheit, einmal im Sitzen zu essen. Und wenn, dann ist es meist bei einem Geschäftsmeeting, wo ich Dinge wie Rucolasalat und Tofuschnitzel essen muss. Nur ganz selten kann ich einfach essen.«

Sie schob sich drei Pommes mit einem Stöhnen in den Mund, das seinen Schwanz zum Zucken brachte. Er beugte sich auf seinem Stuhl vor und versuchte, die Anzeichen seiner Unannehmlichkeit zu verbergen. »Nun, du solltest vielleicht etwas langsamer essen. Ich habe nämlich den Heimlich-Griff nicht gelernt.«

»Stört es dich, dass ich gerade wie ein Linebacker esse?«

Ihr herausfordernder Ausdruck deutete an, dass sie eher neugierig als beleidigt war, deshalb antwortete er ehrlich. »Nein. Doch was mich viel mehr entsetzt ist, dass du dich mit einem Footballspieler vergleichst.«

»Was ist an Football nicht okay?«

Nick wischte sich die Hände an einer weißen Leinenserviette ab und nahm die Flasche Wein. »Es ist kein Eishockey.«

Sie hob ihr Glas zum Nachschenken. »Ist Eishockey der einzige Sport, den du je gespielt hast?«

»Ich bin in einer Stadt aufgewachsen, die wie die Kufen bei Schlittschuhen heißt: Blades«, sagte er und blickte auf ihre zierliche Gestalt auf der Matratze. Das Bild von ihr, wie sie da auf seinem Bett lag, regte sein Verlangen so sehr an, dass er das Glas fast überfüllt hätte und es nur im letzten Moment noch aufhalten konnte. »Es gab keine andere Option. Was ist mit dir?«

»Mit mir?« Sie blickte ihn an, als würde er eine andere Sprache sprechen. »Nein, nein, nein. Ich musste nicht einmal Ausreden suchen, um aus meinem Sportunterricht rauszukommen. Der Lehrer wählte mich immer als diejenige aus, die die anderen in zwei Mannschaften aufteilte, seit ich sieben war. Manchmal war ich sogar beim Planen der Stunden dabei, doch nach drei Volleybällen gegen die Nase musste ich nie wieder tatsächlich spielen.«

Er stellte die Weinflasche auf den Nachttisch und setzte sich neben sie auf das Bett. Von seinem Gewicht wurde die Matratze ein Stück nach unten gedrückt und ihr Körper neigte sich zu ihm, wie ein neckender Hinweis darauf, wie einfach es wäre, mit ihr ins Bett zu fallen. »Es ist eine Schande, dass du nicht die körperlichen Fähigkeiten hast, denn du hast die Rücksichtslosigkeit und den strategischen Scharfsinn eines Schlüsselspielers. Du bist wie ein Tiger.«

Sie lachte und ließ den Kopf nach vorn fallen. »Das hat man mir schon gesagt. Doch die Wahrheit ist, dass ich kein Tiger bin. Manchmal fühle ich mich wie eine Ente. Ausgeglichen und ruhig an der Oberfläche, doch unter Wasser paddle ich wie wild, um nicht abzusaufen.« Sie hob den Kopf und blickte ihm direkt in die Augen. »Ich höre mich verrückt an, oder? Weißt du was? Vergiss einfach, dass ich das gerade gesagt habe.«

Der winzige Hauch von Verletzbarkeit in ihrer Stimme warf ihn fast um. Scheiß auf die Regeln. Er konnte nicht einfach nur zuhören, wie sie sich öffnete, ohne zu reagieren. Er legte die Hand auf ihre Schulter und drückte sie leicht. Sie schüttelte ihn nicht ab oder reagierte entrüstet. »Ich finde, das macht dich nur menschlich.«

»Ich finde, ich muss mich öfter daran erinnern.« Er rieb mit seinem Daumen über den angespannten Muskel an ihrem Nacken, was ihr ein leises Stöhnen von den süßen Lippen entlockte. Wie eine schnurrende Katze schmiegte sie sich mit geschlossenen Augen an seine Berührung. »Diese Nachtflüge bringen mich um. Das nächste Mal buche ich danach einen Wellnesstag, egal, was es kostet. Ich brauche dringend eine Massage.«

»Ich mache es umsonst«, sagte er wie ein Idiot von Neandertaler, bevor er sich noch bremsen konnte. Sie riss die Augen auf und öffnete den Mund. Er ließ seine Hand still und wartete darauf, dass sich ihre Überraschung legte und ihre echte Reaktion sichtbar wurde.

Sie schluckte sichtbar. »Ich …«

Ihr Telefon klingelte.

Sie sprang vom Bett, stellte ihren Teller auf den Tisch und angelte das Telefon aus der Handtasche.

Nick krümmte seine Finger – die noch immer danach brannten, sie zu berühren – zu einer Faust und schabte damit über den Rand seiner Jeans, während sie sprach. Es war deutlich, dass der Anruf sie aufregte, doch da war keine Wut in ihrer Stimme, sondern nur resignierte Verärgerung.

Nach einer knappen Minute beendete sie den Anruf und fluchte.

»Was ist los?«

»Lou Parsons hat mir gerade einen weiteren Klienten weggeschnappt.« Sie fuhr sich mit der Hand durchs Haar und ging durchs Zimmer. »Wie ist das überhaupt möglich?«

Er ignorierte die Tatsache, dass es eine rhetorische Frage war, und sagte: »Ich habe von ihm gehört. Er ist eine große Nummer. Hat seine Hände wahrscheinlich in vielen Taschen.«

Frustration strahlte von ihrem Körper ab, während sie schneller durch den Raum schritt. »Das ist jetzt das dritte Mal, dass es passiert. Julia Duarte ist eine brasilianische Fußballspielerin, für die ich den Zugang in die amerikanische Frauenfußballliga verhandelt habe. Sie ist eine spektakuläre Spielerin, doch Parsons vertritt eigentlich keine Fußballspieler, vor allem keine Frauen, deren Jahresgehalt niedriger ist als das, was er in einem Monat macht. Das ist ganz klar persönlich. Er will nicht, dass ich mich für den Vorstand bewerbe. Wenn ich noch einen weiteren Klienten verliere, dann bin ich nicht weiter für die Mitgliedschaft qualifiziert und noch weniger für eine Kandidatur bei den Wahlen. Doch was ich nicht begreife, ist, wie er das macht.«

»Reden wir drüber. Vielleicht kann ich helfen.« Er stand auf, weil er sie wieder trösten wollte, doch sie schoss von ihm weg, griff nach ihrer Tasche und marschierte zur Tür.

»Nein, ich muss mich selbst darum kümmern. Ich werde morgen früh mit weiteren Details für das Fotoshooting zurück sein. Schlaf dich heute Nacht aus, denn wir dürfen das nicht versauen.« Die Tür schlug hinter ihr zu.

Schlafen. Richtig. Viel Glück dabei.

15

Jillian glättete ihren grauen Rock über den Oberschenkeln und befahl sich, kein Feigling mehr zu sein. Es dauerte nur noch drei Stunden bis zu ihrem Flug, und sie und Nick mussten sich beeilen. Doch zuerst musste sie an seine verdammte Tür klopfen. Letzte Nacht war sie ein Narr gewesen, als sie sich geöffnet und ihm anvertraut hatte. Ihm erlaubt hatte, sie zu berühren. Gewollt hatte, dass er sie berührt.

Als die Anziehung rein körperlich gewesen war, war es ihr viel einfacher vorgekommen, zu ignorieren, wie ihr Körper auf ihn reagierte, als würden Feuerwerksraketen in ihrem Innersten explodieren. Ihn besser kennenzulernen – und zu mögen – machte es viel gefährlicher. Sie hatte eine anstrengende Nacht gehabt, in der sie die letzten Einzelheiten des Werbedeals mit *Primal Man*-Parfüm bearbeitet und sich um Parsons Betrügereien gekümmert hatte, doch sie hatte es auch geschafft, mit Nick Spaß zu haben. Sie hatten sich einander geöffnet.

Sie wusste, was er ihr angeboten hatte, als er sie letzte Nacht auf dem Bett berührt hatte. Es wäre so einfach gewesen, von ihm zu nehmen, was sie brauchte und den ganzen Stress einfach wegzuwischen. Er drängte sie nicht oder forderte etwas. Er ließ sie entscheiden, und verdammt, sie hatte ihn in jenem Moment so sehr gewollt. Was ein Fehler war. Er war ihr Klient und nicht ihr Liebhaber. Sie musste sich auf seine Karriere konzentrieren, nicht auf seinen Körper.

Und was würde wohl Parsons tun, wenn er herausfände, dass

sie mit ihrem eigenen Klienten schlief? Es stand außer Frage, dass er das bei den Wahlen gegen sie verwenden würde.

Sie riss sich zusammen und schlug mit den Knöcheln gegen Nicks Tür.

Sie schwang fast unmittelbar danach auf, so dass ihre Wangen erröteten. Hatte Nick sie etwa die ganze Zeit dabei beobachtet, wie sie herumgezögert hatte wie ein unsicheres Kind? Er stand in der Tür und trug nur Jeans und ein schwarzes T-Shirt. Mein Gott, selbst seine nackten Füße waren sexy!

Sie räusperte sich und hob das Rasierset, dass sie an diesem Morgen gekauft hatte, wobei sie ihre Mauer unpersönlicher Professionalität hochzog.

»Was ist das?«, fragte Nick misstrauisch und rieb sich fast instinktiv mit der Hand über die ungepflegte Wange.

»Sie wollen dich glatt rasiert für die Fotos heute Nachmittag. Ich hätte dich ja in den Hotelsalon gebucht, doch sie bedienen keine Männer, und ehrlich gesagt bin ich mir auch nicht sicher, ob sie dort wirklich die anerkannten Standards von Sauberkeit einhalten.«

»Ich rasiere mir nicht den Bart ab.«

Sie verdrehte die Augen und schob sich an ihm vorbei ins Zimmer. »Doch, das wirst du, wir haben bereits über die Notwendigkeit einer Imageüberarbeitung gesprochen. Im Augenblick bist du ein Vokuhila aus den Achtzigern, der sich verlaufen hat. Du hast es in den vergangenen paar Wochen geschafft, dein Spiel zu ändern, um zu zeigen, wie viel Können du in dir hast. Dein Aussehen zu verändern ist der nächste Schritt, um deinen Namen vom Begriff ›Eishockeygorilla‹ zu trennen. Wenn wir wollen, dass diese Kampagne die Furore macht, die sie benötigt, dann müssen wir die Aufmerksamkeit der Öffentlichkeit auf bestmögliche Weise bekommen. Das bedeutet, dass der Bart weg muss.«

Gott, sie war so eine Lügnerin. Dieser kurze, gepflegte Bart war eines der heißesten Dinge an dem Mann. Sie brauchte sich nur kurz daran zu erinnern, wie er an ihrem Kinn und ihrer Wange kratzte, um bis zur Explosion feucht zu werden.

Er warf ihr ein dunkles Grinsen zu. »Ich hatte nicht gesagt, dass ich mein Aussehen nicht ändern würde. Ich sagte, ich würde mir den Bart nicht abrasieren. Das ist keine modische Einstellung. Ich habe ihn wachsen lassen, denn jedes Mal, wenn ich ihn zu rasieren versucht habe, habe ich hinterher lauter zerkratzte rote Beulen und Schnitte gehabt. Ich bezweifle, dass *Primal Man* einen solchen Look haben will.«

Ach verdammt. »Du machst es vielleicht nicht richtig. Du musst gegen den Strich rasieren und hochwertigen Schaum und Aftershave benutzen.«

»Dann mal los.« Er griff mit einer Hand hinter seinem Kopf an den Kragen seines T-Shirts und zog es aus, dann warf er es aufs Bett.

Ihr Hals wurde so trocken, dass es sich anfühlte, als hätte sie Stahlwolle geschluckt. Kräftige Muskeln polsterten seine breiten Schultern und Arme. Seine Bauchmuskeln waren deutlich definiert, flehten sie an, ihnen mit ihrer Zunge zu folgen, bis sie jene unglaublichen V-förmigen Erhebungen über seinen Hüften erreichen würde, die unten in seiner Jeans verschwanden. Eine violette Prellung auf den Rippen beeinträchtigte den Anblick seiner natürlich hellbraunen Haut, doch es verringerte nicht seine Attraktivität. Er war ein Sportler – kräftig und unerträglich tough. Sie wollte ihn am liebsten überall berühren und seine Kraft spüren.

Langsam schüttelte sie den Kopf und versuchte, sich aus ihrer Phantasie zu drängen. Sie war ein Profi, und das hier war nur Teil der Arbeit. Eine hochgradig ungewöhnliche, unvorhersehbare Arbeit, doch das war der Grund, warum sie es liebte, eine Agentin zu sein. »Nimm Platz.«

Sie ging ins Badezimmer und tränkte ein Handtuch in heißes Wasser, dann kehrte sie zurück und stellte das Rasierset auf den Tisch neben dem Stuhl, auf dem Nick saß. »Tu das auf dein Gesicht.«

Er gehorchte, während sie ein großes Handtuch nahm, um seine Schultern zu bedecken.

»In Ordnung, dann wollen wir mal«, sagte sie mit falscher Zuversicht und stellte sich zwischen seine lang ausgestreckten Beine. Sie entfernte das warme Handtuch, dosierte etwas Rasierschaum in ihre Hand und zögerte. Er sah mit so viel brennender Hitze in seinen Augen zu ihr auf, dass sie dachte, sie müsste in Flammen aufgehen.

Ignoriere es, Nichols!

Sie verteilte den Schaum auf seiner Haut und sog die Luft ein, als sie spürte, wie sich sein Kiefer unter ihren Fingern bewegte. Seine Hände ballten sich auf seinen Beinen zu Fäusten, als würde er gegen das Bedürfnis ankämpfen, sie an der Taille zu erfassen. Den Atem anzuhalten half ihr, weiterzumachen. Als nächstes nahm sie den Rasierer und neigte seinen Kopf nach hinten.

»Vertraust du mir?«, fragte sie und versuchte, die Stimmung zu lockern und etwas von der schmachtenden Spannung aufzulösen.

»Die wahre Frage ist, ob du dir selbst vertraust?«

Hitze lief ihr den Rücken hinunter. »Natürlich.«

Ihr Taxi kam in zwanzig Minuten, und wenn sie eine Sache zuverlässig beherrschte, dann war es, eine Aufgabe unter Druck zu erledigen. Sie strich mit der Klinge zuerst über seine Koteletten und entfernte auch die kleinste Spur von Gesichtshaar, bis nur noch glatte goldbraune Haut übrig war. Doch obwohl sie die Klinge hielt, war er derjenige, der eigentlich die Kontrolle hatte. Jeder schmachtende Blick, den er ihr zuwarf, ließ sie schneller atmen und raubte ihr eine weitere Schicht ihres Widerstands. Wenigstens gelang es ihr, die Hand ruhig zu halten.

Bis sie dazu kam, seinen Hals zu rasieren. Es gab keine

Möglichkeit, den benötigten Winkel zu erreichen, ohne sich an ihn zu lehnen. Sie neigte seinen Kopf zurück, dann legte sie die Hand an den Rand seines Halses mit dem Daumen gegen das Schlüsselbein gedrückt. Er atmete scharf ein und drückte mit den Beinen fest gegen ihre, so dass sie wie eingesperrt war.

Der Moment war so aufgeladen, dass man mit der Hitze zwischen ihnen die ganze Stadt hätte erleuchten können.

»Fast fertig«, sagte sie grob, wobei sie zu ignorieren versuchte, wie der raue Stoff seiner Jeans gegen die Außenseite ihrer Schenkel kratzte, während sie sich vorbeugte.

Als sie fertig war, gaben fast ihre Knie nach. Sie trat zurück, um das Endergebnis aus sicherer Entfernung zu bewundern. Die Veränderung war dramatischer, als sie erwartet hatte, doch sie verringerte seine Anziehung kein bisschen. Die glattrasierten Wangen brachten mehr Aufmerksamkeit auf seine Lippen, was seine potente Männlichkeit nur noch verstärkte. Noch wichtiger war, dass keine Schnitte oder rote Flecken zu erkennen waren.

»Gefällt dir, was du siehst?«

Zu viel. Viel zu viel. »Es geht. Bring es mit einem kalten Handtuch und etwas Aftershave zu Ende, und triff mich in zehn Minuten in der Lobby.«

Sie fuhr herum und ging so schnell, wie sie ihre hohen Absätze trugen, zur Tür, da sie wegmusste, bevor sie noch etwas Dummes tat.

Als sie gerade die Tür erreicht hatte, schlängelte sich Nicks Hand um ihre Taille und zog sie an seine Brust. Jeder Nerv in ihrem Körper war elektrisiert von seiner besitzergreifenden Berührung.

»Das ist noch nicht vorbei, Jillian«, flüsterte er und brachte sie so heftig zum Erschauern, dass er fühlen musste, wie ihr Körper an seinem bebte. »Wir werden darüber reden. Bald.«

Als er sie losließ, schoss sie zur Tür hinaus, ohne ihn eines weiteren Blickes zu würdigen. Sie wusste nicht, ob seine Worte eine Drohung oder ein Versprechen waren, doch verstörend daran war, dass es sie eigentlich gar nicht kümmerte.

16

Jillian hätte es niemals laut zugegeben, doch sie erwartete immer, dass jeder Deal – vom kleinsten Werbeauftritt bis hin zum Multimillionen-Dollar-Vertrag – in einer Katastrophe endete. Dieses Achterbahngefühl in ihrem Magen war eines der besten Dinge an ihrer Arbeit, doch wenn es nicht lief, dann war es auch das schlimmste.

Ein wenig befürchtete sie, dass es ein riesiger Fehler war, einen ruppigen Mann wie Nick in einem teuren Anzug vor die Kamera zu stellen, vor allem, da sie sich kaum dazu durchringen konnte, ihn auf dem Flug nach L. A. einzuweisen, geschweige denn überhaupt mit ihm zu sprechen. Doch jedes Mal, wenn er den Kopf neigte oder raffiniert den Körper drehte, kreischte der Fotograf vor Vergnügen. Nick war ein Naturtalent. Seine Figur war der Wahnsinn, und da er nicht auf die übertriebene Weise wie jemand posierte, der mit America's Next Top Model aufgewachsen war, trieften seine subtilen Bewegungen vor rauem Sexappeal, der ihr Höschen feucht machte. Die perfekte Mischung aus wilder Sexyness und Raffinesse. Genau das, was sie sich von ihm versprochen hatte.

Nach fast zwanzig Minuten mit Einzelbildern im Inneren des schlichten grauen Lagerhauses rief Evan, der fotografische Leiter, nach einem weiblichen Model, das bereits in der Maske darauf wartete, sich Nick anzuschließen. Die hochgewachsene vollbusige Brünette kam zu ihm, wobei sie ihre Hüften in dem hautengen schwarzen Kleid schwang und die dicken Lippen schürzte, und Jillian war überhaupt nicht eifersüchtig. Kein bisschen.

Oder zumindest war das die Lüge, die sie sich immer wieder vorsagen musste, um sich selbst davon abzuhalten, hinüberzugehen und dem Model an seinen perfekt gestylten, sinnlichen braunen Locken zu ziehen, während sie mit dem Rücken gegen Nicks Brust gelehnt stand. Die brünette Schönheit bog ihren Oberkörper nach hinten und ergriff ihn im Nacken, womit sie die ganze Aufmerksamkeit auf ihren üppigen Busen lenkte.

Das war bescheuert, sagte sich Jillian. Nick gehörte ihr nicht. Wenn überhaupt, dann sollte sie dafür dankbar sein, dass es eine andere Frau gab, die ihn von der ungesunden Anziehung ablenken konnte, die zwischen ihnen brodelte. Natürlich wäre es einfacher gewesen, dankbar zu sein, wenn besagte Frau nicht jetzt gerade ihre vollen Brüste an seine Brust gerieben hätte.

»Das geht so nicht!« Der Fotograf senkte seufzend die Kamera. »Wo ist die Chemie? Nick, du bist so steif wie ein Brett. Maria, du solltest verzweifelt wegen dieses Mannes sein.«

»Das bin ich ja«, erwiderte das Model mit einem mürrischen Blick, bevor sie sich wieder zu Nick wandte, ihre Finger in seinen Hemdkragen krallte und ihre Lippen an seine Wange legte. Jillian wollte wegsehen, doch sie konnte nicht einfach ihre Verantwortung missachten, gerade wenn die Dinge anfingen, aus den Fugen zu geraten.

»Stopp!«, rief der Fotograf nach ein paar weiteren Bildern entnervt. »Das sieht mehr wie ein Pornodreh aus als wie eine hochwertige Kampagne.«

»Nick, versuch bitte, etwas von der vorherigen Magie in diese Bilder zu bringen«, sagte Evan. »Du musst Maria so berühren, als würdest du sie wollen, doch zugleich wissen, dass du ihr das Herz brechen wirst. Kannst du das?«

Nick nickte, doch anstatt die Chemie zwischen ihm und Maria zu verbessern, machte ihn der Ratschlag nur noch starrer, während Marias Versuche immer anzüglicher wurden. Der Fotograf und Evan wurden immer gereizter und warfen dem Paar Kommandos zu, bis die Stimmung vollends umschlug.

Schließlich warf Maria die Arme in die Luft und stürmte vom Set.

Zeit zur Intervention.

»Eine Pause für meinen Klienten ist überfällig«, sagte Jillian ruhig, bevor sie Nick vom Set lockte, um mit ihm in relativer Abgeschiedenheit zu sprechen. »Was ist los?«

Er verschränkte abwehrend die Hände. »Was meinst du? Ich mache alles, was sie verlangen.«

»Du machst die körperlichen Handlungen, doch da ist keine Emotion. Keine Leidenschaft. Kein …« Sie bemühte sich, das richtige Wort zu finden, das ihn erreichen würde. »Kein Sex.«

Seine Brauen schossen hoch. »Du willst, dass ich Sex mit Maria habe?«

»Nein!«, sagte sie ein wenig zu vehement, und ihre Wangen wurden feuerrot. »Ich möchte, dass du mit ihr Sex haben möchtest. Oder zumindest, so tust, um das Produkt zu verkaufen. Findest du sie nicht attraktiv?«

Er spähte über die Schulter zu dem Model, das sich gerade mit dem Produktionsleiter stritt. »Sie ist schön, aber sie ist nicht gerade mein Typ.«

Großartig, das eine Mal, wo sie von dem Mann wollte, dass er sich wie ein geiler Bock benahm, entschied er, den galanten Weg zu nehmen. »Das ist doch lächerlich. Sie ist umwerfend und hat große Brüste. Das ist der Typ von jedermann. Und ich weiß genau, dass du in der Vergangenheit mit Frauen wie ihr ausgegangen bist.«

»Vielleicht hat sich ja mein Geschmack geändert.«

Ihr Magen kitzelte, als hätte sie gerade eine große Menge Schmetterlinge geschluckt. »Dann tu einfach so. Stell dir jemand anderes vor. Mach irgendwas, damit es funktioniert!«

Er legte die Hand um ihre Hüfte und beugte sich vor. »Du weißt genau, an wen ich denken werde. Und an was.«

Sie atmete laut ein und drückte ihre flache Hand gegen seine Brust. »Das interessiert mich nicht, solange es funktioniert.«

Sein Griff wurde fester. »Doch, das tut es wohl. Ich will hören, wie du es sagst.«

Sie rang nach Luft.

»Das ist es!«, rief der Fotograf. »Das ist genau die Art von Chemie, die wir brauchen. Können wir ihr ein Kleid beschaffen, das passt?«

»Nein, nein, nein.« Jillian hob abwehrend die Hände, doch ein genauso enthusiastischer Evan überstimmte ihr Bitten.

»Doch, du bist perfekt. Die Hitze, die in diesem Moment von euch ausstrahlt, das knistert. Außerdem hast du die Art Wangenknochen, die die Kamera liebt. Komm schon, bringen wir dich in die Garderobe.«

Sie wollte gerade ihre Absätze in den Boden stemmen, doch Nicks Hand wanderte an ihren unteren Rücken und schob sie vorwärts. »Alles, was nötig ist, oder?«

Furcht sammelte sich in ihrem Magen, doch sie konnte ihre eigenen Worte nicht ignorieren, die er ihr ins Gesicht geworfen hatte. Widerwillig folgte sie Evan zur Garderobe, doch zu niemandes Überraschung hatte keines der Kleidungsstücke auch nur eine Chance, an ihrem kleinen, dünnen Körper zu passen. Der Direktor faltete die Hände vor dem Mund und betrachtete sie wie eine Laborratte. Ein Lächeln breitete sich auf seinem Gesicht aus. »Ich weiß genau, was wir machen können!«

Er führte sie zurück zum Set, wo Nick vor der Kamera wartete, und zog den Saum ihres Pullovers nach oben.

»Was tust du da?«, kreischte sie und zog den weichen Cashmere zurück über ihre Taille.

»Du musst für die Aufnahme oben ohne sein«, erwiderte er, als wäre das ein völlig nachvollziehbarer Vorschlag. »Dein Pulli ist zu leger, um zu dem Image zu passen, das wir erschaffen wollen, und dein BH allein wäre geschmacklos. Aber deine cremefarbene Haut und diese Jeans sind großartig!«

Sie sah sich in dem großen Lagerhaus um und fragte sich, ob das halbe Dutzend anderer Leute in der Crew merkte, dass

Evan verrückt war, doch alles, was sie sehen konnte, war enthusiastisches Nicken und Lächeln. Und Nicks Feixen. Natürlich.

Die ganze Idee war absurd. Ihr Platz war an der Seitenlinie, um zu beobachten und zu planen, wie es nötig war. Sie stand nicht im Scheinwerferlicht.

»Wer hätte gedacht, dass du tief im Innern so eine schüchterne Person bist«, sagte Nick mit gespielter Aufrichtigkeit.

Evan legte ihr die Hände auf die Schultern. »Du bist zurückhaltend, was ich verstehe. Doch es gibt keinen Grund, sich Sorgen zu machen. Dies ist eine professionelle, respektvolle Umgebung. Wir werden nur deinen Rücken zeigen, vielleicht dein Profil, doch nicht dein Gesicht. Niemand wird jemals erfahren, dass du es bist. Wir wollen den Fokus auf Nick haben.«

Sie blickte zu dem übermütigen Sportler, brauchte seine Bestätigung. »Du versprichst, nicht nach unten zu gucken oder es mir schwer zu machen?« Gott, wie sie es hasste, sich verletzlich zu fühlen.

Sein Gesicht wurde nüchtern. »Versprochen. Du bist bei mir sicher.«

Diesmal war da keine Spur von Unaufrichtigkeit. Sie atmete tief aus. »In Ordnung. Ich werde es tun.«

Nachdem sie diese dumme Entscheidung getroffen hatte, ging sie in die Maske für ihr Haar und das Make-up und bekam einen kurzen weißen Bademantel, um sich damit zu bedecken.

Bei ihrer Rückkehr ans Set schlug ihr Herz so laut und schnell, dass sie die Anweisungen gar nicht verstehen konnte, die man ihr gab. Es war, als würde sie durch einen wabernden Nebel aus Nerven und Angst gehen. Doch während sie den Blick fest auf Nick richtete, wurde sie von einer seltsamen Ruhe erfasst. Er sah sie an, als wäre er stolz auf sie, und irgendwie erfüllte sie das mit gerade ausreichendem Selbstvertrauen.

Sie streifte unbeholfen den Bademantel ab, hielt ihre kleinen Brüste mit Armen und Händen bedeckt und kam zu ihm ans Set. Zuerst war sie wegen der intensiven Beleuchtung besorgt, dass jeder Makel und jede Sommersprosse zu sehen sein würden, doch es war so gleißend hell, dass es fast unmöglich war, irgendetwas zu sehen.

»Fertig?«, fragte Nick und hielt den Blick auf einer Höhe mit ihren Augen.

»Nein. Aber lass es uns trotzdem machen.«

Er zog sie auf eine Weise an sich, die fast beschützend war, und rieb mit seiner Hand über die kühle Haut an ihrem Rücken.

»In Ordnung, zeigt uns diese Chemie«, rief der Fotograf, während die Kamera blitzte. Nicks Hand fuhr hoch zu ihrem Nacken, er fädelte die Finger durch ihr Haar und zog ihren Kopf zurück. Seine Kühnheit erschreckte sie und nahm ihr die Luft aus den Lungen. Sein besitzergreifender Griff an ihrem Körper war zu nah an dem, was sie sich all die Jahre über erträumt hatte. Und die Reaktion ihres Körpers war viel zu gefährlich.

»Du kannst es, Nichols«, sagte er mit rauer Stimme an ihrer Wange. »Mach dich nur locker.«

Seine Worte hypnotisierten sie, und sie zwang jeden verspannten Muskel in ihrem Körper, sich zu lockern. Das Set und die Leute um sie herum schienen zu verschwinden, und sie verlor sich in ihm, ließ ihn ihren Körper bewegen und kontrollieren, während er für die Kamera posierte. Es war überwältigend. Unwiderstehlich.

Und es war viel zu schnell vorbei.

»Okay, wir sind fertig! Wir haben, was wir brauchen«, rief der Fotograf nur wenige Minuten später.

Sie kehrte abrupt zurück in die Wirklichkeit und erinnerte sich daran, dass sie in einem kalten Lagerhaus war, umgeben von Menschen, die sie womöglich anstarrten, als wäre sie ein Idiot. Mit vor der Brust verschränkten Armen schoss sie zu dem Stuhl, auf dem ihr Bademantel lag, und warf ihn sich über.

Sobald sie zurück am Hotel waren, zog Jillian Pulli und Jeans aus und stattdessen ein stilvolles schwarzes Kostüm an. Dass sie sich an diesem Wochenende mit Nick hatte gehen lassen, gab ihr das Gefühl, wie ein Kind zu sein, dass seine Kuscheldecke verloren hatte. Sie musste einen Weg finden, um ihre Selbstkontrolle zurückzuerlangen, und der enge Bleistiftrock, die passende Jacke und die weiße Bluse mit Kragen, die für ein Outfit gemacht waren, das »Business« schrie, gaben ihr das Gefühl, als würde sie während des Abendessens mit Evan und Nick, bei dem sie die vorläufigen Ergebnisse des Fototermins durchsahen, eine Rüstung tragen.

Die Fotos waren beeindruckend. Die Einzelbilder von Nick waren unglaublich, doch selbst sie musste zugeben, dass die Bilder mit ihr dieses unleugbare gewisse Etwas hatten. Wie es Evan gesagt hatte, waren ihr Gesicht und ihre Brust bei jedem Bild von der Kamera abgewandt und ihr Haar zu einer völlig anderen Farbe verändert, was ihr dabei half, die Ergebnisse rational zu analysieren. Am Ende des Abends begann sie wieder, sich wie die beherrschte, fähige Agentin zu fühlen, von der sie wusste, dass sie es war.

»Das lief gut, oder?«, fragte Nick, als sie nach dem Abendessen im Hotelaufzug standen.

»Besser als gut«, antwortete sie, den Blick praktischerweise auf die Mail gerichtet, die sie gerade auf ihrem iPhone tippte. »Diese Kampagne wird dich als ein niveauvolles, zugleich raues Sexsymbol verkaufen. Es ist genau die Art von Image, die du jetzt gerade brauchst, und verbunden mit der Art, wie du in letzter Zeit spielst, wird dich das wieder zu einem der aufregendsten Spieler in der NHL machen.«

Die Fahrstuhltür öffnete sich mit einem Klingeln. Er folgte ihr zu ihrem Zimmer, blieb hinter ihr zurück, als sie nach der Schlüsselkarte suchte.

»Großartige Arbeit heute. Ich sehe dich dann am Morgen. Unser Flug geht um neun Uhr«, sagte sie abweisend und schlug ihm die Tür vor der Nase zu, bevor er noch etwas sagen konnte. Sie atmete laut aus und lehnte sich mit dem Rücken gegen das schwere dunkle Holz.

Ein donnerndes Klopfen vibrierte durch die Tür und ließ sie zusammenzucken. Sie war zu clever, um zu leugnen, dass sie genau wusste, wer das war und was er wollte, trotzdem drehte sie am Türgriff.

»Etwas vergessen?«

Das brennende Verlangen in seinen Augen, als er sich gegen den Türrahmen lehnte, war zu viel. Sie drehte ihm den Rücken zu, nahm ihre Ohrringe ab und legte sie auf das schmale Schränkchen an der Wand.

Er trat hinter sie und drückte seinen Körper gegen ihren. »Vergessen wäre eine Erleichterung. Ich habe es den ganzen Tag nicht geschafft, das Gefühl deiner Haut aus dem Kopf zu bekommen. Es macht mich verrückt.« Seine Fingerspitzen strichen über die Rückseite ihres Beins.

»Nick …«

Die Worte flohen aus ihrem Verstand, als er seine Hand höher bewegte und nach innen drehte, bis er die empfindliche Haut am Rand ihres Höschens liebkoste. »Ich habe mein Versprechen gehalten. Ich habe kein einziges Mal nach unten geguckt, als dein halb nackter Körper gegen mich gepresst war. Und jetzt habe ich die letzten vier Stunden damit verbracht, mich zu fragen, wie deine Brüste aussehen. Mich zu fragen, wie es wäre, mit dem Mund über sie zu fahren. Doch es geht nicht darum, was ich will. Es geht darum, was du willst. Also, sag es mir.«

Er strich über die feuchte Spitze zwischen ihren Schenkeln, zertrümmerte die letzten Reste ihres Widerstands. »Ich … Ich will dich.«

Er wirbelte sie herum, und sofort waren seine Lippen auf ihren, heiß und fordernd, während er ihr die Jacke auszog. Die Kante des Tisches drückte gegen ihren Rücken, während er mit seiner Zunge um ihre glitt, voller sündhafter Versprechen. Sie hatte ihr Verlangen nach ihm so lange zurückgehalten, dass es jetzt wie eine Flut war, die einen Damm durchbrach. Zu mächtig, um aufgehalten zu werden. Ihr Körper stand für ihn in Flammen.

Er wanderte mit dem Mund hinab zu ihrem Hals und dem unerträglich sensiblen Punkt an ihrem Halsansatz und öffnete die Knöpfe ihrer Bluse. Sie vergrub die Hände in seinem dunklen Haar, begierig danach, seinen Mund dort für immer festzuhalten, doch er war nicht der Mann, der ihr die Kontrolle überließ. Er riss ihren BH nach unten, bis ihre Brüste aus den Körbchen quollen, dann saugte er ihren Nippel in den Mund. Sie warf den Kopf zurück und schrie wegen der feuchten Hitze seiner Zunge, die ihre Haut versengte.

»Mehr«, flehte sie.

Er leckte genüsslich im Kreis um ihren Nippel, neckte sie, bevor er die Hand zwischen ihre Beine schob und über ihre Hitze strich. Sein Daumen fand ihre Klit, während er mit dem Mund zu ihrer anderen Brust kam. Er zwickte ihre sensible Knospe mit dem perfekten Druck, so dass ihr die Knie weich wurden.

»Warte, Babe«, flüsterte er mit rauer Stimme an ihrer Haut und fing sie mit einem kräftigen Arm um die Taille, bevor sie ungraziös zu Boden gefallen wäre. Er schob die Hände auf ihre Pobacken und zog sie zu sich hoch, um seine mächtige Erektion zwischen ihre Beine zu drücken. Sie rang nach Luft und schlang die Beine um seine Taille, wollte mehr Druck, mehr Reibung.

Er stöhnte auf, als sie mit den Hüften kreiste, und senkte seine Lippen erneut auf ihre. Er trug sie zum großen Bett und warf sich auf den Rücken, so dass sie rittlings auf ihm war. Sie war überrascht. Er war so verlangend und kontrollierend und brachte sie doch genau in eine Position der völligen Dominanz. Sie fasste nach dem oberen Knopf seines Hemdes und wusste genau, wie sie ihn wollte und was sie mit ihm tun wollte.

»Noch nicht«, knurrte er und schlug ihre Hände weg. Er ergriff ihre Hüften und zog sie höher, bis sich die Stelle, an der ihre Beine zusammentrafen, genau über seinem Gesicht befand. Die Luft kam rauschend aus seinen Lungen, während er ihr den Rock über die Taille schob und mit einem Daumen über das innere Gummi ihres Höschens strich. »Schön«, murmelte er so nah an ihrer Haut, dass sie seinen warmen Atem an ihrer gierigen Klit spürte. »Und teuer«, sagte sie heiser.

»Ich werde es ersetzen.« Er riss ihr den dünnen, feinen Stoff vom Körper und entblößte sie vollständig, dann strich er sanft mit seiner Zunge über ihren Spalt.

Sie konnte die Schreie und das Stöhnen nicht länger zurückhalten, als er seinen urzeitlichen Hunger an ihrer empfindlichsten Stelle stillte, bis ihre Schenkel zitterten. Sie presste die Augen zusammen und erfasste Halt suchend das Brett am Kopfende, während er sie in den Wahnsinn leckte und saugte. Wellen der Lust türmten sich in ihr auf und brachen schließlich im intensivsten und erotischsten Orgasmus ihres Lebens über ihr zusammen.

Er geleitete sie hindurch und liebkoste ihre Knospe mit köstlichem Zungenschlag, bis sie das letzte Nachbeben durchschauerte und sie mit einem noch stärker verlangenden Sehnen zurückblieb. »Ich muss dich in mir haben. Bitte«, brachte sie trotz des schweren Keuchens ihrer zitternden Lungen hervor.

Seine Augen wurden kleiner und brannten vor raubtierhaftem Verlangen, das ihr Angst gemacht hätte, wenn ihr der Orgasmus nicht soeben die Hirnzellen ausgelöscht hätte. Er drehte sie auf den Rücken, spreizte ihr die Beine weit auseinander und ließ sich mit seinem riesigen Körper dazwischen nieder. Seine Erektion drückte gegen seine Hose und neckte sie mit der Härte, die sie so sehnsüchtig in sich verspüren wollte, dass sich ihr Körper erwartungsvoll krümmte. Außer …

»Kondom«, flüsterte sie, halb verlangend, halb verzweifelt bittend.

»Schon drum gekümmert.« Er griff in seine Tasche und zog eine kleine Folienpackung heraus. Sie war so erleichtert, dass sie seufzte. Er warf das Kondom neben sie aufs Bett und begann seine Jeans aufzuknöpfen.

»Warte«, zischte sie. »Deine ganze Kleidung muss runter. Ich will dich völlig nackt sehen.«

»Du hättest nur danach fragen müssen«, sagte er und grinste frech. Er stieg vom Bett und öffnete mit quälender Bedächtigkeit den obersten Knopf seines Hemdes, bevor er zum nächsten kam, wobei er den Blick fest auf sie gerichtet hielt, als würde er einen folternden Striptease machen. Als er endlich den letzten Knopf erreicht hatte, wimmerte und krümmte sie sich bereits unkontrolliert.

Er schälte sich aus seinem Hemd, dann griff er hinter ihren durchgedrückten Rücken und öffnete ihr den BH. Sie zog die Riemen an den Armen herunter und warf ihn auf den Boden. Frei und unbeschränkt griff sie nach dem Kondom und riss es mit den Zähnen auf.

»Beeil dich!«, befahl sie und griff nach seinem Reißverschluss.

Er fing ihre Hand und drückte sie leicht. »Vielleicht will ich das nicht schnell machen.«

»Dann fange ich vielleicht schon ohne dich an«, knurrte sie, schob sich die Hand zwischen die Beine und nutzte ihre eigenen Finger, um die schmerzende Leere zu füllen.

»Verdammt, das ist so heiß«, hauchte er.

Sie erstarrte, als er Hose und Boxershorts von sich trat, zu sehr vom Anblick seines großen, harten Schwanzes, der ins Freie schnellte, gebannt, um mit ihrem Spiel fortzufahren. Er war überall schön. Muskelstränge bedeckten jeden Zentimeter seines großen Körpers, und seine riesige Erektion passte mehr als angemessen dazu.

Er nahm ihr das Kondom aus der anderen Hand und rollte es langsam drüber, wobei er sie mit der Art von schmutzigem Verlangen ansah, das sie auf Touren brachte, sosehr sie es auch zu leugnen versuchte. Er war hinreißend und vor Selbstbewusstsein strotzend, und sie wollte ihn mehr, als sie jemals irgendwen gewollt hatte.

Er kroch zurück aufs Bett und positionierte sich mit seinem prallen Schaft an ihrer Mitte. »Bereit, Babe?«

Sie nickte, ihr Mund war zu trocken, um zu antworten.

Er drückte die Spitze seines Schwanzes in sie hinein, und das tosende Rauschen der Hitze zu ihrer Körpermitte war fast zu viel, um es ertragen zu können. Sie ergriff seine starken Schultern, ohne sich darum zu kümmern, ob sich ihre Fingernägel in sein Fleisch gruben, und versuchte, ihn gegen sich zu drücken, doch sie kam nicht gegen seine Stärke an.

»Sag mir, wie lange du das hier schon willst.«

Ihr ganzer Körper bebte. »Du weißt, wie lange.«

Er beugte sich hinab, um sie auf die Wange zu küssen, und füllte sie um einen weiteren Zentimeter, doch das war nicht genug. »Seit jener Nacht in dem Treppenhaus?« Seine Stimme klang rau und befehlend.

»Ja«, flüsterte sie.

»Ich auch.« Er versenkte sich ganz in sie und füllte und dehnte sie mit seinem langen Schaft. Die berauschende Mischung aus Schmerz und Lust war so intensiv, dass sie schrie und ihn fester an den Schultern hielt.

Er nahm ihre Hände von sich weg und presste sie fest über ihren Kopf, wobei er ihre Handgelenke mit einer Hand hielt. Er stieß heftig und schnell in sie und gab ihr genau das, was sie brauchte, während er ihr mit fieberhaftem Verlangen den Hals, die Brüste und den Mund küsste. Seine unmissverständliche Dominanz gab ihr das Gefühl, sexy und begehrt zu sein, nicht schwach. Als müsste er nur deshalb die vollständige Kontrolle haben, um sich nicht zu schnell in ihr zu ergießen. Ihretwegen.

Keine ihrer Phantasien war über die Jahre hinweg auch nur in die Nähe davon gekommen, Lust und Leidenschaft der Realität zu erfassen. Die Gefühle bauten sich so stark auf, dass sie einen weiteren Orgasmus nicht länger zurückhalten konnte. Sie schlang die Beine um seine Taille, und er erstickte ihre Schreie mit seinem Mund, als die Woge der Ekstase in ihr explodierte.

Wenige schnelle Stöße später kam er mit einem rasenden Knurren, während sich ihre Körpermitte noch immer pulsierend um ihn zusammenzog. Es war wunderschön zu beobachten. Er brach über ihr zusammen, als es vorbei war, und atmete so schwer wie sie.

Sie strich mit der Hand über seinen Rücken, noch nicht bereit dafür, dass dieser Moment vorbeiging. »Das war unglaublich.«

Er hob seinen Kopf gerade so weit, um ihr ein solches Lächeln zuzuwerfen, dass es in ihrem Magen kribbelte. Diesmal küsste er sie süß und zog sanft an ihrer Unterlippe.

»Du bist so schön«, sagte er.

Sie musste lachen. »Ich bin ja ganz verschwitzt.« Der Rock war ihr um die Taille gewickelt, ihre Haut fleckig und gerötet, und sie wollte überhaupt nicht an ihr Haar denken.

Er legte sich auf die Seite und drehte ihren Körper zu sich. »Ich mag dich so. Unbedacht.« Er schob ihr das Haar hinters Ohr und strich mit seinen Fingern ihren Hals hinab und über ihr Schlüsselbein.

»Gewöhn dich da nicht dran«, sagte sie vorlaut, eine abwehrende Reaktion auf seine unerwartete Zärtlichkeit.

Sein Mund verhärtete sich zu einer grimmigen Linie. »Ich habe nicht vor, dass als einmalige Sache zu begreifen.«

»Ich bin deine Agentin.«

»Na und? Du bist diejenige, die mir verboten hat, beiläufigen Sex zu haben.«

Sie runzelte die Stirn und suchte nach den richtigen Worten, doch es war zu schwierig, klar zu denken, wenn man in seinen Armen lag.

»Glaubst du wirklich, dass diese Sache zwischen uns so

bedeutungslos ist, dass man sie wegwerfen kann, nachdem du jetzt deinen Spaß gehabt hast?«

Sie erstarrte. Das schwache Summen der Klimaanlage ging an, und die kühle Brise wehte über ihre Haut. »So ist es nicht. Es ist nur … Es ist schwierig genug als Frau in diesem Job. Die meisten Leute nehmen bereits an, dass ich mich nach oben schlafe. Wenn jemand wirklich herausfinden würde, dass ich mit einem Klienten schlafe …«

»Ich würde ihnen in den Arsch treten, wenn sie etwas Schlechtes über dich sagen.«

Sie drückte den Kopf gegen seine Brust und war sich nicht sicher, ob sie lachen oder weinen sollte. »Ich weiß das zu schätzen. Das tue ich wirklich. Doch ich kann mich selbst um meine Probleme kümmern.«

»Also war es das?«

»Nein.« Sie setzte ihm eine Reihe Küsse über die Wange. Sein Schwanz wippte gegen ihren Bauch, und er zog sie an sich. »Ich glaube einfach nur, dass dies etwas Verborgenes bleiben muss. Nur zwischen dir und mir. Zumindest für den Moment.«

Er lächelte, doch die kleinen Linien, die sich normalerweise um seine Augen kräuselten, waren nicht dort. »Das heißt, ich kann die Nacht mit dir verbringen?«

Sie schlich mit der Hand nach unten, um seine Erektion zu umkreisen, und genoss das leise Stöhnen, das ihm entfuhr. »Ich würde dich jagen, wenn du es nicht tun würdest.«

Morgen würde sie über die Einzelheiten nachdenken. Heute Nacht war sie nicht dazu bereit, ihn gehen zu lassen.

17

»Also, ähm, an diesem Wochenende ist mein achtundzwanzigster Geburtstag.«

Von all den Dingen, die Nick von Luke nach dem schrecklichen Training erwartet hatte, war die ungelenke Geburtstagsankündigung nicht auf der Liste gewesen. »Soll ich Cupcakes für deine Party mitbringen oder was?«

Luke fuhr sich mit der Hand durch den Nacken. »Nein. Ich glaube, dass meine Schwester sich bereits darum gekümmert hat. Doch es wäre großartig, wenn du am Samstag vorbeikommen würdest.«

»Wirklich? Machst du eine richtige Geburtstagsparty?« Nick und Mike hatten bereits geplant, ihn auf einen Drink einzuladen, wie sie es jedes Jahr gemacht hatten.

»Das ist Claires Idee. Sie und ihre Freundin kommen für ein paar Tage zu mir, und sie hat beschlossen, als Entschädigung für mich eine Party machen. Hör zu, ich weiß, dass es schräg ist, doch es wird noch schräger, wenn niemand kommt. Claire mag es wirklich, Sachen zu planen, und neigt manchmal dazu, ein wenig zu übertreiben, doch ich möchte ihre Gefühle nicht verletzen.«

Nick hörte lange genug damit auf, seine Schlittschuhe auszuziehen, um seinen Kumpel sich winden zu sehen, bevor er schließlich Mitleid mit ihm hatte. »Na klar, sicher. Doch ich werde nicht ›Happy Birthday‹ singen und da sollten auch keine Clowns oder Zauberer sein.«

»Ich kann für nichts garantieren, außer dass es Bier gibt.

Und du kannst auch jemanden mitbringen. Ich bin mir sicher, Claire wird genug für eine ganze Armee kochen.«

Nicks Gedanken wanderten sofort zu einem Bild von Jillian, wie sie neben ihm an Lukes Tisch saß, lachte und alle mit ihrer ungezwungenen Art verzauberte. Ihm gefiel dieses Bild. Sehr. Doch er hatte sie in den zwei Wochen, seit sie aus L. A. zurückgekehrt waren, nicht mehr gesehen. Seit sie der Anziehungskraft zwischen ihnen nachgegeben und ihm erlaubt hatte, jeden Zentimeter ihres Körpers zu kosten. Vielleicht war dies ein guter Grund, um das zu ändern. »Klingt gut.«

»Du hast mit Jillian geschlafen?«

Nick hielt das Handy von seinem klingelnden Ohr weg und stellte auf Lautsprecher. Bens aufgeregtes Kreischen würde ihm noch einen vorzeitigen Hörverlust bereiten. »Das habe ich nie gesagt.«

»Du hast gesagt, du bräuchtest mehr Ratschläge, was bedeutet, dass mein ursprünglicher Ratschlag erfolgreich war.«

»Ich habe dir noch nicht einmal gesagt, worüber ich überhaupt einen Ratschlag brauche.« Nick drückte die Senfflasche über der Scheibe Brot aus, die er zuvor auf den Tresen gelegt hatte, doch es kam nur ein dünnes Rinnsal klarer Flüssigkeit heraus. Richtig. Man muss die Flasche zuerst schütteln.

»Die einzigen Dinge, über die du meine Meinung erbittest, sind Dekoration, Kochen und Beziehungen. Und du befragst mich immer nur über eines dieser drei Dinge, wenn du eine Frau ins Bett bekommen willst.«

»Na gut. Vielleicht ist etwas passiert. Doch ich habe angerufen, um dich zu fragen, wie du deine Roastbeef-Sandwiches so lecker machst.«

»Brunnenkresse. Sie verkaufen es im Laden an der Ecke. Delikatesssenf, dann drei gefaltete Scheiben mit dem guten Roastbeef aus dem Feinkostladen an der Straße. Und vergiss nicht, das Brot zu buttern, bevor du es mit Senf bestreichst.«

Mist. Butter vergessen. »Wenn du hierherziehen würdest, dann könntest du mir immer Sandwiches machen.«

»Wenn ich dorthin ziehen würde, dann wäre ich viel zu beschäftigt mit meiner fabelhaften Karriere am Broadway, um dir irgendwelche Sandwiches zu machen.«

Nick lachte. »Das stimmt auch wieder.«

»Gut, jetzt sag mir, was mit Jillian schiefgelaufen ist.«

»Es ist kompliziert.« Er gab es auf, die Fleischstücke falten zu wollen, und warf sie platt auf sein mittelmäßiges Sandwich.

»Lass mich raten. Ein klammerndes, emotionales Wrack nach einer leidenschaftlichen Nacht?«

»So ist sie nicht«, sagte er abwehrend.

»Ich habe von dir gesprochen, Blödmann.«

Nick stöhnte. »Ich lege jetzt auf.«

»Beruhige dich, ich höre auf, dich zu ärgern, und helfe dir. Gib mir nur noch ein paar Details.«

»Ich will, dass sie mit mir am Samstag zu Lukes Party kommt.«

»Und du hast keine Worte in der englischen Sprache gefunden, um sie danach zu fragen?«

Er nahm einen Bissen von seinem Sandwich und überlegte, wie er die Frustration und Unsicherheit beschreiben könnte, die ihn quälte, seit sie L. A. verlassen hatten. »Sie wird wahrscheinlich Nein sagen. Ich verstehe nur nicht, warum diese Dinge so kompliziert sein müssen. Sie meinte, sie sei darüber besorgt, wie eine Beziehung zwischen Agent und Klient aussehen würde, doch ich habe keine Ahnung, ob das nur eine andere Form der Abfuhr war.«

»Sie ist eine starke Frau und braucht wahrscheinlich keinen Mann. Doch das bedeutet nicht, dass sie es nicht schätzen würde, einen zu haben. Der Trick ist, dich hineinzuschleichen. Biete es an, und höre zu, was sie dir sagt.« Ben machte eine Pause. »Machst du dir Notizen?«

»Nein.« Ja.

»Und wenn du dich wirklich mutig fühlst, dann könntest du ihr einfach erzählen, was du für sie empfindest.«

»Was, wenn das die Dinge schwierig macht?«

»Du bist derjenige, der gesagt hat, dass es einfach sein sollte. Außerdem musst du manchmal Risiken eingehen, wenn es um die Liebe geht.«

Nick zuckte zusammen. »Das ist keine …«

»Ja, ja. Leugne nur, so viel du willst. Überhaupt, wie läuft es an der Karrierefront?«

Endlich ein Thema, bei dem er sich nicht so fühlte, als würde er mit einer rostigen Sense ausgeweidet. »Noch nichts. Ich glaube, dass Utah bald einen Schritt unternehmen wird. Michalchuk ist noch immer verschlossen, und Liakos ist noch immer ein Arschloch, doch Jillian kümmert sich darum.«

Das restliche Gespräch folgte ihren üblichen Mustern beiläufiger Updates über ihr Leben, einschließlich der Tratschgeschichten aus Blades. Wenn es nach Nick gegangen wäre, dann bräuchte er keine weitere Geschichte über die betrunkenen Aktionen ihres Vaters zu hören, doch Ben hatte Probleme damit, ihren Vater mit den Konsequenzen seiner eigenen Handlungen allein zu lassen trotz der Tatsache, dass der Mann sich selbst vor mehr als einem Jahrzehnt ziemlich stark von Ben distanziert hatte. Ein weiterer Grund, um seinen Bruder aus der gottverdammten Stadt herauszubekommen.

Als sie das Gespräch beendet hatten, war Nick jede Lust vergangen, sein traurig aussehendes Sandwich aufzuessen, doch dann fiel ihm eine bessere Alternative ein. Er wählte Jillians Nummer.

»Hey! Ich wollte dich auch gerade anrufen.«

Ihre Stimme traf ihn wie ein warmer Sonnenstrahl direkt in der Brust. »Mein Kumpel Luke hat am Samstag eine kleine Party zu seinem Geburtstag. Ich möchte, dass du mitkommst.«

Eine spürbare Stille kam durch den Hörer. »Als deine Verabredung?«

»Ich hatte verdammt sicher nicht vorgehabt, dich Luke als Geburtstagsgeschenk anzubieten.«

Sie lachte. »Was für eine Party ist das?«

»Nichts Großes. Nur ein paar Jungs aus dem Team und seine Schwester. Niemand wird eine große Sache aus dir und mir machen.«

»Ich muss sehen, ob ich Zeit habe, okay?«

Es fühlte sich an wie eine weitere Abfuhr. Er hatte in den vergangenen paar Wochen versucht, keinen Druck zu machen, und gehofft, sie würde den nächsten Schritt unternehmen, wenn er ihr nur genug Raum geben würde, doch er wollte jetzt nicht länger warten. »Was ist mit heute Abend? Wir könnten essen gehen.«

»Abendessen wäre klasse. Aber ich muss mich heute Nachmittag mit Allan Tyson treffen. Ich glaube, Utah hat ein Angebot gemacht. Willst du zu dem Treffen mitkommen, oder soll ich mich darum kümmern?«

Er verstärkte seinen Griff am Telefon. Natürlich ging es zuerst ums Geschäft. Sie hatte auch deutlich gesagt, dass dies immer ihre erste Priorität sein würde, weshalb er nicht überrascht sein durfte, dass dies der Grund war, weshalb sie ihn anrufen wollte. »Klar. Ich kann eine Reservierung für danach machen.«

»Ähm, ich glaube nicht, dass das eine gute Idee ist.«

Er machte eine Pause und wartete, ob sie ihm irgendeine Erklärung dafür anbieten würde.

»Wie wäre es, wenn wir stattdessen eine Pizza bestellen?«, sagte sie schnell. »Nach dem Treffen werden wir viel Geschäftliches zu besprechen haben, und es ist besser, wenn wir dafür unter uns sind.«

Sein Schwanz vollführte einen Freudentanz bei dem Gedanken, mit ihr allein zu sein, doch sein restlicher Körper verkrampfte sich, als wäre er in einen riesigen Schraubstock geklemmt. »Klingt gut.«

Geduld war keine seiner Stärken, doch er würde noch länger dem Rat seines Bruders folgen müssen.

***

»Es gibt eine Menge Leute, die den Eindruck haben, es wäre das Beste, wenn du auf deine Nicht-Transferklausel verzichten und das Angebot von Utah annehmen würdest.«

Nick lehnte sich auf seinem Platz zurück und blickte zu Allan Tyson. Er hatte gewusst, dass es kommen würde, doch es fühlte sich noch immer wie ein Schlag in die Magengrube an. Tyson war so lange bei den Vipers wie Nick, und sie hatten immer eine gute, ehrliche Beziehung zueinander gehabt. Zumindest war es das, was Nick geglaubt hatte.

»Nicht zuletzt auch mein Klient.« Jillians spitze Bemerkung riss ihn aus seiner Wut. Er fuhr herum, um sie anzusehen, und fragte sich, ob das ein Scherz war. »Ehrlich gesagt, ist aus meiner Perspektive Nick der Einzige, der von diesem Transfer profitiert. Er ist vom Management und den Trainern einer Mannschaft beschissen worden, der er sich in den letzten neun Jahren mit Leib und Seele verschrieben hat, und in diesem Moment bietet ihm Utah einen Riesenhaufen Geld an, um ihn wie einen König zu behandeln.«

Tyson wand sich. »Ich entschuldige mich für das Durcheinander mit deinem Hotelzimmer in Chicago, doch ich schwöre, dass es wirklich ein Fehler vom neuen Assistenten des Teammanagers war. Das war kein böswilliger Akt.«

Immerhin hatte Tyson den Anstand, ihn dabei direkt anzusehen, was bedeutete, dass es vielleicht doch kein Blödsinn war.

»Entschuldigung notiert«, fuhr Jillian cool fort. »Doch ich kann nicht begreifen, warum irgendwer im Management der Vipers dies als ein gutes Geschäft ansehen würde. Wir wissen alle, dass mein Klient in der nächsten Saison wahrscheinlich kein Trikot von New York tragen wird.«

Nick verspannte sich und war kurz davor, unter Protest den Raum zu verlassen, doch Jillian schüttelte fast unmerklich den Kopf. Seine Muskeln lockerten sich nicht, doch ein Teil seiner Frustration löste sich. Es war egal, wie sehr ihm sein Verstand sagte, dass sie genau wusste, was sie tat, denn er konnte es in diesem Moment nur schwerlich akzeptieren.

»Meistens geschehen solche Transfers während der Saison deshalb, weil ein Team versucht, sich gut für den Kampf um den Cup zu rüsten. Wir wissen, dass das bei Utah nicht der Fall ist. Sie wollen ihn wegschnappen, bevor eine andere Mannschaft dazu die Gelegenheit hat. Wenn die Vipers ihn jetzt gehen lassen, dann werdet ihr ihm sein halbes Gehalt auszahlen müssen, was fast so viel ist wie das, was ihr ihm jetzt bezahlt. Verteidiger seines Kalibers, die auch offensiv ihren Beitrag leisten können, sind im Augenblick Mangelware, und so wie Nick spielt, wird sein Marktwert bis zum Ende des Jahres noch weiter nach oben gehen. Es wäre ein finanzielles Desaster, ihn jetzt zu transferieren, wenn ihr am Ende der Saison mit ihm ein Riesengeschäft machen könnt. Mit anderen Worten, Utah hält euch zum Narren.«

Tyson faltete die Hände und hielt ihrem Blick stand. Jillian war eine kühne Verhandlerin, doch der Geschäftsführer der Vipers war schon lange im Geschäft. »Das ist gut möglich.«

Jillian schlug die Beine übereinander und beugte sich vor. »Warum es dann überhaupt in Erwägung ziehen? Ihr Team braucht jetzt mehr als zuvor Führung, und Nick ist einer der wenigen, der das leistet. Die einzige mögliche Erklärung dafür, die einen Sinn ergibt, lautet, dass Sie dem Druck des Besitzers nachgeben müssen, da seine Tochter ihren Verlobten schützen will.«

Für diesen Schlag erhielt sie als Erwiderung einen versteinerten Blick.

Jillian zuckte mit den Schultern. »Ich hätte gedacht, dass Sie mehr Würde haben, als dass Sie die Aussichten und Finanzen

Ihrer Mannschaft wegen der Launen eines zwanzigjährigen Partygirls aufs Spiel setzen.«

»Unter uns gesagt, nichts davon ist richtig. Das weiß ich. Liakos ist ein Problem. Doch ihn zu verlieren wäre jetzt noch kostspieliger. Ich sitze in der Klemme und muss mit der Zukunft gehen, nicht mit der Vergangenheit.«

»Dann stimmen wir dem Deal zu«, sagte Jillian, während sich Nick die Kehle zuschnürte. »Wenn Sie einen Bonus von fünf Millionen Dollar hinzufügen, um auf die Klausel zu verzichten.«

Tyson atmete laut aus. Selbst Nick verspürte kurz Mitleid für den Mann. Jillian hielt sich kein bisschen zurück, sondern ging direkt an die Halsschlagader. Es war fast zum Fürchten, ihr dabei zuzusehen.

Jillian erhob sich. »Nehmen Sie sich etwas Zeit, um darüber nachzudenken.«

Sie strich mit den Fingern über Nicks Schulter, während sie aus dem Raum schlenderte. Er stand auf, schüttelte Tyson die Hand und folgte ihr zur Tür hinaus, wobei er sich nicht ganz sicher darüber war, was gerade eigentlich geschehen war.

***

»Du bist schrecklich still gewesen«, sagte Jillian, während sie zu ihrem Apartment in der zweiten Etage hinaufgingen.

»Da gibt es nicht viel zu sagen nach diesem Meeting.«

Vielleicht nicht mit Worten, doch die Anspannung, die von seinem Körper abstrahlte, war vielsagend. Sie war sich nicht sicher, ob es an dem Meeting lag oder an der Tatsache, dass sie sich nach dem gemeinsamen Aufwachen in einem Hotelzimmer im Anschluss an eine unglaubliche, zugleich völlig unverantwortliche Nacht vor zwei Wochen nicht wiedergesehen hatten. »Meine Verhandlungsstrategien stören dich.«

Es war einfacher, mit dem Geschäftlichen zu beginnen. Sicherer. Als sie an ihrer Tür ankamen, zog sie die Schlüssel aus der Tasche und sah zu ihm auf, während sie auf eine Antwort wartete.

Er nickte. »Ich verstehe noch immer nicht, warum es so viel List und Manipulation geben muss. Wenn jeder sagen würde, was er meint, dann wäre es verdammt viel einfacher.«

Ein Schauer lief ihr über den Rücken. Bei dem ernsten Blick in seinen Augen war sie sich nicht sicher, ob sie überhaupt noch über das Geschäftliche sprachen. Doch dann wiederum spielte es für einen Mann wie Nick wahrscheinlich gar keine Rolle. Er wurde von Loyalität geleitet, selbst wenn es auf seine eigenen Kosten ging. Er trennte sein Leben und die Arbeit nicht in saubere kleine Kategorien.

Er machte es für sie schwer, das Gleiche zu tun.

Es war schwer, ihm so nahe zu sein, ohne sich daran zu erinnern, wie er ihre Haut entflammt und sie in Ekstase zum Schreien gebracht hatte. Unmöglich, auf die Stoppeln zu blicken, die auf seinen Wangen nachgewachsen waren, ohne sich zwischen seine langen Beine stellen zu wollen. Diese Grenzen mit ihm zu überschreiten, fühlte sich so falsch an, wie es sich richtig angefühlt hatte. Sie hatte danach etwas Abstand gebraucht, um einen klaren Verstand zu bekommen, doch sie war kein bisschen näher daran, irgendeine Strategie zu haben. Irgendeine Antwort. Sie wusste nur, dass sie ihn noch immer wollte. »Das klappt nur, wenn jeder fair spielt.«

»Ich glaube, manche Menschen haben damit größere Probleme als andere.«

Seine Hand lag an ihrem unteren Rücken, als sie die Tür aufdrückte. Eine ritterliche Berührung, die Vertrautheit und Trost vermittelte, doch nur ihr Verlangen anstachelte. Sie schloss die Tür und legte ihm eine Hand in den Nacken, dann zog sie ihn zu sich herab, damit ihre Lippen seinen begegnen konnten. Sie legte jedes Gramm Verlangen, das sie mit Worten nicht auszudrücken vermochte, in diesen Kuss, zog an seinem Reißverschluss, um ihm die Jacke auszuziehen, damit sie mit den Händen über seinen Körper streichen konnte. Er reagierte genauso eindringlich, erwiderte den Kuss und reizte ihre Lippen mit seinem verlangenden Mund.

Wie er sie allein mit seiner Berührung lenkte, machte sie so sehr an, dass sie kaum noch klar denken konnte. Sie wollte nicht einfach genommen werden. Nicht, wenn der große, breite, muskulöse Körper, von dem sie schon seit Jahren phantasiert hatte, unter ihren Fingerspitzen war. Sie musste nehmen. Ihre gierigen Hände glitten unter sein Hemd und fuhren mit den Handflächen über die erhabenen Wellen seiner Bauchmuskeln.

Er biss ihr auf die Unterlippe, so dass sie die Finger einkrallte und mit den Nägeln seine Haut kratzte. Er streichelte ihre Arme vom Handgelenk bis zu den Schultern, dann schob er sie sanft von sich.

Sie sah ihn benommen an.

Seine Mundwinkel verzogen sich zu einem schiefen Lächeln. »Wir sollten Pizza bestellen.«

»Aber …«

»Aber wir haben die ganze Nacht, und ich habe Hunger. Und ich will deine Wohnung sehen.«

»Oh, na gut.« Sie lachte nervös. »Da ist nicht viel zu sehen. Nur eine typische überteuerte Wohnung in New York City.«

Die Einladung in ihre Wohnung war gedacht, um ihn ein bisschen näher an sich heranzulassen. Als echtes Bemühen, nachdem sie ihn praktisch zwei Wochen ignoriert hatte. Doch jetzt, wo er hier war, stand sie wie erstarrt in ihrem Wohnzimmer und fragte sich, ob er jetzt wohl schlechter von ihr denken würde. Wie ihr Büro war ihr Ein-Zimmer-Apartment funktional, gab aber nicht das Bild wieder, das sie von sich geschaffen hatte. Die beigefarbenen Wände und gebrauchten Möbel ihrer Mom repräsentierten Jillian Nichols, die unausgereifte Erwachsene, und nicht Jillian Nichols, die erfolgreiche Agentin.

Sie wollte, dass Nick sie als richtigen Menschen kennenlernte, doch in dieser Branche wurde so viel Geld herumgeworfen und zu offenbaren, dass sie nach fünf Jahren mit ihrer eigenen Agentur noch immer nicht übermäßig erfolgreich war, war in geschäftlicher Hinsicht ein falscher Schritt.

Würde er an ihrer Fähigkeit zweifeln, ihn angemessen vertreten zu können?

»Mir gefällt die Kunst.« Er zeigte auf ein paar gerahmte Schwarzweißdrucke an der Wand. »Sie sind sehr geschmackvoll. Genau wie du.«

Es spielte keine Rolle, ob das ein ehrliches Kompliment war oder nicht. Es gefiel ihr, dass er die eine Sache bemerkte, die sie in der kleinen Wohnung schätzte. »Ich liebe Fotografie. Ich habe sie auf einer örtlichen Kunstmesse in Boston von dem Lohnscheck für die Vertragsverhandlung meines ersten Kunden gekauft.«

»Es ist nett.« Er legte die Hand in ihren Nacken. Sie schloss die Augen und ließ den Kopf nach hinten fallen, schmiegte sich in seine Berührung. Ein rumpelndes Geräusch drang aus seinem Bauch und war so laut, dass sie erschrocken von ihm wegsprang. »Tut mir leid, ich bin hungriger, als ich dachte.«

Sie lachte. »Ich glaube, wir sollten besser jetzt diese Pizza bestellen.« Sie zog eine Speisekarte aus einer Schublade in ihrer Küchennische.

»Keine Chance.« Er zog ihr die Karte aus der Hand und ging zur Couch. »Ich vertraue dir vielleicht meine Karriere an, doch das bedeutet nicht, dass ich dir auch bei meiner Pizzawahl vertraue.«

Sie stellte sich mit verschränkten Armen vor ihn. »Du kannst ruhig machen und dir bestellen, was du willst. Solange es die Deluxe special ist.«

»Zwiebeln haben auf einer Pizza nichts zu suchen.« Er gab ihr die Karte zurück. »Wie wäre es mit der Classic? Speck, Peperoni und Pilze.«

»Na gut.« Sie wählte die Nummer und bestellte eine extra

große Classic und fügte in letzter Sekunde grüne Paprika als Extrabeilage hinzu. »Du kannst sie ja runternehmen«, sagte sie als Erwiderung auf seinen angewiderten Gesichtsausdruck.

Er zog sie neben sich auf die Couch. »Freche Göre.«

»Du solltest inzwischen wissen, dass ich immer einen Weg finde, um das zu bekommen, was ich will.« Sie zog ihre Füße hoch und lehnte sich gegen seine breite Brust, während er die Fernbedienung fand und zum Eishockeykanal schaltete. Es war schon Ewigkeiten her, dass sie mit einem anderen Menschen gekuschelt hatte. Es schien so ein kindisches Wort, doch da war nichts Süßes oder Unschuldiges an der Art, wie sein Daumen unter ihren Rock schlüpfte und kleine Kreise auf ihrem Oberschenkel zog.

»Du hättest mich vor dem Meeting heute warnen können, dass du Tysons zerquetschte Eier in den Händen halten wolltest.«

Sie erstarrte. »Ich hab es nicht gemacht, weil ich wusste, dass es dich stören würde und du versucht hättest, es mir auszureden. Es mag dir gefallen oder nicht, doch so wird dieses Spiel gespielt. Normalerweise würde ich dir nicht einmal von solchen Verhandlungen erzählen, doch ich wollte dich dabeihaben, damit Tyson dir in die Augen blicken muss, wenn er dich wie ein Feigling vor den Bus wirft. Die restlichen Verhandlungen kann ich von jetzt ab alleine führen, wenn es dir lieber ist.«

Mit der Hand strich er jetzt höher an ihrem Bein. »Das ist in Ordnung. Es ist nur ein bisschen komisch, dir zuzusehen, wie du so leichtfertig lügst und manipulierst.«

»Nichts davon ist leicht«, sagte sie abwehrend. »Du bist vor zwei Monaten in mein Büro gekommen und hast das Unmögliche verlangt, und ich tue alles, was ich kann, damit es geschieht, und dazu gehört auch falsches Spiel. Doch es ist alles fair. Jeder in diesem Geschäft kennt die Regeln, doch nicht jeder hat den Mut, sie anzuwenden.«

»Ich weiß, Tiger. Ich sage ja nur, dass es schwer ist, dabei zuzusehen. Einschüchternd. Und das kommt von einem Mann, der täglich Kopf an Kopf mit Einhundert-Kilo-Männern zu tun hat. Doch ich weiß, dass du im wirklichen Leben nicht so bist.«

»Oh ja, keine Sorge. Deine Männlichkeit gerät nicht in Gefahr«, sagte sie kess und versteckte die Zweifel, die in ihr aufkamen. Die Grenzen zwischen ihren verschiedenen Lebensbereichen waren so verschwommen, wer konnte schon sagen, ob sie nicht doch fähig wäre, die Wahrheit zu verdrehen, um ihren Willen zu bekommen? Sie behandelte die Sache zwischen ihnen bereits wie ein schmutziges kleines Geheimnis. Wie lange würde es noch dauern, bis Nick beschließen würde, dass es ein K.-o.-Kriterium zwischen ihnen war? Würde alles übel enden?

Er neigte sie nach hinten, so dass sie auf dem Rücken landete und bedeckte ihren Körper mit seinem. Dann küsste er ihr auf die Nasenspitze. »Du denkst zu viel.«

»Lenkst du mich ab?«

Er kam etwas höher und drückte seine wachsende Erektion zwischen ihre Beine. »Etwa so?«

Sie stöhnte, und er küsste sie. Dabei schob er seine Zunge zwischen ihre Lippen. Sie wollte ihn näher zu sich heranziehen und seine Hüften bewegen, bis sein Schwanz genau dort wäre, wo sie ihn brauchte, doch ihre Hände waren unter seinem Körper eingeklemmt. Sie konnte nur nach dem Bund seiner Jeans greifen und mit wildem Zerren ihr dringendes Bedürfnis zum Ausdruck bringen.

Er wich zurück und sie betete zu Gott, dass er das nur tat, um sich auszuziehen. Stattdessen zeigte er auf eine Stelle an der Wand.

»Was ist das?«

Sie fluchte innerlich, da sie genau wusste, wohin er blickte. Nichts verdarb die Stimmung mehr als eine Diskussion darüber, warum es ein ellbogengroßes Loch in der Wand gab. »Das Ergebnis meines ersten und letzten Versuchs, zu Hause Yoga zu machen. Ich bin noch nicht dazu gekommen, es zu reparieren.«

Unnötig zu erwähnen, dass es seit mehr als zwei Jahren dort war.

Er ließ sie allein und sie fühlte sich seltsam nackt im Bett, während er sich den Schaden aus der Nähe betrachtete. »Ich könnte das für ungefähr zehn Dollar samt einer kurzen Fahrt zum Baumarkt erledigen.«

Sie rollte von der Couch, trat hinter ihn, und schob ihre Hände um seine Taille, um an seinem Reißverschluss herumzuspielen. »Mach dir darüber keine Gedanken. Ich kann mich selbst um meine Wände kümmern.« Sie wollte gar nicht über den miesen Zustand der Wohnung sprechen. Stattdessen wollte sie da fortfahren, wo sie aufgehört hatten.

»Wirklich, das ist kein Problem«, sagte er und ignorierte, wie sie durch den dicken Jeansstoff über seinen Schwanz strich. »Ich bin ein Profi darin. Ich musste es schnell lernen, wegen all der Löcher, die ich in die Wände gemacht habe, als ich als Kind im Keller meinen Schlagschuss geübt habe.«

»Nein, das ist schon in Ordnung. Ich kümmere mich darum.«

Er nahm ihre Hand von seiner Hose und hielt sie fest, während er sich zu ihr umdrehte. »Aber ich möchte das für dich tun. Du machst so viel für mich. Es ist nur eine kleine Sache.«

»Ich tue Dinge für dich, weil ich deine Agentin bin. Du bezahlst mich dafür, Sachen für dich zu machen, nicht umgekehrt.«

»Du hast viel mehr für mich getan als jeder andere Agent, also erzähl mir nicht, dass es nur um Arbeit geht. Da ist mehr zwischen uns als ein verdammter Vertrag.«

Seine Worte trafen sie mit der Wucht eines Windkanals und wehten alle vernünftigen Gedanken mit einem heftigen Schwung davon.

»Und ich biete auch nicht an, das als Klient für dich zu tun. Ich mache das als …« Seine Hand drückte ihre fester, und sie hielt den Atem an, während er zögerte. Dies hier war zu neu, zu unsicher für irgendeine Art von Zuschreibung. Er neigte seinen Kopf tiefer und richtete das ganze Gewicht seines Blicks auf sie. »Als der Mann, der wilden, unglaublichen Sex mit dir haben will.« Sie zuckte zusammen und riss ihre Hand weg.

»Scheiße! Das ist es nicht, was ich sagen wollte.«

»Tatsächlich? Denn es klingt wirklich so, als hättest du vorgeschlagen, mich dafür entschädigen zu wollen, dass du in mein Bett darfst.«

Zorn flammte in seinen Augen und seine Nasenlöcher bebten. »Ich kann einfach nicht glauben, dass du denkst, ich würde so etwas sagen.«

Ihre Schläfen pochten. Wie ist das nur passiert? »Ich weiß, aber …«

»Bemühe dich nicht!« Er griff nach seiner Jacke und stürmte aus dem Apartment, wobei er die Tür hinter sich zuwarf.

18

Nick hatte keine Ahnung, weshalb Floristen Titel wie »Rhapsodie in Rosa« und »Winterzauber« benutzten. Wenn man bedachte, dass verzweifelte, dumme Männer wahrscheinlich den Großteil ihres Kundenstammes ausmachten, wäre es wesentlich einfacher gewesen, wenn sie ihre Produkte »Tut mir leid, dass ich ins Fettnäpfchen getreten bin«-Strauß und »Ich hätte nicht wie ein zorniges Arschloch davonstürmen sollen«-Gebinde nennen würden. Doch auf der anderen Seite war der Streit, in den er mit Jillian geraten war, kompliziert genug. Nur ein Idiot würde annehmen, dass er so einfach mit einem Blumenstrauß zu lösen sein würde.

Er entschied sich schließlich für einen großen Strauß mit weißen Blumen und ein paar gelben und orangen Akzenten. Die offene Frage war, ob er das verdammte Ding zu ihr nach Hause oder ins Büro schicken sollte. Er hatte es offenbar versemmelt, indem er die Grenzen zwischen ihrer Arbeit und ihrem Privatleben verwischt hatte, was bedeutete, dass er diese Entscheidung richtigstellen musste. Das einzige Problem war nur, dass er nicht genau wusste, wo er einen Fehler gemacht hatte.

Er lehnte sich in seinem Lederstuhl zurück und rieb sich mit der Hand über die Wange, noch immer irritiert von dem Gefühl der harten Stoppeln anstelle des Vollbarts, an den er gewöhnt war.

Für einen kurzen Moment hatte er überlegt, das glattrasierte Aussehen beizubehalten, doch abgesehen von der Tatsache, dass er das Gefühl hatte, sein Gesicht sei mit Babydelfinhaut bedeckt, vermutete er, dass Jillian ihn mit Bart vorzog.

Er wollte gerade die Nummer auf dem Display wählen, als die Sprechanlage seines Hauseingangs summte. Toll. Was für eine miese Überraschung erwartete ihn heute Abend noch? »Ja, bitte?«

»Die Pizza ist da«, sagte die unmissverständlich weibliche Stimme und schickte eine Flutwelle Adrenalin durch seinen Körper.

Er atmete langsam aus. »Hat sie grüne Paprika?«

»Lässt du mich rein, wenn ich dir zeige, wie man drum herum isst?«

»Ich denke, ich picke sie einfach runter.« Er ließ sie herein und eilte wie ein einsames Hundebaby zum Eingang, um darauf zu warten, das Klappern ihrer Absätze auf dem Hartholz zu hören. Er öffnete die Tür, bevor sie die Gelegenheit zum Anklopfen hatte.

Wie eine Göttin stand sie in seiner Tür, in der einen Hand eine Pizzaschachtel und einen Sechserpack Bier in der anderen. »Kann ich mir deine Vergebung mit Pizza erkaufen?«

»Nein.«

Ihre Gesichtszüge erstarrten, und ihre braunen Augen blieben auf eine Weise erschrocken aufgerissen, dass es ihn an ein neugeborenes Rehkitz erinnerte.

»Du brauchst dir meine Vergebung nicht zu erkaufen, aber du musst hereinkommen.« Er wischte die dünne Schicht Schneeflocken von ihrem glatten blonden Haar, bevor er sie von der Pizza und dem Bier befreite. Er war viel zu wütend gewesen, als er aus ihrem Apartment gestürmt war, um sich über den in seinem Magen nagenden Hunger Gedanken zu machen, doch selbst wenn er noch nicht alle Gründe vergessen hätte, weshalb er wütend war, so war er doch ein Mann, der von seinen Grundbedürfnissen gelenkt wurde. Es war ihm wichtiger, seinem Magen etwas Gutes zu tun, als seinem Stolz.

»Doch, das muss ich.« Sie zog Jacke und Stiefel aus und folgte ihm in die Küche. Es störte ihn, dass ihrer Stimme die übliche Selbstsicherheit fehlte. Es störte ihn mehr, da er der Grund dafür war. »Weißt du eigentlich, wie oft mir vorgeworfen wird, dass ich mich an die Spitze dieser Branche geschlafen habe?«

Er erstarrte. »Ich …«

»Ich weiß. Du hast das nicht gemeint oder auch nur andeuten wollen. Und ich hatte kein Recht, anzunehmen, dass es so wäre. Es ist nur so, dass ich so sehr daran gewöhnt bin, es zu hören, dass mir die Abwehrreaktion fast schon in Fleisch und Blut übergegangen ist.«

»Wenn dir das noch mal jemand sagt, dann werde ich ihm in den Arsch treten.«

Sie legte ihre Hand auf seine Brust. »Ich bin über die Jahre gut damit klargekommen und werde es weiterhin tun, doch ich wollte, dass du verstehst, warum es für mich schwer ist, mit dir diese Grenze zu überschreiten. Es ist nichts, was ich leichtfertig tue.«

»Damit sagst du also, dass ich eigentlich etwas ganz schön verdammt Besonderes bin, was?«

Sie zu necken half ihm, die Spannung in sich zu lösen. Er hatte nicht damit gerechnet, dass sich ihre Lippen zu einem verschlagenen Lächeln verziehen und ihre Finger sich in die Baumwolle seines Shirts krallen würden. »Ja, das bist du.«

Das Verlangen drängte das Blut aus seinem Gehirn und direkt in seinen Schwanz. Es war brutal schwer, den Drang zu bekämpfen, sie sofort auszuziehen, doch da war noch etwas Schweres, was sie durchgehen mussten, und er hatte bereits genug Lebenserfahrung, um zu wissen, dass es das nie wert war, die schweren Teile zu überspringen. »Und du bist selbst etwas ziemlich verdammt Besonderes. Ich werde mich nicht damit zufriedengeben, der Mann zu sein, den du anrufst, wenn du dich einsam fühlst. Ich will der Mann sein, der dich zum Abendessen ausführt und dein kaputtes Apartment repariert und dich zum Lachen bringt und alles andere. Und ich will, dass du die Frau an meiner Seite bist, wenn ich zu der dummen Geburtstagsfeier für meinen erwachsenen Kindskopf von einem Freund gehe. Ich will, dass du die Person bist, die ich küsse, wenn ich schließlich den Stanley Cup halte. Die Person, für die sich der ganze Blödsinn und Stress lohnt.«

Sie schluckte sichtlich, und für einen Moment glaubte er, dass er zu weit gegangen war. »Ich werde mit dir zu Lukes Party gehen. Und du kannst verdammt noch mal drauf wetten, dass ich dabei sein werde, wenn du den Stanley Cup holst«, sagte sie mit jener Art von Überzeugung, die beängstigend sein würde, wenn sie nicht auf seiner Seite wäre. »Doch es ist für mich nicht leicht, Hilfe zu akzeptieren. Meine ganze Karriere hat damit zu tun, sich um die Bedürfnisse anderer Leute zu kümmern. Ich will nicht, dass du schlecht von mir denkst, weil ich mein Leben nicht vollständig im Griff habe.«

Er nahm ihr Gesicht in die Hände. »Ich bin nicht so dumm, um dich zu unterschätzen. Wenn ich annehmen würde, dass die Unkenntnis darüber, wie man eine Wand neu verputzt, irgendeine Bedeutung für deine Fähigkeiten hätte, einen Multimillionen-Dollar-Vertrag zu verhandeln, dann hätte ich dich überhaupt nicht danach gefragt, meine Agentin zu werden.«

Sie schenkte ihm die Art warmes Lächeln, bei der er sich wie ein Superheld fühlte, die Art, die er am liebsten in einem Gemälde festhalten wollte, doch stattdessen machte er sich daran, es mit einem Kuss einzufangen. Er beließ ihn züchtig und wich zurück, bevor ihre süchtigmachenden Lippen ihn all die wichtigen Dinge vergessen lassen würden, die er noch sagen musste.

»Ich weiß jetzt, dass du viel von dir für diesen Job gibst. Ich bitte dich nicht darum, damit aufzuhören, doch ich bitte dich darum, mich ein wenig weiter hineinzulassen.«

»Wie wäre es, wenn ich dich die Wand reparieren lasse und du es mir dabei gleich beibringst?«

»Damit kann ich leben, doch im Austausch möchte ich eine freie Frage. Kein Verrücktwerden oder voreilige Schlüsse ziehen!«

Sie kniff die Augen zusammen. »In Ordnung.«

»Soll ich noch immer die Entschuldigungsblumen kaufen, und wenn ja, welche Sorte?«

Sie warf den Kopf zurück und lachte. »Nicht nötig, aber fürs Protokoll: Es sind Gardenien. Weiße Gardenien.«

»Ist vermerkt.« Er nahm ein paar Teller, zu hungrig für ein weiteres Gespräch, und führte sie zur Couch. Dann schaufelte er eine unanständige Menge lauwarmer Pizza in sich hinein, während Jillian ihm eine Zusammenfassung ihrer Sicht zu dem Treffen am Nachmittag mit Tyson gab. Sie schien über alles so gefasst zu sein und bestätigte ihn darin, dass er den Regeln nur noch ein wenig länger folgen musste und die Vertragsverlängerung mit den Vipers am Ende der Saison würde eine gemachte Sache sein. Er hatte nicht dieselbe Überzeugung, doch ihr absolutes Selbstvertrauen in ihre Fähigkeit, die Sache zu regeln, war verdammt sexy.

»Hast du gehört, was ich gerade gesagt habe?«

»Du sagtest, du wolltest dein Shirt ausziehen.«

Sie lachte. »Das habe ich nicht gesagt.«

»Na gut. Ich bin gerade abgelenkt gewesen, weil ich mir vorgestellt habe, wie du dein Shirt ausziehst.« Er zerrte sie auf seinen Schoß und zog ihr die Seidenbluse über den Kopf. »Viel besser.«

Er fuhr mit den Händen über ihren Brustkorb und stoppte kurz unter den Körbchen ihres BHs und küsste die zarte Haut an ihrem Sternum. Ihre Nippel drückten gegen die durchsichtige weiße Spitze, und sie stöhnte und bäumte sich ihm entgegen. Er legte den Mund an die sanfte Erhebung ihrer Brust und fuhr mit der Zunge über ihre Haut.

»Dein Mund ist umwerfend.«

»Sag mir, wo du ihn noch haben willst.«

Ihr scharfes Einatmen ließ seinen Schwanz lebendig werden. »Überall.«

Er blies gegen die feuchte Spur, die er auf ihrer Haut hinterlassen hatte, und ergriff ihren Körper fester, um den Schauer auf ihrem Rücken zu spüren. »Nicht gut genug, Tiger. Wenn du es willst, dann musst du es sagen.« Er fuhr mit dem Daumen zu ihrem Nippel und kreiste über die Spitze. »Hier?«

»Ja«, stöhnte sie zwischen tiefen Atemzügen.

Er zog ein Körbchen nach unten, um die feste rosa Perle freizulegen, und ließ seine Zunge darüber schnellen, wobei er die Berührung leicht genug hielt, um sie damit verrückt zu machen. Ihre Finger krallten sich in sein Haar und baten stumm um mehr, ohne es jedoch zu verlangen. Noch nicht. Er wollte sie von Verlangen überwältigt und hemmungslos. Dass sie nichts mehr vor ihm zurückhielt.

»Wie steht es hiermit?« Er strich ihre Unterlippe entlang, zwang ihren Mund auf eine Weise dazu, sich so zu öffnen, dass es unmöglich war, an etwas anderes zu denken als daran, wie es sich anfühlen würde, seinen Schwanz hineinzuschieben und ihre warme, feuchte Hitze zu spüren.

Sie biss ihm auf den Daumen und nickte, drückte ihre Hüften kreisend gegen seine. Sein Atem ging jetzt schneller, genau wie ihrer. Er ergriff sie im Nacken und zog sie für einen intensiven Kuss zu sich heran, wobei er jeden möglichen Zweifel daran auslöschte, wie sehr er sie wollte. Ihren Körper, ihren Verstand, ihr Herz.

Sie verstärkte ihren Griff in seinem Haar und fügte etwas Schmerz hinzu, der sich mehr wie Lust anfühlte. Ihre unerwartete Aggression stachelte seine Erregung an, bis sein Schwanz schmerzhaft hart gegen seine einengende Jeans drückte, so nah an der feuchten weißen Spitze zwischen ihren Schenkeln, die dank des wilden Kreisens ihrer Hüften, das den Rock nach oben rutschen ließ, freigelegt war. Er strich mit festem Druck gegen ihre Hitze. Sie unterbrach den Kuss, um den Kopf nach hinten zu werfen und zu stöhnen. Als er bemerkte, wie sie sich gegen seine Hand drückte und gierig nach Erleichterung suchte, entzündete sich in ihm ein Feuer des Verlangens. »Ist es hier, wo du meinen Mund willst, Süße?«

Sie schüttelte den Kopf, die Augen fest geschlossen.

»Nein?«

»Da will ich deinen Schwanz«, würgte sie mit schmerzhaft gepresster Stimme hervor.

Seine Kontrolle zerriss wie ein überdehntes Gummiband. Er schob seine Hüften nach oben und trieb seine Erektion an die Stelle, wo sie sie am meisten wollte. Ihr Atem kam in schweren Stößen, und er wusste, dass sie kurz davor war. »Nicht hier, Babe. Oben.«

Sie wimmerte, als würde das Aufhören weh tun. Er stand auf und legte sich ihre Beine um die Taille. Er bedauerte, dass er nicht überall in seiner Wohnung Kondome wie kleine Ostereier verteilt hatte, aber nicht deshalb, weil es schwer war, sie die Treppe hinaufzutragen. Ihr Körper war so zierlich verglichen mit seinem, dass er sie mit einem Arm hochheben konnte. Es war, weil er so noch länger warten musste – auch wenn es nur eine Minute war –, bevor er in ihrer süßen Hitze versinken konnte, die ihn so verrückt machte.

Er setzte sie in der Mitte seines Bettes ab und riss ihr mit einer einzigen Bewegung den Rock und die Unterwäsche herunter. Das schwache Licht der Stadt, das durchs Fenster schien, verlieh ihrer blassen Haut einen bläulichen Schimmer. Trotz des Blutstroms, der in seinen begierigen Schwanz hineinraste, nahm er sich eine Sekunde, um ihren BH aufzuhaken und sie zu bewundern. Sein Herz taumelte von einem seltsamen, verdrehten Gefühl. Wenn er nicht so ein junger Hitzkopf gewesen wäre, dann hätte er vielleicht schon vor neun Jahren die Chance gehabt, ihr süchtig machendes inneres Feuer und ihre zarte Haut zu erleben. Hätte jede einzelne süße Sommersprosse an ihren Schultern Millionen Mal kosten können.

Doch das konnte er jetzt nicht ändern. Jetzt konnte er nur versuchen, es diesmal nicht zu verderben und zu hoffen, dass sie sich endlich für ihn öffnen würde.

»Wegen dir werde ich langsam schüchtern«, flüsterte sie und zog die Knie an die Brust.

»Ich brauchte nur einen Moment, um deinen Anblick zu verinnerlichen. Du bist so schön.«

»Sagt der Superstar von einem Sportler mit dem göttergleichen Körper.«

Er ergriff sie an den Knöcheln und zog sie an die Bettkante, bis sie wieder flach auf dem Rücken lag. Er stemmte die Hände neben ihren Kopf und beugte sich hinab, bis ihre Münder nur noch ein Flüstern voneinander entfernt waren. »Ich werde dir das Hirn wegvögeln, bis du endlich verstehst, wie unglaublich ich dich finde. Und wenn es Wochen dauert. Monate. Wir kommen nicht eher aus diesem Bett, bevor es dir nicht in die Haut gebrannt worden ist.«

Ihre braunen Augen flackerten. »Lass mich nicht noch länger warten.«

»Ja, Ma'am.« Er zog sich aus und rollte in Rekordzeit ein Kondom über. Ohne zu zögern öffnete sie sich für ihn und ließ ihn in sich einsinken. Ihre enge, feuchte Hitze zerschmetterte ihn fast. Er zog sich zurück und brandete vorwärts, diesmal heftiger. Ihr Mund öffnete sich, wie er es immer tat, wenn sie vom Gefühl überwältigt war. Mit jedem Stoß wurde das zarte, wimmernde Geräusch aus ihrem Hals lauter und verwandelte sich in Ein-Wort-Befehle. Fester. Tiefer. Schneller.

Er gehorchte jedem ihrer Kommandos, bis seine Haut von einer Schweißschicht bedeckt war, während er danach gierte, ihr das zu geben, wonach sie verlangte. Sich auf die einzige Weise um sie zu kümmern, die sie ihm zugestand. Ihr Atem kam in gehetzten Stößen und zeigte, wie kurz sie davor war. Er nahm ihre Brust in den Mund, überhäufte sie mit schnellem Züngeln und legte die Hand an ihre Klit, da er wusste, dass sie das über den Abgrund stoßen würde. Mit einem hemmungslosen Schrei löste sie sich unter ihm auf und zog sich pulsierend enger. Seine eigene Erlösung kam wie eine unaufhaltbare Macht, angetrieben von ihren unersättlichen Fingern, die sich in die Haut auf seinem Rücken gruben und ihn zwangen, sich mit ihr fallenzulassen.

Als das letzte Nachbeben der Ekstase durch seinen Körper gewogt war, drehte er sich auf die Seite, vorsichtig, um sie nicht unter sich zu zerdrücken. Sie drehte sich zu ihm, fast katzenartig, um sich mit einem zufriedenen Seufzer an seine Brust zu kuscheln. Er legte einen Arm um sie und strich über die kleinen Erhebungen ihrer Wirbelsäule. Sie hatte ihm gegenüber eine weitere Schicht abgelegt, doch es war noch nicht genug. Nicht einmal annähernd.

***

Dass Jillian sich aus dem Bett schlich, als Nick eingeschlafen war, um sich in seinem prunkvollen Badezimmer ein Bad einzulassen, rechtfertigte sie vor sich indem sie sich einredete, es sei nur seine Schuld, dass die Innenseiten ihrer Schenkel zu sehr schmerzten, als dass sie einschlafen konnte. Natürlich erinnerte sie ihr übermäßig analytischer Verstand daran, dass sie diejenige gewesen war, die ihn angefleht hatte, sie auf diese Weise zu nehmen. Oder vielleicht war es in Wahrheit auch so, dass sie die Gelegenheit nicht verpassen wollte, sich in der luxuriösen ovalen Wanne mit Düsen verwöhnen zu lassen, als sie ins Badezimmer geschlichen war, um nach einer Ersatzzahnbürste oder Mundwasser zu suchen. Seit sie vor fast zwei Monaten hier die Nacht verbracht hatte, hatte sie nicht mehr die Gelegenheit zu einem anständigen Bad gehabt.

Leider hatte Ben damals nicht gelogen, als er ihr gesagt hatte, dass Nicks persönliche Auswahl an Badeprodukten auf ein Stück Kernseife beschränkt war. Sie hatte sich sein T-Shirt von dort ausgeliehen, wo es auf dem Boden gelegen hatte, und war hinunter in die Hauptetage geschlichen, um etwas Schaumbad mit Orangen-Verbene-Duft aus dem Gästebad zu klauen. Sie hätte sich lieber in den kräftigen, männlichen Duft gelegt, von dem Nicks Baumwollshirt durchtränkt war, doch sie wusste, dass es keinen lebenden Parfümhersteller gab, der diese Art von ursprünglicher Perfektion nachbilden konnte.

Auf dem Weg zurück hatte sie auch ihr Telefon genommen, da sie fand, dass es ein guter Zeitpunkt war, um etwas Arbeit zu erledigen. Nicks Vertragsdetails beanspruchten viel Zeit, und sie musste dafür sorgen, dass sie ihre anderen Klienten nicht vernachlässigte.

Und da traf sie die volle Wahrheit mit ganzer Wucht. Ihr Herz war Nick rettungslos verfallen. Sie hatte einem Abendessen mit seinen Freunden zugestimmt – ein offizielles Outing ihrer Beziehung. Und anstatt sich vor dieser Idee zu fürchten, dachte sie nur daran, dass ihre Haut quälend zu jucken begann, weil sie ihn erst in drei Tagen wiedersehen würde. Was bedeutete, dass sie einen Schritt zurücktreten musste, bis ihr Gehirn verarbeiten konnte, was da gerade geschah. Sich an einen sicheren Platz zurückziehen musste, wo sie es durchdenken konnte. Planen und eine Strategie entwickeln, wie sie sich und Nick vor den unvermeidlichen Konsequenzen schützen konnte.

Fünfzehn Minuten später war sie in einen Berg duftenden Schaums gehüllt und arbeitete sich mit schneller Effizienz durch ihren Posteingang. Es fiel ihr leicht, Probleme zu lösen. Eine perfekt entworfene E-Mail konnte fast jeden Vertragsstreit bereinigen und ein schneller Anruf konnte jedes Ego beruhigen, das einen wichtigen Deal blockierte.

Doch da war nichts, was sie sagen konnte, um Jaime Chens beständiges Drängen zu befriedigen, dass sie einen Weg finden solle, um mit ihr bei den Sport Fitness Awards zu sein. Sie hatte es ernsthaft versucht, doch es ließ sich kein einziges verfügbares Ticket da draußen finden, und es gab nicht mehr viele Gefallen, die sie einfordern konnte, nachdem sie bereits alle genutzt hatte, um die Stimmen ihrer Kollegen für die Wahl in drei Wochen zu bekommen. Anstatt direkt auf Jaimes Nachfrage zu antworten, teilte sie ihr die Details für die Kleiderprobe mit, die sie mit Genevieve vereinbart hatte, die mehr als bereit dazu war, ein maßgeschneidertes hochwertiges Kleid im Austausch dafür zu entwerfen, dass die berühmte Fußballspielerin die Marke auf ihren Social-Media-Kanälen bewerben würde.

Sie verschickte diese letzte Mail, legte das Telefon auf den Sims und sank nach unten, bis das Wasser an ihren Wangen schwappte und sie endlich richtig entspannen konnte und das Gefühl von Nicks Händen auf ihrem Körper noch einmal durchlebte. Die Bilder und Gefühle waren so lebhaft, dass sie förmlich spüren konnte, wie sich seine große Hand ihren Schenkel hinaufschlängelte, und dann gegen ihre …

»Oh mein Gott!«, schrie sie, setzte sich auf und presste die Beine zusammen.

»Ich weiß nicht, ob du versuchst, meine Hand festzuhalten, wo sie ist, oder ob du sie wegdrängst.«

Sie wischte sich das Wasser aus den Augen und sah Nick auf dem Sims sitzen, der nur seine schwarzen Boxershorts trug, die sich an seine wohlgeformten Schenkel schmiegten, dazu einen erneuerten Anflug von Verlangen im Gesicht.

Als Antwort öffnete sie erneut die Beine.

»Du solltest mir jetzt vielleicht sagen, ob du mich nur wegen meiner Badewanne ausnutzt.«

»Die in meiner Wohnung hat nicht dieselben Vorzüge.« Das letzte Wort verzerrte sich zu einem Stöhnen, als er einen Finger in sie schob.

»Bis heute Nacht wusste ich auch nicht, dass meine solche hat.«

Sie schloss die Augen und schmolz ihm entgegen, feucht und bereit, obwohl er sie zuvor am Abend so wund zurückgelassen hatte. Jede langsame, zarte Bewegung brachte sie näher an den Abgrund.

Und dann hörte er auf. Im Nebel der Verwirrung riss sie die Augen auf.

»Dein Telefon klingelt«, sagte er süffisant. »Ich nehme an, du warst zu abgelenkt, um das zu bemerken.«

»Scheiße!« Sie machte sich daran, den Anruf mit ihren feuchten, glitschigen Händen zu beantworten, bevor sie ihn verpasste. »Jaime, hi, was ist los?«

»Vielleicht sollte ich dich das besser fragen. Du klingst, als wärst du ganz außer Atem.«

»Ich habe nur …« Sie war noch nie so spektakulär daran gescheitert, auf Kommando eine Lüge hervorzubringen.

Jaime jubelte auf. »Du hast gerade Sex.«

»Nein!« Nicks dröhnendes Lachen im Hintergrund half ihr kein bisschen.

»Ich weiß, dass ich deine Lieblingsklientin bin, doch ich werde nicht beleidigt sein, wenn du gelegentlich mal einen Anruf von mir ignorierst.«

Verlegenheit schnürte ihr die Kehle zu, so dass sie kaum sprechen konnte. »Es ist gut. Und ich hatte wirklich keinen Sex.« Zumindest nicht im engsten Sinne des Wortes. »Warum rufst du überhaupt an?«

»Du hast meine Frage wegen des Extratickets noch nicht beantwortet, deshalb habe ich dich angerufen, um dir zu sagen, dass deine nicht sonderlich subtile Vermeidungstechnik echt scheiße ist.«

»Ich habe es versucht. Ich schwöre, dass ich alles versucht habe, was ich kann. Da gibt es nichts, was ich mehr wollte, als mit dir beim Sport Fitness Awards zu sein, doch das wird wohl nicht geschehen.«

»Das ist echt scheiße. Du verdienst es, auch dort zu sein, aber was soll's. Ich weiß, du hast es versucht.«

»Es tut mir leid.«

Nick streckte die Hand aus. »Gib mir mal das Telefon!«

Sie war so schockiert wegen seines bizarren Wunsches, dass sie ihn nicht davon abhielt, es ihr aus der Hand zu nehmen.

»Sie wird da sein. Jetzt ruf bitte für die nächsten paar Stunden nicht mehr an, denn Jillian wird sehr beschäftigt sein. Morgen früh auch.« Er legte auf und gab ihr das Telefon zurück. »Ich habe zwei Karten auf dem Küchentisch. Du kannst eine haben.«

Diese letzte Enthüllung nahm ihr den ganzen Wind aus den vor Wut aufgeblähten Segeln.

»Was? Wie?«

»Einer der Agenten, der versucht hatte, mich zur Unterschrift zu überreden, bot sie mir vor ein paar Monaten als Anreiz an. Ich wollte eigentlich nicht hingehen, doch es sieht so aus, als ob sie dann doch ganz hilfreich sind.«

Sie drehte sich, um ihn direkt anzublicken, womit sie etwas Wasser über den Wannenrand spritzte. »Oh mein Gott, das ist unglaublich. Weißt du, wie sehr ich nach einem weiteren Ticket gesucht habe?«

»Nun, du kannst meins haben. Unter einer Bedingung.«

»Was?«

Er bückte sich runter und brachte seine dunkelblauen Augen auf eine Höhe mit ihren. »Du gehst mit mir. Als mein Date.«

Sie schluckte hörbar, und der Widerstand sammelte sich in ihrer Kehle. Doch etwas anderes rührte sich in ihr, mächtiger als ihr Zweifel und ihre Sorge. Es war die Wärme in ihrer Brust und die Leichtigkeit, die sich in ihr ausbreitete bei dem Gedanken, seine Hilfe anzunehmen.

Zu erlauben, dass er ihr Ritter in glänzender Rüstung war. »Okay.«

»Ja? Du meinst es wirklich? Ein echtes Date in der Öffentlichkeit?«

Sie konnte in diesem Moment nicht anders, als über seine jungenhafte Unschuld zu lächeln. »Ja. Ich mache es.«

19

Die Werbeanzeige von *Primal Man*-Parfüm war raus. Wenn Nick nicht das riesige Plakat auf dem Weg zum Stadion gesehen hätte, dann war die unnatürlich große Menge an Autogrammjägern nach dem Spiel des vergangenen Abends Hinweis genug gewesen. Er erkannte sich fast selbst nicht auf dem übergroßen Schwarz-Weiß-Foto mit dem maßgeschneiderten Anzug, zurückgegeltem Haar und babyweichem Kinn, doch er hätte die Frau, deren Lippen an seinem Hals waren, überall erkannt. Ihr Haar war dunkler gemacht worden und ihre Gesichtszüge waren auf dem Bild nicht zu sehen, doch die elegante Neigung ihres Rückens war unverwechselbar.

Verdammt, allein an dem begehrenden Ausdruck in seinen Augen hätte er erkannt, dass es Jillian war.

Die Werbung, zusammen mit der Tatsache, dass er gerade zum bestbewerteten offensiven Verteidiger in der NHL erklärt worden war und noch immer ein Vipers-Trikot trug, nachdem die Deadline der Wintertransferperiode letzte Nacht verstrichen war, hätten ein Grund zum Feiern sein sollen. Stattdessen fühlte es sich wie ein vorläufiger Hinrichtungsaufschub an.

Obwohl er eine weitere Chance bekam, um mit einer talentierten Mannschaft auf dem Weg zum Cup zu marschieren, war die Stimmung in der Umkleidekabine so giftig geworden, dass er zu zweifeln begann, ob es die Vipers überhaupt bis zu den Play-offs schaffen würden. Für den Augenblick konzentrierte er sich darauf, der beste verdammte Verteidiger der Liga in der dritten Reihe zu werden und sich aus allem Scheiß herauszuhalten, mit dem Liakos um sich warf, doch das war schwerer, als es sich anhörte. Beim Training an diesem Morgen war ein Streit ausgebrochen, weil Liakos nach dem Spiel am Vorabend die Freundin eines Teamkollegen angebaggert hatte. Es machte Nick fertig, nicht einzuspringen und den Streit aufzulösen, doch Coach Phillips beendete ihn, bevor es zum Schlagabtausch kam.

Langsam fühlte es sich so an, als würde er wieder für viele Mannschaften eine sehr interessante Option sein. Für alle außer den Vipers. Und solange Liakos weiter eine offensive Bedrohung darstellte, würde einer von ihnen zum Ende der Saison gehen müssen.

Jillian hatte ihm letzte Nacht eine SMS geschickt, um ihn darüber zu informieren, dass Utah Annikov nicht übernommen hatte, wie sie es erhofft hatte, so dass Nick für einen Transfer gefährdeter war als zuvor. Bis zu diesem Moment hatte er nicht einmal daran gedacht, dass sie auch versagen könnte.

Doch heute Abend war Lukes Geburtstag – Nicks erstes Date mit Jillian als richtiges Paar –, und er würde die nächsten paar Stunden nicht über Eishockey nachdenken. Er duschte schnell, nahm seine Schlüssel und ging zur Tiefgarage unter seinem Gebäude.

Das Verlangen, Jillian erneut zu sehen, ließ ihn geradezu zu seinem Auto joggen, doch dieser Schwung wurde unterbrochen, als er einen ihm unbekannten Mann erblickte, der an der Fahrerseite seines Autos herumstand.

Der Mann trat aus dem Schatten in den schwachen Lichtstreifen, als Nick näher kam. Es war nicht das erste Mal, dass ein übereifriger Anhänger sich an der Security des Hauses vorbeigeschlichen hatte, doch dieser Kerl wirkte nicht wie ein Fan. Da war kein begeistertes Strahlen, als sich ihre Blicke begegneten. Er war älter, ging wahrscheinlich auf die sechzig zu, hatte rötliche Wangen und einen grauen Anzug, der maßgeschneidert war, um seinen großen Bauch zu fassen.

»Mr Salinger, es freut mich, Sie kennenzulernen«, sagte der Mann und schien von Nicks durchdringendem Blick unbeeindruckt.

»Gibt es einen Grund, weshalb Sie wie ein schlechter Krimineller an meinem Auto herumlungern?«

»Ja, und es ist einer, von dem ich wette, dass Sie mehr als interessiert daran sein werden, ihn zu hören. Ich bin Lou Parsons.«

Nick spannte seine Schultern an. »Dann liegen Sie falsch. Ich habe bereits eine Agentin.«

Er trat vor, wobei er jeden Zentimeter seiner einschüchternden Größe nutzte, um Parsons stumm aufzufordern, ihm aus dem Weg zu gehen, doch der Mann rührte sich nicht. »Jillian Nichols. Das weiß ich. Ich habe sie betreut. Ich habe ihr alles beigebracht, was sie weiß. Deshalb weiß ich auch, dass ihre Strategie, Sie in New York zu behalten, scheitern wird.«

»Ich bin trotzdem nicht interessiert.«

»Ich bin nicht hier, um Sie abzuwerben. Ich bin hier aus professioneller Gefälligkeit. Nichols wird Ihre Karriere ruinieren, und ich kann Ihnen auch den Grund dafür nennen.«

Nick zögerte, allerdings nicht, weil er hören wollte, was Parsons ihm zu sagen hatte, sondern weil er das Bedürfnis unterdrücken musste, ihm seine geballte Faust in das Gesicht zu schlagen, bevor er noch näher kam. Parsons wirkte wie die Sorte Blutsauger, die mit einer Anzeige drohen würde, wenn Nick ihn auf die falsche Weise anhauchte.

»Ich weiß, dass Sie bei den Vipers bleiben wollen, doch Sie als das neue Sexsymbol zu verkaufen, wird nichts weiter bringen, als Jillian dabei zu helfen, ihre Marke aufzubauen. Wir wissen beide, dass es im Eishockey nicht um feine Parfüms oder Werbeauftritte geht. Es geht darum, den verdammten Stanley Cup zu gewinnen. Nichts anderes. Doch Jillian wird haufenweise Geld machen, wenn Sie bei den Blizzards unterschreiben. Sie gewinnt, was immer auch geschieht. Es spielt keine Rolle, ob Sie dabei verlieren.«

»Das reicht jetzt«, knurrte Nick.

»Ich kann helfen. Allan Tyson ist ein alter Freund, der mir einen Riesengefallen schuldet. Ich kann absolut dafür garantieren, dass er Ihren Vertrag zum Jahresende verlängert.« Parsons zog eine Visitenkarte aus der Tasche und reichte sie Nick. »Und vergessen Sie nicht, ich habe auch die Macht, dass das Gegenteil geschieht. Sie müssen entscheiden, wen Sie wirklich auf Ihrer Seite haben wollen.«

Zorn wirbelte in ihm wie ein aufkommender Sturm. Wenn Parsons nicht in diesem Moment abgezogen wäre, wären die Dinge wesentlich weniger friedlich ausgegangen. Nick warf die Karte auf den Boden, ohne sie auch nur anzusehen, dann stieg er in sein Auto.

Parsons war die schlimmste Sorte Agent da draußen. Betrügerisch, unehrlich und dreckig. Einer, der in diesem Business ein Riesengeschäft machte, indem er den Sportlern die unrealistischen Versprechungen machte, die sie hören wollten. Und am meisten ärgerte Nick, dass ein kleiner dummer Teil von ihm wirklich glaubte, was dieses Arschloch zu sagen hatte.

***

»Müssen wir über deine geheime Phobie vor Geburtstagen reden? Denn ich habe das Gefühl, als ob das etwas ist, über das ich Bescheid wissen müsste, als deine Agentin und als deine …« Jillian zögerte für einen Sekundenbruchteil.

»Meine Freundin«, warf Nick ein, ohne den Blick von der Straße zu nehmen. »Meine umwerfende, unglaubliche, brillante Freundin.«

»Freundin«, wiederholte sie flüsternd, und ein warmes Kitzeln schoss ihr wie ein Feuerwerk durch den Bauch. Es überraschte sie noch immer, wie er überhaupt keine Hemmungen oder Unsicherheiten dabei zu verspüren schien, unumwunden zu erklären, was er wollte. Doch gerade jetzt wirkte er ungewöhnlich barsch, was ihren Nerven kein bisschen half. Vor langer Zeit hatte sie gelernt, sich nicht darum zu kümmern, was andere Menschen von ihr dachten, doch das hier waren Nicks Freunde. Was, wenn sie sie nicht mögen würden? Ihr Magen verkrampfte sich unangenehm, während sie sich fragte, ob er ebenfalls darüber besorgt war. »Richtig. Also wirst du mir vielleicht erzählen, warum du jetzt gerade angespannt bist wie ein eingesperrter Löwe?«

Er nahm eine Hand vom Lenkrad und legte sie auf ihr Knie. »Weil mich deine Beine verrückt machen in diesen sexy kurzen Röcken, und es bringt mich geradezu um, dass ich warten muss, bis ich dich wieder nackt haben kann.«

Sie wusste, dass er der Frage ausgewichen war, doch eine heiße Welle durchfuhr sie und erfüllte das Auto mit ausreichend Hitze, um ihre Gedanken zu ersticken. Er rieb mit seinem Daumen in kleinen Kreisen über die raue Haut an der Außenseite ihres Knies. Bis zu diesem Moment hatte sie nicht geahnt, wie erogen dieser Punkt war. »Wenn du willst, dass ich einen guten Eindruck auf deine Freunde mache, dann ist es wahrscheinlich nicht so clever, mich so anzumachen. Ich werde den ganzen Abend nicht in der Lage sein, mich auf irgendwas zu konzentrieren.«

»Es interessiert mich einen Scheiß, was sie oder irgendwer anders über dich denkt.«

Der scharfe Unterton in seiner Stimme überraschte sie. »Das ist vielleicht das Süßeste, was du je zu mir gesagt hast, doch es ändert nichts an der Tatsache, dass ich lieber nicht den ganzen Abend feucht und geil und mit fest zusammengepressten Beinen verbringen möchte, damit ich nicht auf der Stelle explodiere.«

Er warf ihr einen schnellen, lüsternen Blick zu, der mehr als deutlich machte, dass es für ihn absolut in Ordnung war, sie so zu quälen.

Sie beugte sich vor und strich über den Reißverschluss seiner Jeans. Er richtete sich auf, als wäre gerade ein elektrischer Stoß durch ihn gefahren. »Verdammt, Frau, versuchst du, mich umzubringen?«

»Du solltest inzwischen wissen, dass ich genauso schmutzig sein kann wie du.« Sie rieb ihn noch ein paar Mal, bis sich seine Erektion gegen die Hose spannte. Er erfasste ihre Hand und hielt sie für den Rest der Fahrt zu Lukes Wohnung auf der Mittelkonsole gefangen. Er schaffte es sogar, mit einer Hand rückwärts in eine enge Lücke einzuparken, was Jillian selbst mit beiden Händen nicht einmal im Traum versucht hätte.

Sie schafften es, während der kurzen Fahrstuhlfahrt hinauf zum Penthouse die Hände voneinander zu lassen, hauptsächlich deshalb, weil Nick zwei Flaschen Wein trug und sie die Arme voll hatte mit dem gerahmten Satz Vintage-Eishockeykarten, die sie Luke als Geburtstagsgeschenk gekauft hatte, obwohl Nick darauf bestanden hatte, dass es unnötig sei.

Luke begrüßte sie an der Tür in einem T-Shirt mit einem Foto von sich als engelhaftem kleinem Jungen mit Geburtstagshut auf dem weißblonden Haar und einem Gesicht voller Schokoladenkuchen. Über dem Foto standen die Worte »Küss mich, ich habe Geburtstag«. »Willkommen auf meiner Party«, sagte er mit schmerzhaft erzwungenem Enthusiasmus, während er sie in sein Apartment führte.

»Es sieht so aus, als hätte sich hier ein Partyladen übergeben«, flüsterte Nick. Jillian klatschte ihm leicht gegen die Brust, musste ihm aber recht geben, dass all die Girlanden, Luftballons und Banner eine Spur zu viel waren.

Luke nahm ihr das Geschenk ab und nickte mit dem Kopf zum Torhüter der Vipers, der gerade ein Bier auf dem schwarzen Ledersofa trank. »Ich glaube, du kennst Mike bereits.«

»Wir haben uns schon einmal gesehen«, sagte sie lächelnd.

»Meine Schwester Claire ist in der Küche und macht dieses ganze Getöse, und das Mädel hier ist Abby, ihre beste Freundin.«

Die Frau, auf die Luke zeigte, war kaum ein Mädchen, doch ihr langes braunes Haar, die dunkle Kleidung und ihre schwarzgerahmte Brille wiesen darauf hin, dass sie daran gewöhnt war, sich einzufügen und nicht aufzufallen. Die Tatsache, dass sie überrascht darüber schien, dass sie überhaupt irgendjemand bemerkte, während sie zwei riesigen, identischen, zotteligen Hunden den Bauch kraulte, verfestigte Jillians Eindruck von ihr als einem Mauerblümchen.

»Freut mich, dich kennenzulernen«, sagte sie und streckte die Hand aus.

»Hi.« Trotz ihrer Schüchternheit hatte Abby einen festen, selbstsicheren Händedruck.

Luke zerzauste ihr das Haar, als wäre sie ein Kleinkind. »Ernsthafte Warnung: Fang bloß kein Gespräch mit Abby an, wenn du dich nicht dumm fühlen willst. Sie zieht im Herbst nach New York, um ihren Doktor in Biologie zu machen.«

Sie errötete. »Eigentlich in Biochemie.« Was Luke nicht mehr hörte. Er hatte sich bereits abgelenkt, indem er die zwei Hunde in eines der Schlafzimmer schickte.

»Das ist toll«, sagte Jillian und fragte sich, ob Luke irgendeine Ahnung hatte, wie sehr er das arme Ding gekränkt hatte. Oder ob er bemerkt hatte, wie Abby bei seiner Berührung die Augen wie Untertassen aufgerissen hatte. »Worüber willst du deine Doktorarbeit schreiben?«

Mit erleichtertem Ausdruck erging sich Abby in einer Beschreibung von Zellwachstum, die Jillian nicht einmal im Ansatz verstand. Sie lächelte und nickte immerzu und nahm der jungen Frau ihre Befangenheit, während Nick auf die Couch neben Mike ging und Luke ein paar Bier aus dem kleinen Barkühlschrank neben dem Fernseher nahm.

Eine blonde Frau mit denselben blassblauen Augen und breitem Mund wie Luke kam mit einem riesigen Teller voll Miniquiches durch die Küchentür geplatzt. »Appetizer für jemanden?« Sie stellte den Teller auf den Couchtisch und gab

Jillian eine bequeme Ausrede, um sich aus dem Gespräch mit Abby zu lösen.

Es war nicht gerade die konventionellste Party, auf der Jillian je gewesen war, doch es war auch nicht die schlimmste. Nick mit seinen Kumpels in seinem Element zu sehen, war eine nette Abwechslung. Es gelang ihm, sich mit Luke und Mike zu entspannen, und sie lachten und führten ein zwangloses Gespräch. Am wichtigsten war, dass es niemand zu stören schien, dass sie seine Agentin war. Als Claire, von der sie erfahren hatte, dass sie in Zukunft Kinderpartys organisieren wollte, die dreistöckige Eishockeytorte hereintrug, bekam sie langsam das Gefühl, als würden ihre Sorgen darüber, mit Nick auszugehen, nur in ihrem Kopf existieren.

»Okay, Zeit für Geschenke«, kündigte Claire an, nachdem sie jedem ein Stück Kuchen gegeben hatte.

»Ich habe dir doch gesagt, dass es eine gute Idee war, etwas mitzubringen«, flüsterte Jillian zu Nick, der ihr antwortete, indem er ihr Knie unter dem Tisch drückte.

»Meins zuerst«, sagte Mike.

Luke packte die große rechteckige Schachtel aus und enthüllte eine Tequilaflasche mit einem Schnapsglas obendrauf. »Scheiße, das ist ja noch nicht mal die gute Sorte«, knurrte er.

»Das ist ja auch nicht zum Genießen. Es ist für Shots.« Mike schwenkte die Flasche, goss einen Shot ein und schob das kleine Glas zurück über den Tisch. »Jetzt trink!«

Luke kippte den Schluck hinunter und erschauerte. »Das ist ja schrecklich.«

»Sei nur froh, dass ich dir keine Flasche *Primal Man*-Parfüm besorgt habe, wie ich es ursprünglich vorhatte«, sagte Mike mit einem spöttischen Blick zu Nick.

»*Primal Man* riecht phantastisch.« Abby schlug sich mit der Hand vor den Mund, als die Worte herauskamen und ihre Wangen wurden rot.

Luke goss einen zweiten Shot ein und reichte ihn ihr. »Du bist die Nächste.«

Abby kippte den Shot hinunter, als wäre es ein Gegengift für etwas, das ihr durch die Adern brannte, und reichte dann das Glas an Claire. Luke packte die restlichen Geschenke aus, während die Flasche auf dem Tisch herumging. Nick und Mike reichten sie weiter, da sie beide noch fahren mussten, und brachten Jillian in eine Zwickmühle, als die Reihe an ihr war.

»Ich muss noch mein Weinglas austrinken«, sagte sie kleinlaut.

Nick stieß sie unter dem Tisch mit seinem Knie an. »Bist du besorgt, dass du wie ein Erstsemester beim Spring Break auf dem Tisch tanzen wirst?«

Sie zog eine Braue nach oben und hob das Schnappsglas. »Ich bin auf jeden Fall trinkfest.« Sie kippte die ekelhafte Flüssigkeit runter und schob das Glas zurück zu Luke. Die Alkoholmischung stieg ihr direkt zu Kopf und verzerrte die Ränder ihrer Wahrnehmung.

»Mein Geschenk als nächstes«, sagte Claire und reichte Luke eine riesige Schachtel, die mit Schleifen und geringelten Bändern eingewickelt war.

»Du hättest mir gar nichts schenken brauchen.«

»Doch, das wollten wir. Es ist supernett von dir, dass Abby und ich bei dir bleiben dürfen, während sie nach einer Unterkunft für nächsten Herbst suchen kann.«

In dem Karton waren alle möglichen Hundeleckerlis und -spielsachen, die man sich nur denken konnte. Luke zog ein hässliches Gummispielzeug heraus und untersuchte es. »Das ist großartig, Schwester. Danke! Und dir auch, Abby.«

Er drückte auf das Spielzeug, das ein helles Quietschen von sich gab, und die Hunde heulten sofort im anderen Raum los.

»Sie sind wahrscheinlich hungrig. Ich gehe mal und füttere sie«, sagte Abby.

»Also, wie ist das so als Sportagentin?«, sagte Claire zu Jillian. »Machen es dir diese Jungs schwer?«

»Diese Jungs? Nein. Aber manche schon. Das ist Teil des Jobs«, antwortete Jillian beiläufig. Sie hatte sich schon gedacht, dass das Gespräch sich irgendwann in diese Richtung bewegen würde. Die meisten Leute waren einfach fasziniert von einer Frau in ihrer Branche.

»Was ist der größte Deal, den du je verhandelt hast?«

Sie blickte sofort rüber zu Nick. »Normalerweise mag ich es nicht, über Dollarzahlen zu reden, doch Nick ist sicher der bekannteste Klient auf meiner Liste.«

»Ich habe gehört, dass Utah ihr Angebot für dich auf fast acht Millionen erhöht haben«, sagte Claire und richtete ihre Aufmerksamkeit auf Nick. »Wartest du auf ein besseres Angebot? Du würdest es total verdienen. Ich persönlich finde es ja verrückt, dass Phillips dich in der dritten Reihe spielen lässt. Es ist fast so, als wollten die Vipers es gar nicht bis zu den Playoffs schaffen. Ich würde es dir nicht vorwerfen, woanders zu suchen.«

»Claire«, schimpfte Luke, »lass es!«

»Tut mir leid.« Sie wand sich. »Ich bin ein bisschen neugierig.«

»Das ist okay. Das ist eine Frage, die viele Fans von Nick haben«, sagte Jillian, doch der Schaden war schon angerichtet. Die schlechte Laune war bei Nick zurückgekehrt. Er war so reglos wie eine Statue, doch das Heben seiner Brust war bei jedem Atemzug sichtbar, und der Raum schien das Gewicht seines Brütens zu spüren. Sie nahm das Kauspielzeug auf, das Luke auf dem Tisch neben ihr zurückgelassen hatte, und drückte es vor Nick in der Hoffnung, ihn aus seiner Reserve zu locken.

Aus der Küche kam ein Knall, und Jillian sah nur noch zwei braune Fellbündel auf sich zugeschossen kommen. Ihre Brust fühlte sich an, als wäre sie von einer Rakete getroffen worden.

Ihr Stuhl fiel zurück, und sie schlug mit dem Kopf auf dem Boden auf. Bevor sie noch die Augen öffnen konnte, wischte ihr etwas Warmes und Klebriges über die Wange.

Nick kam an ihre Seite und half ihr vom Boden. »Geht es dir gut?«

Sie blinzelte ein paarmal und sah die zerbrochenen Teller und Schmierspuren von Regenbogenzuckerguss auf allen Oberflächen. »Mir geht es gut.« In Wahrheit würde es ihr erst dann wieder gutgehen, wenn sie herausgefunden hätte, wie sie diese letzten katastrophalen Minuten aus ihrem Leben löschen konnte.

Manchmal spielt es keine Rolle, wie gut die Dinge anfangen. Es zählt nur, wie sie enden. Und das Ende der heutigen Nacht war nichts weniger als kurz vor einer Katastrophe gewesen. Normalerweise war Jillian eine Meisterin darin, höfliche Konversation zu machen und sich in die Umgebung einzufügen, doch heute Abend hatte sie schließlich Lukes Geburtstagsparty zerstört und Nick verärgert.

Wobei Nick es niemals zugegeben hätte, dass er wütend auf sie war. Mit den wenigen Worten, die sie während der Fahrt zurück zu seiner Wohnung aus ihm herausbekommen konnte, hatte er angegeben, dass er nur wütend darüber war, dass Luke seine Hunde nicht besser weggeschlossen hatte. Doch die weißen Knöchel seiner Hände beim Halten des Lenkrads waren nicht gerade beruhigend.

Als sie auf seinem Parkplatz ankamen, hatte sie genug davon, mit Schweigen bestraft zu werden. »Überlegst du es dir gerade noch einmal, weiter mit deiner Agentin auszugehen? Denn wenn dem so ist, dann würde ich lieber früher als später darüber reden.«

Er stellte den Motor ab. »Wie oft muss ich dir noch sagen, dass ich verrückt nach dir bin? Ich bin nicht nur aus Jux und Tollerei in dieser Beziehung, und ich werde es sicher nicht wegen einer ruinierten Party beenden. Verdammt, die ganze Sache war irgendwie witzig.«

Sie atmete langsam aus, überwältigt davon, wie er ohne Hemmung oder Zweifel sprach. Es war umwerfend. Und trotzdem konnte sie die andauernden Zweifel nicht abschütteln. »Was stört dich dann?«

»Es ist nichts.«

Sie öffnete die Tür und stieg aus dem Auto, zu müde, um den Streit weiter fortzusetzen. Nick war wie ein Ziegelstein, wenn er nicht reden wollte.

»Komm her«, sagte er und erwartete sie mit geöffneten Armen hinter dem Auto.

Sie lehnte sich gegen seine Brust und schmolz in seiner Umarmung.

»Vielleicht mag ich es einfach nicht, dich so oft am Kopf verletzt zu sehen.«

Sie lachte. »Sagt der Typ, der hauptberuflich Eishockey spielt.«

»Du wusstest, dass ich ein Heuchler bin, als du mich kennengelernt hast. Und du weißt auch, dass ich unfähig bin, meine Hände von dir zu lassen, also lass uns nach oben gehen, bevor ich dich ausziehe und dich hier auf der Heckklappe meines Autos nehme.«

Ein Schauer lief ihr über den Rücken. »Das klingt gar nicht so übel.«

Er knabberte an ihrem Ohrläppchen. »Ich habe den Security-Wachen bereits ihren jährlichen Bonus gegeben.«

Er hielt den Arm um ihre Taille gelegt, während er sie zum Fahrstuhl zog, womit er sie vom Hinfallen abhielt, als ihr ein Fuß wegrutschte. Sie bückte sich, um das kleine Stück Papier von ihrem Absatz zu nehmen, und erstarrte.

Es war eine Visitenkarte. Eine mit erhabenen Goldbuchstaben vor einem schwarzen Hintergrund, die sie nur zu gut kannte. Lou Parsons hatte immer schon einen protzigen Geschmack gehabt.

»Alles in Ordnung?«, fragte Nick zögernd.

Ihr Herz dröhnte in ihrer Brust. »Was zum Teufel ist das hier?«

20

Nick hatte bereits einige Male zuvor Jillians Zorn auf sich gezogen, doch dies war das erste Mal, dass er ihr das Gefühl gab, betrogen worden zu sein, und der in ihrem Gesicht eingeätzte Schmerz brachte ihn fast um. »Parsons hat mich vor der Party aufgehalten. Ich sagte ihm, er solle verschwinden und habe seine Visitenkarte weggeworfen. Der einzige Grund, weshalb ich nichts gesagt habe, war, dass ich dich nicht aufregen wollte.«

Sie richtete sich auf und trat einen Schritt zurück, aus seinen Armen heraus. Es war nur ein kleiner Schritt, doch es fühlte sich für ihn an, als würde sie eine kilometerweite Distanz zwischen sie bringen. »Was hat er dir erzählt?«

»Spielt das irgendeine Rolle?«

»Ja, das tut es. Sonst hättest du es wohl nicht als Geheimnis für dich behalten.«

Nick rieb sich mit der Hand über die Wange. Die widerwärtigen Dinge, die Parsons gesagt hatte, waren zu gemein, um wiederholt zu werden, doch jetzt weniger ehrlich zu Jillian zu sein, schien die weniger wünschenswerte Option. »Parsons hat genau die Art von Bullshit erzählt, die du erwartet hast. Dass du ein rücksichtsloses Spiel mit meiner Karriere spielst, und dass ich dich fallen lassen und bei ihm unterschreiben solle, weil er eine Art magischer Freundschaft mit Allan Tyson hätte. Ich habe dir aus dem Grund nicht davon erzählt, weil ich weiß, dass er nur Scheiße labert, und es war das Letzte, über das du kurz vor unserem ersten Date nachdenken solltest.«

»Stattdessen hast du es für dich behalten und mich annehmen lassen, dass ich irgendwie vor deinen Freunden versage und dir die Nacht verderben würde. Dein Plan hätte vielleicht funktioniert, wenn du nicht den ganzen Abend so angespannt gewesen wärst, doch das warst du und das bedeutet, dass ein Teil von dir ihm geglaubt hat.«

»Du sagst, du hast es unter Kontrolle, und ich glaube dir. Da gibt es nichts, um sich Sorgen zu machen. Außerdem haben meine Freunde dich gemocht, und du siehst umwerfend aus mit Regenbogenglasur im Haar.«

Sie biss sich auf die Lippen. »Meine Strategie, um dich bei den Vipers zu behalten, ist kein Bullshit. Es ist der einzige Weg, wie es vielleicht klappt. Doch das macht es nicht zu einer Garantie. Es gibt immer noch die Möglichkeit, dass du doch am Ende der Saison transferiert wirst.«

»Von welchen Wahrscheinlichkeiten reden wir hier?«

»Siebzig zu dreißig. Wenn Liakos Scheiße baut, wie ich es erwarte. Sonst viel schlechter.«

Er fluchte. Der Gedanke, New York zu verlassen, war schon schlimm genug gewesen, als es nur um ihn und seine Karriere gegangen war. Jetzt musste er auch an Ben denken. Und an Jillian. Einen von beiden zu enttäuschen, wäre zu schwer zu ertragen. Zum ersten Mal in seinem Leben war er dazu gezwungen, die Tatsache zu akzeptieren, dass er vielleicht niemals den Stanley Cup gewinnen würde. Er war noch nicht bereit, um sich zur Ruhe zu setzen, doch welche andere Wahl hatte er? Würde er sein Leben hier für ein paar weitere Spielzeiten in einer Mannschaft aufgeben wollen, deren Aussichten so mager waren, dass sie fast nicht existierten?

»Ich weiß, es klingt übel, doch ich schwöre, dies ist die einzige Chance, die wir haben. Parsons hat vielleicht etwas über Tyson, um ihn zu zwingen, doch verdammt sicher ist das keine Freundschaft. Und diese Art von Spiel, die er spielt, wird für dich nur schlecht ausgehen. Ich habe es zu oft erlebt.« Ihr Blick schweifte von ihm weg, als wäre es zu schwer, weiter Blickkontakt zu halten. Ihr Kiefer zuckte, als würden ihr Worte in den Mund strömen. »Hör zu, wenn du mir nicht mehr als deine Agentin vertraust, dann ist das okay. Du musst tun, was für dich richtig ist.«

»Das ist nicht das, was ich will«, sagte er so scharf, dass sie zusammenzuckte. »Doch jetzt verstehe ich es. Ich verstehe, weshalb du darüber besorgt warst, unsere Beziehung öffentlich zu machen, wenn es da draußen Typen wie Parsons gibt, die bei jeder Gelegenheit versuchen, dich runterzuziehen. Es tut mir nur leid, dass ich dir nicht früher geglaubt habe.«

»Heißt das, dass du dich trennen willst?«

Gott, sie war tough, doch da lag ein schwaches Zittern in ihrer Stimme, das ihm mehr weh tat als jeder Bodycheck, den er über die Jahre eingesteckt hatte. »Nein. Ich will, dass du die Wahl gewinnst. Aber wir können uns unauffällig verhalten, wenn du das willst. Du kannst gern beide Karten für die Sport Fitness Awards haben.«

Sie schlang die Arme um seine Taille und vergrub ihr Gesicht an seiner Brust. »Das will ich nicht. Ich habe es satt, mich wie ein Feigling zu verstecken, weil Männer wie Parsons diese blöde Doppelmoral gegen mich benutzen. Außerdem endet die Abstimmung am selben Tag, an dem die Awards stattfinden, und ich will mit dir an meiner Seite feiern, als mein Mann. Und jetzt bring mich nach oben, denn ich bin in Kampfstimmung und will einfordern, was mir gehört.« Endlich.

***

»Meinen Brüsten ist noch nie solche Wertschätzung widerfahren.«

Jillian war geneigt, Jaime darin zuzustimmen, die gerade vor dem großen Spiegel des Ankleideraums mit den Händen über das leuchtend rosafarbene Material strich, das ihren üppigen Busen umhüllte. Der Schnitt des Kleids war auf trügerische

Weise schlicht, doch es passte perfekt und gab ihr ein glamouröseres Aussehen als ein Filmstar.

»Und die Pailletten! Es ist fast so, als würde mich Genevieve bis in mein Innerstes hinein kennen«, fuhr Jaime fort, verzückt von ihrem Aussehen. »Es ist einfach perfekt.«

»Ich würde sagen, dies ist der Beginn einer sehr erfolgreichen Partnerschaft«, sagte Jillian, erfüllt von dem Hochgefühl, das daher rührte, wenn eine ihrer genialen Strategien in einem Triumph endete. Genevieves Fähigkeit, Kleider für alle möglichen Körpertypen zu entwerfen, war etwas, das sie von anderen Designern abhob, und Jaime war der perfekte Star, um die aufkommende Marke ins Licht der Öffentlichkeit zu bringen.

»Ich denke, dass ich dem zustimme«, sagte Genevieve mit derselben Genugtuung, als sie durch die Tür trat. »Dieses Kleid ist umwerfend an dir, genau so, wie ich es geplant hatte, doch du bist mehr als willkommen, irgendeines unserer Standardkleider anzuprobieren, wenn du das vorziehst.«

»Ich kann mir gar nicht vorstellen, dieses hier jemals wieder auszuziehen. Aber vielleicht möchte Jillian etwas anprobieren, wo sie jetzt mit mir kommt.«

»Warum hast du mir nichts gesagt?« Genevieve klatschte aufgeregt in die Hände.

»Planänderung in letzter Minute.«

»Und du konntest mir nicht in letzter Minute einen Hinweis geben, dass ich dir ein Kleid mache?«

»Nick Salinger bewegt sich schnell«, sagte Jaime mit einem verschmitzten Lächeln. »Auf mehr als eine Weise.«

Jillian zeigte drohend mit dem Finger auf Jaime. »Glaube nicht, dass ich dir nicht weh tun würde, nur weil du dieses schöne Kleid trägst.«

»Niemand berührt irgendwen in oder aus diesem Kleid«, unterbrach sie Genevieve. »Wie auch immer, ich habe noch ein anderes Kleid, in dem Nick dich garantiert berühren will.«

Innerhalb weniger Minuten steckte Jillian in einem fließenden, strukturierten lavendelfarbenen Kleid, das ihre zarten Linien umspielte. Es würde nicht auf die Weise herausragen, wie es Jaimes leuchtend pinkfarbenes Kleid tat, doch die Köpfe würden sich nach seiner stillen Eleganz umdrehen.

Genevieve drapierte am Stoff herum, während Jillian ehrfurchtsvoll auf ihr Spiegelbild blickte. »Ich wollte es in meiner Herbstkollektion vorstellen, doch ich werde für dich eine Ausnahme machen. Weil du meine beste Freundin bist. Meine beste Freundin, die sich nicht einmal die Mühe macht, mir von ihrem kommenden Date mit einem der heißesten Kerle dieses Planeten zu erzählen.«

Jillian wand sich. Na ja, sie waren beide in letzter Zeit extrem beschäftigt gewesen, doch sie hatte eigentlich keine gute Ausrede dafür, Genevieve nicht angerufen und ihr alles über ihre aufkommende Beziehung mit Nick erzählt zu haben.

»Ich bin mir ziemlich sicher, dass Nick seinen Verstand verliert, wenn er dich darin sieht«, sagte Jaime, die sich wieder Jeans und T-Shirt angezogen hatte. »Jeder Mann würde das.«

Jillians Spiegelbild raubte ihr fast den Atem. »Das ist zu viel. Ich kann das nicht akzeptieren.«

»Doch, das kannst du«, sagte Genevieve, während sie die Riemen befestigte. »Nick Salinger ist einer der berühmtesten Männer in der NHL, was bedeutet, dass sein Date von jedem Medienvertreter auf der Veranstaltung fotografiert werden wird. Solange du mir versprichst, mir das Kleid am Stück zurückzubringen, ist es auf jeden Fall ein Win-win.«

Es war fast so, als würde die Cinderella-Geschichte wahr werden, sich ein umwerfendes Kleid für ein Date bei einer glamourösen Awards-Show mit Nick zu leihen. Warum also hatte sie plötzlich das Gefühl, auf Treibsand zu stehen?

»Ich weiß zwar, dass mein Design atemberaubend ist, aber du siehst aus, als würdest du gleich eine ausgewachsene Panikattacke bekommen.«

»Ich bin nicht …«

»Doch, das bist du«, sagte Jaime mit verschränkten Armen. »Du bist ungefähr dreißig Sekunden davon entfernt, in einer Lache deines eigenen Schweißes ohnmächtig zu werden und mich dazu zu zwingen, dir Ohrfeigen zu geben, während Genevieve dir Riechsalz unter die Nase hält.«

Jillian biss die Zähne zusammen. Panik war kein Gefühl, an das sie gewöhnt war. Sie rühmte sich damit, unter allen Umständen cool zu sein, doch sie war unglaublich nervös bei dem Gedanken, mit Nick an die Öffentlichkeit zu treten. »Na gut. Ich bin ein bisschen panisch. Doch wenn eine von euch jemals irgendwem ein Wort darüber erzählt, werde ich euch gefesselt in den Kindergarten setzen, Sicherheitsscheren verteilen, und den Kindern sagen, es ist Frisiertag.«

Der verschwörerische Blick, den ihre beiden Freundinnen miteinander tauschten, war etwas, womit sich Jillian jetzt nicht auseinandersetzen wollte.

»Kommt schon.« Jillian seufzte. »Sehen wir mal, ob du irgendwelche Accessoires hast, die mich und Jaime morgen Abend besonders großartig machen.«

Sie zog das Kleid aus, damit Genevieve ein paar kleine Änderungen vornehmen konnte, dann ging sie zusammen mit Jaime nach vorne ins Geschäft, um sich die beeindruckende Auslage hinter der Schmucktheke zu betrachten.

Das klimpernde Geräusch der sich öffnenden Tür ein paar Minuten später lenkte Jillians Aufmerksamkeit von einem umwerfenden Paar Smaragdtropfenohrringe weg, die wahrscheinlich mehr wert waren als ihr jährliches Einkommen. Die Frau, die durch die Tür kam, war die letzte Person auf der Erde, der sie begegnen wollte: Alexa Whittaker.

Eine kleine Gruppe Frauen mit unmöglicher falscher Bräune kam wie ein Haufen verlorener Hundebabys hinter dem jungen Partygirl mit den kastanienbraunen Haaren hergetrottet. »Okay, Ladys, verteilt euch und findet das perfekte Brautjungfernkleid. Vergesst nicht, das Hochzeitsthema ist ›Strahlendes Zauberland‹. Denkt stylish, nicht schlampig.«

Eine aus Alexas orangefarbenem Anhang zog ein blassgelbes Kleid von der Stange. »Wie ist es damit?«

»Oh mein Gott, Tawny! Du weißt doch, dass Seb Gelb hasst. Außerdem sieht diese Farbe scheußlich an dir aus.«

Jillian reagierte nicht, als Jaime die Augen mit beeindruckender Übertreibung verdrehte, sondern konzentrierte sich auf eine elegante Halskette. Sie bezweifelte, dass das Partygirl sie erkennen würde, doch sie wollte es nicht riskieren, mitten im Laden ihrer besten Freundin eine Szene zu verursachen.

Genevieve kam ein paar Minuten später mit Jillians Kleid über dem Arm herein. »Ich habe die Riemen befestigt, und das Kleid sollte dir jetzt perfekt passen.«

Unglücklicherweise erregte die göttliche lavendelfarbene Kreation auch Alexas Aufmerksamkeit. Sie kam durch den Laden, um es aus der Nähe zu bewundern, ergriff es an der Unterseite und ließ den feinen Stoff durch ihre Finger gleiten. »Das ist es, was ich will! Das ist genau das, was ich für meine Brautjungfern will. Tawny, komm und probier es mal an!«

»Oh nein!« Jillian versuchte, ihr das Kleid zu entreißen, doch Alexa hielt es am Saum fest. »Das ist meins. Du musst dir ein anderes Kleid suchen.«

»Schwachsinn. Dieses Kleid ist perfekt für meine Hochzeit, und ich bekomme immer, was ich will«, sagte Alexa und zog an dem Kleid.

»Lass mich das mal nehmen«, sagte Genevieve und nahm ihnen das Kleid mit der Sorgfalt eines Bombenentschärfers weg.

»Angesichts der hohen gesellschaftlichen Bedeutung meiner Hochzeit müssen Sie eine Erklärung unterschreiben, in der Sie mir bis dahin exklusive Nutzung des Designs gewähren. Ich nehme keine billige zweite Wahl.«

Jillians Besitzansprüche wogten in ihr und trieben ihren

Blutdruck hinauf. Sie stach sich die Fingernägel in die Handflächen, um sich davon abzuhalten, die jüngere Frau zu ohrfeigen.

»Leider habe ich dieses Kleid bereits jemand anders versprochen«, sagte Genevieve liebenswürdig. »Ich zeige Ihnen aber gern ein paar andere Varianten.«

Alexas pinkfarbene Lippen öffneten sich schockiert, als würde sie nicht fassen können, dass irgendwer jemals einen ihrer Wünsche ablehnte. »Haben Sie überhaupt eine Ahnung, wer ich bin? Ich heirate Sebastian Liakos, den heißesten Star in der NHL. Sie können es sich gar nicht leisten, mir nicht zu geben, was ich will.«

Jaime schnaubte. »Ehrlich gesagt trägt meine Freundin hier dieses Kleid morgen Abend bei den Sport Fitness Awards, und da sie mit Nick Salinger dort sein wird, bin ich mir ziemlich sicher, dass Ihre Publicity nicht benötigt wird.«

Jillian zuckte zusammen. Mit Alexa im selben Raum zu sein, war schlimm genug, doch jetzt würden die Dinge hässlich werden.

»Du bist Nicks Date?«

»Und seine Agentin«, erwiderte Jillian cool.

»Seltsam. Ich wusste gar nicht, dass Nick derzeit mit jemandem ausgeht.« Die Andeutung, dass Jillian diese seltene Ehre nicht wert wäre, war so klar wie Eis. »Nicht, dass er nicht damit aufgehört hätte, sich mit seinen unerwünschten Ratschlägen und dummen Anschuldigungen in mein Liebesleben einzumischen.«

»Vielleicht ist Nick um einiges smarter, als Sie denken.«

»Oder vielleicht mischt er sich in Dinge ein, die ihn nichts angehen. Ich darf vielleicht nicht in den Sitzungssaal meines Daddys, doch ich weiß, was bei den Vipers geschieht. Nick sagt diese Dinge nur, weil er will, dass mein Verlobter schlecht aussieht, damit er eine Vertragsverlängerung bekommt. Seb liebt mich. Deshalb hat er mir einen Antrag gemacht.«

Anstatt sie zu verteidigen, waren die Frauen aus Alexas

Entourage übermäßig damit beschäftigt, die Gestelle mit den Kleidern durchzusehen. Erkannte Alexa wirklich nicht, was für ein betrügerischer Idiot ihr Verlobter war? Jillian hatte angenommen, dass Alexa einfach über Liakos' schmierige Art hinwegsah, um irgendeinen persönlichen Nutzen daraus zu ziehen, doch sie wirkte aufrichtig. »Manche Männer machen aus anderen Gründen Anträge.« Wie den Zugang zu riesigen treuhänderischen Vermögen.

»Und manche Frauen sind so karrieregetrieben, dass sie auf solche wie uns herabsehen, denen Dinge wie Heirat und wahre Liebe wichtig sind.«

Lieber Gott, mit diesem Mädchen zu reden, brachte Jillians Augen zum Zucken. »Es ist nichts falsch daran, eine Karriere zu haben. Du kannst eine Arbeit haben, die du liebst, und trotzdem eine Beziehung führen.«

»Daddy sagte, ich sei zu reich, um mir Gedanken über eine Arbeit zu machen. Und Seb stimmt ihm zu.« Alexa schnaubte. »Außerdem ist es fast ein richtiger Job, die Heirat des Jahrhunderts zu planen. Es wird der entscheidende Moment meines Lebens sein. Ich. Brauche. Dieses. Kleid!«

»Was du viel eher brauchst, ist, zu entscheiden, was du wirklich im Leben willst, anstatt dich an einen Mann zu klammern, der nicht viel Vertrauen in dein Potential hat.«

»Ach ja? Und wie läuft das für dich?«, lächelte Alexa und wusste, dass sie gerade einen Volltreffer erzielt hatte. »Hör zu, ich bin nicht vollkommen blöd. Ich kenne mich mit Branding aus und weiß, dass Seb eine Märchenheirat für sein öffentliches Image braucht. Doch das bedeutet nicht, dass er mich nicht liebt. Wir werden eine Hochzeit haben, die sogar Kate Middleton neidisch machen wird. Kutschen mit Pferden, Kristalldekor auf den Tischen und tausend lebende Tauben.«

»In den meisten Märchen kommt das glückliche Ende erst nach irgendeiner Tragödie. Es schadet nie, einen Ersatzplan zu haben, falls die Dinge nicht so laufen.« Jillian seufzte. Sie wusste gar nicht, warum sie sich überhaupt mit Alexa stritt. Es war nicht ihre Sache, ob dieses Partygirl beschloss, ihr Leben für einen Idioten wie Sebastian Liakos wegzuwerfen, und es war nicht so, dass Jillian ihr eigenes Liebesleben besser im Griff hatte. Doch sie hasste es, zu hören, wie sich eine junge Frau unter Wert verkaufte, einfach weil sie nicht glaubte, mehr zu verdienen.

Alexa blickte sie ausdruckslos an. »Soll das irgendeine Art von Lektion sein?«

»Es sollte ein freundlicher Rat sein.«

»Ein Rat von der Person, die versucht, meine Traumhochzeit zu sabotieren, indem sie mich nicht das Brautjungfernkleid haben lässt, das ich will.« Sie verschränkte die Arme und schmollte.

»Sebastian Liakos ist ein wollüstiger Heuchler, und du verdienst etwas Besseres.«

»Wohltätig?« Alexa lachte. »Das zeigt, dass du ihn gar nicht kennst. Seb hält nichts von Wohltätigkeitsveranstaltungen.«

»Als hätte jemand ihren Schädel wie einen Ahornbaum angezapft und ihr das Gehirn ausgesaugt«, flüsterte Jaime, während Jillian sie anstarrte.

»Wollüstig, nicht wohltätig.« Sie zog ihre Visitenkarte heraus und reichte sie Alexa. »Ruf mich an, wenn du bereit bist, zu erfahren, was dieses Wort wirklich bedeutet.«

Jillian rechnete damit, die Karte ins Gesicht geworfen zu bekommen, doch Alexa überraschte sie, indem sie sie in die Tasche ihrer tausend Dollar teuren engen Jeans steckte, wobei ein Hauch von Zweifel über ihr Gesicht huschte, bevor sie »Was auch immer« sagte, sich auf dem Absatz umdrehte und aus dem Laden stürmte.

»Das war ganz schön seltsam«, sagte Jaime, sobald Alexa und ihre Entourage gegangen waren.

»Ganz entschieden. Aber konzentrieren wir uns nicht auf sie. Heute geht es um dich. Und du brauchst noch immer eine großartige Halskette zu dem Kleid.«

Nachdem sie sich von Genevieve verabschiedet hatten, beschlossen sie, den Tag mit einer Maniküre und Pediküre zu krönen, dann gingen sie zu einem Café in der Nähe, um ihren Modeerfolg zu feiern.

»Das war sehr schön«, sagte Jaime und tauchte ihren Teebeutel in das heiße Wasser.

»Verwöhnt zu werden, anstatt den Tag in Schweiß und Schlamm zu verbringen?«

»Ganz klar.« Jaime grinste. »Aber ich meinte, auf diese Art Zeit mit dir zu verbringen. Als Freundin anstatt meiner Agentin«

Jillian nahm einen großen Schluck Wasser, um die Trockenheit in ihrer Kehle zu verbergen.

»Ich weiß, dass solche rührseligen Reden dir die Haut zum Brennen bringen, doch du hast mir einen Termin zum Bikini-Waxing gebucht, deshalb nehme ich an, dass wir die ›Business only‹-Grenze schon vor einiger Zeit überschritten haben.«

»Ich hatte auch Spaß.« Abgesehen von der unangenehmen Episode mit Alexa.

Jaime runzelte die Stirn. »Es würde helfen, wenn du das so sagen würdest, als meintest du es auch.«

Jillian schob den Salat über ihren Teller und suchte nach einem weiteren Stück Erdbeere darin. »Das tue ich. Ich brauche nur eine Weile, um mich an den Gedanken zu gewöhnen, dass Geschäftsbeziehungen auch persönlich sein können.«

»Schon wieder falsch. Du hast keine Probleme, wenn du dich um deine Klienten kümmerst. Erst dann, wenn wir anfangen, uns um dich zu kümmern, wird es dir unangenehm.«

»Wie gesagt, ich gewöhne mich an den Gedanken.« Sie spießte eine saftige rote Beere auf und steckte sie in den Mund.

»Lass mich raten. Hilft dir Nick Salinger bei dieser Erkenntnis?«

Normalerweise hatte sie ein tadelloses Pokerface, doch allein schon die Nennung von Nicks Namen ließ ihre Wangen brennen. »Mein Leben wäre ein Stück einfacher, wenn du nicht so clever wärst.«

»Die Leute sagen mir das ständig. Ist es also ernst?«

Ihr erster Impuls war es, zu zögern. Abzulenken. Aber wofür? Sie vertraute Jaime. Warum sich nicht einmal öffnen? »So sieht es aus.«

»Behandelt er dich gut? Denn wenn er das nicht tut, dann würde ich ihm gern ein paar Worte mit den Fäusten sagen.«

Jillian lachte. »Ich weiß, dass er einen schlechten Ruf hat, doch da ist viel mehr unter der Oberfläche. In Wahrheit behandelt er mich wie eine Königin.«

Jaime griff über den Tisch und erfasste ihre Hand. »Gut. Du verdienst es.«

Sie lächelte und drückte Jaimes Hand. Zum ersten Mal in ihrem Leben glaubte sie nicht nur, dass sie es verdiente, diesen Traum wahr werden zu sehen, sondern dass es auch geschehen würde.

***

Nick zerrte an der Fliege um seinen Hals. »Wir werden noch zu spät kommen.«

»Ich weiß. Ich bin fast fertig«, antwortete Jillian, ohne von ihrem Laptop aufzublicken, und tippte wie wild weiter.

»Das hast du schon vor einer halben Stunde gesagt.« Er trat hinter ihren Stuhl und legte die Hände auf ihre nackten Schultern, rieb ihr dann über die verspannten Muskeln.

Auf dem Weg zu der Veranstaltung waren sie bei ihrem Büro vorbeigefahren, um ihr Handy zu holen, das sie irgendwie früher am Tag dort vergessen hatte. Es war für sie untypisch, so abgelenkt zu sein, doch die Online-Wahlen für die New York Association of Professional Sports Agents endeten heute Abend und ihre Nerven waren in diesem Moment zittriger als ein Elefant auf einem Drahtseil. Und während Nick es nicht mochte, dass sie eine weitere Verpflichtung zu ihrem Workaholic-Arbeitspensum hinzufügte, war er verdammt stolz auf sie, dass sie das verfolgte, was sie wollte.

Er hätte sich denken können, dass sie versuchen würde, ein paar Extraminuten Arbeit einzuschmuggeln, während sie dort waren. Er hatte gesehen, wie ihre Arbeit sie in den letzten Wochen fertiggemacht hatte, als sie die letzten Details ihrer Kampagne bearbeitet und zwischendurch dafür gesorgt hatte, dass die Vipers keinen weiteren Mist mehr mit ihm machten, wobei sie sich ansonsten auch noch um ihre anderen Klienten gekümmert hatte.

Sie stöhnte und neigte den Kopf zurück. »Das ist nicht fair.«

»Es ist unfair, dich in diesem verdammt sexy Kleid zu sehen und zu wissen, dass ich dich für weitere fünf Stunden nicht so berühren kann, wie ich es gerne tun würde.« Er schob seine Finger unter den dünnen Riemen ihres Kleids und zog ihn ihr von der Schulter.

»Vielleicht können wir die Afterparty auslassen«, sagte sie mit vor Verlangen belegter Stimme. Er küsste ihre Halsbeuge und verspürte männlichen Stolz, als sie erschauerte. »Hm, vielleicht sollten wir die ganze verdammte Feier auslassen.«

Er drehte ihr Kinn zu sich und küsste sie. Er würde niemals der Art überdrüssig werden, wie sich ihre Lippen sofort teilten und ihn einluden. Die Art, wie ihr Schutzpanzer unter seiner Berührung zerbröselte. Doch er war heute Abend nicht der Einzige, der auf ihre Anwesenheit zählte, deshalb stellte er seine Bedürfnisse zurück. »Wir müssen gehen.«

»Es sind noch weitere fünfzehn Minuten, bis die Wahlen beendet sind.«

Er beugte sich vor und stellte den Monitor aus. »Was bedeutet, dass du nichts mehr tun kannst. Also lass uns gehen und deinen unvermeidbaren Sieg feiern.« Er nahm ihre Jacke von der Stuhllehne und hielt sie für sie auf.

Sie erhob sich und schlüpfte seufzend mit den Armen in die Ärmel. »Du hast zu viel Vertrauen in mich.«

»Weil ich weiß, dass du die Beste in allem bist, was du tust. Und ich weiß, dass du es verdienst.« Er nahm ihre Hand und geleitete sie zur Tür. »Doch nur fürs Protokoll: Du verdienst auch bessere Büromöbel. Dieser Schreibtisch fällt bald auseinander.«

»Ich weiß. Ich werde ihn irgendwann reparieren.« Als er sich räusperte, fügte sie hinzu: »Und ich werde daran denken, dich um deine männliche Hilfe zu bitten.«

»Gut. Bist du jetzt fertig?«

Sie zögerte, und sein Magen fühlte sich an, als ob er eine Klippe hinabgestürzt wäre.

»Es ist noch nicht zu spät, deine Meinung zu ändern, wenn du allein gehen willst.« Sein Versuch, aufrichtig zu klingeln, ging ein bisschen daneben. Er hatte sich nicht auf diese Veranstaltung gefreut, doch jetzt, wo er sie in diesem Kleid gesehen hatte, wollte er sie verdammt noch mal nicht mehr aus den Augen lassen.

»Nein, das ist es nicht, was ich will. Du bist es, was ich will. Ich habe viel zu viel Zeit damit verschwendet, mir darüber Gedanken zu machen, was andere Menschen denken und nicht genug Zeit darauf verwendet zu genießen, was wir haben. Außerdem ist es nur eine Party. Was könnte da schon schiefgehen?«

Er führte sie über die Türschwelle und zog hinter ihnen die Tür zu. »Nichts.«

21

»Wenn ich geahnt hätte, dass es zu so etwas führen würde, dann hätte ich dich niemals für diese Parfümwerbung gebucht«, murmelte Jillian, während sie Nick dabei zusah, wie er das ungefähr fünfzigste Autogramm des Abends gab. Vor einer halben Stunde hatte sie zu zählen aufgehört.

Er beugte sich vor und flüsterte ihr ins Ohr: »Eifersüchtig?«

»Absolut«, sagte sie ohne Zurückhaltung. Lügen wäre sinnlos gewesen, nachdem sie eine Frau mit Blicken durchbohrt hatte, die sich über das Metallgelände gebeugt und verführerisch über Nicks Arm gestrichen hatte, während er eine Kopie des Werbefotos unterschrieb.

Es wehte ein leichter kühler Wind, und sie zog sich den Kragen ihrer Jacke enger um den Hals.

»Ist dir kalt? Soll ich den übrigen Fans absagen?«

»Nein, sie haben schon so lange gewartet. Ich halte es aus. Außerdem geht niemand pünktlich zur Afterparty.«

»Du kannst ohne mich reingehen, wenn du magst. Ich weiß, dass Jaime auf dich wartet.«

»Das ist schon in Ordnung. Sie hat kein Problem damit, Menschen kennenzulernen, und sie hat ihren Freund dabei, um sie aus Schwierigkeiten herauszuhalten. Außerdem mag ich es, dir mit deinen Fans zuzusehen. Wir waren so auf die geschäftliche Seite konzentriert, da ist es schön zu sehen, wenn du mal die Gelegenheit hast, dich auf Aspekte des Spiels konzentrieren zu können, die du magst.« Sie musste nicht erwähnen, dass es völlig unmöglich war, den Blick von ihm abzuwenden, während er einen Anzug trug. Der feine schwarze Stoff schmiegte sich wie eine zweite Haut an seine breiten Schultern und kräftigen Beine. Angesichts des kantigen, stoppelbedeckten Kinns und der dunkelblauen Augen konnte sie seinen Fans nicht vorwerfen, genauso aus dem Häuschen zu sein.

Zwischen den Autogrammen machte er eine Pause, um die Hand an ihre Wange zu legen und seine Stirn gegen ihre zu drücken. »Du bist unglaublich.«

Das Kompliment brachte jeden Teil ihres Körpers warm zum Kribbeln, doch sie wehrte sich nicht, als er seine Jacke auszog und ihr über die Schultern legte.

Es dauerte eine weitere halbe Stunde, bis sie endlich in dem luxuriösen Hotelsaal waren, den ein Fernsehbonze für die Veranstaltung gebucht hatte. Sie hatten sich entscheiden müssen zwischen der Veranstaltung hier und einer zweifellos lauteren Party, die ein Spieler der Yankees in einem Klub in der Nähe organisiert hatte. Sie hatte diesen Ort vorgeschlagen, da sie wusste, dass es hier die größeren Publicity-Gelegenheiten gäbe und eine größere Wahrscheinlichkeit, dass ein paar wichtige Marketingmanager auftauchen würden. Sie musste dafür sorgen, dass Jaime die größtmögliche Öffentlichkeit bekam nach ihrem großartigen, wenn auch irgendwie unvorhersehbaren Job auf der Bühne.

Als Jillian in den Saal trat und Jaime mit der Band tanzen sah, erkannte sie, dass sie sich wahrscheinlich keine Sorgen darüber machen musste, ob die charismatische Fußballspielerin zusätzliche Aufmerksamkeit erhielt.

»Hat dir schon mal jemand gesagt, dass deine Klienten verrückt sind?«, fragte Nick.

»Ich glaube, du hast mir das gesagt, als du zum ersten Mal in mein Büro gekommen bist.«

Er stupste mit seiner Schulter gegen ihre. »Soll ich dir einen Drink holen?«

»Noch besser«, sagte sie und betrachtete prüfend die Menge

vor der Bar. »Ich möchte, dass du mir einen Drink besorgst und dabei praktischerweise diesen Typen dort anstößt.«

»Grant Rhodes?«

»Ganz genau.« Sie hakte sich bei ihm unter, und sie gingen zur Bar, wo der wohlbekannte Eishockey-Reporter wartete.

»Jillian!«, sagte Grant mit breitem Lächeln, als sie näherkamen. »Ich habe dich nicht mehr gesehen, seit du mich davon überzeugt hast, dass Ryan Meyers heimlich nach Boston transferiert würde. Diese Story hat mir eine Menge Kritik beschert.«

»Ja, doch sie hat dir auch eine landesweite Kolumne beschert.«

Grant lachte. »Das stimmt. Kann ich dich auf einen Drink einladen?«

»Nein.« Nicks Hand legte sich um die Wölbung ihres Pos, und sie hoffte, dass Grant das Knurren aus seiner Kehle nicht gehört hatte. Diese besitzergreifende Geste ließ ihr Herz einen Satz machen, doch sie zwang sich, zu entspannen und die unanständigen Versprechen seiner Berührung zu genießen.

»Nick hat damit gemeint, dass wir *dir* gerne einen Drink ausgeben würden.«

Grant riss die Augen auf, als hätte er erst jetzt Nicks Anwesenheit bemerkt. »Der Punisher. Schön, Sie zu treffen. Sie hatten ja eine ziemlich gute Saison.«

Zehn Minuten später nippte Jillian an ihrem Champagner, mit dem sie sich insgeheim dafür zuprostete, dass sie Nick ein Interview über den veränderten Umgang mit Aggression in der NHL gesichert hatte – eins, von dem sie wusste, dass es ihn in ein positives Licht stellen würde.

Sie entdeckten Jaimes Freund Alex an einem Tisch in der Saalecke und gingen zu ihm. Bevor Jillian sich setzen konnte, tauchte Jaime aus dem Nirgendwo auf und hätte sie fast mit ihrer Umarmung umgeworfen. »Dies ist der aufregendste Abend überhaupt! Hast du mich auf der Bühne gesehen?«

Jillian tätschelte ihr den Rücken. Jaime, die so anhänglich

war wie ein Hündchen, war ihre erste Klientin gewesen, die die Berühr-nicht-deinen-Agenten-Regel ausgelöscht hatte, dennoch hatten sie es geschafft, eine erfolgreiche professionelle Beziehung zu haben. Wenn man berücksichtigte, was die Fußballspielerin im letzten Jahr durchgemacht hatte mit ihrer unerwarteten Diagnose »rheumatische Arthritis«, die fast ihre Karriere zerstört hätte, so hatte Jaime eine Freundin und Vertraute genauso sehr gebraucht wie eine Agentin. »Du warst phantastisch, doch das habe ich schon immer gewusst.«

»Ohne dich hätte ich das niemals geschafft.«

Jillian stellte Nick schnell Jaime und Alex vor. Zu ihrer Erleichterung war Alex offensichtlich ein Eishockeyfan und hatte kein Problem damit, den schweigsamen Nick in ein Gespräch zu verwickeln, obwohl er selbst ebenfalls ein eher ruhiger Typ war, so dass Jillian Jaime jeden im Saal nennen konnte, mit dem es sich zu reden lohnte. Während des vergangenen Jahres hatte Jillian große Fortschritte mit Jaimes Marktgängigkeit gemacht, doch die Werbeverträge der Fußballspielerin waren nicht annähernd bei dem, was eine Sportlerin ihres Kalibers eigentlich verdiente.

Während des Abends bemerkte Jillian, wie Jaime ständig von Alex angezogen wurde, als würde eine magnetische Kraft sie zusammenziehen. Die Art, wie ihre Finger sich fast unbewusst zum anderen ausstreckten. Es war eine Beziehung, die eigentlich gar nicht hätte sein dürfen, wenn man bedachte, dass Alex der Mannschaftsphysiotherapeut der Seattle Falcons war. Sie hatten eine klare professionelle Grenze überschritten und es dennoch unbeschadet überstanden, dank ein bisschen Glück und viel Vertrauen.

Das ließ sie daran glauben, dass sie und Nick es auch schaffen könnten.

»Oh mein Gott, ich liebe diesen Song«, rief Jaime, nachdem die Band aus ihrer Pause zurückgekehrt war. »Komm schon, Alex, lass uns tanzen.«

»Alles für dich, Babe.« Das Lächeln, das Alex ihr zuwarf, war so schmachtend, dass selbst Jillian die Hitze verspürte.

»Du guckst so auf die Tanzfläche, als würdest du dich ihnen gern anschließen«, sagte Nick.

»Auf Absätzen gehen ist die eine Sache, doch zum Tanzen gehört Koordination.«

»Ich habe nicht danach gefragt, ob du eine gute Tänzerin bist. Ich habe gefragt, ob du tanzen willst.«

Sie nahm einen Schluck von ihrem Drink, um ihr Unbehagen zu überspielen.

»Ich bin kein großer Fan davon, mich in der Öffentlichkeit zum Narren zu machen.«

Er nahm ihr die Champagnerflöte aus der Hand und stellte sie auf den Tisch. »Komm schon.«

Sie wusste nicht, was sie dazu brachte, seine Hand zu nehmen und ihm zu folgen. Vielleicht die Tatsache, dass das Verlangen ihres Körpers, ihm zu gehorchen, unendlich stärker war als jeder Gedanke oder Protest ihres Verstands. Zu ihrer Überraschung ging er an der Tanzfläche vorbei und geleitete sie in den Flur, der zur Küche führte.

»Was hast du vor?«

»Vertrau mir«, flüsterte er und führte sie zu einer dunklen Ecke außer Sichtweite der vorbeigehenden Cateringmitarbeiter, und legte ihr einen Arm an den Rücken. »Nur damit du es weißt, ich bin selbst kein großer Tänzer.«

Er drehte sie in einem langsamen Kreis und folgte dem Rhythmus der Musik, die durch die Wände drang, und ihr Herz schmolz wie ein Eiswürfel im Sommer. Über all die Jahre hatte sie sich wegen seines Bad-Boy-Images von ihm angezogen gefühlt, doch während sie jetzt die süße Seite tief in ihm entdeckte – den Teil von ihm, der die wenigen Leute, die er in seine Welt hineingelassen hatte, heiß und innig liebte –, war es genau dieser Teil, der sie dazu brachte, sich in ihn zu verlieben.

Sich völlig und wie wahnsinnig in ihn zu verlieben.

Bei dieser Erkenntnis blieb ihr die Luft weg, und sie stolperte und rammte ihm ihren Absatz in den Zeh. Er zog sie näher zu sich und küsste sie auf die Stirn. »Du hast keine Scherze gemacht, als du sagtest, du seist eine schlechte Tänzerin.«

»Tut mir leid«, murmelte sie gegen seine Brust.

»Das muss es nicht. Es spielt keine Rolle, ob du mich mit deinem Schuh oder einem Briefbeschwerer erstichst, solange ich dich weiter halten darf.«

Ihr ganzer Körper erschauerte. Sie griff nach seinem Hals und zog ihn für einen intensiven Kuss zu sich herab. Er reagierte, als wären ihm unsichtbare Handschellen abgenommen worden, und fuhr mit seinen Händen über ihre Rippen, ihre Brüste und ihr Gesicht, als könnte er nicht genug von ihr bekommen.

Er zog mit seinen Lippen eine Spur von Küssen über ihren Hals, wobei er mit seinen Stoppeln ihre empfindliche Haut zum Kribbeln brachte. »Weißt du eigentlich, wie lange ich darauf gewartet habe, dich heute Nacht zu berühren?«

Sie drückte sich gegen ihn und keuchte bereits vor Verlangen. Die geringste Berührung von Nick gab ihrer Haut ein Gefühl, als stünde sie in Flammen, und als er ihre Brust mit seiner Hand bedeckte und durch den dünnen Stoff ihres Kleides um ihren harten Nippel kreiste, musste sie sich auf die Lippe beißen, um nicht zu schreien.

»Zur Hölle mit dem Warten«, sagte sie heiser und griff nach unten, um über seine steinharte Erektion zu streichen, die gegen ihren Bauch drückte. Sie knabberte an seinem Kinn, als er den Kopf zurückwarf und stöhnte. Auch wenn sie vor Blicken geschützt waren, war die Unverfrorenheit, ihn so in der Öffentlichkeit zu berühren, schockierend aufregend. Anstachelnd. Sie zog an seinem Reißverschluss, begierig darauf, seinen Schwanz in ganzer Länge in ihren Händen zu fühlen. Noch begieriger war sie darauf, ihn zu kosten, bis er alle Kontrolle verlor.

»Psst!« Er unterbrach sie mit einer Hand und bedeckte mit der anderen ihren Mund.

Eine halbe Sekunde später bemerkte sie den Grund, als sie die Stimmen hörte. Zuerst nahm sie an, es wäre ein weiteres Paar, das nach ein wenig Intimität suchte, doch dann erkannte sie, dass ihr erster Eindruck falsch war, als sie die Worte in dem hitzigen Gespräch verstand.

»Ich will keine Drogen mehr, Seb. Ich sagte Nein.«

»Komm schon, Baby, nur ein bisschen. Ich verspreche dir, dass es dir gefallen wird. Du wirst dich gut damit fühlen.«

Nick krümmte die Finger um ihr Handgelenk und grub seine Nägel in ihre Haut. »Das ist Liakos' Stimme«, flüsterte er.

Sie konnte den Zorn in ihm schwelen und pulsieren spüren und wusste, dass sie absolut nichts tun konnte, um das drohende Unglück abzuwenden. »Versprich mir, dass du nichts Dummes unternehmen wirst«, bat sie leise.

Nick verzog das Gesicht.

»Nein, hör auf!« Die Stimme der Frau klang noch verstörter, während das Geräusch unangenehm feuchter Küsse lauter wurde. Die Frau schrie noch einmal: »Hör auf!« und Nick rastete aus.

»Scheiße!« Jillian nahm instinktiv ihr Handy und begann zu filmen, während sie hinter ihm hereilte.

Sie kam gerade an, als er Liakos gewaltsam von dem Mädchen wegriss, das eindeutig nicht seine Verlobte war, und ihn zu Boden warf. »Lass sie in Ruhe!«, sagte Nick mit erschreckender Ruhe.

»Oder was? Brichst du mir dann noch einen Finger?« Der Typ war so arrogant, dass sie ihm am liebsten selbst eine verpasst hätte. Stattdessen kümmerte sie sich darum, den Haufen Kokain von einem Stapel Plastikstühle in der Ecke aufzuheben.

»Du verdienst es, dass man dir bedeutend mehr als nur deine Finger bricht, wenn du nicht hörst, dass eine Frau Nein sagt.«

»Bist du in Ordnung?«, fragte Jillian das Mädchen, das zu jung aussah, um Frau genannt zu werden.

»Mir geht's gut. Ich will einfach nur weg hier.« Sie schoss an ihnen vorbei durch die Tür zum Ballsaal.

Liakos erhob sich, die Fäuste geballt, als wäre er zum Kampf bereit. »Fuck you, Salinger!«

Nicks Arm schoss zur Seite, um sie hinter sich in Sicherheit zu bringen. »Ich möchte nicht, dass du dabei bist, Jillian.« Nick konnte mühelos mit Liakos umgehen und sie beschützen, wenn es nötig wäre, doch ein Kampf würde trotzdem eine Katastrophe für seine Karriere bedeuten.

»Ehrlich gesagt, Liakos, bist du derjenige, der gefickt ist«, sagte sie von ihrer Position hinter Nick. »Ich habe alles aufgenommen.«

»Schlampe!« Liakos trat einen Schritt näher.

Sie strich über Nicks Arm, als würde sie versuchen, ein wildes Tier zu beruhigen. Er war von Natur aus ein Beschützer, doch diesmal war sie diejenige, die ihn beschützen musste. »Es ist bereits in meiner Cloud gesichert, die automatisch auf einen Back-up-Server in Kalifornien runtergeladen wird.« Sie war immer sehr sorgfältig mit ihren Arbeitsunterlagen gewesen, doch sie hatte nicht angenommen, dass es sich einmal so auszahlen würde.

Liakos blieb stehen. »Was willst du?«

»Ich will, dass du für morgen ein Meeting mit Coach Phillips und Allan Tyson einberufst und ihnen sagst, dass es falsch war, Groll gegen Nick zu hegen. Sag ihnen, dass du deine Meinung geändert hast und erst wieder zufrieden bist, wenn Nick wieder in der ersten Reihe spielt und sein Vertrag im nächsten Jahr verlängert wird.«

Liakos schnaubte. »Das werden sie mir nicht abnehmen.«

»Bring sie dazu, dass sie es dir abnehmen«, fuhr sie ihn an. »Erzähle ihnen, dass dir das Gewinnen des Cups wichtiger ist als dein Ego. Wenn nicht, dann geht dieses Video direkt an ihre Posteingänge und alle großen Medien im Lande. Verstanden?«

»Verstanden«, sagte Liakos durch zusammengebissene Zähne.

»Gehen wir«, sagte Nick, noch immer geladen wie eine Bombe kurz vor der Explosion.

»Noch eine Sache. Keine weitere Scheiße mehr in der Umkleidekabine. Von jetzt an ist ›bescheiden‹ das einzige Wort, das dein Verhalten beschreibt. Du zeigst deinen Teamkollegen Respekt. Und wenn ich jemals wieder höre, dass du eine Frau auf diese Weise behandelst, werde ich dich persönlich ausfindig machen und dir die Eier abreißen. Haben wir einen Deal?«

»Deal.«

22

Verhandeln war einfach, wenn man jemanden an den Eiern hatte, doch Jillian verspürte noch immer den beschwingten Rausch des Erfolgs, als sie sich in den frühen Morgenstunden von Jaime und Alex verabschiedet und ein Taxi zurück zu Nicks Wohnung genommen hatten. Sie überlegte kurz, angesichts des zuvor erlebten unglaublichen Glücksfalls anzuhalten und einen Lottoschein zu kaufen, doch das Bedürfnis, auf andere Art glücklich zu werden, war stärker.

Das Problem war, Nick davon zu überzeugen, die Dinge aus ihrer Perspektive zu sehen. Seine beschützenden Instinkte hatten sich noch nicht abgekühlt, seit Sebastian Liakos ihnen vor einer Stunde alles gegeben hatte, was sie benötigten, um Nicks Vertragserneuerung zu sichern. Auf der ganzen Heimfahrt hatte er ihre Hand in eisernem Griff gehalten, als ob er befürchtete, dass sie weggeweht würde, wenn er sie losließe.

»Du bist ein Glückspilz«, sagte sie, als Nick seine Wohnungstür aufschloss und das Licht anknipste.

»Warum sagst du das?« Es war eine direkte Frage, nicht verspielt oder neckend, wie sie es sich gewünscht hätte.

Sie strich mit dem Finger seine Brust hinunter. »Du meinst, abgesehen von der Tatsache, dass du heute Nacht über die Antwort auf alle deine Probleme gestolpert bist?«

Er knurrte.

»Findest du nicht?«

Mit cooler Beiläufigkeit zog er sich die Jacke aus, bevor er ihr aus ihrer half. »Ich finde, es ist falsch, wenn Liakos ohne irgendwelche Konsequenzen davonkommt, nach dem Scheiß, den er heute Nacht veranstaltet hat. Und ich bin auch kein bisschen darüber glücklich, sein Gesicht noch immer jeden Tag sehen und mich dabei so verhalten zu müssen, als wäre er nicht der Inbegriff all dessen, was ich hasse.«

»Selbst wenn es bedeutet, dass du genau das bekommst, was du willst? Deinen Platz in der ersten Reihe und womöglich sogar eine Vertragserneuerung?«

»Er sollte für das bestraft werden, was er getan hat.«

Erst in diesem Moment erkannte sie, wie schwer es für ihn gewesen sein musste, während der vergangenen Monate ihren Regeln zu folgen und sich aus allen Konfrontationen herauszuhalten, auf und neben dem Eis. Andere zu beschützen, das war der Kern von dem, was ihn ausmachte, es war eingebrannt in jedes Molekül seines Körpers, doch es war auch das, was seinen Untergang bedeuten konnte. Er brauchte jemanden wie sie, der ihn vor sich selbst beschützte.

Jemanden, der ihm dabei half, das Feuer in sich zu beruhigen.

»Okay«, sagte sie und atmete dabei langsam aus. »Wir werden das Video Tyson und Coach Phillips zeigen.«

Er runzelte die Stirn. »Meinst du, das wird meine Chancen, im nächsten Jahr bei der Mannschaft zu bleiben, schmälern?«

»Es reduziert die Wahrscheinlichkeit um ein ganzes Stück, aber ich weiß, wie wichtig es dir ist, dass Liakos seine Strafe bekommt. Ich werde morgen früh bei Tysons Büro vorbeischauen.«

Er küsste sie auf die Stirn. »Danke! Ich weiß nicht, was ich ohne dich tun würde.«

»Bedeutet es, dass du jetzt glücklich bist?« Sie hakte ihre Finger in den Bund seiner Hose und riss ihn zu sich, bis sie dicht aneinanderstanden. »Oder vielleicht bist du noch immer wütend darüber, weil wir unterbrochen wurden, bevor ich beenden konnte, was ich zuvor angefangen habe.«

Seine Mundwinkel gingen nach oben. »Vielleicht ist es deshalb, weil du noch immer angezogen bist.«

»Dann hilf mir bei diesem Reißverschluss.« Sie drehte sich um. »Vorsichtig. Ich muss das Kleid morgen Genevieve zurückbringen.«

Er zog den Reißverschluss nach unten und fuhr mit den Knöcheln über ihre entblößte Wirbelsäule, bevor er ihr die schmalen Träger von den Schultern schob. Seine Hände gingen nach vorn, umfassten ihre Brüste und zwickten ihr leicht in die Nippel, bevor er das Kleid über ihre Hüften schob. Sie trat aus dem Stoffring zu ihren Füßen und legte das Kleid auf einen Küchenstuhl, womit sie ihm einen ausführlichen Blick auf ihr schwarzes Spitzenhöschen im Boycut und ihre goldenen Riemenschuhe mit Absätzen gewährte.

Jede Spur von Belustigung war aus seinem Gesicht gewichen, als sie sich umdrehte. Stattdessen war da nur unverhohlene Lust. Sie nahm seine Hand und führte ihn zur Couch. »Setz dich!«

Er hob eine Augenbraue und spielte mit ihr. Sie drückte gegen seine Brust, was so effektiv war, als würde man einen Ochsen mit einer Feder schlagen, doch er gab grinsend nach. Sie nahm sich ein Kissen vom Sofarand und legte es zwischen seine Beine auf den Boden. Sein Atem ging stoßweise, als sie seine heftige Erektion befreite und sich auf die Knie niederließ, und es war wie die Einstiegsdroge zu einer überwältigenden Sucht. Sie wollte sich vollständig in ihm verlieren.

Sie umfasste seinen großen Schaft und schloss die Lippen um seine Spitze, wobei sie mit der Zunge an den Rändern entlangfuhr. Sie saugte ihn tiefer in ihren Mund und wusste genau, was er wollte, da er leicht mit der Hand gegen ihren Hinterkopf drückte, dabei strich sie gegen die glatte Haut, während sie seine ganze Länge hinauf- und hinab fuhr.

»Fuck, ist das gut.« Seine Stimme klang heiser und angespannt. »Mehr.«

Den Blick fest auf seine Augen gerichtet, wich sie saugend zurück, bis die Spitze seines Schwanzes herausschnellte.

»Willst du es schneller?« Er nickte.

»Zeig es mir! Wirklich.«

Seine Augen verdunkelten sich zu einem unmöglichen Mitternachtsblau. Er griff fester in ihr Haar und führte sie zurück zu seinem Schwanz, um ihr genau zu zeigen, wie intensiv und wie schnell er es brauchte. Ihm in diesem Moment die Kontrolle zu überlassen, gab ihr ein Gefühl der Macht, nicht der Schwäche, denn es war ihre Wahl. Seine lauter und schneller werdenden Lustgeräusche zusammen mit dem salzigen Hauch auf ihren Lippen und dem würzigen Geruch in der Luft stachelten ihre eigene Erregung an, so dass sie die Schenkel zusammenpressen musste, um nicht zu explodieren.

Er ließ ihr Haar los und flüsterte ihren Namen, doch sein schneller Atem war Warnung genug, dass er kurz davor war, zu kommen. Sie saugte fester, bis er erschauerte, dann schluckte sie den heißen Strahl seines Orgasmus tief in ihren Hals.

Sie setzte sich zurück auf die Fersen und lächelte. »Zufrieden?«

Er beugte sich vor und stützte die Arme auf seine Oberschenkel, so dass sein Gesicht nur Millimeter von ihrem entfernt war. »Erst wenn du meinen Namen schreist.«

Die Luft wich zischend aus ihren Lungen. Sie erhob sich mit so viel Nonchalance, wie sie aufbringen konnte. »Hm, vielleicht morgen. Ich fühle mich ein wenig müde.«

Sie schlenderte zur Treppe, wobei sie das Klappern ihrer Absätze durch den Raum hallen ließ. Er ließ sie bis zur letzten Stufe kommen, bevor er mit unglaublicher Geschwindigkeit hinter ihr hergeschossen kam und sie mit dem Arm um die Taille einfing. Sie hatte nicht geglaubt, dass es für einen Mann möglich war, so schnell wieder hart zu werden, doch der unbestreitbare Beweis drückte sich gegen ihren Rücken.

Er führte sie zur Bettkante, bis ihre Knie gegen die Matratze stießen. »Höschen aus. Lass die Schuhe an.«

Er wartete nicht darauf, dass sie ihm gehorchte. Stattdessen hakte er die Daumen in ihr Höschen und riss es bis zum halben Schenkel herab, was sie heftig erschauern ließ. Mit einer Hand drückte er gegen ihren Venushügel und bearbeitete ihre Klit mit festem Druck, während er die andere über ihre Brust legte. Er küsste die zarte Haut an ihrem Halsansatz und tauchte zugleich seine Finger in sie hinein. Wegen der einstürmenden Gefühle schrie sie vor Lust, und ihre Knie gaben fast nach.

Gerade als sie dachte, nicht mehr ertragen zu können, verschwanden seine Hände von ihrem Körper. Er drückte gegen ihren Rücken, bis sie sich vorbeugte und die Hände aufs Bett stützte. Es folgte das Geräusch einer aufgerissenen Kondompackung. Er schob ihre Beine auseinander, so weit es das Gummi ihres Slips an den Beinen zuließ und versenkte sich in ihr.

Dieser Winkel gestattete es ihr, jeden der wunderbaren Millimeter von ihm zu spüren, die sie tiefer ausfüllten, als sie es je für möglich gehalten hätte. Sie stützte sich mit den Armen so fest es ging am Bett ab, um die volle Kraft seiner Stöße zu empfinden. Die Intensität ihrer Lust baute sich jedes Mal stärker auf, wenn sein Schwanz gegen die Stelle tief in ihrem Innersten stieß, die sich so gut anfühlte, dass ihr davon schwindlig wurde. Sie explodierte in Ekstase und vergrub ihr Gesicht in der Matratze, um ihre Schreie zu unterdrücken. Er kam wenige Stöße später, bevor er auf ihr zusammensank.

Sein Gewicht war fast erdrückend, doch sie vermisste sofort die Wärme seines schweißnassen Körpers, als er sich löste und ins Badezimmer ging. Sie zog die Schuhe aus und schlüpfte unter die dicke Decke, um auf seine Rückkehr zu warten.

Der Schlaf übermannte sie sofort, als er neben ihr ins Bett gekrochen kam.

Sie wusste nicht, wie lange sie weggewesen war, doch es war noch immer dunkel, als sie in einem angeschlagenen Dämmerzustand davon aufwachte, dass Nick sich aus dem Bett rollte.

»Ich bin gleich zurück«, flüsterte er, bevor er die Stufen hinunterstieg. Sie hatte keine Ahnung, was er vorhatte, doch ihr Verstand wurde lebendig, als er mit seinem Laptop zurückkehrte.

Die Wahl.

Er reichte ihr den Computer und legte sich neben sie. »Sehen wir mal, ob dieses Glück anhält.«

Mit zitternden Fingern loggte sie sich in den Mitgliederbereich der Website der Association ein. Ihr wurde eiskalt ums Herz, als sie die Ergebnisse las.

»Und? Sehe ich das neueste Vorstandsmitglied vor mir?«, fragte er mit neckend verführerischer Stimme.

»Nein«, sagte sie, als sie sich von dem Schock erholt hatte.

»Hast du verloren?«

»Schlimmer.« Sie biss sich auf die Lippen und kämpfte noch immer damit, es zu glauben. »Ich bin wegen unethischen Verhaltens von der Mitgliedschaft ausgeschlossen worden.«

Jillian hatte die Wahl wegen einer Formalität verloren, die nicht einmal in den Verordnungen der Association existierte. Zugegeben, die Beziehung mit einem Klienten sah nicht gut aus, doch nirgendwo in den Statuten verstieß das gegen die Regeln. Offensichtlich hatte es jedoch die Vorstandsmitglieder nicht davon abgehalten, am letzten Abend eine Sonderabstimmung einzuberufen, um rückwirkend eine undeutliche Regel über ethisches Verhalten zu schaffen, damit sie disqualifiziert wurde.

Die Wahl zu verlieren war natürlich ein Schlag für ihr Ego, worauf sie jedoch vorbereitet war. Doch aus der Association ausgeschlossen zu werden? Das war ein Makel, der ihre Karriere für Jahre beschädigen würde.

Sie hatte den ganzen Morgen damit verbracht, telefonisch

mit verschiedenen Vorstandsmitgliedern über ihren Fall zu diskutieren. Trotzdem bestand ihre einzige Option darin, Berufung gegen ihre Disqualifikation einzulegen, was wegen der Bearbeitung mindestens einen Monat dauerte. Dummerweise war die Frist zur Anfechtung der Wahl zwei Wochen. Sie war offiziell am Arsch.

»Kein Glück?«, fragte Nick und reichte ihr einen Teller mit Toast und Eiern, als sie den Hörer mit einem frustrierten Knurren auflegte.

Sie schüttelte den Kopf. »Parsons steckt dahinter. Das muss er sein. Doch woher hat er überhaupt gewusst, dass wir zusammen sind?« Parsons hatte das Motiv – er war der hinterhältigste Agent, den sie je getroffen hatte –, doch die Methode entzog sich ihrem Verständnis.

»Vielleicht hat er uns letzte Nacht gesehen.«

»Er war weder bei der Veranstaltung noch bei der Afterparty.«

Nick war so rücksichtsvoll, sie nicht dazu zu drängen, mehr zu erzählen oder sich lockerzumachen, während sie ihr Frühstück aß. Er gab ihr den Raum, sich in sich selbst zurückzuziehen, wo ihr hochgradig analytischer Verstand darüber grübeln konnte.

»Komm schon«, sagte er, nachdem sie aufgegessen hatten.

»Wohin gehen wir?«

»Wenn du dich so damit verausgabst, darüber nachzudenken, dann solltest du wenigstens deinen Körper entspannen.« Er führte sie nach oben ins Badezimmer und drehte den Wasserhahn auf.

»Habe ich dir schon gesagt, wie großartig du bist?«

»Kein einziges Mal«, sagte er ironisch. »Doch ich fange an, mich zu fragen, ob du mich oder meine Badewanne mehr magst.«

»Kein Kommentar.« Sie zog sein T-Shirt aus und glitt in das warme, schaumbedeckte Wasser.

Sich in der Badewanne zu entspannen, half ihr dabei, etwas von ihrer Frustration zu lösen. Es brachte nichts, sich weiter mit der Wahl zu beschäftigen, und sie musste an diesem Morgen an andere wichtige Dinge denken. Sie musste sich zum Beispiel überlegen, wie sie das Video, das ein Loch in ihr Telefon brannte, am besten nutzen konnte, um Nicks Position in der Mannschaft zu festigen. Sie war noch immer nicht vollständig glücklich bei dem Gedanken, Liakos bloßzustellen, sosehr er auch ein öffentliches Anprangern verdiente, da es kein positives Ergebnis für Nick garantierte. Es bestand sogar das Risiko, ihn als rachsüchtig erscheinen zu lassen. Wenn Liakos verlangte, dass Nick beim Team bliebe, hätte die Geschäftsführung der Vipers große Schwierigkeiten damit, seinen Wünschen nicht nachzukommen.

Doch das war es nicht, was Nick wollte. Er wollte Gerechtigkeit. Fairness. Und als seine Agentin war es nicht an ihr, ihn zu etwas anderem zu überreden. Es war ihre Aufgabe, einen Weg zu finden, damit es klappte.

Erst als Nick ins Badezimmer zurückkehrte und einen glänzenden silbernen Schlüssel auf den Sims legte, bemerkte sie, dass sie jedes Gefühl für Zeit verloren hatte.

»Was ist das?«

»Ein Schlüssel zu meiner Wohnung. So kannst du meine Badewanne so oft benutzen, wie du willst, wenn ich weg bin. Oder dich in den Nächten, wenn du lange arbeitest, in mein Bett schleichen, ohne mich zu wecken.«

Sie wischte sich die feuchten Haare aus der Stirn.

»Warum?«

»Weil man manchmal tun muss, was sich richtig anfühlt.«

Eine Million Gefühle wirbelten in ihr herum. Sie waren noch nicht lange genug zusammen für diese Art von Zugeständnis. Es war zu viel, zu schnell. Und doch … fühlte es sich richtig an. Trotz des katastrophalen Ergebnisses der Wahl bereute sie es nicht, sich in Nick verliebt zu haben. Er machte sie auf eine

Weise glücklich, die sie niemals für möglich gehalten hätte. »Danke!«

»Nur damit du es weißt, ich habe mir auch eine Kopie von deinem Wohnungsschlüssel gemacht.«

Sie musste lachen. »Warum? Um meine schrecklichen Sanitäreinrichtungen und kaputte Heizung genießen zu können?«

»Nein. Damit ich heute Morgen dieses Loch in der Wand verputzen kann, bevor ich zur Arena fahre.« Er beugte sich vor und gab ihr einen kleinen Kuss auf die Wange. »Du kannst den Schlüssel nehmen, um abzuschließen, wenn du fertig bist.«

23

Eins von Jillians bestgehüteten professionellen Geheimnissen bestand darin, dass sie sich auf ihre härtesten Verhandlungen vorbereitete, indem sie ihre am heftigsten mit Rüschen besetzte Unterwäsche anzog und den schaumigsten, mädchenhaftesten, koffeinhaltigsten Drink konsumierte, den Starbucks als Monatsspecial anzubieten hatte. Das war ihr persönliches Äquivalent eines Stinkefingers an alle, die es wagten, sie aus dem Grund zu unterschätzen, dass sie eine Frau war.

Bewaffnet mit einem Tanga, der bei jeder Burlesque-Show prima ins Bild gepasst hätte, und einem supergroßen Karamell-Latte in der Hand, ging sie früh am Morgen zu Tysons mehrgeschossigem Büro in der Stadt. Er war nur widerwillig dazu bereit gewesen, so kurzfristig alle Termine abzusagen und sich mit ihr zu treffen – und noch abgeneigter, Coach Williams an einem Spieltag herzubitten –, doch sie hatte deutlich gemacht, dass ihnen die Alternative bedeutend weniger gefallen würde.

Sie war zwei Stationen vorher aus der U-Bahn ausgestiegen, um beim Gehen etwas Energie zu verbrennen. Sie liebte diese Art von Tag: Wo die Sonne in voller Kraft schien und die Winterkühle endlich der warmen Frühlingsmilde wich. Ein Tag, an dem sie nicht anders konnte, als optimistisch zu sein, trotz des schrecklichen Starts an diesem Morgen. Sie spürte es in ihrem Blut, dass sich die Dinge drastisch verändern würden. Für Nick die Vertragsverlängerung zu sichern, war so drastisch, wie es nur ging.

Sie winkte dem Sicherheitsmann am Eingangsschalter, während sie zu den Aufzügen ging, und bemerkte erleichtert, dass dort keine Warteschlange war und sogar einer wartete. Sie trat ein und drückte den Knopf für Tysons Etage.

»Moment.« Eine Hand schlug gegen die Metalltür, bevor sie schloss, so dass sie sich wieder öffnete. »Sieht so aus, als hätte ich es gerade rechtzeitig geschafft.«

Sie bereitete sich auf ein wenig höflichen, wenn auch ungewollten Small Talk während der Fahrt nach oben vor, doch ihr Lächeln verschwand in dem Augenblick, als sie sah, wer da zu ihr in den Lift getreten war. Hektisch drückte sie auf den Knopf zum Öffnen der Tür, doch es war zu spät. Für die nächsten sechsundzwanzig Etagen steckte sie gemeinsam mit Sebastian Liakos im Aufzug fest.

Er trat näher, so dass sie in der Ecke gefangen war. »Witzig, hier auf dich zu treffen.«

»Zum Brüllen«, erwiderte sie, während sie ihm nicht die Genugtuung geben wollte, zu bemerken, wie unbehaglich ihr mit ihm in dem engen Raum war.

Seine Lippen verzogen sich zu einem Feixen, das jede Attraktivität aus seinem Teenie-Mädchenschwarm-Gesicht auslöschte. »Vielleicht ist ›witzig‹ das falsche Wort. Wie wäre es mit ›hinterhältig‹, da du doch über das, was gestern Nacht geschehen ist, den Mund halten wolltest. Und trotzdem bist du jetzt hier.«

Ein Schauer fuhr ihr über die Haut, so dass sich die Haare in ihrem Nacken aufstellten. Männer, die Frauen mit physischer Gewalt drohten, waren die schlimmste Sorte Abschaum, obwohl das in dieser Branche nicht ungewöhnlich war. Doch es war das erste Mal, dass sie mit jemandem in einem Fahrstuhl eingeschlossen war, von dem sie wusste, dass er zu unkontrollierter, erbarmungsloser Gewalt fähig war.

»Vielleicht bin ich nur gekommen, um nachzusehen, ob du dich an deinen Teil des Handels hältst. Oder vielleicht habe ich andere Geschäfte hier, die gar nichts mit dir zu tun haben.«

»Ich bin der Star des Teams. Alles, was mit den Vipers zu tun hat, hat auch mit mir zu tun.« Seine Arroganz war so widerlich wie sein Atem. Er schnippte ihr mit dem Finger eine Haarlocke aus dem Gesicht und lächelte, als sie zurückfuhr.

Scheiß drauf! Sie streckte den Arm an ihm vorbei und drückte den Knopf, um in der nächsten Etage auszusteigen. Er erfasste ihr Handgelenk und hielt es so fest, dass es schmerzte. »Wir sind noch nicht fertig mit Reden.« Er ließ sie los, doch ihre Erleichterung war nur von kurzer Dauer, da er sofort den roten Stoppknopf drückte und der Aufzug zum Stehen kam.

Sie verschränkte die Arme und verhärtete ihren Ausdruck. »In Ordnung: Rede!«

»Du denkst vielleicht, du hast etwas gegen mich in der Hand, doch das ist nichts im Vergleich zu dem, was ich über Salinger habe.«

»Was denn? Hast du herausgefunden, dass er auf der Highschool den Unterricht geschwänzt hat? Oder dass er im letzten Jahr bei Rot über die Ampel gegangen ist? Jeder weiß, dass er ein wildes Temperament hat, doch er ist ein offenes Buch. Es gibt nichts, was du über ihn weißt, was in irgendeiner Weise belastend wäre.«

»Aber warum sollte mir denn die Wahrheit bei dem, was ich will, im Weg stehen?« Für einen kurzen Moment war sie verunsichert. Sie hatte sich schnell wieder gefasst, doch nicht schnell genug, als dass Liakos es nicht bemerkt hätte. Seine Nasenflügel bebten, als würde er bereits einen Sieg feiern. »Weißt du noch, dieses Mädchen, mit dem ihr mich gestern Abend gesehen habt? Wie sich herausgestellt hat, bin ich dann doch unwiderstehlich. Lacy hatte einen Sinneswandel, nachdem ihr sie gestern verscheucht habt. Sie wird jedem, der sie danach fragt, bereitwillig sagen, dass sie von Salinger geschlagen wurde, nachdem sie ihn abgewiesen hatte. Das ist der Grund, weshalb er und ich uns gestritten haben.«

Alles Blut war ihr aus dem Gesicht gewichen. »Das würdest

du nicht tun. Das Video mit dir ist belastend, ob dir jemand deine Geschichte glaubt oder nicht.«

»Es würde trotzdem ausreichen, um Salinger zu zerstören.«

Er hatte recht. Eine solche Anschuldigung würde Nick ruinieren, lange bevor sie seinen Namen wieder reinwaschen könnten. »Was willst du?«

»Ich will, dass er leidet.«

Sie kniff die Augen zusammen. »In derselben Mannschaft mit einem Arschloch wie dir zu spielen, ist doch Qual genug, findest du nicht?«

Liakos lachte. »Leider nein. Er war schon immer ein nervendes Arschloch, doch trotz allem war er in diesem letzten Monat schockierend glücklich. Ich dachte, das hätte daran gelegen, weil er weniger Schläge auf den Kopf bekommen hat, doch nach der letzten Nacht kenne ich den Grund. Es war deinetwegen.«

Sie spürte, wie sich Furcht in ihrem Magen zusammenballte. »Spuck es aus, Liakos!«

»Ich werde den Mund halten, wenn du dich von Salinger trennst.«

***

Nick stieß sich von der Bande ab und skatete wild zu seiner blauen Linie, ohne sich weiter darum zu kümmern, dass er den Spieler von Detroit in einem verknautschten Haufen zurückließ. Es war ein sauberer Schlag, und er hatte den Rechtsaußen stoppen müssen, da er sich den freien Puck geschnappt und damit in Richtung des Tors der Vipers losgegangen war. Sie mussten jedes verbleibende Spiel gewinnen, um sich für die Play-offs zu qualifizieren, und er würde auf keinen Fall zulassen, dass Detroit in den letzten dreißig Sekunden zu einem Unentschieden aufholen würde.

Er hatte den Schläger gegen seinen Gegner gedrängt, ihm

den Puck abgenommen und einen schnellen Pass geschossen. Luke nahm den Puck an und brachte ihn in die Ecke. Ellison, ihr Mittelstürmer, kam dem Verteidiger beim Puck zuvor und ließ ihn genau im rechten Moment an der Vorderseite des Tors entlanggleiten, damit Luke einen schnellen Schuss abfeuern konnte. Der Puck flog an der Hand des Torhüters vorbei und prallte am Pfosten ab.

Pech, doch es spielte keine Rolle. Der Buzzer erklang, bevor der Puck wieder die Mittellinie überquerte.

Es war schon verdammt lange her, dass er mit so einem optimistischen Gefühl ein Spiel beendet hatte. Es war nicht nur der Sieg, es war der Zusammenhalt der Mannschaft. Die Spielzüge, die der Coach ihnen während der vergangenen paar Monate beim Training eingetrichtert hatte, waren endlich nahtlos auf dem Eis umgesetzt worden. In der Umkleidekabine gab es keine dummen Zankereien, die die Jungs ablenkten, und obwohl es sich mit Liakos in einem Raum anfühlte, als würde man von Höllenfeuern angezüngelt werden, wusste Nick, dass Jillian die Situation im Griff hatte, so dass er sich auf das Spiel konzentrieren konnte.

Er nahm seinen Helm ab, skatete zur Bank und spritzte sich etwas Wasser aufs Gesicht und in den Mund, bevor er der jubelnden Menge bei diesem Heimspiel zuwinkte.

Coach Phillips schlug ihm auf den Rücken. »Großartiger Job da draußen.« Der Kommentar überraschte Nick so sehr, dass er fast auf seinen Schlittschuhen hintenübergefallen wäre.

Luke kam an seine Seite. »Du bist heute auf den ersten Platz gekommen, was die Anzahl der Torvorlagen für einen Verteidiger in der Liga betrifft.«

Nick versuchte, schnell in seinem Kopf nachzurechnen, und fuhr sich dann mit der Hand durch das feuchte, klebrige Haar. »Mann, Scheiße! Du hast recht.« Er hatte sich so darauf konzentriert, das Spiel zu spielen, dass er völlig die Einsätze vergessen hatte.

Luke schüttelte den Kopf. »Alter, wie kann jemand, der so arrogant ist wie du, so bescheiden sein?«

»Natürliches, gottgegebenes Talent«, erwiderte er todernst.

»Oder einfach nur verdammtes Glück. Wie auch immer, wir feiern heute Abend.«

Das restliche Team schien Lukes Enthusiasmus zu teilen, weshalb Nick zustimmte, sich mit ihnen nach dem Spiel im Pub zu treffen, wobei er hoffte, dass Jillian es verstehen würde. Mit etwas Glück würde sie sich sogar anschließen, wie die meisten der anderen Frauen und Freundinnen im Team.

Er nahm sich seine Zeit, um fertig zu werden, und genoss die ruhige Atmosphäre in der Umkleidekabine, die so lange nicht vorhanden war. Die meisten Neulinge waren vom angrenzenden High-Tech-Vorführraum begeistert, mit seinen Dutzenden Monitoren, schwarzen Sesseln und der Minibar, doch für Nick waren es die kleineren Details, die diesen Ort besonders machten. Die dunklen Kirschholzbänke an den Wänden und das verschachtelte Logo der Vipers in der Mitte des schwarzen Teppichs wirkten noch immer so gepflegt und Ehrfurcht gebietend wie beim ersten Mal, als er vor fast einem Jahrzehnt diesen Raum betreten hatte. Der eingravierte Name jedes Spielers in der Goldleiste vor seinem Spind erinnerte ihn daran, dass es etwas Besonderes war, in dieser Liga für diese Mannschaft zu spielen.

Früher oder später würde seine Zeit hier zu Ende sein. Der Gewinn des Stanley Cups würde sein Vermächtnis an diesem Ort für immer sichern.

Er war einer der Letzten, die nach dem Spiel hinausgingen, trotzdem war die Reportermenge vor der Umkleidekabine wie ein Insektenschwarm. Er wappnete sich für die üblichen Fragen über sein Verhalten. Sein Temperament. Ob es ein befriedigendes Gefühl sei, zu sehen, wie sich seine Gegner vor Schmerz krümmten, oder das Krachen ihrer Schutzpolster gegen die Glasscheibe zu hören.

Doch diese Fragen kamen nicht. Einer der üblichen lokalen Sportreporter hielt ihm ein Mikrophon ins Gesicht. »Hey Salinger, dein Spiel hat sich in den letzten paar Monaten dramatisch verändert. Du bist von einem der härtesten Spieler der Liga zu einem der besten Spielmacher geworden. War das eine bewusste Entscheidung von dir oder vom Trainerstab?«

»Ich mache das, was nötig ist, um den Vipers dabei zu helfen, in diesem Jahr die Play-offs zu schaffen.«

»Dein Team steht gleichauf mit Montreal für den letzten Play-off-Platz. Kann man damit rechnen, dass die Vipers im Mai noch auf dem Eis sein werden?«

Er hasste solche dummen Fragen, doch Jillians Training zeigte Früchte. Sie wollte, dass er jede Frage beantwortete, als wäre sie gottverdammt noch mal Pulitzerpreis-verdächtig und indem er alles auf die Bedeutung des Teams lenkte. »Wir wissen, wie wir zum richtigen Zeitpunkt unseren Rhythmus finden. Ob auf dem Eis oder außerhalb, unsere Mannschaft ist stärker als je zuvor und wir wollen in diesem Jahr den ganzen Weg bis zu den Endspielen kommen.«

Der Reporter grinste. »Das wäre eine verdammt gute Geschichte.«

»Wir sind immer gut für Überraschungen.«

»Hey, Punisher«, rief ein anderer Reporter. »Ohne irgendwelche Kämpfe in den letzten fünfzehn Spielen und eine persönliche Bestleistung an Punkten, hast du da schon einmal darüber nachgedacht, deinen Spitznamen zu ändern?«

Nick lachte. »Das ist eine Frage für die Fans, nicht für mich.«

Zu seiner Überraschung wurde jetzt nach seinem kommenden Auftritt bei einer Umweltorganisation gefragt, den Jillian für ihn am nächsten Wochenende anberaumt hatte. Noch überraschender war es, dass er nicht wegen der Authentizität seiner Wohltätigkeitsarbeit in die Mangel genommen wurde. Die an ihn gerichteten Fragen drehten sich um Social-Media-Links und wie sich die Fans daran beteiligen konnten. Er hatte Mühe, sich an die Adresse der Website zu erinnern, doch der Reporter versicherte ihm, dass sie bei der Ausstrahlung den korrekten Link anzeigen würden.

Es dauerte fast fünfzehn Minuten, bis er es schaffte, sich von den Reportern zu lösen und zu seinem Auto in der Tiefgarage zu gehen, wo es leise genug war, um Jillians Nummer zu wählen.

Er beendete den Anruf vor dem ersten Klingelzeichen, als er sah, dass sie auf ihn wartete.

»Das hier sollte aber ein gesicherter Parkplatz sein«, neckte er sie. »Nur für Spieler.«

»Es ist schon lustig, wie eine Frau die Regeln brechen kann, wenn sie die Agentin des heißesten Spielers im Team ist.« Ihr Lächeln und ihre ironischen Worte waren so vertraut wie der florale Duft ihres Parfüms, doch da war noch etwas anderes. Ihre Schultern waren viel zu verspannt. An der Oberfläche ihres starken Auftretens war eine fremde Verletzbarkeit. Sie hatte ihre übergroße Handtasche über die Schulter gehängt und hielt sie wie einen Schild vor ihrer Brust.

»Du solltest wissen, dass es sogar noch größere Vorteile für die Freundin des heißesten Spielers im Team gibt.« Er beugte sich zu ihr, doch sie streckte den Rücken, als hätte sich ihre Wirbelsäule in Metall verwandelt. »Was ist los? Ist heute alles gutgelaufen mit Tyson?«

Ihr lautes Ausatmen wurde von den widerhallenden Wänden der Tiefgarage verstärkt. »Ich habe das Video nicht übergeben.«

»Warum nicht?«

»Weil es nicht der richtige Schritt ist. Ein zu großes Risiko, dass es nach hinten losgeht.«

»Und du bist damit einverstanden, dass Liakos mit dem davonkommt, was er getan hat? Mit allem, was er getan hat?«

Sie schüttelte den Kopf. »Ich verstehe, dass du ihn dafür bestrafen willst, wie er Ben verletzt hat. Doch mein Job ist es, für dich die beste Vertragserneuerung herauszuholen, die ich kann. Ben ist nicht mein Klient. Du bist es.«

Er fuhr sich mit der Hand durchs Haar. »Darüber sprechen wir später, in Ordnung? Heute Abend möchte ich ausgehen und mit dem Team und der klügsten, wildesten, schönsten Frau an meiner Seite das Spiel feiern.«

»Das ist keine gute Idee«, sagte sie leise.

»Du willst lieber zu Hause bleiben? Das können wir auch machen.«

»Nein … Ich meine, nichts davon ist eine gute Idee.«

Er war verwirrt und versuchte, sich auf die unverständlichen Hinweise in ihren Worten und ihrer Körpersprache einen Reim zu machen. »Ist das wegen der Wahl? Wenn du dich eine Zeit lang unauffällig verhalten willst, dann ist das okay.« Es gefiel ihm nicht, doch er war bereit dazu, so lange wie nötig darauf zu warten, bis sie zurückkehren würde.

»Es ist nicht nur das. Es ist das verspachtelte Loch in meiner Wand heute Morgen und die Schlüssel …«

»Zu viel? Das kann man leicht beheben. Ich werde dir die Schlüssel zurückgeben.«

Sie presste die Augenlider zusammen, als hätten seine Worte an ihrer Haut gekratzt. »Es ist so einfach für dich, weil du nichts zu verlieren hast. Mein Ruf ist alles in diesem Geschäft, und jetzt gerade ist meine ganze Karriere unseretwegen in Gefahr. Nach dieser bescheuerten Disqualifikation kann ich es mir nicht leisten, irgendwelche dummen Fehler mit deinem Vertrag zu machen. Nicht, wenn ich mir noch ein wenig Glaubwürdigkeit in diesem Geschäft bewahren möchte. Von jetzt an muss unsere Beziehung rein professionell sein.«

»Denkst du, ich hätte hierbei nichts zu verlieren? Verdammt, Jillian. Zum ersten Mal in meinem Leben gibt es etwas, das mir wichtiger ist als Eishockey. Mehr als der Cup. Bei mir geht es um alles.«

Seine Brust hob sich von der Anstrengung, die explodierende Wut in sich zurückzuhalten. Ihre Augenränder waren rot und feucht von Tränenschimmern, doch sie zeigte keine weitere Reaktion. »Wir stehen so nah wie noch nie vor einer Vertragsverlängerung mit den Vipers. Ich werde so lange als deine Agentin dranbleiben, wie du mich haben willst, mehr aber nicht. Nachdem der Vertrag abgeschlossen ist, müssen wir nicht mehr so viel Zeit miteinander verbringen. Eigentlich können wir ab sofort vollständig auf direkten Kontakt verzichten und alles auf elektronischem Wege erledigen. Ich glaube, so ist es das Beste.«

Sie ging an ihm vorbei, ohne auf seine Antwort zu warten.

»Das ist aber nicht das, was ich will«, rief er aus.

Sie blieb nicht stehen. Drehte sich nicht um. Ging einfach durch den nächsten Ausgang, als hätte sie ihn gar nicht gehört.

24

»Überraschung! Hier ist deine persönliche Aufmunterungstruppe zu deiner Rettung!«

Nick versuchte, seine Vordertür wieder zuzuschlagen, doch Lukes Schuhe, Größe 47, hielten ihn davon ab. Er hätte es drauf ankommen lassen, sie auch auf Kosten von Lukes Knochen zu schließen, doch sie führten in der ersten Runde der Play-offs mit drei Spielen zu zwei und der Linksaußen hatte gerade Aufwind beim Torschießen.

»Wenn du uns nicht reinlässt, werde ich gleich hier im Flur singen und tanzen, dass alle deine Nachbarn es hören. Ich schwöre, ich klinge fast wie Céline Dion, wenn ich die hohen Töne treffe.«

»Er meint es verdammt ernst, Mann«, sagte Mike mit finsterem Blick. »Ich habe Bier dabei, also lass uns jetzt rein.«

Nick öffnete widerwillig die Tür. Das Letzte, was er jetzt wollte, war, mit anderen Leuten zusammen zu sein. Vor allem zwei Jungs aus dem Team, die genau wussten, warum er wie ein Idiot mit gebrochenem Herzen herumjammerte. »Ich muss nicht aufgemuntert werden.«

»Nein, aber du musst diesen Play-off-Bart unter Kontrolle bekommen, du Waldschrat.«

»Hör nicht auf ihn«, sagte Mike. »Er ist nur neidisch, dass bei einem achtjährigen Mädchen mehr Haare im Gesicht wachsen als bei ihm.«

Tatsächlich sah Luke wie ein überwucherter Pfirsich aus, wenn er seine blonden Stoppeln wachsen ließ, doch Nick wusste auch, dass sein eigener Bart langsam etwas zottelig wurde. Er konnte sich nicht zum Rasieren überwinden, ohne an Jillian zu denken. Verdammt, es waren jetzt fünf Wochen vergangen, seit sie die Beziehung beendet hatte, und so ziemlich alles erinnerte ihn an sie.

Mike nahm sich ein Bier aus dem Sechserpack und ging zur Couch. »Können wir schnell den Scheiß mit dem Reden-wir-über-unsere-Gefühle hinter uns bringen, damit wir dann wie richtige Männer ein paar Videospiele spielen können?«

»Ich habe keine Gefühle.« Nick setzte sich zu Mike auf die Couch und nahm den zusätzlichen Xbox-Controller vom Wohnzimmertisch.

Luke stellte sich mit verschränkten Armen vor den Fernseher. »Bullshit. Dir geht es seit Wochen schlecht und der Grund ist verdammt offensichtlich. Wir haben Jillian in letzter Zeit nicht mehr gesehen, was uns glauben lässt, dass du es mit ihr verbockt hast. Und auch wenn du noch immer wie ein junger Gott spielst, wollen wir, dass du glücklich bist. Richtig, Mike?«

Der Torhüter knurrte auf eine Art, die wie Zustimmung klang. Vielleicht war es auch nur ein Rülpsen.

»Ich weiß nicht, was ich gemacht habe«, gestand Nick. Er hatte versucht, sich an ihre Regeln zu halten und den Kopf im Spiel zu lassen, hatte gehofft, dass sie es als Zeichen dafür sah, wie sehr er sie zurückwollte, doch es hatte nicht funktioniert. In der ersten Woche, nachdem sie es mit ihm beendet hatte, hatte er sie anzurufen versucht und war bei ihr vorbeigefahren, doch sie weigerte sich, seine Anrufe zu beantworten oder die Tür zu öffnen. Sie erhielt jedoch seine Nachrichten, denn sie antwortete auf alle arbeitsbezogenen Fragen umgehend mit einer Mail. »Und ich bezweifle, dass es mir helfen wird, mit euch einsamen Arschlöchern zu reden.«

»Er hat recht«, sagte Mike zu Luke. »Also setz dich und sieh dabei zu, wie ich Nick mit seinem eigenen Avatar bei NHL 16 den Arsch aufreiße.«

Luke holte sich ein Bier, um sich zu ihnen auf die Couch zu setzen. »Gut. Hast du wenigstens Ben um Rat gefragt?«

»Er meinte, ich sollte sie mit einer großen Geste um Verzeihung bitten.« Er hatte nicht nach weiteren Erklärungen verlangt, da sein Bruder mit Trevor für Spring Break im Paradies war. Ben verdiente es, Mai Tais zu trinken und sich am Strand zu erholen, und nicht, sich darum zu kümmern, das hoffnungslose Liebesleben seines älteren Bruders in Ordnung zu bringen.

»Was zur Hölle soll das heißen?«, fragte Mike.

Nick zuckte mit den Schultern.

Luke seufzte. »Es bedeutet, dass du etwas richtig Großes tun musst, um ihr zu zeigen, dass du sie liebst. Richtig groß. Und noch besser, wenn es für dich peinlich ist.«

Nick warf ihm einen neugierigen Blick zu.

»Was? Claire kennt sich mit solchen Sachen aus.«

»Es war ja etwas Schönes, was ich für Jillian getan habe, was sie vor allem verärgert hat.« Zumindest war das die beste Erklärung, die ihm einfiel. Anders konnte er sich nicht erklären, warum sie ihn so überrumpelt hatte. Und ja, vielleicht hatte er ein wenig übertrieben, doch er wusste verdammt gut, dass sie genauso empfand. Alles zwischen ihnen war zu intensiv, zu echt gewesen, um jetzt wie eine schmutzige Serviette weggeworfen zu werden. Sie hatte Angst bekommen und ihn von sich weggeschoben. Verdammt, vielleicht war sie diejenige, die angekrochen kommen sollte.

Was natürlich Blödsinn war. Er würde bis ans Ende der Welt gehen, wenn er sie auf diese Weise zurückbekommen würde. Das Problem war, dass sie ihn nicht ließ.

»Was hast du denn gemacht?«, fragte Mike.

Er nahm einen großen Schluck Bier und ließ sich den bitteren Geschmack durch den Mund gehen. »Hab ein Loch in ihrer Wand verputzt und ihr die Schlüssel zu meiner Wohnung gegeben.«

»Wirklich? Dann ist das genau das Problem«, sagte Luke,

als hätte er gerade das Heilmittel gegen Krebs entdeckt. »Du hast versucht, sie mit einem Taschenmesser und einer Schleifmaschine für dich zu gewinnen. Das ist nicht gerade der Gipfel an Romantik, Kumpel.«

»Geh aufs Ganze oder geh nach Hause«, fügte Mike hinzu.

»Was schlagt ihr mir vor?«

Mike lachte und nahm seinen Controller. »Scheiße, weiß ich doch nicht.«

»Claire hat mir einmal vorgeschlagen, bei einer Schülerversammlung dem Direktor das Mikrophon aus der Hand zu nehmen und Jenni Neilson öffentlich um Vergebung zu bitten, nachdem sie mich dabei erwischt hatte, wie ich bei einer Party mit der Kapitänin der Cheerleader herumgemacht habe.«

»Hat es geklappt?«, fragte Mike.

»Nein, außer es war Claires heimlicher Plan, mir eine Woche Nachsitzen zu verschaffen. Doch immerhin hat es dazu geführt, dass ich mit dieser Cheerleaderin zum Abschlussball gegangen bin.« Luke lehnte sich mit hinter dem Kopf verschränkten Armen zurück und wackelte mit den Brauen.

Mike warf Luke ein Kissen ins Gesicht.

»Nichts davon wird funktionieren. Jillian wollte keine öffentliche Beziehung. So ein Schwachsinn würde sie nur noch weiter von mir wegstoßen«, knurrte Nick.

»Ja, und? Gibst du jetzt einfach auf?«, fragte Luke.

Nick blickte finster drein, doch selbst Mike sah ihn ungläubig an. »Nein. Ich werde das machen, was sie will. Werde meinen Kopf unten lassen, mich aus Ärger raushalten, und den Stanley Cup gewinnen. Doch vorher werde ich den Rest von eurem Bier trinken und euch zeigen, wie man richtig Xbox spielt.« Er drückte den Startknopf an seinem Controller, um das Spiel zu beginnen. Die Gegenspieler standen leblos auf dem Bildschirm, während er um sie herumdribbelte und in Rekordzeit punktete, bis er bemerkte, dass Mikes Controller unberührt neben ihm auf der Couch lag.

Nick seufzte. »Gut. Es gab da eine Sache, die ich für sie tun wollte. Sie wird es wahrscheinlich hassen, doch es wird mich verrückt machen, wenn ich es nicht tue. Zufrieden?«

»Sag uns nur Bescheid, wie wir helfen können«, sagte Luke grinsend.

***

»Werden wir dafür verhaftet werden? Ich bin zu hübsch für ein Polizeifoto«, jammerte Luke.

»Nicht, wenn du den Flur beobachtest und uns warnst, wenn jemand kommt«, knurrte Nick, während er Jillians Bürotür öffnete. Er hatte den Schlüssel zusammen mit dem von ihrer Wohnung kopiert, weil er vorhatte, ihren schäbigen Schreibtisch zu reparieren, doch jetzt hatte er größere Pläne. Eine Frau, die so hart wie sie arbeitete, verdiente ein Büro, das genauso gepflegt und elegant war wie sie.

Trotz des neuen Schlüssels hatte er mit dem Schloss überhaupt keine Schwierigkeiten. Es öffnete sich sogar so leicht, dass er die ganze Tür mit einem kräftigen Stoß hätte öffnen können. Auf jeden Fall etwas, worüber er mit dem Hausmeister sprechen musste.

Mike trat hinter ihm in den fensterlosen grauen Raum. »Guter Gott, das ist ja eine Schutthalde.«

Nick ärgerte diese Beleidigung, doch er hielt den Mund. Aus diesem Grund schlichen sie sich ja in ihr Büro. Sie war über Nacht auf einer Reise zu einem Klienten in Texas. Das hatte er nur erfahren, weil er sie danach gefragt hatte, ob sie heute Abend zu dem Spiel kommen würde, nachdem sie ihre wochenlange Funkstille mit einer E-Mail gebrochen hatte, in der sie ihn darüber informiert hatte, dass die Vipers kurz davor waren, ihm ein Vertragserneuerungspaket anzubieten.

»Fang mit dem Vermessen an.« Er reichte Mike das Maßband und einen Notizblock und machte sich an dem wackligen

Bein ihres Schreibtisches an die Arbeit. Es war nicht gerade eine großartige Geste, ihre ruinierten Ikeamöbel in Ordnung zu bringen, doch das verdammte Ding hatte ihn die ganze Nacht wachgehalten, da er sich Sorgen machte, dass es schließlich unter ihr zusammenbrechen würde. Der eigentliche Plan war jedoch, den Schreibtisch vorläufig zu reparieren und sich dabei die genauen Maße für eine komplette Neugestaltung zu holen. Dafür wollte er einen der besten Innendesigner der Stadt anheuern, damit er es auf keinen Fall vermasseln würde.

Luke stürzte in den Raum. »Jungs!«

Nick griff wegen des Panikanflugs in Lukes Stimme sofort fluchtbereit nach seinem Werkzeugkoffer. »Scheiße, ist sie hier?«

»Nein. Ich habe mich nur gerade daran erinnert, dass wir gar nicht in dem Frühstücksladen reserviert haben, wo ich nachher gern hingehen würde. Es wird gerammelt voll sein und ich habe mich schon so auf ihren Räucherlachs Benedict mit Bratkartoffeln gefreut.«

Nick war sich nicht sicher, ob er seinen Freund dafür schlagen sollte, dass er ihn halb zu Tode erschreckt hatte, oder darüber lachen. Da Luke es gelungen war, etwas von der Anspannung der unheimlich stillen Morgenstunde zu nehmen, hielt er sich an Letzteres. Er sah auf Jillians Schreibtischuhr. »Es ist erst drei Minuten vor sieben, und wir werden in fünfzehn Minuten wieder draußen sein. Wir werden es noch vor dem Morgenansturm schaffen.«

»Du sagst das jetzt, aber du weißt nicht, wie viele Leute sich für ihre Eier anstellen.« Er rieb sich den Magen, bevor er auf seinen Posten im Flur zurückkehrte.

Nick zog den Schreibtischstuhl hervor, versuchte zu ignorieren, wie ihr Duft in dem abgenutzten Leder zu hängen schien, und ließ sich mit seinem Werkzeugkoffer unter ihrem Schreibtisch nieder. Er fuhr mit der Hand über das furnierbedeckte Sperrholz, um die Länge des Risses auszumachen und blieb mit seiner Hand an etwas Kleinem und Hartem an der Fuge hängen. »Was zum Teufel ist das?«

Mike hörte ihn murmeln und kam näher, um nach der Quelle des Problems zu sehen. Nick runzelte die Stirn, als sich der Ausdruck seines Freundes verdunkelte und andeutete, dass er wohl nicht ganz unrecht mit seiner Annahme hatte, dass dies etwas anderes war als nur eine billige Plastikschraube.

»Gehen wir«, sagte Nick.

Sie packten schnell zusammen und verschlossen die Tür.

»Schon fertig?«, fragte Luke.

Nick schüttelte den Kopf. »Planänderung. Jemand hat ein Mikrophon in Jillians Büro installiert, und ich bin mir ziemlich sicher, dass ich genau weiß, wer dieser Hurensohn war.«

25

»Wir bedauern es, Sie darüber informieren zu müssen, dass unser Programm studentische Praktikanten nur an Agenturen vermittelt, die von der NYAPSA akkreditiert werden, und können deshalb Nichols Sports Management nicht auf die Auswahlliste für das kommende Semester stellen. Das ist Bullshit!« Das war die fünfte Mail dieser Art in den letzten sechs Wochen in Jillians Posteingang. Sie schlug ihr Laptop zu und hielt ihr Telefon näher ans Ohr. »Jedes Sportmanagementprogramm im Staat hat mich von seiner Praktikumsliste verbannt.«

»Na und? Scheiß auf sie«, sagte Genevieve. »Wenn sich eine Tür schließt, dann such dir eine Brechstange oder steig durchs Fenster. Das machst du am besten.«

»Wenn meine Beschwerde bei der Association auf Wiederaufnahme erfolgreich ist, dann werde ich jedes Programm einzeln kontaktieren müssen, damit sie Nichols Sports Management wieder auf die Listen setzen. Das wird ein Riesenstress.« Es gab eine Zeit, als Jillian Genevieves unerschütterlichen Optimismus und ihre erbarmungslose Haltung geteilt hatte, doch während der vergangenen paar Wochen war sie in Selbstzweifeln versunken. Daran war sie nicht gewöhnt und mochte es überhaupt nicht. Die Folgen ihres Ausschlusses von der Association hatten ihr Selbstbewusstsein erschüttert wie ein Wirbelsturm einen Apfelbaum.

Es hatte ein Hoffnungsschimmer sein sollen, dass die Beendigung ihrer Beziehung zu Nick ihrem Ansehen neue Glaubwürdigkeit verschaffte, doch ihn verloren zu haben bereitete ihr Schmerzen, die sie wie eine Kettensäge durchschnitten.

»Oh, Süße. Du bist eine weibliche Sportagentin. Es war von Anfang an klar, dass es niemals leicht sein würde. Wenn keine der Schulen bereit ist, dir ihre Studenten zu schicken, dann such dir deine eigenen Praktikanten.«

Gott, wenn es nur so einfach wäre. Die Universitäten mit Studiengängen in Sportmanagement überprüften ihre Anwärter vorher und vergewisserten sich, dass ihre Noten und Fähigkeiten den Anforderungen entsprachen, bevor sie sie an Praktikumsstellen vermittelten. Sie war viel zu beschäftigt, um sich selbst darum zu kümmern. »Ich will nicht einfach irgendwen. Ich will jemanden, der es mit seiner Karriere ernst meint. Jemanden, den ich in eine ständige Position in meiner Firma hineinwachsen lassen kann. Einen Schützling. Nicht irgendeine beliebige Person von der Straße, die sich nur aus Spaß für den Job bewirbt.«

»Und wie gut hat das bisher geklappt?«

»Hey, ich …«, knurrte Jillian. »In Ordnung, na gut. Es hat überhaupt nicht geklappt.« Die Vorstandswahl hätte das ändern sollen. Hätte ihr die Art von Prestige verschaffen sollen, die zu einer Flut von Bewerbungen erstklassiger Praktikanten geführt hätte.

»Gesteh es dir ein. Du bist ein Kontrollfreak.«

»Und du kannst froh sein, dass ich dir erlaube, so mit mir zu reden.«

Genevieve lachte. »Hör zu, ich verstehe es. Ich bin bei meinem Geschäft genauso. Es ist schwierig, jemandem dein Baby zu übergeben. Niemand wird je gut oder klug genug sein oder bereit dazu, alles für seinen Erfolg zu opfern, wie du es tust, doch wenn du nicht bald etwas Hilfe bekommst, dann wirst du ausbrennen. Außerdem wissen wir beide, dass das nicht der wahre Grund ist, worüber du eigentlich aufgebracht bist. Ich werde dich am nächsten Wochenende mit Drinks traktieren, wenn ich aus London zurück bin, bis du dazu bereit bist, dich zu öffnen und mir zu erzählen, was mit Nick geschehen ist. Halte bis dahin den Kopf hoch, okay?«

»In Ordnung«, log Jillian, wohl wissend, dass sie Genevieve schon viel zu lange aufgehalten hatte, wenn man den Zeitunterschied zwischen den beiden Kontinenten bedachte. Außerdem hatte ihre beste Freundin recht. Es war nicht das erste Mal, dass sie in diesem Geschäft auf die Nase gefallen war, und es würde wahrscheinlich auch nicht das letzte Mal sein. Sie musste es abschütteln und einfach weitermachen. Natürlich wäre es mit Nick an ihrer Seite bedeutend leichter gewesen. Er hatte ihr das Gefühl gegeben, großartig zu sein. Unbesiegbar. Geliebt.

Sie schob die Schüssel Muschelsuppe von sich, die schon lange kalt geworden war, und ließ den Kopf in die Arme sinken. Es wurde immer schwerer, die Gefühle, die sie tief in sich eingefroren hatte, daran zu hindern hervorzubrechen. Alles erinnerte sie an ihn. Die verspachtelte Stelle an der Wand hatte sie verspottet, bis sie sie schließlich übermalt und gehofft hatte, dass sich ihr der Magen nicht mehr verkrampfen würde, wann immer sie daran vorbeikam. Es hatte nicht geholfen. Die Oberfläche war noch immer zu glatt, die Farbe zu glänzend, so wie alles mit Nick gewesen war.

Er war mehr als ein Klient. Sie liebte ihn, weshalb sie ihn von sich wegstoßen musste, egal wie sehr es auch weh tat, sich so zu benehmen, als würde er ihr nichts bedeuten. Wie sehr es sie umbrachte, seine Anrufe und SMS zu ignorieren. Wenn sie ehrlich zu ihm wäre, würde er sofort auf Liakos losgehen und alles in Gefahr bringen, wofür sie gearbeitet hatten. Sie durfte das nicht zulassen – nicht, wenn sie es verhindern konnte.

Sie hob den Kopf, als ein Klopfen an ihrer Wohnungstür zu hören war, und rang nach Luft, als sie durch den Türspion blickte. Nick sollte jetzt eigentlich auf der anderen Seite des Landes aufs Eis gehen. Ihre Panik setzte ihren Verstand außer Kraft und sie stieß die Tür auf. »Du kannst nicht hier sein …«

Oh.

»Hey, Jillian, wie geht es dir?« Das gutaussehende Gesicht, das sie ansah, gehörte nicht Nick. Es war Ben.

Sie trat zur Seite, um ihn hereinzulassen. »Was machst du denn hier?«

Er warf ihr ein Grinsen zu und seine Zähne strahlten weiß in seinem tief gebräunten Gesicht. »Ich habe ein Vorstellungsgespräch.«

»Das ist ja großartig! Nick wird begeistert sein.« Sie schluckte an den letzten Worten. Sie und Ben hatten ein paar SMS gewechselt, seit sie die Beziehung mit seinem Bruder beendet hatte, doch sie hatten das Thema Nick und die Trennung weiträumig vermieden.

»Er weiß es noch gar nicht. Weiß noch nicht einmal, dass ich in der Stadt bin. Es ist ein Überraschungsbesuch. Ich will ihm keine Hoffnungen machen, falls es nicht klappt, doch ich glaube, ich habe eine ganz gute Chance. Zumindest hoffe ich das.«

»Natürlich hast du das.« Sie drückte ihm die Hand. »Kann ich dir was zu trinken anbieten?«

»Wasser und ein wenig brutale Ehrlichkeit?«

»Kann nicht behaupten, dass ich das auf der Speisekarte habe. Wie wäre es stattdessen mit Earl Grey und einer gesunden Beilage Vermeidung?« Sie füllte ihren kleinen Wasserkessel und stellte ihn an. Das gab ihr eine willkommene Entschuldigung, nicht mehr in das Gesicht blicken zu müssen, das so sehr wie Nicks aussah.

»Earl Grey ist perfekt. Aber wir müssen trotzdem über Nick reden. Und über dich.«

Sie verspannte ihre Schultern. Sie nahm sich Zeit, ihre besten Porzellantassen zu suchen, die Zuckerdose und das Sahnekännchen, das sie fast nie benutzte, doch schließlich hatte sie keine Ausflucht mehr. Sie brachte den Tee zu Ben an ihren hohen, eckigen Bartisch und schob ihr Laptop und die kalte Suppe beiseite, dann setzte sie sich zu ihm.

»Also, erzähl mir von dem Job.« Ihre Freude für Ben war nicht erzwungen. Er hatte eine natürliche Wärme, die es unmöglich machte, ihn nicht zu mögen und ihm nicht die Daumen zu drücken.

»Es ist eine Stelle als Produktionsassistent bei einer Off-Broadway-Company. Ich werde die Kinder vermissen, doch es wird mir ganz bestimmt nicht fehlen, Physik an der Highschool zu unterrichten.«

»Das ist ja großartig.«

Aufregung funkelte in seinen Augen. »Die Bezahlung ist unterirdisch, doch es ist ein gutes Sprungbrett. Ich habe es schließlich akzeptiert, dass ein Kredit von Nick nicht das Schlimmste auf der Welt wäre, wenn ich damit tun kann, was mich glücklich macht. Ich werde es ihm irgendwann zurückzahlen, und ich weiß, wenn ich in seiner Nähe bin, bedeutet es ihm mehr als das ganze Geld. Mit Nick ist es einfach so, dass er nichts anbietet, was er nicht auch so meint. Er lässt die Menschen nicht leicht zu sich herein, doch wenn er es tut …«

»Dann kümmert er sich um sie. Ich weiß.« Sie atmete laut aus und presste die Augen zusammen.

»Es geht ihm gerade ziemlich schlecht. Und dir auch. Ich kann das an den Mascara-Spuren unter deinen Augen erkennen.«

»Was?« Sie wischte mit den Fingern unter ihren Wimpern entlang. »Lancôme verschmiert doch gar nicht!«

»Ich habe nur einen Scherz gemacht! Aber sei ehrlich: Bist du im Augenblick glücklich?«

Sie schürzte die Lippen und versuchte, sich zum Lügen zu zwingen. Es ging nicht. Schließlich schüttelte sie den Kopf.

»Aber warum dann? Ich weiß, dass sein emotionaler IQ ein wenig verkümmert ist, doch er klingt so, als würde er völlig im Dunkeln tappen über das, was vorgefallen ist. Er will die Dinge in Ordnung bringen.«

Sie nahm einen Schluck von ihrem Tee und fluchte leise, als

sie sich an der heißen Flüssigkeit die Zunge verbrannte. »Er hat nichts falsch gemacht. Ich habe mich von ihm getrennt, um ihn zu beschützen.«

Ben runzelte die Stirn, und sie erklärte ihm schließlich das ganze Fiasko mit Liakos. Die Lügen. Die Drohungen. Das Ultimatum, das sie dazu gezwungen hatte, sich mit unbarmherziger Effizienz von Nick zu trennen.

»Warum erzählst du ihm nicht die Wahrheit?«

Sie presste die Augen zusammen und versuchte einige der unsichtbaren Ketten zu lösen, die fest um ihre Brust gewickelt waren. »Weil wir beide wissen, dass sich Nick nicht zurücklehnen und Liakos davonkommen lassen würde, wenn ich es täte. Er würde auf ihn losgehen. Er spielt besser als je zuvor, sein öffentliches Image hat sich völlig gedreht, und die Vipers erinnern sich endlich an seinen Wert. Ein Kampf würde alles zunichtemachen, worum er sich bemüht hat.«

»Es gibt Dinge, die ihm wichtiger sind, als Geld oder das Gewinnen des Cups.«

Sie schüttelte den Kopf. Nick würde ziemlich alles für die Menschen opfern, die er liebte, weil er so gepolt war, doch das bedeutete nicht, dass er nicht mehr als alles in seinem Leben den Stanley Cup gewinnen wollte. »Sein Team ist ihm auch wichtig. Die Vipers sind in einer unglaublichen Gewinnphase, nachdem jeder sie schon abgeschrieben hatte. Zum ersten Mal spielen sie wie ein Gewinnerteam. Die Wahrheit würde sie auseinanderreißen, und wie würde sich Nick damit fühlen? Das ist der einzige Weg, um ihm das zu geben, was er will. Ich kann nicht zulassen, dass er alles opfert, für das er gearbeitet hat. Er verdient eine Chance, dass sein Traum wahr wird.«

»Er verdient es, glücklich zu sein.«

»Der Cup–«

»Wird ihn vielleicht nicht so glücklich machen, wie er es mit dir ist. Denk mal drüber nach, okay?«

Sie biss sich auf die Lippe und versuchte, die letzte Säule ihres

Widerstands vor dem Auseinanderbrechen zu bewahren. Beim Anblick von Bens hübschem Gesicht, das Nicks so sehr ähnelte, wollte sie am liebsten alle Logik vergessen und Nick die Wahrheit sagen. Und um Vergebung bitten. »Das werde ich.«

***

»Ich überprüfe jetzt meinen Posteingang.« Jillians Herzschlag dröhnte, als sie die Anlage öffnete, die Allan Tyson ihr gerade gemailt hatte, doch sie versuchte, jede Spur von Aufregung aus ihrer Stimme zu halten. Das PDF war so schlicht wie möglich – Times New Roman in Schriftgröße 12 auf weißem Hintergrund –, doch darin lag der Höhepunkt all dessen, wofür sie gearbeitet hatte, seit sie Nick Salinger unter Vertrag genommen hatte. »Es ist da. Es würde mich interessieren, wieso es zu diesem Zeitpunkt geschieht. Es ist noch ein wenig früh für eine Vertragserneuerung, oder würden Sie das nicht sagen?«

Sie wartete geduldig, während sie Tysons gemessenes Atmen durch den Hörer vernahm, neugierig, ob er ihr eine aufrichtige Antwort geben würde. »Er hat in letzter Zeit gute Führungsqualitäten auf dem Eis bewiesen und eine Anzahl von Mannschaftskollegen haben seinen unschätzbaren Wert erwähnt.«

Ein saurer Beigeschmack überdeckte ihren Triumph. Liakos war schließlich durchgekommen, doch um einen Preis, den sie noch immer nicht ertrug. »Ich werde es mir ansehen und mit meinem Klienten besprechen. Natürlich müssen wir es mit den anderen potentiellen Angeboten auf dem Tisch vergleichen.«

»Ja, natürlich, wir freuen uns, zu hören, was Sie denken.«

Sie beendete den Anruf mit den üblichen Höflichkeitsfloskeln und überflog sofort das Dokument. Eine zweijährige Verlängerung, doch keine Lohnerhöhung. Keine Überraschung angesichts von Nicks Alter, doch zugleich enttäuschend. Er hatte wie ein Rockstar gespielt und die Vipers mühelos durch die zweite Runde der Play-offs geführt. Am enttäuschendsten waren die übermäßig strikten Verhaltensregeln, die sich auf der siebten Seite versteckten. Doch jede Verhandlung musste irgendwo beginnen. Im Kern war es dennoch ein verdammt gutes Angebot.

Sie lehnte sich auf ihrem Schreibtischstuhl zurück und ließ den Blick zu den gerahmten Drucken an ihrer Bürowand schweifen, die die verschiedenen Schritte in ihrer Karriere dokumentierten. Ihr Jura-Abschluss. Ein verschwommenes Handyfoto des ersten Vertrags, den sie je abgeschlossen hatte. Jaimes Coverbild auf der *Bodies-of-Sport*-Ausgabe vom letzten Sommer. Sie stellten all die Erfolge dar, die ihre harte Arbeit und die langen Nächte wettmachten. Dieser hier sollte nicht anders sein, doch der überwältigende Stolz, den sie empfand, dass sie etwas erreicht hatte, was jeder andere Agent für unmöglich angesehen hatte, wurde von ihrem Liebeskummer überdeckt.

Sie konnte ihm nicht für immer aus dem Weg gehen. Ihr Gespräch mit Ben war ihr während der vergangenen paar Tage in einer Endlosschleife durch den Kopf gegangen. Konnte sie Nick die Wahrheit sagen, ohne alles in Gefahr zu bringen? Würde er überhaupt bereit dazu sein, sie auch nur anzuhören?

Wie auch immer, sie würde sich bald mit ihm treffen müssen. Es gab zu viele Einzelheiten des Vertrags, die sie durchgehen mussten, und sie würde ihre Arbeit nicht richtig tun, wenn sie ihn nicht in derselben Weise behandeln würde, wie sie es mit jedem anderen Klienten tat. Verdammt, das war nicht einmal annähernd die Wahrheit davon, was er war. Er war so viel mehr als jeder andere Klient, und eine Ausrede zu haben, ihn endlich wieder sehen zu können, jagte ihr Wellen der Aufregung durch den Körper. Die Vipers hatten heute Abend ein Spiel, und wenn es auch nicht in Frage käme, dass sie ihn in seiner Routine vor dem Spiel störte, so würde sie doch ihre Eintrittskarte nicht verfallen lassen.

Den restlichen Nachmittag verbrachte sie damit, über die

einzelnen Details des Vertrags zu grübeln und ein paar anstehende Aufgaben zu erledigen, bevor sie nach Hause fuhr, um ihr Make-up aufzufrischen und ihre Klamotten eine Million Mal zu wechseln, bevor sie sich für ihre Lieblingsjeans entschied, die sie warmhielt und trotzdem gut aussah. Mit jeder verstreichenden Minute schienen das Zögern und die Beklemmung darüber, Nick zu sehen, die sie während der letzten sechs Wochen gequält hatten, zu verschwinden, und wurden durch unerschrockene Aufregung ersetzt.

Wie sich herausstellte, war sie nicht die Einzige. Das Stadion war gerammelt voll mit Fans und brummte vor Energie. Trikots und selbst gemachte Banner mit Nicks Namen schmückten die Tribünen. Es war beeindruckend, wie schnell jemand vom Bösewicht zum Superhelden werden konnte.

Er konnte allerdings genauso schnell auch wieder in Ungnade fallen, erinnerte sie sich rasch.

Doch für den Moment war er ein großer Teil des traumhaften Laufs der Vipers auf den Cup nach einer miserablen Saison. Dies war das fünfte Spiel in der zweiten Runde der Play-offs. Ein Sieg heute Abend würde sie weiterbringen ins Halbfinale, was bedeutete, dass es für Ottawa um alles ging. Die erste Spielphase begann mit einem Knall, beide Teams trugen es mit grimmiger Intensität auf dem Eis aus. Der Trainer hatte Nick im zweiten Spiel dieser Serie zurück in die erste Reihe gebracht, was bedeutete, dass er zwar mehr Zeit auf dem Eis verbrachte, doch auch mit Liakos spielen musste. Trotz allem, was zwischen ihnen vorgefallen war, blieb Nick cool und konzentrierte sich vollständig auf das Spiel. Es war eine Meisterleistung an Selbstbeherrschung, die er nur deshalb hinbekam, weil er unbedingt den Cup gewinnen wollte.

Vielleicht hatte sie ihn unterschätzt. Wenn sie ihm die Wahrheit über Liakos' Drohungen und die Erpressung erzählt hätte, dann wäre er vielleicht trotzdem in der Lage gewesen, den Fokus aufrechtzuerhalten. Oder vielleicht hätte es alles ruiniert, wofür er gearbeitet hatte. Sie würde sich bald entscheiden müssen.

Die Vipers gingen frühzeitig mit einem schnellen Tor von Anderson in Führung, und sie sprang auf, um zu jubeln.

Der Typ neben ihr, der Teil der kleinen Gruppe war, die es wagte, in den Farben von Ottawa aufzutauchen, stupste sie an. »Zwanzig Kröten darauf, dass wir euch den Sieg stehlen.«

Sie hob die Braue. »New York ist eine teure Stadt. Willst du dein Geld wirklich so schnell loswerden?«

Der Mann lachte aus vollem Hals, kehlig und herzlich. »In der Nähe einer hübschen Frau werde ich immer ein wenig leichtsinnig, doch unsere Jungs wissen, wie man unter Druck spielt.«

»In Ordnung, die Wette gilt. Aber wir gehen runter auf zehn, wenn das Spiel in die Verlängerung geht.«

»Abgemacht«, sagte er augenzwinkernd.

Es war nicht gerade typisch für sie, mit einem Wildfremden eine Wette abzuschließen, doch es gab ihr eine Idee, wie sie ihr eigenes Problem lösen konnte. Sie machte eine stille Wette mit sich selbst. Wenn Nick heute Abend punkten würde, dann würde sie reinen Tisch machen und ihm alles erzählen. Wenn nicht, dann würde sie ihn weiter beschützen. Das nächste Mal, wenn sie miteinander sprechen würden, würde es um den Vertrag gehen und nichts anderes. Sie hatte nie an Schicksal geglaubt, doch es fühlte sich leichter an, wenn man sich einredete, dass die Entscheidung nicht völlig auf den eigenen Schultern lag.

Während die Minuten verstrichen, erkannte sie, dass das Schicksal ihr eine ziemlich deutliche Nachricht schickte. Nick spielte heute Abend viel defensiver als sonst und schaltete das endlose Trommelfeuer an Angriffszügen von Ottawa aus. Es war logisch, dass er seine Spielweise geändert hatte, da er auf derselben Linie war wie Liakos und Anderson – den besten Angriffsspielern des Teams.

Nick spielte sauber, aber hart. Seine Größe und Stärke waren zweifellos einschüchternd, doch diese neue Spielweise betonte die Anmut in seinen Bewegungen. Für einen Fan war es eine Freude, ihm zuzuschauen, doch er sah nicht aus, als würde er es darauf anlegen, heute irgendwelche eigenen Punkte zu machen.

Diese Erkenntnis ließ ihr Herz sinken, doch es war wahrscheinlich so am besten. Die Mannschaft hatte ihren eigenen Rhythmus gefunden, und es wäre von ihr unverantwortlich, das zu zerstören.

Als noch vier Minuten in der dritten Spielphase übrig waren, standen die Teams punktgleich mit je drei Toren. Jillian taten die Finger weh, die sie fest um die Stuhlkante gekrallt hatte. Ihr Herz schlug synchron mit den Sekunden, die auf dem Großbildschirm heruntertickten. Der Angriff der Vipers schlug den Puck über die blaue Linie, konnte aber die Masse an Spielern von Ottawa nicht durchdringen, die die Winkel zum Netz abriegelten.

Coach Phillips warf die Banktür für einen schnellen Verteidigerwechsel auf, und Nick schoss aufs Eis und raste los, um sich dem Angriff anzuschließen. Er erwischte einen Abpraller, gerade bevor er die Offensiv-Linie kreuzte, und feuerte einen heftigen Schuss direkt aufs Tor. Der Puck segelte am Handschuh des Torhüters vorbei.

Der Buzzer dröhnte und erleuchtete die Arena. Jillian sprang auf und jubelte, bis sie heiser war.

»Hier«, sagte der Ottawa-Fan mit einem Murren, als sich alle beruhigt und wieder hingesetzt hatten. Er reichte ihr einen Zwanziger. »Will das gleich hinter mich bringen.«

»Behalte es«, sagte sie, und ihr Herz raste noch immer. »Ich habe noch einen anderen Gewinn im Spiel.«

»Was denn?«

»Ich werde dem Mann, der gerade ein Tor geschossen hat, sagen, dass ich ihn liebe.«

26

An diesem Abend war es unmöglich, vor der Umkleidekabine zu Nick durchzudringen. Selbst mit ihrer Sicherheitsfreigabe waren doch zu viele Reporter in den Gängen der Arena, und die Fans hatten eine dichte Mauer um den Spielereingang gebildet.

Stattdessen machte sich Jillian auf den Weg zu McAdam's. Sie wusste, dass die Vipers nach jedem Play-off-Sieg im letzten Monat hergekommen waren, und es gab genug Aberglaube im Team, um sicherzustellen, dass sie auch heute Abend dort sein würden. Sie wollte Nick persönlich überraschen und nicht mit einem Telefonanruf oder einer SMS. Es hatte sich bis zu diesem Zeitpunkt viel zu viel Anspannung aufgebaut, und es war so lange her, dass sie ihn aus der Nähe gesehen hatte. Sie hätte es nicht ertragen, seine Stimme ohne irgendeine Art von körperlicher Verbindung zu hören.

Sie nippte an ihrem Martini, während sie auf dem Barhocker saß, von dem aus sie einen guten Überblick über den Raum hatte, doch es stellte sich heraus, dass es keine Rolle spielte, wo sie saß, denn der ohrenbetäubende Jubel der anderen Gäste war ein eindeutiges Zeichen, dass die Mannschaft angekommen war. Ihre Hände zitterten nervös, als sie ihren Drink austrank und Handtasche und Jacke nahm. Die Menge in der Bar war innerhalb von Sekunden zu einer dicken, undurchdringlichen Mauer angewachsen, was es für sie fast unmöglich machte vorwärtszukommen.

Sie war so darauf konzentriert, den Raum nach Nicks großer

Gestalt abzusuchen, dass sie die Person nicht bemerkt hatte, die ihren Weg kreuzte, bis sie schließlich mit ihr zusammenstieß.

»Jillian!«

Vor Überraschung und wegen des Sauerstoffmangels in ihrer verspannten Brust brauchte sie einen Moment, um zu antworten. »Hey, Mike! Großartiges Spiel heute Abend.«

Der Torwart der Vipers zog sie für eine kurze Umarmung zu sich. »Danke, es ist wirklich schön, dich zu sehen. Wie geht es dir?«

Seine Ehrlichkeit schnürte ihr die Kehle zu. Sie hatten nicht viel Zeit miteinander verbracht, doch sie hatte ihn und Luke schnell gemocht. »Mir geht es gut. Hast du Nick gesehen?«

Das Lächeln auf seinem Gesicht verzerrte sich zu einer verspannten Grimasse. Er spähte schnell über die Schulter. »Ähm, jetzt ist vielleicht kein guter Zeitpunkt.«

Eisige Furcht lief ihr den Rücken hinunter. Nick war mit einer anderen Frau hier. Welche Erklärung konnte es sonst geben?

Der Boden schien unter ihr nachzugeben und raubte ihr den Atem. Vor sechs Wochen hatte sie sich von ihm getrennt, und er war einer der heißesten Eishockeyspieler auf dem Planeten. Nach dem heutigen Spiel würden die Frauen über ihn herfallen. Wie hatte sie das nicht vorhersehen können?

Sie richtete sich auf und zwang ihr Pokerface zurück. »Ich bin nicht hier, um ihn in seiner Geselligkeit zu stören, doch ich muss mit ihm über eine dringende Geschäftsangelegenheit sprechen.«

»Ich bin mir sicher, dass er hingerissen sein wird, dich zu sehen, doch bist du sicher, dass es nicht bis später warten kann?«

»Ich bin mir sicher.« Es würde klüger sein, ihr Herz zu schützen und Mikes Ratschlag zu folgen, doch sie musste es selbst sehen. Sie schob sich durch die Menschenmasse in die Richtung, in die Mike geblickt hatte, bis sie den kleinen Tisch in der Ecke fand, an dem Nick saß.

Sie taumelte zurück, als sie erkannte, mit wem er dort war.

Der Verrat fühlte sich wie ein kaltes Messer an, das ihr durch den Magen fuhr, als Nick Lou Parsons auf den Rücken klopfte und lachte. Sie war diejenige gewesen, die die Dinge in ihrer persönlichen Beziehung beendet hatte, und jetzt war Nick dabei, ihre professionelle Beziehung für den einen Agenten wegzuwerfen, der ihr am meisten weh getan hatte.

Es fühlte sich an, als würde sich die Welt in Zeitlupe bewegen, doch es gelang ihr, den Blick von ihnen loszureißen und den Weg zum Ausgang zu finden. Die spätabendliche Frühlingsluft half ihr, wieder regelmäßig zu atmen, sobald ihre Füße den Bürgersteig erreichten. Sie winkte einem Taxi, das wie durch ein Wunder innerhalb von Sekunden aufgetaucht war.

»Jillian! Warte!«

Sie erstarrte beim Öffnen der Taxitür. Nicks Stimme war ihr so vertraut, dass sie wie eine Droge in jeden Teil ihres Körpers drang. Sie wollte nicht, dass er den Schmerz in ihren Augen sah. Nicht, wenn er Parsons nur deshalb ausgewählt hatte, um sie leiden zu lassen. Sie zog einen großen Umschlag aus ihrer übergroßen Tasche, bevor sie sich umdrehte.

Sein Bart war dichter als gewöhnlich, doch er war noch immer so unmenschlich umwerfend, dass treulose Hitze in ihr Innerstes strömte, trotz des mitleidigen Blicks in seinen Augen. Sie stieß einen langsamen, bebenden Atemzug aus, als er ihr eine Haarlocke hinter das Ohr schob. »Es ist nicht das, wonach es aussieht. Ich schwöre es dir.«

»Was ist es dann?«

Er legte die Hand an ihre Wange und strich mit dem Daumen über ihre Haut. Sie brauchte jedes Gramm ihrer Beherrschung, um sich nicht gegen seine Berührung zu lehnen. Sie vermisste ihn so sehr. »Ich …«

Der Taxifahrer hupte. »Steigen Sie ein, oder werden Sie die ganze Nacht dort stehen bleiben?«

Sie zuckte zurück und warf den Umschlag gegen Nicks Brust. »Es spielt keine Rolle. Ich bin nur vorbeigekommen, um dir zu sagen, dass sich die Vipers entschieden haben, deinen Vertrag für zwei weitere Jahre zu verlängern. Ich dachte, wir könnten vor der Unterschrift über die Einzelheiten sprechen, doch ich nehme an, dass du das lieber mit deinem neuen Agenten machen möchtest.«

Sie stieg ins Taxi und zog die Tür zu, bevor er eine Chance hatte, ihr zu antworten.

***

Jillian wachte am nächsten Morgen mit Kopfschmerzen auf, die bis in ihre Finger- und Zehenspitzen ausstrahlten. Sie war immer in der Lage gewesen, mit wenig Schlaf zu funktionieren, doch der erste Gedanke, der sich in ihrem Kopf formte, als sie die Augen öffnete, war, dass sie überhaupt keine Lust zur Arbeit hatte. Leider war es auch nicht verführerischer, noch weiter zwischen den frischen Baumwolllaken ihres Bettes zu verweilen. Der leere Platz neben ihr erinnerte sie nur daran, wie sehr sie Nick vermisste.

Sie zwang sich dazu, aus dem Bett zu steigen und sich auf den Tag vorzubereiten. Da sie an den meisten Wochenenden von zu Hause aus arbeitete, um wenigstens einen Anschein von Work-Life-Balance zu wahren, entschied sie sich dafür, sich über ihren Laptop auf dem Küchentisch in ihren Bürocomputer einzuloggen, anstatt die fünf Blocks zu ihrem Büro zu gehen. Trotz des pochenden Kopfes musste sie heute ihre Geschäftsfinanzen angehen. Nicks Vertrag zu verlieren würde bedeuten, drei Prozent seines Multimillionen-Dollar-Gehalts zu verlieren. Es bedeutete auch, die Möglichkeit zu verlieren, seinen Erfolg zu vermarkten und weitere Sportler mit hohen Einkünften unter Vertrag zu nehmen.

Wer bei klarem Verstand würde sie jetzt noch anrühren? Sie hatte Brody Shakeman verloren, sie war aus der New York Association of Professional Sports Agents geflogen, und jetzt war auch noch Nick weg. Ihre Schultern fielen in sich zusammen, während sie das sorgfältig geführte Arbeitsblatt ihrer Bilanzen betrachtete. Zum ersten Mal seit fünf Jahren war sie dazu gezwungen, die Möglichkeit des Verkaufs von Nichols Sports Management zu erwägen. Es wäre die einzige faire Möglichkeit, ihren bestehenden Klienten die Aufmerksamkeit zu gewährleisten, die sie benötigten. Doch es würde auch bedeuten, die eigene Freiheit aufzugeben. Sie wäre dann nicht mehr in der Lage, Klienten wie Jaime Chen anzunehmen – solche mit unglaublichem Potential, die vom Rest der Welt einfach übersehen wurden. Höchstwahrscheinlich würde sie sich darauf einstellen müssen, als Marketingvertreterin für die Klienten eines anderen Agenten zu arbeiten, sich alleine auf Werbeverträge und PR zu konzentrieren, aber vollkommen ausgeschlossen sein von den Vertragsverhandlungen der Liga.

Doch wenigstens wäre sie weiterhin beschäftigt.

Lieber würde sie ihr Geschäft in den Sand setzen, als es an Pantheon zu verkaufen, doch das war nicht das einzige Angebot auf dem Tisch. Auch wenn Jim Langstons Deal mit All Star suboptimal war, hatte er einen ethischen Standard, der sie nicht abschreckte, auch wenn sie nicht dasselbe über seine Büroeinrichtung sagen konnte. Kahle graue Wände und dazu passende leblose Büromöbel. Doch andererseits war es ihr auch in den letzten fünf Jahren nicht gerade gelungen, sich das elegante Büro im Pariser Chic zu schaffen, das sie sich vorstellte. Es hatte immer Dringenderes gegeben, das ihre Zeit und Finanzen auffraß.

Selbst wenn sie ihr Geschäft nicht verkaufte, würde sie wahrscheinlich trotzdem ihr Büro loswerden müssen, um die Kosten niedrig zu halten. Wie würde sie jemals einen dringend benötigten Assistenten haben, wenn es nicht einmal einen Platz für ihn zum Arbeiten gab? Sie weigerte sich noch immer, zu glauben, dass eine Niederlage möglich war, doch es fühlte sich nicht gerade wie ein Erfolg an, als sie ihre Budgetentwürfe fertig hatte.

Nach mehr als einer Stunde Arbeit knurrte ihr Magen und erinnerte sie daran, dass sie noch nichts gegessen hatte. Sie ging zu der kleinen Küchennische und drehte auf dem Weg dorthin ihre Schultern und streckte die Arme. Bevor sie es schaffte, die Kaffeemaschine anzustellen, klopfte es an der Tür. Vermutlich der Hausmeister, der sie über ein weiteres Leck irgendwo informieren wollte.

Sie goss das Wasser in die Kaffeemaschine und stellte sie an, während sie erwartete, dass eine Nachricht unter der Tür durchgeschoben würde, falls es etwas Dringendes sei. Sie war im Augenblick nicht in der Stimmung für irgendwelche direkte zwischenmenschliche Interaktion.

Es klopfte erneut, diesmal lauter und drängender.

Sie lehnte sich gegen den Tresen und ließ den Kopf gegen die Unterarme fallen. Bei dem Glück, das sie gerade hatte, war sie wahrscheinlich kurz davor, zu entdecken, dass das Haus in Flammen stand.

»Wer ist da?«

»Die Polizei, Ma'am«, rief eine tiefe Männerstimme.

Sofort hatte sie ihr unbeendetes Frühstück vergessen und lief schnell, um durch den Türspion zu sehen, bevor sie die Tür aufriss. Zwei stoisch dreinblickende Detectives begrüßten sie, doch sie war zu überrascht von der Person, die hinter ihnen stand, als auf die Polizeimarken zu blicken, die sie ihr entgegenhielten.

Ihr Rücken wurde steif. »Worum es hier auch immer gehen mag, so kann ich Ihnen versichern, dass Nick Salinger einhundert Prozent unschuldig ist. Und Sie haben sich hoffentlich darum gekümmert, dass ein Anwalt anwesend war, als Sie ihn befragt haben.«

***

Angesichts der Umstände war es vielleicht falsch von ihm, Jillians Beschützerinstinkt amüsant zu finden, doch Nick konnte nicht anders. Ohne auch nur den Hauch von Zusammenhang zu kennen, stand sie mit den Händen in den Hüften in der Tür, den ansprechenden Körper unter einem seiner übergroßen Vipers-T-Shirts verborgen, ihre sonst so perfekten Haare leicht derangiert und bereit, sich mit der New Yorker Polizei anzulegen.

»Ich bin Detective Grace, und das hier ist Detective Emerson. Nick hat uns bei einem Fall geholfen. Einer, über den wir gerne mit Ihnen sprechen möchten«, sagte der jüngere der beiden, wobei er die angespannte Energie ignorierte, die um sie herum knisterte.

Jillian trat zur Seite und ließ die Detectives herein.

»Entspann dich, es ist nicht das, was du denkst«, sagte Nick behutsam, da er wusste, dass sich die ungelöste Spannung zwischen ihnen leicht zu einem Flächenbrand entfachen konnte.

Sie kniff die Augen zu rasiermesserscharfen Schlitzen zusammen. »Das scheint ja bei uns ein Running Gag zu sein.«

Trotz seines wilden Verlangens, jedes Molekül an Raum zwischen ihnen zu entfernen, hielt er sich zurück und folgte den Detectives in ihr Wohnzimmer. Sie brauchte noch immer etwas Abstand, und er wollte nicht weiter zu ihr vorstoßen, als sie ihn lassen würde.

Als sie alle am Tisch saßen, sprach Detective Grace, eine Frau, die erst Mitte dreißig zu sein schien, doch das ernste, imposante Auftreten einer Frau, die doppelt so alt war, hatte: »Ms Nichols, ist Ihnen bewusst, dass die Telefonüberwachung in New York ein schweres Verbrechen ist?«

Jillian nickte langsam.

»Dank Nick haben wir gestern Nacht einen prominenten Sportagenten wegen des Anbringens illegaler Aufnahmegeräte in den Büros einer Anzahl von Kollegen verhaftet.«

Er sah, wie sich ihre Augen weiteten, als die Puzzleteile zu einem Ganzen zusammenfielen. »Lou Parsons?«

Detective Emerson nickte. »Wir haben Grund zu der Annahme, dass Sie ebenfalls von Parsons anvisiert wurden, und bitten um die Erlaubnis, Ihr Büro nach Beweisen zu durchsuchen.«

»Natürlich.« Sie schlug die Hände zusammen und begegnete seinem Blick. »Hätten Sie etwas dagegen, wenn ich für einen Moment allein mit Nick spreche?«

Er folgte ihr ins Schlafzimmer. Sie schloss die Tür und ließ sich dagegen fallen, wobei sie zutiefst erschüttert wirkte. »Ich kann es einfach nicht glauben. Die ganze Zeit wusste ich, dass Parsons irgendwas hatte, doch ich habe nicht geahnt, wie weit er gehen würde, um mich fertigzumachen.«

»Immerhin wird das jetzt aufhören.«

Sie fuhr sich mit der Hand durch ihr unordentliches Haar. »Ich verstehe nicht, woher du das gewusst hast. Wie hast du es herausgefunden?«

Das war der Augenblick der Wahrheit, vor dem er sich gefürchtet hatte. »Ich habe mich letzte Woche quasi in dein Büro geschlichen …«

Ihre Brauen schossen hoch, womit sie deutlich nach weiteren Erklärungen verlangte.

»Ich weiß, es war vielleicht eine dumme Idee, doch ich wollte deinen kaputten Schreibtisch reparieren. Dabei habe ich die Wanze entdeckt.« Sie wirkte besänftigt und er fuhr mit einem erneuten Gefühl der Zuversicht fort. »Ich dachte mir, dass sie von Parsons sein musste, deshalb bin ich zur Polizei gegangen. Wie sich herausgestellt hat, bin ich undercover ganz gut. Ich habe ihn dabei aufgenommen, wie er gestanden hat und alles.«

»Nie im Leben.« Sie wirkte nicht wütend. Überrascht und vielleicht sogar ein bisschen amüsiert, doch da war kein Zorn in ihren schönen Augen.

Er nickte, und Stolz strahlte ihm aus jeder Pore. »Parsons nahm an, ich sei nichts als ein dumpfer Sportler, der ein bisschen zu viele Schläge auf den Schädel bekommen hat. Ich tat so, als würde ich sein Angebot überdenken, mich zu vertreten und fragte ihn, welche Art von Joker er bei Tyson hätte. Wie sich herausstellte, war es nicht gerade eine alte College-Freundschaft. Leider weiß ich jetzt Dinge über die sexuellen Neigungen meines Geschäftsführers, die ich mir gern wieder aus dem Gehirn schrubben würde, doch kombiniert mit der Tatsache, dass sie in der Lage waren, die Wanzen direkt zu ihm zurückzuverfolgen, genau wie die Kreditkartenabrechnungen, die den Erwerb der Ausrüstung dokumentierten, hatte die Polizei genug Material, um ihn zu verhaften.«

»Ich kann nicht glauben, dass es vorbei ist. Die Association wird ihn danach auch rausschmeißen müssen. Zumindest können Sie mich nicht disqualifizieren und *ihn* weiter als Präsidenten behalten.«

Nicks Herz klopfte vor Erwartung, die sich in ihm seit dem Moment aufgebaut hatte, als er das Abhörgerät unter ihrem Schreibtisch entdeckt hatte. Er hatte gehofft, dass die Chance, ihren professionellen Ruf wiederherzustellen, auch bedeuten könnte, dass sie ihre Trennung von ihm noch einmal überdenken würde. Er griff nach ihrem Handgelenk, da er sie berühren musste, doch sie räusperte sich aggressiv und er ließ seine Hand sinken, bevor er sie berührt hatte.

»Wir sollten die Detectives nicht warten lassen.«

Er unterdrückte ein frustriertes Stöhnen, als sie ihm den Rücken zudrehte und die Tür öffnete. Er hasste es, sie nicht so berühren zu können, wie er es gewohnt war. Sie zu trösten. Doch er wusste, dass sie sich ganz sicher nicht wie ein hilfloses Opfer fühlen wollte.

Die Detectives Emerson und Grace hatten zueinanderpassende teilnahmslose Gesichtsausdrücke, als er und Jillian wieder zu ihnen an den Tisch kamen. Er hatte die beiden während der Woche ihrer Zusammenarbeit nicht besonders gut kennengelernt, doch er vertraute ihnen. Sie hatten seine Sorgen von Anfang an ernst genommen und den Beweis gefunden, den sie benötigten, um Parsons anzuzeigen. Doch das war nur die Spitze des Eisbergs. Die Detectives vermuteten, dass Parsons betrügerisches Netz so weitreichend war, dass sich die Nachricht von der Verhaftung in einen nationalen Skandal verwandeln könnte.

Er saß schweigend da und hörte zu, wie Jillian Fragen über ihre Geschichte mit Parsons beantwortete, während Detective Grace in ihr Notizbuch kritzelte. Bei ein paar schwierigeren Fragen warf Jillian gelegentlich einen Blick in seine Richtung und zeigte ihm so, dass seine Anwesenheit zumindest geschätzt wurde.

»Vielen Dank für Ihre Antworten, Ms Nichols«, sagte Detective Emerson. »Jetzt würden wir gerne Beweise in Ihrem Büro sammeln.«

»Sicher.« Sie wandte sich mit einer unmissverständlichen Frage auf der Zungenspitze an Nick.

»Es tut mir leid. Ich würde mitkommen, wenn ich könnte, doch der Coach hat uns heute für ein leichtes Training eingeteilt.« Er hasste es, sie zu enttäuschen, doch es war unmöglich, dass der Coach ihn mitten in ihrem Play-off-Lauf freistellen würde.

»In Ordnung. Was ist danach?«

Er lächelte so breit, dass es sich anfühlte, als würden ihm die Wangen platzen. »Ich komme direkt vorbei.«

»Großartig. Wir müssen noch über deinen Vertrag reden.«

Für einen Augenblick schwankte er, doch sein Optimismus war bereits zu stark, um erschüttert zu werden. Heute Abend würden sie über verdammt mehr sprechen als nur seinen Vertrag.

27

Das Training hätte verdammt noch mal besser laufen sollen. In den letzten paar Wochen waren die Vipers von durchschnittlich zu unaufhaltbar geworden und dominierten die Play-offs. Es gab eigentlich keinen Grund für kleinlichen Zank und Spannung zwischen den Spielern. Keinen Grund für Coach Phillips, in einem Anfall loszutoben, weil sie bei einem simplen Handgemenge nicht die Kurve kriegten.

Keinen Grund, doch es gab eine klare, unübersehbare Ursache. Sebastian Liakos war schlechter Laune und wollte, dass es jeder mitbekam. Er hatte den ganzen Nachmittag Mikes Technik kritisiert, als wüsste er alles über das Torhüten, und hatte es gewagt, Luke zu sagen, dass sein Hattrick im dritten Spiel gegen Ottawa reiner Zufall gewesen sei. Doch das meiste von Liakos' Wut war direkt auf Nick gerichtet.

Verdammt, wenn überhaupt, dann war Nick derjenige, der einen Grund dazu hatte, dem Jungen mal wieder eine zu verpassen. Liakos war ein Fiesling und Nick wusste genau, wie weit dessen gewalttätigen Arschlochtendenzen gingen. Liakos hatte ihn und die meisten der anderen Jungen während den letzten paar Wochen in Ruhe gelassen. Nick hatte sogar angefangen, sich zu fragen, ob ihn der Schrecken, fast verpetzt worden zu sein, schließlich doch noch zur Vernunft gebracht hatte.

Doch an dem Tag, an dem Nick endlich wieder einmal mit guter Laune aufgetaucht war, da er Jillian wiedergesehen hatte, hatte der Kerl beschlossen, wie eine große schwarze Wolke überall sein Gift zu verspritzen. Wenn sie sich nicht bald zusammenreißen würden, würden die Vipers ihren hart erkämpften Schwung verlieren. Und damit ihre Chance auf den Cup.

Doch nichts davon spielte noch irgendeine Rolle, als er Stunden später endlich vor Jillians Tür stand. Jetzt interessierte ihn nur noch, sie wiederzusehen. Sie davon zu überzeugen, dass es eine Möglichkeit gab, wie es zwischen ihnen klappte.

Sie antwortete innerhalb von Sekunden nach seinem ersten Klopfen, als hätte sie auf ihn gewartet. »Klasse, du bist hier. Ich bin gerade die Verhaltensklausel in deinem Vertrag durchgegangen.«

Tolle Scheiße! Vielleicht meinte sie es ernst damit, nur geschäftlich reden zu wollen. Die Tatsache, dass sie ihre zwanglose Wochenendkleidung gegen einen strengen, geschäftsmäßigen Rock und Pullover getauscht hatte, war ein deutliches Zeichen. Er nahm die Hand herunter und ließ den kleinen Blumenstrauß, den er unterwegs gekauft hatte, an seiner Seite herabhängen.

Sie bemerkte die Bewegung und riss die Augen auf.

»Du hast mir Blumen mitgebracht?«

Er nickte und überreichte sie ihr.

Ihre Lippen verzogen sich zu einem undurchschaubaren Ausdruck. »Gardenien?«

»Natürlich.« Er trat näher heran, und sie wich durch die Tür zurück und sah ihn mit ihren großen goldenen Augen an. Die Luft um sie herum knisterte.

Er suchte prüfend in ihrem Gesicht nach der Spur einer Reaktion. Endlich zogen sich ihre Mundwinkel nach oben – ein subtiles, trauriges Lächeln, doch es war besser, als er gehofft hatte. »Du hast dich daran erinnert«, flüsterte sie.

Verdammt! Jetzt bebte ihre Lippe. Das konnte nicht gut sein. »Falsche Farbe?«

»Nein, es ist nur … Ach, zum Teufel!« Sie seufzte und warf ihm die Arme um den Hals und zog ihn für einen Kuss zu sich herab – einen Kuss, der ihm den Sauerstoff aus dem Gehirn zog und ihn vor Verlangen schwindlig machte. Das süße Aroma ihrer Lippen elektrisierte seine Zunge.

Gott, er hatte das vermisst. Hatte sie vermisst.

Zu ungeduldig, um noch Zeit zu verlieren, ließ er eine Hand auf die Wölbung ihres Hinterns rutschen und vergrub die andere in ihrem Haar, zog dann ihren Kopf zurück, um den Kuss zu vertiefen. Er trat die Tür hinter sich zu und ging mit ihr in die Wohnung. Es war ihm egal, wo sie danach landen würden. Bett. Couch. Fußboden. Solange es eine gerade Oberfläche hatte, wo er sie ausziehen und auf den Rücken legen konnte.

Sie schrie auf, als sie gegen den kleinen Flurtisch stießen und eine der Zierkerzen auf den Boden fiel. Er wirbelte sie herum und geleitete sie zum Wohnzimmer, während er mit seinem Mund an ihrer Wange war und sich vorarbeitete zu der Stelle an ihrem Hals, die ihr immer weiche Knie bescherte, so dass sie sich Halt suchend an ihn hängte. Sie stöhnte und drängte sich wie eine Katze gegen ihn. Sein Schwanz verhärtete sich zu heißem Stahl. Er erfasste ihren Hintern und hievte sie hoch, um sich mit der ganzen Länge seines Schaftes gegen sie zu drücken. Die Bewegung brachte sie aus dem Gleichgewicht, und sie schlang ihm die Arme enger um den Hals, wobei sie ihm die Blumen ins Gesicht schlug.

»Hmpf.« Er ließ ihre Füße auf den Boden gleiten und wischte sich vereinzelte weiße Blütenblätter aus dem Bart.

»Tut mir leid! Ich sollte sie vielleicht ins Wasser stellen.«

Er hielt den Arm um ihre Taille, unwillig, sie gehen zu lassen. »Das kann warten.«

Sie wand sich. »Sie sind so schön, und ich will nicht, dass sie verwelken, während wir … abgelenkt sind.«

»Na gut, dann geh.« Das süße Lächeln, das sie ihm zuwarf, haute ihn fast von den Beinen. Es war nicht zu verleugnen, dass die Blumen das Letzte waren, was die beiden für die nächsten vierundzwanzig Stunden im Sinne haben würden, wenn es nach ihm ginge.

Er folgte ihr in die kleine Küche, wo sie eine Vase mit Wasser füllte und eine Schere aus der Schublade zog. Er sammelte ihr Haar in ihrem Nacken und verwöhnte ihren eleganten Hals mit seiner Zunge, küsste und saugte an der empfindlichen Haut, bis er spürte, wie ihre Knochen dahinschmolzen.

»Du lenkst mich ab«, sagte sie halb stöhnend, halb strafend, während sie durch die dünne Plastikfolie schnitt.

»Dann bestraf mich.« Er knabberte zart an der Stelle, wo ihr Hals und ihre Schulter zusammentrafen. Ihr Bauch zog sich unter seiner Hand zusammen.

»Du solltest das nicht zu einer Frau sagen, die gerade einen scharfen Gegenstand hält.« Sie schnitt die Enden der Stiele ab.

Er nahm ihr die Blumen aus der Hand und steckte sie in die Vase. »Vielleicht mag ich es, wenn du angriffslustig bist.« Er wirbelte sie herum, nahm ihr vorsichtig die Schere aus der Hand und legte sie auf die Theke.

»Du magst alles, wenn ich nackt bin.«

Er legte die Hände an ihre Wangen und schüttelte den Kopf. »Ich mag alles, wenn ich mit dir zusammen bin. Nackt oder nicht. Du bedeutest mir alles. Ich will, dass du das weißt.«

Sie rang hörbar nach Luft, als würde ihr die plötzliche Veränderung der Atmosphäre das Atmen schwer machen. »Wir müssen noch immer sprechen. Über alles. Da ist so viel, was ich dir sagen muss.«

»Ja, das müssen wir. Bist du jetzt dafür bereit?«

Die Lust verdunkelte ihre braunen Augen. »Nein. Jetzt brauche ich dich einfach nur.«

Dieses Gespräch musste stattfinden, doch er war dankbar dafür, es noch ein bisschen weiter aufschieben zu können. Es war so lange her gewesen, dass er sie das letzte Mal hatte berühren dürfen. Er traute seinen eigenen Worten nicht, um das auszudrücken, was er sie in diesem Moment wissen lassen wollte. Es war besser, ihr zu zeigen, wie sehr er sie vermisste. Sie brauchte. Alles an ihr liebte. Mit sorgfältiger Präzision öffnete er die oberen Knöpfe ihrer Bluse und küsste die frisch entblößten Stellen ihrer Haut.

Er schob ihr die weiche Seide von den Schultern und nahm sich einen Moment, um zu bewundern, wie ihm die burgunderroten Spitzenkörbchen des BHs ihre wundervollen Brüste anzubieten schienen. Sie nutzte seine Pause, um ihre Finger unter den Rand seines T-Shirts zu krümmen und es nach oben zu reißen.

»Warte. Ich muss dich ansehen.«

Eine rosige Welle des Errötens lief ihr über Brust und Hals. »Und ich muss dich schmecken.«

Sie leckte sich die Lippen und sein Schwanz spannte schmerzvoll und drängte nach Freiheit in dem einengenden Stoff seiner Jeans. Die jämmerlich dünne Fassade seiner Beherrschung verdampfte wie Wasser auf heißem Asphalt. Er knurrte und warf sie sich über die Schulter, um sie wie ein Höhlenmensch ins Schlafzimmer zu tragen.

Sie lachte aus voller Brust, was ihm zeigte, dass sie über seine rohe Handlung nicht verärgert war. Er legte sie behutsam auf die blaugrüne Bettdecke, wobei sich ihr Haar wie ein goldener Heiligenschein um ihren Kopf legte. Sie griff nach seinem Reißverschluss, doch er fing ihr Handgelenk und bremste sie, so dass sie die Lippen zu einem süßen Schmollmund verzog.

Er ließ sie los, öffnete seinen Reißverschluss und ließ seinen Schwanz frei, dann nahm er etwas von dem unerträglichen Schmerz, indem er einmal schnell von der Wurzel bis zur Spitze strich. Ihr schüchterner Ausdruck verschwand und hinterließ nacktes Verlangen auf ihrem Gesicht. Er drückte fester und strich ein weiteres Mal darüber, war nur mit Mühe dazu fähig, die Augen offen zu halten, als ihn die Welle verzweifelter Erleichterung traf und er von dem ruckhaften Heben und Senken ihrer Brust wie fixiert war, während sie ihn beobachtete.

Er neigte den Kopf und trat einen Schritt näher. »Gefällt dir das?«

Sie nickte.
»Gut. Jetzt zieh dich aus.«

***

Wenn es noch irgendwelche Reste von Stress in Jillians Körper gab, nachdem sie herausgefunden hatte, dass ihre Privatsphäre von Parsons verletzt worden war, und den Tag damit verbracht hatte, dabei zuzusehen, wie die Polizei ihr Büro auseinandernahm, dann wurden sie von dem Anblick von Nicks Faust um seinen großen, dicken Schwanz ausgelöscht. Jeder Tropfen Feuchtigkeit in ihrem Mund und jeder Funke ihres Verstandes waren ebenfalls verschwunden. Das Einzige, was sie jetzt regierte, war seine heisere, befehlende Stimme.

Sie griff nach hinten und löste den Haken ihres BHs.

»Langsam«, sagte Nick gedehnt.

Sie schob die Riemen mit so viel Geduld von ihren Schultern, wie sie aufbringen konnte, auch wenn ihre Haut vor Sehnsucht nach seiner Berührung brannte. Ihr Rock war als Nächstes dran, dann ihr Slip. Er belohnte sie für jedes entfernte Teil mit einer weiteren Pumpbewegung.

Sie erhob sich auf die Knie und ersetzte seine Hand mit ihrer an seinem Schaft. »Du bist dran.« Ihre Finger waren so viel kleiner als seine und ihr Griff weniger fest, doch er erschauerte, als sie seine drehenden Bewegungen nachahmte.

Er zog sich sein T-Shirt über den Kopf und warf es auf den Boden, und sie leckte den salzigen, glänzenden Tropfen ab, der sich an der Spitze gebildet hatte. Sein Stöhnen war so sinnlich, dass sie die Schenkel zusammenpressen musste. Alles an ihm überwältigte sie. Sein Geschmack. Sein Geruch. Wie er sie anblickte, als wäre sie die einzige Frau auf der Welt. Wie hatte sie sich das während der letzten paar Wochen vorenthalten können? Wie hatte sie ihn jemals zurückweisen können?

Er trat seine Hose und die Boxershorts von sich, als würden

sie brennen, und drückte sie zurück gegen die Matratze, bevor sie ihn tief in den Mund nehmen konnte, wonach sie sich so sehr sehnte. Er kletterte auf sie und vergrub sein Gesicht an ihrem Hals. »Ich habe dich vermisst.«

»Es tut mir so leid«, flüsterte sie.

»Das muss es nicht. Nicht jetzt. Nicht, wenn du endlich wieder bei mir bist.« Er küsste sie in einer Linie den Hals und das Schlüsselbein hinunter, bevor er ihre Brust in den Mund nahm. Es fühlte sich so gut an, sie vergrub die Hände in seinen Haaren, um ihn dort zu halten, und presste sich gegen ihn. Seine Hand fuhr ihre Umrisse hinauf und hinab und überflutete sie mit Gefühlen, bevor er an die Innenseite ihres Schenkels griff und ihr die Beine weit auseinanderspreizte. Er bewegte den Mund zu ihrem Sternum und ließ ihre harten Nippel kribbelnd und nackt zurück. Doch jeder langsame, feuchte Kuss auf ihrer Haut brachte neue Gefühle hervor und steigerte ihre Erwartungen, während er sich an ihrem Körper weiter nach unten bewegte.

»Bitte, hör nicht auf«, flehte sie. Dabei wusste sie nicht einmal, ob sie die Art meinte, wie er sie berührte, oder die Art, wie er sie verwöhnte. Sie genoss.

»Niemals.« Er saugte an ihrem Hüftknochen, dann kreiste er mit seinem Daumen über den Knutschfleck. Sie verarbeitete noch immer das hinterhältig erregende Stechen, als er sein Gesicht zwischen ihren Schenkeln vergrub und sie zum Schreien brachte. Seine Zunge war nicht länger sanft oder neckend. Er leckte und saugte gnadenlos ihre empfindlichste Stelle und benutzte jeden Trick und jede Technik, die er sich während der vergangenen paar Monate angeeignet hatte, um ihr einen donnernden Orgasmus zu entreißen.

Sie schrie und wand sich unter ihm, als sie eine Welle nach der anderen durchfuhr. Er zog sich zurück, kurz bevor die schneidende Lust zu Schmerz wurde, und warf ihr ein übermütiges, befriedigtes Lächeln zu.

Es war die Art von Herausforderung, der sie nicht widerstehen konnte. Sie legte die Hand um seinen steifen Schwanz. »Auf den Rücken.«

Er schlang die Arme um sie und drehte sie herum, so dass sie auf seinen kräftigen Schenkeln ritt. Sein Schwanz ragte aufwärts, königlich und hungrig. Sie beugte sich vor, um ihn in den Mund zu nehmen.

Er schob ihr die Haare hinter das Ohr. »Nicht heute Nacht.«

»Aber …«

»Ich will in dir sein.«

Sie schluckte den Kloß in ihrem Hals hinunter. »Okay.« Sie krabbelte vor, um ein Kondom aus dem Nachtschrank zu nehmen, und rollte es über seine Erektion. Er erfasste sie an der Taille und setzte sie auf sich, dann versenkte er seinen Schwanz so tief in ihr, dass es sich anfühlte, als würde sie zerreißen. Zuerst drehte sie langsam ihre Hüften und gewöhnte sich an den Winkel, doch selbst die kleinste Neigung ihrer Hüfte entlockte seiner Kehle heiße, heisere Laute.

Sie legte ihm die Hände auf die Brust und steigerte den Rhythmus, dann spürte sie, wie sich fast unmittelbar ein weiterer Orgasmus in ihr auftürmte. Der Instinkt zwang ihre Brust an seine, so dass sein Schwanz sie vollständiger ausfüllte, als sie es je für möglich gehalten hätte. Selbst eine mikroskopisch kleine Distanz zwischen ihnen war zu viel. Er hielt sie an den Hüften fest und stieß in sie und entriss ihr einen köstlichen Schrei von den Lippen. Er drückte seine Hüfte hoch wie einen Kolben und brachte sie immer näher an den Abgrund.

Ihr Körper bebte vor Verlangen, doch das spielte keine Rolle, denn er umfasste sie mit seinen starken Armen und unterdrückte ihre Schreie mit seinem Mund, als die süße Ekstase sie in Millionen Teile zersplittern ließ. Er kam nur Momente später mit einem tiefen Stöhnen an ihren Lippen.

Sie brach über ihm zusammen, auf die wunderbarste Weise erschöpft und wund. Ihre Oberkörper hoben und senkten sich in perfektem Einklang und ihr Atem vermischte sich, während er ihr über den Rücken strich. Es fühlte sich so gut an, sie schloss die Augen und spürte, wie der Schlaf an ihrem müden Körper zog.

»Jillian«, flüsterte er in ihr Ohr.

Sie schlug die Augen auf. An seinem amüsierten Ausdruck erkannte sie, dass er wahrscheinlich mehr als einen Versuch unternommen hatte, ihre Aufmerksamkeit zu erhalten, während sie eingeschlafen war. »Tut mir leid, es war ein verrückter Tag, um es vorsichtig auszudrücken.«

»Ich werde dich bald genug ausruhen lassen, Dornröschen, doch da gibt es zunächst ein Gespräch, das wir beenden müssen.«

»Muss ich mich dafür bewegen?«, fragte sie schmollend. Sein Körper war wie ein Backofen unter ihr.

»Ich würde es vorziehen, wenn du es nicht tun würdest. Ehrlich gesagt, wäre ich glücklicher, wenn wir niemals aus diesem Bett herausmüssten, doch genau darüber müssen wir sprechen.«

Sie erstarrte und erinnerte sich daran, wie viel noch immer zwischen ihnen ungesagt war, und rollte sich von ihm ab, um den Bademantel in ihrem Kleiderschrank zu suchen. Sie konnte dieses Gespräch nicht führen, während sie nackt auf ihm lag. Sie zog sich die weiche Seide über den Körper und verknotete den Riemen vor ihrem Bauch, während er zum Badezimmer tappte, um sich zu säubern und ihr so den dringend benötigten Raum zum Nachdenken zu geben.

Er kam kurz danach zurück in ihr Schlafzimmer, noch immer unverfroren nackt, und setzte sich auf die Bettkante. »Ich weiß, dass du darüber aufgebracht warst, dass dein professioneller Ruf beschädigt worden war und man dich aus der Association geworfen hatte. Doch nach Parsons Verhaftung sind das alte Geschichten. Ich muss wissen, ob das etwas zwischen uns verändert oder ob das hier nur ein letzter Abgesang für dich war.«

Sie verschränkte die Arme und überlegte, wie sie es ihm auf eine Weise erklären konnte, dass er es verstand. Eine Weise, damit er es ihr nicht übel nehmen würde.

Er runzelte die Stirn angesichts ihres Zögerns. »Wir sind gut zusammen. Mehr als gut, und wir können alles lösen, was schiefgelaufen ist. Ich liebe dich, Jillian.«

Sie holte laut Luft. »Es ist nicht so einfach.«

28

Es ist nicht so einfach.

Die Worte hallten wie ein Gewehrschuss durch Nicks Kopf und machten ihn wütend. »Wie kann es etwas anderes als einfach sein? Entweder du willst mit mir zusammen sein oder nicht. Du kannst nicht weiter so tun, als würde es nichts bedeuten, nur weil du Angst davor hast, mich in dein Leben hineinzulassen.«

Sie erschrak von dem abrupten Ärger, der in seiner Stimme mitschwang und fummelte an der dummen Kordel an ihrer Taille herum, als würde sie sich schämen. Als hätte er nicht gerade jeden Millimeter ihres Körpers gesehen und gekostet. »Ich will es dir erklären.«

Seine Wut schwappte über. »Ich bin fertig mit Entschuldigungen. Ich habe dir gerade gesagt, dass ich dich liebe. Entweder du empfindest das Gleiche oder nicht. Ja oder nein.« Er nahm seine Hose vom Fußboden und zerrte sie über seine Beine.

»Warte«, rief sie, als er sich zur Tür wandte. Sie eilte hinter ihm her und klammerte ihre Finger um seinen Oberarm. »Es gibt Dinge, die wir klären müssen. Große Dinge. Es wird nicht einfach werden.«

Er zog sie in die Arme und war außerstande, weiter seine vorherige Frustration aufrechtzuerhalten, wenn so viel Verletzbarkeit in ihrer Stimme lag. »Ich hätte mir eine bessere große Geste ausdenken sollen«, murmelte er.

Sie wich zurück, um ihn mit einem verwirrten Ausdruck anzusehen. »Was?«

Er stützte sein Kinn auf ihren Kopf. »Ben meinte, ich bräuchte eine Art großer Geste, um dich davon zu überzeugen, dass es allein wichtig ist, was wir für den anderen empfinden. Alles andere wird sich von selbst ergeben. Ich hatte diese bekannte Innendesignerin gemietet, um dein Büro neu zu gestalten. Siehst du?« Er zog sein Handy aus der Tasche, um ihr die Bilder der Computersimulation zu zeigen. »Deshalb hatte ich die Kopie deines Büroschlüssels gemacht und mich an jenem Tag reingeschlichen, als ich Parsons Wanze gefunden hatte. Ich wollte dich überraschen und dir zeigen, dass du dich auf mich einlassen kannst, mich dir manchmal helfen lassen und trotzdem die entschlossene, unabhängige Frau bleiben kannst, in die ich mich verliebt habe. Doch alles wurde wegen der Ermittlungen abgelenkt, und ich hatte keine Zeit, um eine andere große Geste zu machen.«

Sie nahm ihm das Telefon aus der Hand und scrollte durch die Bilder. Ein fremdartiger, leiser Laut kam über ihre Lippen – einer, der keinen Hinweis darauf gab, ob sie glücklich oder traurig war. Dann begann sie zu lachen. Zumindest nahm er an, dass das hysterische Geräusch Lachen war, doch die Tränen, die ihr über das Gesicht liefen, ließen ihn zweifeln.

»Gefällt es dir nicht?« Wegen ihrer unvorhersehbaren Reaktionen fühlte er sich wie ein Tischtennisball, der hin und her geschlagen wurde. Die Designerin hatte ihm versichert, dass sie der saubere weiße Look mit den feinen, antiken Möbeln und blaugrünen und goldenen Akzentstücken überzeugen würde. Zu dem Zeitpunkt hatte es richtig geklungen, doch jetzt begann er sich zu fragen, ob er Jillian wirklich verstanden hatte.

»Nein – ich meine, ja. Ich liebe es. Das ist genau das, was ich selbst entworfen hätte, wenn ich die Zeit gehabt hätte. Es ist so perfekt, dass es fast schon erschreckend ist.«

»Ich sagte der Designerin, das einzige Stück Kunst, was du dort hättest, sei ein Eiffelturm-Briefbeschwerer, deshalb meinte sie, dass wir das Paris-Thema wählen sollten – was zur Hölle auch immer das zu bedeuten hatte.«

Sie schniefte. »Ich liebe Paris. Aber du musst keine große Geste machen.«

»Warum nicht?«

»Weil ich diejenige sein sollte, die um Vergebung bettelt, nicht du! Alles, was du getan hast, war, mich zu unterstützen und dich um mich zu kümmern. Ich bin diejenige, die alles versaut hat, indem ich versucht habe, dich zu beschützen. Ich liebe dich, Nick. Ich liebe dich so sehr, dass es weh tut.«

Sein Herz schwoll vor Erleichterung und Aufregung. Er hätte in diesem Moment explodieren können. Sie liebte ihn, und sie hatte es ihm mit solcher Überzeugung gesagt, dass die Aufrichtigkeit aus ihren Worten tropfte. »Allein das zu hören ist besser als jedes Geschenk oder öffentliche Erklärung, die du machen könntest.«

Sie schüttelte den Kopf. »Ich bin mir nicht sicher, ob du das noch immer so empfinden wirst, wenn ich dir erklärt habe, warum ich mich überhaupt von dir getrennt habe.«

Er nahm ihr Gesicht in die Hände und neigte ihren Kopf nach oben, damit sie ihm in die Augen blickte. »Ich meinte es so, als ich sagte, dass mir nichts wichtiger ist als du. Was auch immer es ist, wir werden es lösen.«

Sie atmete zitternd aus. »Liakos hat mich an dem Morgen verfolgt, als ich Tyson die Aufnahme zeigen wollte.«

Sein Blut wurde zu Eis und ließ ihn hart und zerbrechlich werden, als könnte er in eine Million Teile zerspringen. »Hat er dir weh getan?«

Sie fuhr mit den Händen an seinem Körper hinauf und hinab, als würde sie versuchen, das wütende Biest in ihm zu beruhigen. »Nein. Nicht so, wie du denkst. Er drohte damit, alles auf den Kopf zu stellen. Jenes Mädchen, dem du geholfen hattest, würde der Presse erzählen, dass du derjenige warst, der ihr weh getan hat.«

»Aber das Video …«

»Bedeutet nichts, wenn ein achtzehnjähriges Mädchen, um den Finger gewickelt von einem Widerling wie Liakos, der Welt erzählt, dass du das wahre Monster bist. Es würde alles ruinieren, wofür wir gearbeitet hatten. Alles, wofür du gearbeitet hast. Und der einzige Weg, wie ich ihn davon abhalten konnte, war, mich von dir zu trennen. Er wollte, dass es dir schlechtgeht.«

Ein Zornesblitz explodierte in seiner Brust und riss die Kluft zwischen ihnen erneut auf. »Und du hast zugestimmt, dass es die bestmögliche Lösung für mich sei?«

»Was hätte ich denn tun sollen? Zusehen, wie dein Team seine Chance auf den Stanley Cup verliert, weil du suspendiert würdest, nachdem du wieder die Scheiße aus Liakos herausgeprügelt hättest? All der Publicity und den Werbeverträgen Lebewohl zu sagen, für die wir uns so bemüht haben? Verdammt, Nick! Ich liebe dich, und deshalb konnte ich nicht zulassen, dass du das tust. Weshalb ich dir nicht von Liakos erzählen konnte, wie sehr es sich auch nach Folter angefühlt hatte. Ich konnte nicht zulassen, dass du meinetwegen deine Träume wegwirfst.«

»Gott, Jillian! Du hast mir mein verdammtes Herz gebrochen.« Tränen schlüpften ihr aus den Augenwinkeln, doch die Wut, die er seit ihrer Trennung tiefer als einen Sarg begraben hatte, zertrümmerte schließlich seine Beherrschung. Es war nicht mehr möglich, zurückzuhalten, was gesagt werden musste. »Weißt du, was am meisten weh tut? Ich habe so beschissen hart versucht, mich für dich zu ändern. Weil ich dir vertraut habe. Ich bin deinen gottverdammten Regeln bis zuletzt gefolgt. Seit Monaten war ich nicht mehr in einen Streit verwickelt gewesen. Ich habe gelernt, mein Temperament wie ein Heiliger zu kontrollieren. Doch du siehst das einfach nicht. Du siehst mich noch immer als einen unkontrollierten Schlägertypen. Du hast gelogen und mich von dir weggestoßen, weil du nicht in der Weise an mich geglaubt hast, wie ich an dich.«

Alle Farbe war aus ihrem Gesicht gewichen. Sie wich vor ihm zurück, als ob seine Worte Gift wären. Er ballte immer wieder die Fäuste und zwang seinen adrenalindurchtränkten Körper, sich zu beruhigen.

»Du hast recht.« Sie sprach so leise, dass er sie kaum über dem Donnerschlag seines Herzens hören konnte. »Ich war so darauf konzentriert, die Dinge in Ordnung zu bringen, dass ich nicht gesehen habe, wie ich alles zerstörte, was wichtig war.«

Die Qual in ihrer Stimme zerschlug seine Wut. Sie bedeckte ihren Mund mit der Hand und hielt ein Schluchzen zurück. Seine Beschützerinstinkte erwachten, und er zog sie in seine Umarmung. Wie schlimm hatte sie die ganze Zeit gelitten? »Wenn du mir die Wahl gelassen hättest, dann hätte ich mich von allem getrennt, um mit dir zu sein. Ich bin nicht dazu bereit, dich gehen zu lassen, doch ich halte es so nicht mehr aus. Keine weiteren Babyschritte. Von jetzt an kommt unsere Beziehung an erster Stelle oder überhaupt nicht mehr.«

Sie drückte ihren Kopf gegen seine Brust und ließ sich von ihm halten, bis sich ihr Atem beruhigte. »Es tut mir leid, Nick. Ich hätte niemals an dir zweifeln sollen.«

Er atmete laut aus. »Es tut mir auch leid. Ich habe mich so beschissen schnell und heftig in dich verliebt und dir dabei nie die Chance gegeben, da mitzukommen. Ich hatte nicht darüber nachgedacht, was es für deine Karriere bedeutet und für alles, woran du gearbeitet hast. Doch ich kann es jetzt nicht mehr ändern. Wir können das zwischen uns nicht ungeschehen machen.«

»Die Vipers und der Stanley Cup – das ist in deinem Blut. Ich hatte nicht gedacht, dass dir noch etwas anderes so sehr am Herzen liegen könnte wie Eishockey. Doch ich habe es jetzt verstanden. Deine Vertragsverlängerung hätte der größte Coup meiner Karriere sein sollen, doch es hat sich wie ein leerer Sieg angefühlt. Es bedeutet mir nichts, dich als Klienten zu haben, wenn ich dich nicht als meinen Mann haben kann.«

»Heißt das, du willst mich als Klienten fallen lassen?«

Es wäre übel, sie als Agentin zu verlieren, doch wenn sie ihn fallen lassen musste, um ihren professionellen Ruf wiederherzustellen, dann wäre es das wert.

Sie neigte den Kopf zurück und warf ihm ein kleines, süßes Lächeln zu. »Keine Chance. Wir sind so kurz davor, die Vertragsverlängerung zu unterzeichnen. Ich werde nicht zulassen, dass es jetzt irgendein schmieriger, unfähiger Agent verdirbt. Doch ich werde meine Beschwerde bei der Association zurückziehen.«

Er hielt sie fester an der Taille. »Bist du dir sicher? Wird es nicht deinem Geschäft schaden, wenn du nicht akkreditiert bist?«

Da war nichts als stählerne Entschlossenheit in ihren braunen Augen. »Ja, doch sie werden mich ohnehin nicht wieder aufnehmen, wenn ich mit einem Klienten ausgehe, und ich habe nicht vor, dich wieder gehenzulassen. Niemals. Ich liebe dich viel zu sehr. Es ist an der Zeit, vorauszublicken, nicht zurück. Ich hasse es, dass es noch immer so viel Korruption in dem Geschäft gibt, doch es ist nicht an mir, alle Probleme zu lösen. Ich muss mich auf das konzentrieren, was wichtig ist. Du bist wichtig.«

Zum ersten Mal seit Wochen wuchs wieder Hoffnung in ihm – tief sitzend und echt. Er nahm sie noch fester in die Arme und küsste sie auf die Stirn. »Wir sind seit der ersten Nacht, in der wir uns kennengelernt haben, mit den Hörnern aneinandergestoßen. Das ist es, was uns so großartig macht, doch wenn wir nicht aufpassen, dann ist es auch das, was uns zerstört.«

Sie zog tief die Luft ein. »Du hast recht. Ich weiß, du hasst die Täuschungen, die mit meinem Job einhergehen. Ich bin so sehr daran gewöhnt, dass meine Klienten von mir erwarten, einfach alles für sie zu lösen. Aber du bist nicht einfach irgendein Klient. Es ist nicht möglich, unser professionelles Leben von unserem privaten zu trennen. Ich werde dich nicht länger über meine Pläne und Strategien im Dunkeln lassen. Denn gemeinsam sind wir stärker.«

»Diese Idee gefällt mir.«

»Gut, denn das muss in beide Richtungen gehen. Du kannst nicht immer der Beschützer sein. Der Punisher. Nicht bei mir. Manchmal musst du einfach mit mir mitfühlen und nicht versuchen, dir den Weg mit Gewalt durch jedes Problem zu brechen.«

»Das wird bestimmt niemals leicht für mich sein, wenn es um dich geht, doch du bist die fähigste, kompetenteste Person, die ich kenne. Ich vertraue dir.« Er strich ihr eine eigenwillige Strähne aus dem Gesicht. »Also, was machen wir mit Liakos? Er wird mitbekommen, dass es mir nicht mehr schlechtgeht.«

Ihre Lippen wurden zu einer grimmigen Linie. »Wir überlegen uns einen Plan, wie wir endgültig mit diesem Arschloch fertig werden.«

»Irgendeine Idee, wo wir anfangen?« Widerwillig ließ er sie los, da er wusste, dass sie zum Nachdenken Platz brauchte.

Sie verschränkte die Arme und trommelte mit den Fingerspitzen gegen ihren Oberarm. »Eine. Aber es ist riskant.«

»Nun, Liebling, genauso war es bei uns immer.«

***

Es gab nicht viele Dinge auf der Welt, die Nick nervös machten, doch Jillian tigerte gerade vor Tysons Büro hin und her. Es war das erste Mal, dass er je erlebt hatte, wie sie vor einem wichtigen Treffen irgendeine Art von Nervosität gezeigt hatte.

Sie sah erneut auf die Uhr und fluchte leise. »Ich glaube nicht, dass sie auftauchen wird.«

Nick legte ihr die Hände auf die Schultern und massierte etwas von der Verspannung weg. »Dann machen wir Plan B.«

»Wir haben keinen Plan B.«

»Dann improvisieren wir eben.« Er küsste ihre Schläfe und führte sie zur Tür, doch seine Zuversicht geriet ins Wanken, als er feststellte, wie viele Menschen im Raum waren. Dort saß nicht nur der selten gesehene Besitzer der Vipers – John Whittaker – auf einem der Lederstühle, sondern auch sein zukünftiger Schwiegersohn. Whittaker und Liakos lachten und plauderten, als wäre es eine Studentenparty und kein disziplinarisches Treffen.

Jillian hatte ihn gewarnt, wenn sie schließlich den Knopf drücken und das Video an Tyson schicken würden, würde das Auswirkungen haben, doch die Anwesenheit von Whittaker und Liakos war ein klares Anzeichen dafür, dass die Dinge ernster waren, als sie beide erwartet hatten. Nicks Chancen darauf, am Ende mit einer finalisierten Vertragsverlängerung aus diesem Meeting herauszukommen, waren so gut wie seine Chancen, zur Miss Amerika gewählt zu werden. Trotzdem gab es bei Jillian keinerlei Anzeichen von Besorgnis. In dem Augenblick, als sie in den Raum getreten waren, hatte sie ihre nervöse Mimik gegen eine Maske cooler Gelassenheit ausgetauscht.

»Schön, dass Sie aufgetaucht sind«, sagte Tyson und Anspannung brannte sich in jede Falte seines zerklüfteten Gesichts. Nick war sich ziemlich sicher, dass viele der Jungs vom Team dem Geschäftsführer ihre Probleme mit Liakos mitgeteilt hatten, doch die Anwesenheit von Whittaker könnte alles zum Scheitern bringen. »Es ist kein Geheimnis, dass sich seit Anfang der Saison eine verdammte Menge böses Blut zwischen euch beiden zusammengebraut hat. Ihr könnt euch jenseits des Eises so sehr hassen, wie ihr wollt, doch wenn es beginnt, die Mannschaftsdynamik zu beeinträchtigen, dann ist das inakzeptabel. Entweder ihr zwei findet einen Weg, um eure Differenzen zu begleichen, oder wir werden Strafaktionen durchführen. Ich glaube nicht, dass ich erklären muss, wie genervt ich sein werde, wenn einer meiner Topspieler in dieser Phase der Play-offs auf die Ersatzbank verbannt wird.«

Bei diesem Ultimatum wäre Nick am liebsten gegangen und hätte die Tür hinter sich zugeschlagen, auch wenn es Tyson unbehaglich zu sein schien, was er da sagte. Jeder hier wusste, dass Liakos mit ziemlich jedem Spieler der Mannschaft zu irgendeinem Zeitpunkt der Saison in Streit geraten war. Das Problem war nur, dass Nick der Einzige war, der jemals zurückgeschlagen hatte.

»Wenn man bedenkt, dass mein Klient sich auf keine weitere physische Auseinandersetzung eingelassen hat und dem Verhaltenskodex der NHL aufs Wort gefolgt ist, überdies in dieser Saison eine rekordbrechende Anzahl von Torvorlagen erzielt hat, würde ich sagen, dass er bereits alles getan hat, was von ihm erwartet wird«, sagte Jillian. »Das Video, das wir Ihnen gestern geschickt haben, zeigt auf der anderen Seite deutlich eine Reihe ethischer und rechtlicher Verstöße von Sebastian Liakos. Wir haben Ihnen bereits den Gefallen getan, es nicht an die Öffentlichkeit oder die Polizei zu übergeben. Ich bin mir nicht sicher, was Sie noch von uns verlangen können.«

Liakos streckte die Arme vor der Brust aus und knackte mit den Fingerknöcheln. »Ja, ich habe das Video auch gesehen. Wissen Sie, es ist witzig, doch es ist so dunkel, dass man kaum sagen kann, wer dort war und was geschehen ist. Für mich sah es ganz deutlich danach aus, dass Salinger durchgedreht ist und mich ohne irgendeinen Grund attackiert hat – was genau das ist, woran ich mich erinnere. Es sieht auch so aus, als hätte er das arme junge Mädchen verletzt, das nur ein Autogramm von mir haben wollte.«

Jillians Hand schoss wie eine Gewehrkugel vor, landete auf Nicks Arm und drängte ihn schweigend dazu, ruhig zu bleiben. Sosehr es ihm auch missfiel, sich auf die Zunge zu beißen, so wusste er doch, dass sie sich darum kümmern würde.

»Sie haben eine lebhafte Vorstellungskraft, Mr Liakos, doch wir alle wissen, dass das Video zeigt, wie Sie einen Berg Kokain schnupfen, bevor Sie versuchen, die junge Frau anzugreifen.«

Liakos beugte sich feixend in seinem Sitz vor. »Nun, vielleicht sollten wir einfach das Mädchen fragen, ob es so geschehen ist, wenn man davon ausgeht, dass sie die einzige unparteiische Zeugin ist.«

Die Bürotür hinter ihnen flog auf, und das Gespräch wurde unterbrochen.

Nick brauchte eine Sekunde, um Alexa Whittaker im grauen Kostüm anstatt ihrer typischen auffallenden Kleidung zu erkennen, das berühmte kastanienbraune Haar zu einem ordentlichen Knoten gebunden. Sie stolzierte in den Raum, wobei sie einen leuchtend rosafarbenen Aktenordner an ihre Brust gedrückt hielt und die frostige Spannung in der Luft ignorierte. »Hi, allerseits! Bin ich spät dran?«

»Alexa, wie oft habe ich dir schon gesagt, mich nicht zu unterbrechen, wenn ich in einem Meeting bin?« Whittaker erhob sich von seinem Schreibtisch, zog sein Portemonnaie heraus und streckte eine glänzende schwarze Kreditkarte aus. »Hier. Nimm das und geh shoppen oder irgendwas.«

»Oh, ich bin nicht wegen Geld hier, Daddy.« Sie nahm sich einen Stuhl und setzte sich neben Jillian. »Ich bin hier wegen der Diskussion um Nicks Vertragsverlängerung. Ich habe verstanden, dass es ein paar zusätzliche Komplikationen mit Sebs Vorwürfen gegeben hat, und dachte, ich könnte dabei helfen. Das Mädchen in dem Video, wegen dem ihr alle so aufgeregt seid? Es stellte sich heraus, dass sie in meinem Fanklub ist. Eigentlich ist sie die Vizepräsidentin der Sektion Long Island. Sie hat auch eine Vorliebe für funkelnde Fingernagelkunst, was so was von schräg ist.« Sie wandte sich zu Liakos und warf sich die Haare über die Schulter, wobei sie die Augen verdrehte. »Und was ebenfalls schräg ist? Sie hat Nicks Version der Geschichte vollständig bestätigt und ist auch dazu bereit, herzukommen und es zu sagen.«

Liakos' Ausdruck verfinsterte sich und er wirkte zum ersten Mal nervös. »Baby, du weißt doch, dass es nicht so ist.«

Alexa zuckte mit gespielter Heiterkeit die Schultern. »Das habe ich auch gedacht. Ich meine, das könnte ein totaler Fall von *Weiblich, ledig, jung sucht* sein, oder? Doch dann habe ich ein bisschen weitergegraben, und da sind all diese Fans in der Arena mit Videos und Bildern, wie du mich betrügst und dich deiner Kokainsucht hingibst, auch wenn du mir geschworen hast, dass du nichts mit diesem Scheiß zu tun hast. Siehst du?« Sie öffnete ihren Ordner auf dem Schreibtisch und zog ein halbes Dutzend hochgradig verfänglicher Hochglanzfotos heraus. »Ich weiß, dass niemand hier denkt, ich wüsste irgendetwas über Eishockey, doch ich habe ein wenig über den Verhaltenskodex der NHL recherchiert und bin mir ziemlich sicher, dass regelmäßiger Kokainkonsum gegen die Regeln der Liga ist.«

»Alexa«, sagte ihr Vater ernst, »ich glaube nicht, dass ich dich dringend darauf hinweisen muss, wie wichtig es ist, dass diese Fotos nicht an die Öffentlichkeit gelangen.«

Sie riss die Augen auf. »Ich muss mich entschuldigen, Daddy. Ich glaube, ich war nicht deutlich genug. Ich bin nicht hier als deine Tochter oder als Sebs Verlobte. Ich bin hier als die neue Praktikantin von Miss Nichols.« Sie drehte sich mit einem Lächeln zu Jillian. »Erfreulicherweise haben Miss Nichols und ich bereits darüber gesprochen, und wir glauben, dass es vollkommen unangemessen wäre, diese Fotos außerhalb dieses Raums zu veröffentlichen. Wir werden wohl alle zustimmen, dass der Erfolg der Vipers in diesen Diskussionen Vorrang haben muss.« Liakos atmete hörbar aus.

Alexa warf ihm einen Blick gespielten Mitleids zu.

»Leider kann ich nicht dasselbe für meine Fans sagen. Sie sind mir gegenüber sehr beschützend.«

Sie zog den riesigen Diamantenring von ihrem linken Ringfinger und warf ihn Liakos vor die Brust.

»Komm schon, Alexa«, flehte er.

»Tut mir leid, Seb. Wenn ich an deiner Stelle wäre, dann würde ich morgen kein TMZ gucken. Oder Fox Sports. Oder irgendwelche anderen Medien.« John Whittakers Gesicht war so rot, dass es Nick an eine Dynamitstange vor der Explosion erinnerte. Mit einem kleinen Schulterzucken wandte sich Alexa an Jillian. »Also, wie habe ich mich an meinem ersten Tag gemacht?« Jillian verzog die Lippen zu einem triumphierenden Lächeln.

»Den Nagel auf den Kopf getroffen.«

Liakos sprang auf, das Gesicht wutverzerrt. Nick starrte ihn an und schüttelte warnend den Kopf. Der jüngere Spieler knurrte und stürmte aus dem Raum, wobei er die Tür wie ein Kind hinter sich zuschlug.

»Nun, wo das jetzt erledigt ist, sollten wir zu Nicks Vertragsverlängerung übergehen. Sie werden bemerken, dass wir die Gelegenheit genutzt haben, um ein paar Änderungen auf den Seiten sieben und vierzehn vorzuschlagen. Vier Millionen pro Jahr scheint ein wenig niedrig für einen Spieler von Nicks Kaliber«, sagte Alexa fröhlich, als hätte sie nicht gerade eine Bombe mitten in Tysons Büro fallen gelassen. Sie verteilte Kopien des Vertrages, die sie in ihrem Ordner gehabt hatte. Sie blickte Zustimmung suchend zu Jillian. »Wenn ich gewusst hätte, dass ich es an meinem ersten Tag meinem Exverlobten heimzahlen und auch noch lernen würde, was ein Fotokopierer ist, dann hätte ich schon vor Ewigkeiten einen Job angenommen!«

Jillian beugte sich in ihrem Sitz vor und faltete die Hände zusammen. »So, meine Herren. Reden wir über Nicks Unterschriftenbonus. Ich denke, acht Millionen klingt für den Anfang nach einer angemessenen Zahl.«

Epilog

In Nicks Adern floss so viel Adrenalin, dass er kaum die Trikots wahrnahm, die um ihn herumwehten. Reiner Instinkt, geschmiedet in jahrzehntelangem Training, beherrschte jede seiner Bewegungen, während er die letzten paar Sekunden des siebten Spiels durchstand. Seine Haut war schweißgebadet und fühlte sich doch an, als stände sie in Flammen, während er einen weiteren Angriff der Pittsburgher Offensive abwehrte. Er musste nur noch ein wenig länger aushalten.

Er wurde so hart gegen die Bande gestoßen, dass die Luft aus seinen Lungen gepresst wurde und ein Feuerstrahl durch seine Glieder fuhr, während er darum kämpfte, den Puck aus der Ecke zu bekommen. Aus der Gefahrenzone heraus. Die Schläge kamen schnell und wild, doch irgendwie schaffte er es, den Puck vom Schläger des anderen Spielers zu bekommen und über die blaue Linie zu schicken. Er stieß sich auf seinen Schlittschuhen ab, doch ein stechender Schmerz in seinen Rippen warf ihn fast um.

Scheiße! Sicher geprellt, hoffentlich nicht gebrochen.

Der Buzzer ging los und sofort danach explodierte der Lärm der Menge. Er riss sich gerade rechtzeitig den Helm ab, um eine schwarz-grüne Flut auf sich zukommen zu sehen. Mike erwischte ihn zuerst, gefolgt von einem halben Dutzend anderer, die so stark gegen seine Rippen drückten, dass er glaubte, vor Schmerz ohnmächtig zu werden. Er zuckte zurück, sobald er genug Platz zum Atmen hatte.

»Bist du in Ordnung, Mann?«, fragte Mike.

»Wen kümmert das, zum Teufel? Ich habe die ganze Saisonpause Zeit, um wie ein Champion zu heilen.«

»Scheiße, ja! Ich kann es nicht glauben, dass wir es gepackt haben! Stanley-Cup-Gewinner.«

Nick schüttelte den Kopf, noch immer im Zustand des Unglaubens. Sie hatten es wirklich geschafft. Nach einer verrückten Saison mit mehr Auf und Ab als bei einer Achterbahn hatten die Vipers allen Wahrscheinlichkeiten getrotzt und einen schwer erkämpften Sieg davongetragen. Fast jeder hatte gedacht, dass ihre Erfolgssträhne so gut wie vorbei war, als Liakos sich »freiwillig« für den Rest der Nachsaison einem Drogenprogramm unterzog. Es war mehr, als der Mistkerl verdiente, und es würde Nick wahrscheinlich für immer ärgern, zu wissen, dass Liakos technisch auch als Cupgewinner betrachtet wurde, doch es kümmerte ihn jetzt gerade nicht.

Er hatte etwas viel Größeres im Sinn.

Er zwang sich dazu, zu der Stelle an der Bande zu fahren, wo er wusste, dass Jillian sein würde, verlangsamt nicht nur wegen der Schmerzen an seinen Rippen, sondern auch wegen der unvertrauten Nervosität, die seine Beine zittrig und taub machte.

Sie war gegen die Glasscheibe gedrückt, flankiert von Ben und Trevor. Ihr riesiges, blendendes Lächeln bedeutete ihm in diesem Moment mehr, als endlich den Cup aus der Nähe zu sehen.

»Du hast es geschafft! Ich wusste, du kannst es!«

»Ohne dich hätte ich es nicht gekonnt.« Er zog die Handschuhe aus und legte seine Hände an der Scheibe gegen ihre. Die Arme anzuheben fühlte sich für ihn an, als wäre er von einem Zug überfahren worden, doch er musste so nah wie möglich an sie heran. Dieser Sieg gehörte ihr so sehr wie irgendwem auf dem Eis. Sie hatte an dieses Team geglaubt – an ihn geglaubt –, von Anfang an. Sie hatte dabei geholfen, dass die Vipers Geschichte schrieben. Und obwohl sie wegen ihrer Beziehung nicht wieder in die Association aufgenommen worden war, hatte sich die Liste ihrer Klienten während der letzten paar Wochen mit Überläufern von Pantheon Sports Management aufgebläht, die nach Lou Parsons Verhaftung zu ihr zurückgekrochen kamen. Glücklicherweise war Jillians Entscheidung, Alexa anzustellen, ein Geniestreich gewesen. Sie war bereits zur Assistentin für Bild- und Markenentwicklung befördert worden und hatte für zwei weitere neue Mitarbeiter Platz gemacht, um die zusätzliche Arbeit zu bewältigen.

»Bist du verletzt?«

»Ein wenig«, sagte er kläglich. »Ben, Planänderung. Wir machen das jetzt.«

Sein Bruder runzelte die Stirn, doch Nick nickte nur. Er hatte es eigentlich im Privaten machen wollen, doch es war unwahrscheinlich, dass die Mannschaft ihn nach der Siegesrunde mit dieser Verletzung davonlassen würde. Sobald das restliche Adrenalin weggespült wäre, würde das medizinische Team etwas bemerken und ihn zwingen, es röntgen zu lassen. Er hatte nur ein paar Momente der Ablenkung, während seine Teamkollegen feierten, bevor sie den Cup für die Abschlusszeremonie herausholen würden. Es war jetzt oder nie, und er wollte diese eine Chance nicht verderben. Nicht nach allem, was sie durchgemacht hatten.

Ben zog die blassblaue Schachtel aus seiner Jackentasche und reichte sie Jillian, deren Mund sich zu dem übertriebensten O verzog, das er je erlebt hatte, als sie die Schachtel öffnete und den Diamantring sah, den er mithilfe seines Bruders ausgewählt hatte.

»Ich liebe dich, Jillian, und ich bin nicht gut darin, Dinge halb zu machen. Ich mache alles ganz oder gar nicht, und ich will alles von dir. Ich will dir alles geben, was ich habe, und dich zur glücklichsten Frau auf der Welt machen. Also, sag bitte Ja. Bitte heirate mich!« Er kämpfte mit den Worten und vergaß die ganze Rede, die er sich vorher zurechtgelegt hatte.

Sie ließ die Stirn gegen die Scheibe fallen, und ihre Brust hob sich heftig.

Er konnte nicht sagen, ob sie lachte oder weinte, und ein kurzer Blick zu Ben und Trevor machte deutlich, dass sie ebenfalls keine Ahnung hatten.

»Jillian, Liebes? Ich will dich nicht drängen, aber ich brauche irgendwie eine Antwort.«

Sie schüttelte den Kopf. Ihr liefen Tränen über die Wangen, doch sie wirkte nicht traurig. »Ich kann deinen Antrag jetzt noch nicht akzeptieren.«

Panik durchfuhr ihn. »Ist das ein Nein?«

»Nein! Natürlich will ich dich heiraten«, rief sie und zog die Aufmerksamkeit aller auf sich. »Aber dein Timing ist scheiße.«

Auf einmal waren Kameras vor seinem Gesicht – vielleicht waren sie auch schon die ganze Zeit da gewesen, und er hatte es nicht bemerkt. »Dann werden wir eben warten. So lange, wie du brauchst.«

»Ich brauche nur noch fünf Sekunden. Guck mal hoch!« Sie zeigte auf die Anzeigetafel.

Er drehte sich um und sah sein Bild auf der riesigen Leinwand, darunter die Worte »Heirate mich, Nick«.

Sie schob sich den Ring auf den Finger. »Ich habe dir eine große Geste geschuldet, Nick. Ich weiß, wir sind beide zu starrköpfig, als dass es für unser eigenes …« Ihre Stimme brach ab.

»Wir werden uns wahrscheinlich immer über die dummen kleinen Dinge streiten«, ermutigte er sie.

»Und selbst wenn wir einander verrückt machen …«

»Da ist niemand, mit dem ich lieber zusammen sein möchte als mit dir.«

»Ich bin bereit, alles zu tun, was nötig ist, damit es funktioniert.« Ihre Augen waren rotgerändert und ihre Wangen ganz fleckig von den Tränen, und trotzdem war sie die schönste Frau, die er je gesehen hatte. »Also, was sagst du?«

Kameras blitzten, und Mikrophone wurden in sein Gesicht

gehalten, doch er hatte nur Augen für sie. All die schwere Arbeit und die Opfer in seinem Leben hatten sich zu diesem einen Moment aufgebaut, und es war perfekter, als er es sich hätte erträumen können. »Verdammt, ja, ich heirate dich!«